GERHARD LANGER

Gnädig ist der Tod

D1926904

GOLDMANN
Lesen erleben

Buch

Michael Winter ist Mitglied der Wiener Kriminalpolizei und zuständig für die besonders schweren Fälle. Doch bisweilen stößt auch der abgebrühte Ermittler an seine Grenzen, wie im Fall einer eiskalten Mörderin, die ihre kleine Tochter qualvoll verdursten ließ. Noch gezeichnet von diesem schockierenden Familiendrama wird Michael Winter zum nächsten Tatort gerufen. In einem vornehmen Gebäude wurde die Leiche des ehemaligen Wirtschaftsministers Klaus Windisch entdeckt – ausgeblutet, lächelnd und in der Hand eine Tasse mit der Aufschrift »Wien ist anders«. Unter großem Druck ermittelt Michael Winter im Umfeld des Toten, denn die Presse stürzt sich auf den Mord an dem so beliebten wie umstrittenen Politiker und die Führung des Landes drängt auf schnelle Ergebnisse. Unterstützt wird er dabei von seiner jungen Kollegin Julia Gartner und der forschen Wirtschaftsjournalistin Angelika Kretschmer, die einem riesigen Politskandal auf der Spur ist. Doch Winters Intuition führt ihn in das Privatleben des Exministers und zu einem undurchdringlichen Netz aus Korruption und verborgenen Leidenschaften …

Autor

Gerhard Langer wurde 1960 in Salzburg geboren und ist Professor für Judaistik an der Universität Wien. Neben der Forschung und Lehre widmet er sich dem Schreiben von Kriminalromanen. »Gnädig ist der Tod« ist der erste Fall für den charismatischen Wiener Ermittler Michael Winter.

Gerhard Langer

Gnädig ist der Tod

Kriminalroman

GOLDMANN

1. Auflage
Originalausgabe August 2018

Dieses Werk wurde vermittelt durch die
Literarische Agentur Thomas Schlück GmbH, 30827 Garbsen
Umschlaggestaltung: UNO Werbeagentur, München
Umschlagmotiv: Arcangel / Roy Bishop;
GettyImages / Julia Schröder / EyeEm; FinePic®, München
KS · Herstellung: kw
Satz: Vornehm Mediengestaltung GmbH, München
Druck und Bindung: GGP Media GmbH, Pößneck
Printed in Germany
ISBN 978-3-442-48719-6
www.goldmann-verlag.de

Für Sepide

Prolog

»JEDES KIND HAT ein Recht auf Leben«, sagt sie und fügt bestimmt hinzu: »Aber nur die wenigsten hätten je gezeugt werden dürfen!«

In Situationen wie diesen verfluche ich den Tag, an dem ich beschloss, Polizist zu werden.

Auf den Fotos, die ich in meinen Händen halte, liegt ein Mädchen auf seinem Bett. Es heißt Antonia. Vor drei Wochen hat Antonia ihren achten Geburtstag gefeiert. Ihr Kopf ruht auf einem weichen Kissen, und in eine flauschige Decke eingehüllt sieht sie aus, als würde sie schlafen. Ein friedliches Bild, wären da nicht diese Striemen an den Handgelenken, wo die Fesseln ins Fleisch geschnitten haben, diese aufgerissenen Lippen, diese aschfahle Haut. Ich kann den Tod riechen, auch wenn ich mich längst nicht mehr am Tatort befinde, sondern in einem Gruppenraum des Wiener Landeskriminalamtes sitze.

Ich lege die Fotos hin und sehe in die Augen ihrer Mutter, einer zweifachen Mörderin. Sie sind wie kalte nasse Steine, an denen man abrutscht und in die Tiefe fällt. Alles an dieser Frau ist streng und diszipliniert. Ihr langes blondgefärbtes Haar wird mit einigen Spangen militärisch in Zaum gehalten, ihre Augenbrauen und Fingernägel wurden vor Kurzem einer sorgfältigen

Pflege unterzogen, ihr Lippenstift ist dezent und mit klarem sicherem Strich aufgetragen. Auch ihre weiße Bluse ist frisch gewaschen und verströmt einen zarten Geruch nach Weichspüler.

Ich weiß, dass ich die Fragen jetzt stellen muss, und sie beantwortet sie mit der Präzision einer geeichten Maschine. Ich bemühe mich, ihr nicht in die Augen zu sehen, und betrachte stattdessen ihre geraden weißen Zähne, ihre Grübchen, die links und rechts symmetrisch ihr Lächeln einfassen und ihre kleinen Ohren, die zwei grüne Perlen zieren, kalt wie der Meeresgrund. Ihr Atem geht ruhig und regelmäßig. Hinter ihr an der Wand tickt eine Uhr mit großen schwarzen Ziffern. *Tick, tick, tick.* Sie tickt verdammt richtig, denke ich.

»Und Sie«, beginne ich und schlage mein Notizbuch auf, »was hat Sie aus der Bahn geworfen?« Ich weiß nicht, warum ich das sage, es kommt, ohne zu überlegen. Ich fühle nichts außer diese Abneigung dagegen, hier zu sein, diesen Wunsch, mein Studium nicht abgebrochen zu haben, nicht in diese kalten Augen blicken zu müssen.

Zu meiner Überraschung antwortet sie: »Ihr Vater hat ihr wehgetan.« Dann schweigt sie wieder.

Behutsam hake ich nach: »Inwiefern wehgetan?«

Sie scheint zu überlegen, nach den passenden, ihrer Meinung nach der Situation angemessenen Worten zu suchen. Sie spricht nichts unbedacht, plaudert nicht, jedes ihrer Worte hat Gewicht.

»Er hat sie missbraucht.«

Ich höre den Satz, lasse ihn in mich eindringen. Dann reiße ich ein Blatt mit den Daten zu ihrer Person aus meinem Notizbuch, lege es vor mich hin und streife es glatt. Isabella Martin, 32 Jahre, Besitzerin einer kleinen Boutique im 8. Bezirk, wohnhaft in der Taborstraße im 2. Bezirk, keine Vorstrafen, verheiratet, ein Kind.

Sie sieht mich an, schweigt, erwartet, dass ich weitere Fragen stelle, klar und präzise. Auch wenn es mir widerstrebt, muss ich auf sie eingehen. Also fordere ich sie auf, mir im Detail zu schildern, was genau er getan hat.

Sie legt ihre linke Hand auf die rechte, atmet etwas stärker aus als zuvor.

»Er hat sie berührt«, presst sie hervor.

Ich warte eine gefühlte Minute, aber es werden wohl nur Sekunden gewesen sein. Dann fließt es aus ihr heraus.

»Am Anfang war es kaum zu merken. Er hat seine Hand auf ihre Schulter gelegt und dabei ihren Hals gestreichelt. Nichts Besonderes. Dann hat er sie manchmal von hinten umarmt und dabei ihre kleinen Brüste berührt. Sie war recht reif für eine Achtjährige. Ich weiß genau, dass es nicht einfach aus Versehen passiert ist. Ich habe es ihm sehr bald angesehen. Er wollte sie haben. Wenn wir miteinander geschlafen haben, hat er an sie gedacht. Sagen Sie nichts! Ich weiß es einfach. Eine Mutter spürt so was.«

Ich wage nicht zu widersprechen und nicke nur.

»Wenn sie auf dem Sofa saßen und fernsahen, hat er ihre Knie gestreichelt und die Oberschenkel. Sie hat nicht gewusst, was sie tun sollte. Er war einfach zu stark, nicht physisch, meine ich, aber psychisch. Manchmal hat sie mich angesehen, Hilfe suchend. Ich habe ihn zur Rede gestellt, aber er hat nur gelacht. Es sei ja wohl nichts dabei, seine Tochter zu liebkosen. Ja, genau so hat er es gesagt. ›Liebkosen‹. Ich habe mir noch gedacht, was für eine eigenartige Wortwahl: ›Liebkosen‹.«

Ich höre zu. Mache mir Notizen, während sie redet, zeichne ein Mädchen mit Kniestrümpfen, das auf einem Sofa sitzt, und neben ihm einen übergroßen Mann. Ich weiß, dass er gar nicht groß war. Vielleicht einen Meter siebzig. Aber muskulös, zumindest wirkt er auf den Fotos so, die wir in der Wohnung sichergestellt haben. An seinem Körper konnte man das nicht mehr sehen. Dazu war zu wenig von ihm am Stück vorhanden. Seine Frau hat ihn in praktisch abpackbare Portionen zerteilt und diese im Gefrierschrank eingefroren. Sie wurden längst abgeholt und befinden sich in der Gerichtsmedizin.

»Es war am 2. Februar«, sagt sie. »An dem Tag habe ich sie allein mit ihm gelassen. Das geschah nur sehr selten im letzten Jahr. Ich habe das vermieden. Und ich weiß auch, warum.«

Sie schweigt wieder, scheint nachzudenken. Ich lasse ihr Zeit.

»Sie waren allein. Ganze zwei Stunden. Das war einzig und allein mein Fehler.«

Zum ersten Mal während unseres Gesprächs wirkt sie nervös. Aber sie fängt sich rasch, atmet ruhig ein und aus und sieht mich an.

»Sie sind dagesessen, als wäre nichts gewesen, aber ich habe es in ihren Augen gesehen. Eine Mutter …«

»Ich weiß«, unterbreche ich sie, »eine Mutter spürt so was. Hat Ihre Tochter irgendwann darüber gesprochen?«

Sie nickt. »Am nächsten Tag, als er in der Arbeit war. Sie hat sich an mich geklammert wie ein Kleinkind und mir alles erzählt. Jede Einzelheit.«

Ich warte, aber sie macht eine quälend lange Pause. Ich spüre Unruhe in mir aufsteigen. Lass ihr Zeit, ermahne ich mich selbst, nur dann wirst du begreifen, was passiert ist. Warum eine Frau ihren Mann getötet und zerstückelt und danach ihre Tochter ans Bett gefesselt hat, ihr nichts mehr zu trinken und zu essen gab, eine unerträglich qualvolle Woche lang. Und warum die Nachbarn nichts gehört haben.

Sie streicht ihren Rock glatt und richtet dann den Oberkörper kerzengerade auf, bereit für die Offenbarung.

»Er hat sie gestreichelt. Und als sie ihm sagte, dass es ihr unangenehm sei, hat er nur gemeint, dass man das für seinen Vater tut, wenn man ihn liebt. Ob sie ihn denn überhaupt lieb hat. Sie hat ihm gesagt, dass sie ihn sehr lieb hat. Aber er hat nur den Kopf geschüttelt. Wie das denn sein kann, wenn sie ihm nicht erlaubt, sie zu streicheln.«

Langsam und ruhig erzählt sie weiter, und ich erfahre, wie es dazu kommen konnte, dass ein Vater seine achtjährige Tochter dazu brachte, ihre Kleider auszuziehen und ihre Brust streicheln zu lassen. Wie sie selbst dabei half, dem Vater Hose und Unterhose auszuziehen, und er sie dazu nötigte, seinen Penis anzufassen und ihm schließlich zu gestatten, mit dem Penis ihre Klitoris zu berühren. Das Schlimmste, so sagt sie, war wohl, dass das Mädchen etwas empfunden zu haben glaubte, von dem sie nicht wusste, wie sie es erklären sollte, ein prickelndes Gefühl, etwas unangenehm Angenehmes, etwas, wofür sie sich schämte. Sie erzählt wieder in der gewohnten Ordnung, ohne Umschweife.

»Ich habe ihn zur Rede gestellt, aber er hat nur gelacht. Welche Fantasie so ein Kind habe. Wie ich so etwas glauben könne. Ich wusste es. Wenn er den Mut gehabt hätte, es zuzugeben.«

Würde er dann noch leben? Ich zweifle daran, aber ich kann mich irren. Zwar liege ich selten falsch, aber es passiert. Ich vermute, an diesem Tag war sein Schicksal beschlossen. *Seines.* Aber das des Mädchens? Selbst nach fast dreißig Jahren Polizeidienst kann ich das nicht verstehen. Warum musste das Mädchen sterben? Noch ist es nicht so weit, ihr diese Frage zu stellen. Noch ist sie zu wütend auf ihn, noch möchte sie einfach nur über ihn sprechen, möchte den Mord mir gegenüber darstellen, aber nicht verteidigen, dazu sieht sie keinen Anlass. Sie gleicht vielmehr einer Schauspielerin, die ihre beste Rolle nicht ohne Publikum spielen kann und die wogende Masse braucht, unsichtbar im Scheinwerferlicht, aber trotzdem gegenwärtig, gebannt auf die Bühne starrend. Ich bin jetzt das Publikum und muss meinerseits meine Rolle gut spielen, sonst wird der Vorhang bei ihr fallen, ohne dass ich das Ende mitbekomme. Also ermuntere ich sie weiterzuerzählen, und sie geht darauf ein. Ich vermute, wir sind erst im ersten Akt, noch lange vor der ersehnten Pause. Wieder fühle ich dieses Ziehen im Nacken, die beginnenden Kopfschmerzen. Ich möchte meine Schläfen massieren, an etwas Schönes denken, das mich entspannt, aber ihre eisigen Augen nehmen mich gefangen. Ich lege den Stift beiseite, weil meine Hand zu zittern beginnt. Sie bemerkt es, und für einen Augenblick überlege ich, was sie von mir hält. Ich glaube, dass sie sich fragt, ob ich jemals Schuld auf mich geladen habe und wie sie mich einordnen soll. Sie denkt in Kategorien wie sauber gegen schmutzig, rein gegen unrein, für den Himmel bestimmt oder das Fegefeuer. Die Hölle ist schon für ihren Mann reserviert.

Ich nehme den Faden wieder auf. »Wie lange waren Sie mit ihm verheiratet?«

»Dreizehn Jahre, vier Monate und drei Tage, nein, ich muss nachdenken …«

Sie sieht mir auf den Mund. Soll ich es ihr vorrechnen?

»Wann soll ich aufhören zu zählen, meinen Sie bis heute oder …?«

»Bis zu ihrem Tod!«, sage ich lauter als beabsichtigt und füge schnell beschwichtigend hinzu: »Ich meinte, bis zu seinem Tod.«

»Ich erinnere mich nicht«, entgegnet sie plötzlich, und ich bedauere, sie so festgenagelt zu haben. Sie hat den Mord zwar nicht verdrängt, aber manches davon ausgeblendet. Teile der damit verbundenen Realität sind nicht in ihrem Bewusstsein angekommen, verharren noch irgendwo in der Kältestarre ihres Gehirns.

»Vergessen Sie, was ich gefragt habe. Erzählen Sie einfach weiter über diese – wie soll ich es nennen? – Sünde zwischen Ihrem Mann und …«

Sie lässt mich den Satz nicht vollenden.

»Nachdem ich ihn zur Rede gestellt hatte, damals, als er mir nur ins Gesicht gelacht hat, da wusste ich, dass mein Leben mit ihm einfach nur eine Lüge war. Er hat es nie ernst gemeint. Er hat mich geheiratet, aber er hat mich nie geliebt. Er hat mich nie so angesehen wie sie. Er hat mich nur selten geküsst. Er hat gesagt, dass er es nicht mag, wenn ihm jemand mit der Zunge im Mund herumfährt, das ekle ihn an. Aber sie hat mir erzählt, wie komisch sie sich gefühlt hat, wie unangenehm es war, als er ihr die Zunge in den Mund gesteckt hat.«

Sie wischt sich mit dem Handrücken über die Lippen wie nach einem fetten Essen. »War es das?«, fragt sie dann.

Erneut hat sie sich in ihren inneren Eisschrank zurückgezogen. Sie nickt ihrem Anwalt zu, der während des gesamten Gesprächs kein Wort gesagt hat, und macht Anstalten, sich vom Stuhl zu erheben, aber ich lasse sie nicht.

»Moment noch«, sage ich bestimmt.

Sie setzt sich wieder und senkt den Blick, begutachtet ihre Fingernägel.

»Warum haben sie ihre Tochter sterben lassen?«, frage ich, zögerlicher als ich will.

»Sie wollte es so«, erwidert sie und steht auf.

Einige Monate später

Dienstag, 2. Oktober

Tag 1

1

ICH KOMME GERN früh in mein Büro im Landeskriminalamt, das sich in einem über hundert Jahre alten, Ehrfurcht gebietenden Gebäude an der Roßauerlände befindet, neben dem Verteidigungsministerium, nicht weit vom alten jüdischen Friedhof und wenige Minuten von Sigmund Freuds einstiger Wirkungsstätte entfernt. Ich setze mich an meinen alten Schreibtisch, der lange vor meinem Dienstantritt hier stand und auf meinen Wunsch hin nie ausgetauscht wurde. Er ist so groß, dass selbst der riesige Computerbildschirm unscheinbar wirkt. Auf einen Tisch für Besprechungen im kleinen Kreis habe ich verzichtet, aber nicht auf zwei bequeme Lehnstühle, in denen man - auch in Gedanken - versinken kann. An den weiß getünchten Wänden stehen weiße Regale mit Ordnern. Hier stapeln sich die schriftgewordenen Erinnerungen an vergangene Fälle, gelöste und ungelöste. Ich grüble über dem Fall Isabella Martin, den ich abgegeben habe. Noch immer quälen mich Träume, in denen mich Antonias tote Augen fixieren und fragen: »Warum?«

Ich forme einen Vogel aus weggeworfenem Papier. Sie muss schon länger im Türrahmen gestanden haben, aber ich bemerke sie erst jetzt. Sie heißt Julia Gartner und trägt die blaue Polizeiuniform und die Abzeichen einer Bezirksinspektorin. Seit zwei Wochen ist sie bei uns, frisch versetzt aus Niederösterreich, von wo sie unbedingt wegwollte, obwohl ihre Beurteilungen erstklassig waren und ihr der zuständige Ermittlungsleiter eine steile Karriere in Aussicht stellte. Ich frage nie, weshalb. Irgendwann erfahre ich es sowieso. Ich versenke den Papiervogel in der Schublade und blicke sie an.

»Oberstleutnant Winter! Chef!«, sagt sie mit einem gewissen Nachdruck in der Stimme. »Wir haben einen Termin.«

Ich lache laut, mehr aus Verlegenheit, weil ich sie vergessen habe und weil sie mir bei einer nicht gerade intellektuellen Tätigkeit zugesehen hat, aber es irritiert sie nicht. Ich sehe in ein warmes braunes Paar Augen. Julia, denke ich, war der beliebteste Vorname in den Achtzigern, als sie geboren wurde, und gleichzeitig wundere ich mich, warum mir gerade jetzt mein Hirn diese unnötige Information aufdrängt.

Julia tritt an meinen Schreibtisch. Ich weiß, dass ich ihr wie allen Neuzugängen ein längeres persönliches Gespräch angeboten habe, in dem ich alle erdenklichen Fragen zu beantworten versuche und so rücksichtsvoll wie möglich und so deutlich wie notwendig auf die Fettnäpfe hinweise, in die sie möglichst nicht treten soll, ihr Wege und Umwege zu erläutern versuche, auf denen wir uns bewegen müssen, und dabei auch nicht die Besonderheiten der Wiener Seele zu vergessen versuche, die man lieben, aber nie ganz verstehen kann.

Ich komme jedenfalls nicht einmal dazu, einen Satz

zu vollenden, weil gleichzeitig mein Handy und das Festnetztelefon klingeln. Wenige Minuten später habe ich nacheinander mit dem diensthabenden Offizier, dem Leiter der im Dienst befindlichen Mordgruppe, der Staatsanwältin und dem Polizeipräsidenten telefoniert. Und auf meinem Handy landen im Sekundentakt Fotos, die mir absolut nicht gefallen. Als es endlich ruhig ist, bringt Julia es auf den Punkt.

»Verdammte Scheiße, Chef!«

Ich hätte es nicht treffender formulieren können. Ich finde sie schon jetzt sympathisch, und ich mag, wie sie »Chef« ausspricht, selbstbewusst, aber nicht frech oder übergriffig. Sie ist nervös, und ich glaube, ihren Schweiß zu riechen, aber es ist eindeutig mein eigener.

Die nächsten Minuten laufen in schweigendem Einvernehmen ab. Sie folgt mir wie selbstverständlich, und schließlich fahren wir die kurze Strecke ins Goldene Quartier, Wiens Nobelmeile. Wo früher einmal eine Arbeiterbank die Sparguthaben armer Sozialdemokraten verwaltete, befeuert heute eine Gruppe erlesener Immobilienspekulanten die nervösen Zuckungen des Kapitalismus, und einige wenige Luxusgeschäfte vertreiben die Langeweile der Reichen und Superreichen.

Vor und in dem prunkvollen Gebäude in der Tuchlauben, in dem die Leiche gefunden wurde, ist die Aufregung spürbar, auch wenn alle hier ihren gewohnten Job machen. Die Leute von der Tatortgruppe arbeiten noch konzentrierter als sonst, der Staatsanwältin ist an ihren Sorgenfalten anzumerken, dass sie alles andere als begeistert ist, heute Journaldienst zu haben. Alle wirken so angespannt, als würden sie von unsichtbaren Kameras gefilmt.

Der Tote liegt in einer fast leeren, frisch renovierten Wohnung über einem der teuersten Geschäfte der Stadt. Ich hatte gehofft, dass die Fotos lügen und die Nachricht, die alle in Aufregung versetzt hat, nicht stimmt, aber ich erkenne ihn sofort und will auf der Stelle umdrehen.

»Warum muss das mir passieren?«, frage ich Julia, doch diesmal sagt sie nichts von »Chef«, sondern zuckt nur mit den Schultern.

Ich rufe die Fotos auf, die mir in der letzten halben Stunde zugeschickt worden sind. Darauf sieht er aus, als lächele er in eine Kamera. Perfektes Styling. Ein maßgefertigter grauer Nadelstreifanzug, eine hellblaue Krawatte mit dezenten weißen und roten Punkten. Seine linke Hand umfasst eine Kaffeetasse, auf der »Wien ist anders« steht. Verdammte Scheiße, da hat jemand Humor. Die Tasse ist halb voll oder halb leer, wie man es nimmt, und mit einer dicken roten Flüssigkeit gefüllt. Ich weiß, dass es kein Glühwein ist.

Der Tote heißt Klaus Windisch, 49 Jahre, war vor einigen Jahren Österreichs Wirtschaftsminister, danach erfolgreicher Unternehmer und lange Zeit der große, hellblonde, blauäugige Lieblingsschwiegersohn des Landes, bis sich das Glücksblatt des Saubermanns wendete. Ich versuche, mich an die Medienberichte zu erinnern. Im Zusammenhang mit dem Verkauf einer Wohnbaugesellschaft flossen Gelder an Busen- und Parteifreunde, es ging um Schein- und Verschleierungsfirmen in Steuerparadiesen, Zahlungen im Zusammenhang mit dem

Börsengang einer Firma mit immensen Verlusten für die Kleinaktionäre, aber mit gigantischen Gewinnen für ihn, munkelte man, und Verdacht auf Steuerhinterziehung in vielfacher Millionenhöhe. Aus dem Politliebling wurde der Hauptverdächtige der Justiz. Ich wollte nie etwas mit ihm zu tun haben. Insgeheim sehne ich mich nach Isabella Martin zurück, nach ihren kalten Augen, möchte den Fall wiederhaben und diesen hier abgeben, an wen auch immer.

Dr. Hartmut Meyer, der Gerichtsmediziner, reißt mich aus meinen Gedanken.

»Schön, dich zu sehen. Hast mir gefehlt«, begrüßt er mich mit einem müden Lächeln und kratzt sich an der Stirn.

Der Duft seines aufdringlichen Rasierwassers oder Eau de Toilette schlägt mir entgegen. Ich rieche Iris, Sandelholz, Hagedorn und irgendwelche anderen Hölzer, unerträglich schwer und süßlich.

Offensichtlich hat er sich schon an Windisch zu schaffen gemacht, den Leichnam entkleidet und auf Wunden und Auffälligkeiten untersucht, um eine vorläufige Todesursache zu bestimmen. Nackt und bloß liegt der Körper vor uns.

»Er war schon ein gut aussehender Mann, der Herr Minister a. D.«, stelle ich fest, ohne viel zu überlegen, mehr um der Situation die Spannung zu nehmen.

Meyer mustert mich von der Seite, um zu prüfen, ob ich ihn provozieren will, aber mein Gesicht ist nur von Schlafentzug und dem kaputten Scherblatt meines Rasierapparates gezeichnet.

»Nicht mein Typ«, kontert er. »Ein aalglattes Arschloch.«

Ich bin solche Ausdrücke von Meyer nicht gewohnt. Er gehört zu den zivilisierten Menschen in meinem Umfeld. Ein Mann mit Stil, kunstbeflissen und belesen.

»Warum so derb?«, frage ich ihn.

Er hat sich wieder im Griff. »Ein kleiner Ausrutscher«, lächelt er, »aber ist doch wahr.«

Nicht alle Gerichtsmediziner sind sarkastische Selbstdarsteller, Hartmut Meyer definitiv nicht. Es ist diese Nervosität, die uns alle beschleicht, diese Angst, hier auch nur einen winzigen Fehler zu machen, die ihn anders agieren lässt. Aber er fängt sich schnell.

»Deine Kollegen haben seinen Anzug durchsucht. Sein Handy ist ausgeschaltet, Portemonnaie mit Geld und Karten trug er bei sich sowie diverse Schlüssel. Falls ihn jemand gewaltsam zu Tode gebracht hat, wovon ich leider ausgehen muss, war es definitiv kein Raubmord.«

»Todesursache, Todeszeitpunkt?«, frage ich mechanisch, obwohl ich weiß, dass diese Fragen jeden Gerichtsmediziner zur Weißglut treiben und in den allermeisten Fällen nicht beantwortet werden. Heute bekomme ich allerdings prompt eine Antwort.

»Gerne, Herr Oberstleutnant. Wenn Sie mich gleich in die Gerichtsmedizin begleiten wollen, dann schneiden wir Windisch gemeinsam auf. Dabei werden alle Fragen beantwortet. Einverstanden?«

Ich versuche ein gequältes Lächeln und verspreche ihm, später zum Kaffee vorbeizukommen. Wenn die Obduktion abgeschlossen ist. Und weil ich eine Weile stehen bleibe und schweige, lässt sich Meyer doch herab, ein paar Vermutungen zu äußern.

»Todeszeitpunkt: gestern, später Abend. Vor Mitternacht. Zur Todesursache habe ich eine ziemlich wahrscheinliche Vermutung.«

Er macht eine Pause, aber ich weiß, dass er nicht erwartet, dass ich sie mit irgendeiner unnötigen Bemerkung fülle. Also lasse ich mir Zeit, bis er weiterspricht.

»Er hat eine Beule am Hinterkopf. Daran ist er definitiv nicht gestorben. Aber siehst du den Einstich dort?« Meyer zeigt auf eine deutlich erkennbare Einstichstelle im linken Unterarm.

Ich nicke. Er drückt an verschiedenen Stellen der Leiche herum, wobei ich versuche, nicht genau hinzusehen, und fragt dann: »Was fällt dir auf?«

Natürlich ist die Frage rhetorisch, weil er weiß, dass ich nur mit den Schultern zucken kann.

»Keine Leichenflecken, Michael.«

Ich ahne langsam, worauf er hinauswill.

»Aderlass.«

»Sehr gut, Herr Oberstleutnant. Die fehlenden Leichenflecken und der Einstich deuten darauf hin, dass ihm jemand Blut abgenommen hat. Viel Blut, viel zu viel Blut. Wenn das stimmt, dann war es ein verdammt beschissener Tod, den nicht einmal er verdient hat.«

Ich antworte nicht. Was immer ich über Klaus Windisch zu seinen Lebzeiten gedacht habe, spielt keine Rolle mehr. Jetzt liegt da ein Toter, und ich behandle alle Toten gleich. Wenn ich mich mit ihnen beschäftige, haben sie kein irdisches Gericht mehr zu fürchten. Nackt und bloß stehen sie vor ihrem Schöpfer und warten, ob der himmlische Richter mit dem Daumen nach oben oder unten zeigt. Ich suche inzwischen ihre Mörder.

Meyer redet jetzt auf mich ein, aber ich nehme nur Bruchstücke auf, muss mich konzentrieren, spüre die beginnenden Kopfschmerzen. Ich höre ihn »definitiv nicht hier ermordet« sagen und »praktisch keine Blutspuren, außer, du hast es ja gesehen, das Blut in der Tasse. Michael, hörst du mir überhaupt zu?«

Ich nicke.

»Noch mal zum Mitschreiben«, fährt er fort. »Ihr müsst einen Tatort suchen, wo man ihm Blut abgenommen hat. Vielleicht hat man ihn vorher betäubt, sodass er es nicht mitgekriegt hat, das weiß ich noch nicht, wenn nein, dann hat er einen langsamen Tod erlebt, nicht extrem schmerzhaft, aber verdammt fies.«

Diesmal habe ich ihm sehr genau zugehört. Ich stelle mir den Minister vor, wie er um Gnade bettelt. Nein, wahrscheinlich hat er es mit der üblichen Tour versucht. Seinem Peiniger Geld in Hülle und Fülle angeboten, vielleicht ein Bankkonto irgendwo in der Schweiz. Er würde natürlich von nichts wissen, keiner Menschenseele etwas erzählen, wenn er nur diesen Tropf abstellt. Nur für einen Augenblick, um zu verhandeln. Später, als er merkt, dass dies nicht zieht, droht er mit Gewalt, mit dem Schrecken der Polizeimacht, mit seinen Verbindungen, Anwälten, Hintermännern, die dem feigen Kerl die Zähne einschlagen werden. Und erst danach, sozusagen in Phase drei, kommt die Tour mit den Kindern, aber er hat gar keine, und vielleicht verspricht er sogar, sich bei Gott und der Welt zu entschuldigen, Abbitte zu leisten, und gelobt Besserung gegenüber dem Mann, der doch hoffentlich nicht zum Mörder werden will und dem er nicht in die Augen sehen kann. Kennt er ihn? Wahrscheinlich. Sicher.

Julia hat sich im Hintergrund gehalten und einen jungen Mann befragt, der als Verkäufer unten im Luxusladen arbeitet. Er zittert, sitzt bleich auf dem einzigen im Raum vorhandenen Stuhl. Zweifelsohne ist er derjenige, der den Toten heute Morgen gefunden hat. Julia versteht es, ihn so gut es geht zu beruhigen, und entlockt ihm wahrscheinlich die nötigen Antworten, ohne ihn zu zermürben. Wieder ein Punkt für sie.

Ich will diesen Ort verlassen, zu meinem Auto gehen, als von hinten ein Hauch von einem Hugo-Boss-Parfüm heranweht und sich mit dem Geruch von Tod und frischer Farbe mischt.

»Ich habe mich schon gewundert, wo du bleibst«, sage ich, noch bevor ich mich umdrehe. »Kollege Rachinger.«

»Immer einen guten Riecher, der Herr Oberstleutnant«, kommt prompt die Antwort und mit ihr eine ausgestreckte Hand. Ich schüttle sie ohne Widerwillen. Der groß gewachsene, kahlköpfige Mann in der Lederjacke ist die Feuerwehr für Norbert Gingrich, den Chef des Verfassungsschutzes, genauer den Direktor des Bundesamtes für Verfassungsschutz und Terrorismusbekämpfung. Rachinger wird nicht selten von ihm im sprichwörtlichen Regen stehen gelassen, ohne Schirm. Das macht ihn mir erträglich. Er fängt die Kugeln ab, bevor sie Gingrich erreichen können. Egon Rachinger ist kein Einstein, aber seine Intelligenz und Kombinationsgabe verdienen eine unsichtbare Verbeugung. Gingrich hat ihn geschickt und nicht seinen Stellvertreter Hobbichler, die schleimige Kröte, die ihm normalerweise in den Arsch kriecht. Und Gingrich hat mir am Tatort eine halbe Stunde Vorsprung gegeben. Das ist mehr, als ich erwarten darf. Also grüße ich freundlich und beschließe, vorerst keine blöde Bemerkung zu machen.

»Wie es aussieht, werden wir zusammenarbeiten«, stelle ich fest.

Er lächelt und nickt. »Winter, der Chef sagt, du bist der Beste.«

Rachinger verzieht keine Miene. Erstaunlicherweise meint er, was er sagt. Auch wenn er lügt. Es ist nicht schwer, die Zusammenhänge zu erkennen. In einem Fall wie diesem ist es üblich, dass wir mit dem Verfassungsschutz zusammenarbeiten. Aber dass Rachinger mir an den Fersen klebt, hat auch noch andere Gründe. Gingrich kann mich nicht leiden. Rachinger soll darauf achten, dass diese Ermittlungen schnell und erfolgreich geführt werden und wir möglichst bald den Mörder finden. Wenn irgendetwas schiefläuft, werde ich dafür die Ohrfeigen kassieren, nicht Rachinger, und schon gar nicht Gingrich, und es wird etwas hängen bleiben an meinem Vorgesetzten und Freund, Oberst Ludwig Prantl, dem Leiter des Ermittlungsdienstes, dessen Stellvertreter ich bin.

Julia tritt zu uns und schaut mich mit einem Wer-ist-dieser-Typ-Blick an, also stelle ich die beiden einander vor.

»Egon Rachinger bekämpft eigentlich böse Terroristen, aber in der nächsten Zeit beehrt er uns mit seiner Gesellschaft.«

Sie schüttelt seine Hand und lächelt übertrieben brav. Mindestens fünf Sekunden zu lang sieht sie ihm in die Augen, und er genießt es. Vertraulichkeiten zwischen Kollegen mag ich nicht und bin schon drauf und dran, etwas zu sagen, verkneife es mir dann aber. Ich habe mühsam gelernt, mich im Zaum zu halten.

Julia wendet sich mir zu und grinst. Ich komme mir überflüssig vor, aber normalerweise dauert dieser Zustand nicht lange. Rachinger lässt keinen Zweifel aufkommen. Ich bin dazu ausersehen, die unausweichliche Sonderkommission zu leiten. Mein Bauchgefühl sagt mir, dass dieser Fall in meiner Laufbahn irgendwo zwischen Himmelfahrtskommando und letzter Chance angesiedelt ist. Wenn ein ehemaliger Minister ausgeblutet wird, rückt die Kavallerie an. Da sind die Leute vom EB LKA 1, vom Ermittlungsbereich Leib und Leben des Landeskriminalamtes, zwar das wichtigste Rädchen am Wagen, aber natürlich wird in so einem Fall der Verfassungsschutz eingeschaltet, möglicherweise will sogar das Bundeskriminalamt ein Wörtchen mitreden. Wenn es Orden zu verteilen gibt, wird es genug geschwellte Brüste geben. Ich sehe die Ministerin Hand in Hand mit dem Polizeipräsidenten. Und genug Klugscheißer, die böse austeilen, wenn etwas schiefläuft. Ich bin ein heißer Kandidat dafür, etwas abzubekommen. Rachinger, mein gefräßiger Schatten, wird sofort zubeißen, wenn ich einen Fehler mache, und ich wette, dass sie bereits die Stunden bis dahin zählen.

Ich erinnere mich an die Diskussionen um meine Bestellung zum stellvertretenden Einsatzleiter. Gingrich war nie von mir überzeugt, und er lässt es seinen ehemaligen Schulfreund Prantl bei jeder Gelegenheit spüren. Wenn ich jetzt scheitere, wird er die Bluthunde loslassen oder, noch schlimmer, die Presse auf mich hetzen. Und damit auch auf Prantl. Ludwig Prantl ist noch vom alten Schlag, ein Polizist, der viele Jahre draußen Dienst tat, an der sprichwörtlichen Front. Einer, der sich damals keineswegs davor scheute, ein paar Gläser gespritzten Weißwein in einem verrauchten und verrufenen Vorstadtlokal zu trinken, um aus erster Hand Informationen zu erhalten. Einer, der mit den Rotlichtgrößen per Du war. Ganz anders als Gingrich, der sich über Jahre im Dienste der Terrorismusbekämpfung im Ausland aufhielt, sich gern mit Politikern gleich welcher Couleur umgibt und am liebsten jeden Österreicher mit den modernsten Überwachungsmethoden kontrollieren möchte. Zwischen Gingrich und Prantl liegen Welten. Klar, es vergeht kein Tag, an dem Prantl nicht darauf hinweist, dass heute ohnehin alles anders sei, um gleich im Anschluss von den vielleicht gar nicht immer guten, aber keineswegs schlechteren Zeiten zu erzählen.

Wenn Prantl einen Fehler macht, ist Gingrich die lästige Konkurrenz los, die zwischen ihm und einem Posten im Ministerium steht, auf den er schon lange spekuliert. Also schlage ich vor, keine Zeit zu verlieren, um ihm diesen Triumph nicht zu gönnen.

Vor dem Gebäude kämpfen wir uns durch die Menge der Journalisten, die sekündlich größer zu werden scheint, als würden sie wie Fliegen vom Leichengeruch angezogen. Rachinger steigt wie selbstverständlich mit ins Auto ein und lehnt sich auf dem Rücksitz zurück. Ich sehe ihn durch den Rückspiegel fragend an, aber er lässt sich nichts anmerken. Während ich die Nachrichten auf meinem Handy durchscrolle, wundere ich mich, dass Prantl nur zweimal angerufen hat. Ich fahre los und bitte Julia, die Nachrichten abzuhören, erfahre von ihr dann aber nichts, was ich nicht schon geahnt habe. Dass ich natürlich alle Unterstützung bekommen werde, die ich brauche, und auf Ressourcen zugreifen könne, die unter anderen Umständen nicht zur Verfügung stünden. Aber weil eben der Fall so speziell und von nationalem Interesse sei, habe die Innenministerin selbst jede operative und technische Hilfe zugesagt.

Aber schließlich gelingt es Julia doch, mich überrascht zu erleben. Denn ganz nebenbei habe die Innenministerin sich bei Prantl über mich beschwert, weil ich mich ihrem Neffen gegenüber schlecht benommen habe. Dies sei jetzt die Gelegenheit, es wiedergutzumachen.

Ich habe keine Ahnung, was sie meint.

»Der Neffe der Innenministern heißt Lukas Meierhofer«, erklärt Julia, »und arbeitet im Assistenzbereich 2. Analyse. Er hat mich mal auf dem Gang angesprochen und wollte ein wenig plaudern, hat aber eigentlich nur von sich erzählt. Dass er gern in die USA will und so, irgendeine Spezialausbildung machen. Klang sehr ehrgeizig.«

»O mein Gott«, sage ich und schlage aufs Lenkrad, »*der* Meierhofer.«

Jetzt fällt es mir wieder ein. Ein schmächtiges Bürscherl, gerade mal Mitte zwanzig, mit kurzen schwarzen Haaren, in zu engen Jeans, geschniegelt irgendwie. Er steht artig in der Tür und fragt mich höflich, ob ich ein paar Minuten Zeit für ihn hätte. Er fühle sich unterfordert, mit seinen Fähigkeiten nicht genug wertgeschätzt, und im Übrigen habe er sich für eine Ausbildung angemeldet, in Amerika. Um Ermittlungstechniken zu lernen. Er bräuchte dazu meine Unterstützung. Ich schaue ihn fragend an und schlürfe meinen Kaffee. Während ich mit ihm rede, ignoriere ich ihn geistig. Ich kann das. Die wenigsten Leute merken es, dass man ihnen gar nicht zuhört und im Kopf längst an etwas anderes denkt, aber er hat es gemerkt. Jetzt ist alles ganz deutlich. Meierhofer hat mich gefragt, warum ich ihn nicht beachte, obwohl er eindeutig der Beste in seinem Bereich sei. In welchem Bereich, habe ich gedacht, aber was anderes gefragt. Ich erinnere mich nicht mehr, was, habe es verdrängt. Ich weiß nicht einmal mehr, ob ich ihm überhaupt geantwortet habe. In meiner Erinnerung habe ich meinen Cappuccino ausgetrunken. Dann ist die Episode Meierhofer beendet.

»Dieser Meierhofer ist mit der Ministerin verwandt?« Ich trete stärker aufs Gas als gewollt und fahre beinahe eine Passantin an, die die Straße überquert. »Auf diese ehrgeizige kleine Kröte habe ich keine Lust«, knurre ich und füge, bevor Rachinger etwas einwenden kann, rasch hinzu: »Hast du in deinem Team auch ein paar Überraschungen? Tanten oder Nichten? Es lebe der Nepotismus.«

Julia schaut mich kurz an, verkneift sich aber die Frage.

Rachinger bleibt ruhig. »Wie alt bist du, Michael? Gehst auf die fünfzig zu, oder? Seit wann kennen wir uns? Ich schätze mal fünfzehn Jahre, wahrscheinlich sind es zwanzig. Vertrauen, mein Lieber, Vertrauen.«

Ich vertraue nicht mal mir selbst. Aber ich halte meinen Mund.

Julia nimmt inzwischen per Handy Infos von Prantl entgegen, der offenbar nur zähneknirschend zustimmt, ihr alles mitzuteilen, was er mir sagen will. Ich kann beim Fahren nicht telefonieren, auch nicht mit Freisprechanlage. Nicht einmal mit Prantl. Das Team trifft sich in zwei Stunden.

»Um 15 Uhr gibt der Polizeipräsident eine Erklärung ab«, wiederholt Julia die telefonische Auskunft. »Er hätte dich gerne dabei.«

Ich verdrehe die Augen. Sie sieht mich kurz an und schenkt mir ein verständnisvolles Lächeln. Ich fange an, sie wirklich zu mögen.

»Was hat der Verkäufer erzählt?«, frage ich, nachdem sie das Gespräch mit Prantl beendet hat. »War die Wohnung abgesperrt? Wie konnte der Täter überhaupt ins Haus gelangen? Wem gehört die Wohnung? Wie konnte man die Leiche unbemerkt dorthin transportieren?«

Meine Fragen prasseln auf sie nieder, aber sie bleibt gelassen. Ich vertreibe Frauen in meiner Umgebung schneller als das Weihwasser den Teufel, aber Julia ist anders. Sie strahlt eine Gelassenheit aus, die ich von mir selbst nicht kenne, eine Ruhe inmitten aller Hektik, die mir guttut. Meine Fragen beantwortet sie präzise und ohne Schnörkel. So erfahre ich, dass die Wohnung, in der wir den ehemaligen Minister gefunden haben, einem der Firmenbosse, denen das Geschäft darunter gehört, als Luxusherberge dient. Im ganzen Gebäude gibt es nur zwei Eigentümer, die Wohnungen vermieten – an eine Klientel, die inkognito bleiben will. Wir werden sie trotzdem behelligen müssen. Da die Wohnung gerade renoviert wird, wimmelt es von Fingerabdrücken, die wir mit den Bauarbeitern abgleichen müssen.

»Wie kam der Tote in die Wohnung?«

»Einfach. Sie war nicht abgesperrt. Während der Umbauarbeiten wurde darauf nicht geachtet. Wer stiehlt in dieser Gegend schon Farbkübel und Stehleitern?«, entgegnet Julia.

Ich zucke mit den Schultern. »Also müssen wir klären, wie der Mörder ins Haus kam.«

Ich würde mich gern weiter mit Julia austauschen, aber ich habe eine andere Aufgabe vor mir. Ich muss einen schweren Gang gehen, den Julia und Rachinger mir nicht abnehmen können. Rachinger nennt mir die Adresse, und eine Minute später parke ich vor der Börse. Ich drücke Julia wortlos die Autoschlüssel in die Hand und steige aus. Ich weiß, dass ich auf Prantl warten sollte, dass es klug wäre, ein Kriseninterventionsteam zu verständigen, aber mein Bauchgefühl sagt mir, dass ich keine Zeit verlieren darf, dass ich es sofort erledigen muss, allein.

2

DIE KLEINEN SCHILDER an dem Gründerzeithaus tragen keine Namen, nur goldene Klingelknöpfe verraten, dass hinter den Mauern Menschen leben, nicht wie jedermann, aber wie Windisch. Ich drücke auf den obersten Knopf in der Hoffnung, dass oben auch Penthouse bedeutet. Es dauert einen Augenblick, ehe ich eine raue Frauenstimme durch die Sprechanlage vernehme.

»Ja, bitte? Was kann ich für Sie tun?«

Ich versuche, nicht allzu grimmig in die neben der Klingel angebrachte Kamera zu starren, und halte meinen Dienstausweis vors Gesicht.

»Hier ist Oberstleutnant Winter, Kriminalpolizei. Frau Windisch?«

»Ja, Windisch. Was wollen Sie von uns?«

Sie verwendet den Plural. Aber ich weiß nicht, ob sie damit sich selbst meint oder das Kollektiv ihrer Familie. Immerhin stammt sie aus einem alten Adelsgeschlecht.

»Kann ich kurz raufkommen und Sie sprechen? Es ist wichtig, gnädige Frau.«

Ich könnte mich für das »gnädige Frau« ohrfeigen, aber sie öffnet die Tür ohne Kommentar. Im großzügigen Eingangsbereich gehe ich zum Fahrstuhl, aber natürlich kenne ich den Code nicht, um ihn zum Fahren zu bringen. Also muss ich die Treppe nach oben nehmen. Auf dem Weg zum Penthouse überlege ich, wie ich es ihr sagen soll, aber meine Gedanken fügen sich nicht. Ich denke an die blutgefüllte Tasse. Was will der Mörder damit sagen? Warum dieser Nobelladen? Warum heute?

Constanza Windisch öffnet die Tür, und ich strecke ihr die Hand entgegen. Ich schwitze, aber nicht von der Anstrengung, die Treppen ins fünfte Stockwerk erklommen zu haben, sondern weil es nur wenige Dinge gibt, die ich so sehr hasse, wie einem Angehörigen die Todesnachricht zu überbringen.

Frau Windisch wirkt erstaunlich jung, aparter als auf den zahlreichen Fotos, die in der Regenbogenpresse kursieren. Ihr pechschwarzes Haar ist kurz geschnitten. Sie trägt ein enges helles Kleid, braune Stiefel, eine auffällige Kette mit passenden Ohrringen und ein geschmackloses Armband. Ihre Lippen wirken frisch geschminkt, das Haar ist ein wenig zerzaust, aber nicht zu viel, um nicht unordentlich zu wirken. Sie will souverän erscheinen, aber nicht abgehoben, sexy, aber nicht vulgär, obwohl ich finde, dass es haarscharf an der Grenze ist.

Ich halte ihr noch einmal meinen Dienstausweis hin, woraufhin sie mich wortlos hineinbittet. Wir gehen ein paar Schritte in einen großen Raum, in dem mir zuerst nur eine riesige weiße Sitzgruppe auffällt, die einen schwarzen Tisch umgibt. Dann registriere ich teure Ausstattung in gespielter Einfachheit, eine Bar, die in der Wand verschwindet. Daneben das Gemälde einer riesigen, nackten Maria Lassnig, durch eine Großstadt schreitend, mit festem Schritt wie King Kong und gleichzeitig schwebend, dem Boden entrückt. Rot, orange, blau. Es nimmt mich länger gefangen als der Panoramablick durch die riesige Glasfront. Warum habe ich mein Kunststudium beendet?, frage ich mich nur für eine halbe Sekunde, in der mein Verstand sich verführen und wie so oft ablenken lässt.

Ich warte nicht, bis Constanza Windisch etwas sagt, sondern komme ohne Umschweife zur Sache. Anders kann ich es nicht.

»Ihr Mann ist tot, Frau Windisch. Er wurde ermordet. Es tut mir sehr leid.«

Es gibt Tausende Reaktionen auf diese eine Aussage. Ich kenne sie alle. Wie eine Schauspielerin, die für ein paar Sekunden ihren Text vergessen hat, blickt mir Frau Windisch Hilfe suchend in die Augen, die keinen Trost spenden. Dann wendet sie sich ab und sieht aus dem Fenster, klammert sich an die Aussicht über Wien, fixiert die Universität und die Votivkirche, bevor sie sich wieder zu mir umdreht und meinen Arm ergreift. Ich bin bereit, sie zu stützen, falls sie fällt, und einen Arzt zu rufen. Aber sie fängt sich rasch, sieht mich an und fragt nur: »Wie?«

Ich suche nach einer halbwegs zumutbaren Version, in der das Wort »ausbluten« nicht vorkommt.

»Die genaue Todesursache kennen wir noch nicht. Ihr Mann wurde heute Morgen in einer leeren Wohnung in der Innenstadt tot aufgefunden. Aber unseren Informationen nach wurde er dort nicht ermordet. Der Mörder hat seinen Leichnam dort abgelegt. Mehr kann ich nicht sagen. Ich versichere Ihnen, dass …«

Sie unterbricht mich zu Recht, bevor ich mich in Worthülsen verliere.

»Kann ich zu ihm?«

Ich schüttle nur den Kopf. Sie hält immer noch meinen Arm fest und dreht den Kopf zur Seite, will mir nicht in die Augen sehen. Ich muss ihr Fragen stellen, aber dazu brauche ich Distanz, wenigstens einen Meter Platz zwischen uns. Ich will ihr Zeit lassen, aber sie redet von sich aus.

»Sie haben keine Ahnung, wer das getan hat, nicht wahr? Sagen Sie nicht, dass sie schon eine Spur haben.«

Ich suche nach einem Anschluss, nach Worten, die nicht nach hohlen Phrasen klingen, nach Antworten, die trösten können. Ich habe sie nicht. Also spule ich meine Routinefragen ab. Sie macht keine Anstalten, sich hinzusetzen, also bleibe auch ich stehen.

»Wann haben Sie Ihren Mann zuletzt gesehen, Frau Windisch?«

Sie denkt nach. »Gestern zu Mittag. Wir waren bei Meinl am Graben essen.«

»Und danach?«

»Danach? Danach ist mein Mann in sein Büro in der Singerstraße gegangen. Dorthin hat er sich manchmal zurückgezogen, wenn er in Ruhe arbeiten wollte oder, wie es in letzter Zeit leider oft der Fall war, sich mit seinem Anwalt traf.«

»Hat er dort Mitarbeiter beschäftigt, die ich befragen kann?«

»Eine Mitarbeiterin. Dr. Monika Weyringer.« Sie bittet mich um einen Stift und ein Blatt Papier. Ich reiche ihr mein Notizbuch und sie notiert geistesabwesend eine Nummer auf ein freies Blatt.

»Frau Windisch, wir müssen herausfinden, wo sich Ihr Mann gestern Nachmittag aufgehalten hat, mit wem er sich getroffen hat, Sie wissen …«

Erneut unterbricht sie mich.

»Er notierte all seine Termine in seinem Tablet. Das muss sich in seiner Aktentasche befinden, die er mitgenommen hat. Wie gesagt, wir waren essen. Danach wollte er ins Büro gehen. Es war kalt, und er hat sich einen Pullover angezogen. Dann hat er sich von mir verabschiedet, mit einem Kuss …«

Sie sagt es mit einem Trotz, als hätte ich ihre Ehe infrage gestellt, ihre Beziehung kritisiert. Es arbeitet in ihr.

Mit dem Zeigefinger wischt sie sich eine Träne aus dem Augenwinkel. Sie geht zur Bar, nimmt zwei Gläser und eine Flasche Wodka und schenkt ein. Sie reicht mir ein Glas und nimmt selbst einen tiefen Schluck. Ich widerstehe der Versuchung und stelle das volle Glas an der Bar ab.

»Er hatte keinen Pullover an, als wir ihn gefunden haben«, sage ich, ohne über die mögliche Konsequenz dieser Aussage nachzudenken.

Sie lässt das Glas fallen. Mit einem dumpfen Knall schlägt es auf dem Teppich auf, zerspringt aber nicht.

»Was soll das heißen? War er nackt? Was verschweigen Sie mir?«, schreit sie.

Ihre Unsicherheit, zuvor kaum merklich, ist jetzt zu einer Wand geworden.

»Mit wem hat sich mein Mann getroffen? Was ist an dem Abend geschehen?«

Ich muss sie schnell beruhigen, bevor sie gänzlich die Fassung verliert, rede irgendetwas von Routine und erzähle ihr, wie ihr Mann bekleidet war. Sie schüttelt den Kopf und führt mich ins Ankleidezimmer. Ich zähle zweiundzwanzig Anzüge, davon drei mit grauem Nadelstreif. Sie fährt mit der Hand über jedes einzelne Jackett, verweilt eine Zeit lang bei dem einen oder anderen, lässt, so vermute ich, ihren Erinnerungen freien Lauf, das Leben mit ihrem Mann im Eiltempo Revue passieren. Da ich darauf gefasst bin, dass sie jeden Moment zusammenbricht, überrascht mich ihre nüchterne Klarheit.

»Das sind seine Anzüge. Ich kenne jeden, und es fehlt keiner. Der Anzug, von dem Sie sprechen, ist mir nicht bekannt. Haben Sie ein Foto?«

Ich verspreche, ihr sobald wie möglich eines zu schicken. Dass sie sich irrt und sich einfach nicht an den Anzug erinnert, wäre angesichts der Situation nicht unwahrscheinlich. Die meisten Menschen haben nur eine grobe Ahnung von der Garderobe ihrer Partner, selbst wenn sie das eine oder andere Kleidungsstück vielleicht sogar gemeinsam gekauft haben. Constanza Windisch scheint die Ausnahme zu sein.

Wir gehen zurück ins Wohnzimmer. Noch einmal fällt mein Blick auf das Gemälde von Lassnig, die sich mit Riesenschritten durch die Stadt bewegt. Ich habe eine letzte Frage.

» Frau Windisch, wissen Sie, wo das Auto Ihres Mannes steht?«

»Nein. In die Singerstraße ist er immer zu Fuß gegangen. Wahrscheinlich steht es in der Tiefgarage. Sehen Sie nach. Es ist ein blauer BMW, ein Hybridmodell, das Kennzeichen ist WK1. Das ist auch der Code für den Lift, damit kommen Sie direkt in die Garage.« Ihre Angaben sind präzise, kommen ohne Zögern. Sie hat ihre Selbstkontrolle wieder.

Ich lege ihr meine Visitenkarte auf den Tisch. Als ich gehen will, hält sie mich am Arm fest.

»Sie haben nicht gefragt, ob er Feinde hatte.«

Ich wäre nicht auf die Idee gekommen. Ein Mann wie Windisch war von Feinden umgeben. Sie danach zu fragen wäre sinnlos und müsste ihr in der Situation wie eine Provokation erscheinen. Zu meinem Erstaunen kommt Frau Windisch selbst darauf zu sprechen.

»Sie haben mir diese Geschmacklosigkeit erspart«, sagt sie, bevor ich antworten kann. »Dafür bin ich Ihnen dankbar. Sie sollten aber fragen, ob wir noch Freunde hatten, damit sie auf Ihrer langen Liste von Verdächtigen jemanden ausradieren können. Ich schreibe Ihnen die Namen auf.«

Sie drückt meinen Arm fester und sieht mich mit einem Blick an, der ein wildes Tier das Fürchten lehren würde. Oft überdeckt die Wut die Trauer, bildet eine Schutzschicht, hinter der man ein paar Stunden überleben kann. Manchmal bröckelt sie aber schon nach wenigen Minuten dahin.

Manche würden denken, dass die Liste mit Freunden nur eine sarkastische Bemerkung war, aber ich täusche mich nicht, dass sie es vollkommen ernst gemeint hat.

Man könnte meinen, dass ihr das Reden hilft, dass es sie irgendwie am Boden festhält, aber dieser klare und feste Ton in der Stimme lässt es zu mehr werden, zu einem Auftrag, von dem sie erwartet, dass ich ihn umgehend erfülle.

»Mein Mann hat viele sogenannte Freunde verloren, als gegen ihn ermittelt wurde. Politiker, Geschäftsfreunde. In Wirklichkeit wollten ihn alle nur fertigmachen. Eine Hasenjagd haben sie veranstaltet, und das Schlimmste daran war, dass sich Leute unter den Treibern befanden, denen er einmal geholfen hat, die ohne ihn in der Gosse gelandet wären.«

Sie lässt meinen Arm los, geht zur Bar, wo immer noch das Glas mit Wodka steht, das ich nicht getrunken habe. Sie leert es in einem Zug. Als sie sich wieder umdreht, hat sie zu ihrer Contenance zurückgefunden und ist wieder ganz die Frau von Welt.

»Stellen Sie mir eine Liste seiner letzten wirklich guten Freunde zusammen«, bitte ich.

Sie weiß, dass auch ich es ernst meine, und nickt nur stumm.

»Sie sollten Personenschutz beantragen«, sage ich im Gehen, weil ich weiß, dass sie es kategorisch ablehnen wird. Aber Prantl wird mich danach fragen, und dann muss ich nicht lügen. *Ja, ich habe es ihr angeboten. Nein, sie hat abgelehnt. Ja, ich habe darauf bestanden, aber …*

In der Garage sehe ich mir alle Autos genau an, überlege, wie viele Jahrzehnte ich arbeiten müsste, um mir einen dieser teuren Wagen zu leisten, und entdecke definitiv keinen blauen BMW Hybrid. Wir müssen das Auto finden. Ich rufe Chefinspektor Erwin Berger an, den Leiter einer der drei Mordgruppen. Er ist in meinem Alter und steht seit Jahren hinter mir, auch in schlechten Zeiten. Ich berichte ihm kurz den Stand der Dinge, bitte ihn, die Fahndung nach dem Fahrzeug einzuleiten, und verspreche ihm, bald im Büro zu sein. Eine Weile denke ich über Frau Windischs Reaktion auf den Tod ihres Mannes nach. Sie war beherrscht, und sie versteht es, ihre Gefühle zu kontrollieren. Fast genauso gut wie ihren Hang zu starken Getränken.

3

IN IHREM HELLEN Hosenanzug, der teuren Bluse und den straff nach hinten frisierten brünetten Haaren wirkt die etwa dreißigjährige Dr. Monika Weyringer wie das Klischee einer Businessfrau aus dem Versandhauskatalog. Ich halte mich nicht lange mit Floskeln auf und erkläre ihr die Umstände, doch meine Rücksichtslosigkeit rächt sich. Sie fängt sofort an zu weinen. Ich habe keine Sekunde überlegt, in welcher Beziehung diese Frau zu Windisch gestanden haben mag. Die Begegnung mit Constanza Windisch hat mich durcheinandergebracht, und ich brauche ein paar Minuten, um wieder klar zu denken.

Ich lasse Frau Weyringer Zeit, schenke ihr ein Glas Wasser ein und setze mich zu ihr an einen großen runden Tisch, der aus Holzscheiten und einer Glasplatte besteht. Zweifellos ein sündhaft teures Unikat. Nichtsdestotrotz ist es hässlich.

»Ich kann nicht glauben, dass Dr. Windisch tot sein soll. Ermordet?«

Ich reiche ihr ein Taschentuch, und sie tupft sich die Tränen von den Wangen.

»Es tut mir sehr leid, Frau Dr. Weyringer, aber ich muss Ihnen ein paar Fragen stellen. Sie wissen, nur so können wir …«

»… den Täter finden! Ich weiß. Wenn ich irgendwie helfen könnte.«

Ihre Stimme ist lauter geworden, und sie zerknüllt das Taschentuch. Neben der Trauer gibt es etwas wie Wut. Aber worauf?

»Frau Weyringer, erzählen Sie mir, was Ihre Aufgabe hier ist und an was Herr Windisch zuletzt gearbeitet hat.«

Während Monika Weyringer über die Arbeit berichtet, versuche ich, mir Notizen zu machen. Aber ich spüre, dass mir ihre Worte immer wieder entgleiten. Ich verstehe nichts von dieser Art von Geschäften, die sie vor mir ausbreitet wie alte Landkarten entlegener Regionen der Welt. Was ich verstehe ist »Wohnprojekt«, »soziale Integration«, »das Miteinander verschiedener Kulturen«. Das Reden beruhigt sie. Irgendwann unterbreche ich sie.

»Frau Weyringer, ich muss Sie fragen, wann Sie Herrn Windisch das letzte Mal gesehen haben. War das gestern Nachmittag?«

Sie schluchzt. »Gestern? Nein, Herr Dr. Windisch war gestern nicht im Büro.«

Jetzt verstehe ich die Unsicherheit, die ich bei Frau Windisch gespürt habe, als sie über die Pläne ihres Mannes für den Nachmittag sprach. Sie hatte geahnt, dass er nicht im Büro war, dass er etwas anderes vorhatte. Ich frage trotzdem nach.

»Sind Sie sicher? Waren Sie die ganze Zeit hier?«

»Ja, die ganze Zeit. Ich habe mich noch gewundert, dass er nicht erschienen ist. Er hatte sich morgens angekündigt. Und er war immer verlässlich. Ich hätte ahnen müssen, dass ihm etwas passiert ist.«

Sie wirkt verloren, wie eine Pflanze, die man von ihrem warmen Platz im Haus entfernt und draußen in den peitschenden Regen gestellt hat. Unbehaglich spule ich meine üblichen Fragen ab.

»War außer Ihnen noch jemand hier?«

Sie wischt sich erneut die Tränen aus dem Gesicht, bemüht sich, ruhig zu atmen. Dann schüttelt sie den Kopf. »Nur ich. Bis etwa 17 Uhr. Dann ist Herr Dr. Autischer gekommen.«

»Sein Anwalt.« Ich kenne den Mann zur Genüge aus dem Fernsehen.

»Ja. Er wollte mit Herrn Dr. Windisch ein paar Dinge besprechen, ich weiß nicht, ob … also ob ich darüber mit Ihnen reden darf.«

Nicht heute, nicht jetzt. »Das müssen Sie nicht, Frau Weyringer. Wenn es für den Fall relevant ist, werde ich darauf zurückkommen. Haben Sie eine Ahnung, wo Herr Windisch am Nachmittag gewesen sein könnte?«

»Nein, leider nicht. Haben Sie seine Frau gefragt? O Gott, die Arme. Ich habe überhaupt nicht …«

Ihr Mitleid ist gespielt. Selbst ihre Tränen kommen mir jetzt anders vor, eher wie kristallene Stacheln, die sie am liebsten in Constanza Windischs Körper bohren möchte. Die beiden Frauen waren keine Freundinnen.

»Ich war gerade bei ihr«, sage ich, bevor Frau Weyringer noch eine Lüge über ihr gutes Verhältnis zu der Frau ihres Chefs auftischen kann. »Sie hat ihren Mann gestern Mittag zum letzten Mal gesehen.«

»Das verstehe ich nicht.«

Ihr Erstaunen ist echt.

»Herr Dr. Windisch hat immer angerufen, wenn er einen Termin nicht wahrnehmen konnte. Er war ein ausgesprochen korrekter und feiner …«

Sie weint wieder. Ich krame ein weiteres Papiertaschentuch aus meiner Sakkotasche hervor und reiche es ihr, um Routine bemüht.

»Wissen Sie, ob Herr Windisch sein Tablet hiergelassen hat?«

»Nein«, entgegnet sie mit etwas sichererer Stimme. »Sein Tablet hatte er immer bei sich.«

»Wir haben keines gefunden«, sage ich wieder betont geschäftsmäßig. »Arbeitete er hier mit einem Computer?«

»Dr. Windisch arbeitete mit einem Laptop. Wollen Sie ihn mitnehmen?«

Sie führt mich in ein anderes Zimmer. Ich erwarte unzählige Ordner und Bücherwände, aber nur ein Schreibtisch und ein ergonomischer Stuhl in der Mitte des ansonsten leeren Raums zeugen von seiner Funktion. Ich versuche, mir Windisch hier vorzustellen, wie er irgendwelche Zahlen in seinen Laptop tippt, mit seinem Anwalt telefoniert, wie er Monika Weyringer zu sich ruft, ihr Aufträge erteilt und dabei in die Augen blickt, mit einer Mischung aus eitler Unnahbarkeit und extremer Liebesbedürftigkeit, aber ich spüre nur eine trostlose Leere und Einsamkeit. Bevor dieses Gefühl stärker werden kann, macht mich Frau Weyringer auf das Fehlen des Laptops aufmerksam.

»Er hat ihn wohl auch mitgenommen. Das hat er manchmal gemacht, wenn er einen Termin wahrnahm.«

Tablet und Laptop müssen in Händen des Mörders sein, denke ich. Im Unterschied zum Handy hat er sie mitgenommen. Er will uns unsere Arbeit nicht zu leicht machen.

4

EINE STUNDE SPÄTER sitze ich an meinem Schreibtisch, mit einem neuen Hemd, das nicht nach vergossenen Tränen und dem Schweiß meiner Anspannung riecht. Gott sei Dank habe ich immer ein Reservehemd in meinem Büro, für alle Fälle. Vor mir steht eine große Tasse mit dampfendem Kaffee. Sie trägt die Aufschrift »Meine Tasse«. Obwohl sie von meinem Kollegen Berger irgendwann einmal ins Büro mitgebracht wurde, finde ich, dass sie besser zu mir passt. Ich habe ihm eine neue zu Weihnachten geschenkt, mit »Peace on Earth« darauf. Er hat die Botschaft verstanden.

Ich gehe zu Prantl, der sich allerdings gerade angeregt mit der Staatsanwältin, einer Enddreißigerin namens Sandra Roiss, unterhält. Sie schenkt mir ein Lächeln zur Begrüßung, wirkt aber angespannt, wenn auch nicht wirklich nervös. Obwohl sie den Job erst vor Kurzem übernommen hat, hat sie sich einen Ruf als strenge, aber faire und entschlossene Verfahrensleiterin erworben. Nachdem sie sich noch einige Notizen gemacht hat, verabschiedet sie sich mit festem Händedruck von uns, wobei sie einen raschen Erfolg wünscht. Dann machen Prantl und ich uns in den Besprechungsraum auf.

Nach und nach trudeln die Kollegen der Sonderkommission ein. Unsere Mordgruppen sind fast vollständig versammelt, und ich sehe Rachinger, der mir freundlich zunickt. Wir kommunizieren wortlos.

Prantl bleibt stehen, bittet aber alle anderen, sich zu setzen. In solchen Momenten merke ich wieder, wie sehr er das Gegenteil jener nervenzerfressenen Idioten ist, die man aus Krimis kennt. Er hat ein sicheres Auftreten, besitzt Führungsqualitäten, kann Leute motivieren und schreckt sich nicht vor der Presse.

»Erwin«, sagt er und schaut zu Berger, der mit struppigem grauem Haar und Dreitagebart zwanzig Jahre älter und müder aussieht, als er ist, weshalb ihn schon so manche unterschätzt haben, die heute noch in der Justizanstalt Stein einsitzen. »Erwin, erinnerst du dich an den Fall Salzlechner?«

Berger nickt. Manche von den Anwesenden tun es ihm gleich, die meisten anderen erwecken mit zustimmenden Gesten den Anschein, als hätten sie selbst damals den Bericht geschrieben. Nur Julia verzieht keine Miene und lässt sich nicht anmerken, dass ihr der Fall nicht vertraut ist.

»Salzlechner war bereits drei Wochen tot, und wir haben jede nur erdenkliche Spur verfolgt.«

Prantl macht eine kurze Pause, schaut aber diesmal nicht von seinem Zettel auf, den er vorhin sorgfältig auseinandergefaltet und vor sich hingelegt hat. Ich weiß, dass nichts draufsteht, aber das Papier hilft ihm, sich zu konzentrieren. Ich frage mich, wann er sich überlegt hat, mit Salzlechner zu beginnen. Aber ich zwinge mich, nicht den Faden zu verlieren, ehe er überhaupt abgewickelt wird.

»Der Präsident der Industriellenvereinigung, Heinrich Salzlechner, wurde mit einem Fleischerhaken in seiner Garage aufgehängt. Das war im September 2004. Danach schlitzte ihm der Mörder mit einem Skalpell den Bauch auf und entfernte die Eingeweide. Trotz intensivster Bemühungen verliefen damals alle Spuren im Sand, und wir wurden von der Presse gegrillt. Uns als unfähige Truppe zu bezeichnen war dabei noch das Charmanteste. Nur du, Erwin, hast dich mir damals, als ich diesem Vollkoffer vom *Kronenblatt* eine reinhauen wollte, in den Weg gestellt und gesagt, dass wir die Sau ausweiden werden, noch heute oder morgen. Genau so hast du es auch dem Reporter gesagt. Und er hat dich gefragt, ob er dich zitieren darf. Und du hast ihn gefragt, ob du es ihm aufschreiben sollst. Ich weiß es so genau, weil ich mir damals eine Notiz in mein blaues Heft gemacht habe.«

Prantls blaues Heft wird irgendwann einmal – ich hoffe lange nach meiner Pensionierung – als die Memoiren des obersten Wiener Kriminalermittlers erscheinen, sofern er einen gutwilligen Ghostwriter findet, der das Gekrakel lesen und in eine sinnvolle Reihenfolge bringen kann. Manche von uns fürchten diesen Tag, andere würden sich gern verewigt sehen als Polizisten, die sich täglich ohne Furcht gegen die Wogen des Verbrechens stemmen. Ich frage mich, zu welcher Gruppe Erwin gehört.

Prantl fährt langsam und bedächtig fort: »Keine zehn Stunden später haben wir den Täter erwischt.

Das heißt, eigentlich der berühmte Kommissar Zufall. Bei einer Verkehrskontrolle im Burgenland. Weil er zu schnell gefahren ist. Und als die Beamten ihn anhalten wollten, ist er nervös geworden und weitergerast. Bis Gols ist er gekommen. Dort hat er sich um einen Baum gewickelt. Als ihm die Beamten zu Hilfe kommen und ihn aus dem Autowrack ziehen wollten, hat er sie mit einem Skalpell bedroht. Im anschließenden Handgemenge vor dem Auto hat er sich dann beim Hinfallen das Skalpell selbst in den Bauch gerammt. Allzu schwer hat er sich dabei nicht verletzt, aber der *Kronenblatt*-Schreiber titelte groß: ›Unsere Polizei hält Wort. Mutmaßlicher Industriellenentführer wie eine Sau ausgeweidet‹. Der Innenminister hat mich damals zu sich bestellt und auf fünfzig Zentimeter niedergemacht. Aber, siehe da, in der Bevölkerung gab es eine Welle an Sympathiebekundungen für die Polizei, davon konnte selbst Peter Alexander in seinen besten Jahren nur träumen. Daran konnten auch die Hass-Postings der Gutmenschen und der linken Presse nichts ändern. Im Gegenteil. Unzählige Leserbriefe hat es gegeben, die alle von Schlagfertigkeit, Mut, Entschlossenheit, vom gerechtfertigten Vertrauen in unsere Polizei sprachen. Plötzlich schwammen wir auf einer Welle von Sympathie, und der Innenminister hat Auszeichnungen verteilt, mir auf die Schulter geklopft. Nichts für ungut, hat er damals gesagt, quasi als Entschuldigung für sein Verhalten.«

Nie zuvor habe ich Prantl so etwas wie eine Ansprache halten hören, und ich bin sicher, dass keiner hier im

Raum erwartet hätte, dass es je dazu kommen würde. Umso mehr hat er die Aufmerksamkeit aller.

»Warum erzähle ich diese Geschichte, Erwin?«

Ich ahne die Antwort auf die Frage, aber ich wette mit mir selbst um ein Glas Bordeaux, dass ich mich irre.

»Der Fall heute ist der heikelste seit damals, das muss ich nicht betonen, vielleicht sogar noch heikler. Das ganze Land – nein, ganz Europa – schaut auf euch. Jede Aktion, die nach außen dringt, wird kommentiert und kritisiert werden, jede Person aus dem Umkreis von Windisch, mit der ihr sprecht, wird die Nummer ihres Anwalts schon mal an erster Stelle eingespeichert haben. Und jedes Wort wird man auf die Goldwaage legen, jeden Kommentar in hundert Richtungen deuten. Aber ihr, das ist meine Rede, hier und unter uns und nur für eure Ohren bestimmt, ihr, die ihr die Besten seid, ihr, die ihr alles gebt, kümmert euch einen Scheißdreck darum. Ihr denkt nur an eins: Wir werden diese Sau ausweiden, nicht heute oder morgen, aber so schnell wie nur möglich.«

Prantl faltet das leere Blatt Papier zusammen und setzt sich. Im Besprechungsraum ist es einen Moment lang mucksmäuschenstill, dann brandet Applaus auf. Berger grinst. Rachinger sieht mich mit einem Blick an, als wolle er sagen, ein schlauer Fuchs, dieser Prantl. Ich habe mich nicht geirrt und mir einen Bordeaux auf meine Kosten verdient. Prantl hat dem Team Mut gemacht, die Killerinstinkte geweckt, das Jagdgen hervorgelockt. Aber er hat auch gleichzeitig klargemacht, dass wir uns beeilen sollen, dass wir bei aller Rücksichtnahme diesen Fall möglichst rasch einer eindeutigen Klärung zuführen sollen. Und dass wir dabei zwar konsequent, aber wohlüberlegt und ja schonend vorgehen müssen, was die oberen Zehntausend betrifft. Auf keinen Fall wollte er uns davon abhalten, auch dort unsere Duftmarken zu hinterlassen.

Die folgende Stunde ist Routine, Zusammenfassung des bisherigen Erkenntnisstandes und eine Diskussion um die rasche Hinzuziehung eines Profilers. Die Brutalität des Mordes könnte auf einen geistig abnormen Täter hinweisen. Wie oft wurde in Österreich ein Mensch durch Ausbluten getötet? Aus meiner Dienstzeit ist mir kein derartiger Mord bekannt. Verblutet sind einige Opfer, aber jeweils durch die Folgen anderweitiger Gewalteinwirkung. Nur das Ablassen von Blut, um langsam und in voller Absicht den Tod herbeizuführen, nein, daran kann sich keiner von uns erinnern. Ein Mord im Affekt ist auszuschließen, definitiv. Es brauchte Planung, Kalkül, Vorbereitung, einen trotz allen Wahnsinns brutalen, klaren Verstand.

Eine Zeit lang wird über einen religiösen Hintergrund diskutiert, das Ausbluten als eine Art Ritual ins Spiel gebracht. Die meisten Anwesenden neigen jedoch eher zur Annahme eines politischen Hintergrunds. Zu meiner Verwunderung vertritt Rachinger die These, dass der Mord das Handwerk der linksradikalen anarchistischen Szene sei. Er klingt schon wie Gingrich. Ich halte mich aus dieser Diskussion heraus. Ich will meinen Instinkt nicht durch Vermutungen blockieren, sondern ihm freien Lauf lassen. Logik und Erfahrung sind die lange Leine, die ihn zurückhalten wird, wenn er sich im Dickicht zu verlieren droht. Noch ist mein Instinkt nicht einmal außer Sichtweite.

Arbeitsaufträge werden zugewiesen, Teams gebildet, Einsatzpläne erstellt, das gesamte Prozedere einer Morduntersuchung läuft an. Prantl berichtet, dass wir das Okay haben, mit bestimmten Fragen an die Öffentlichkeit zu gehen, auch wenn man sich der möglichen Folgen bewusst sei, dass man unendlich viel Mist auf den Schreibtisch bekommen werde. Aber weil es dränge … Prantl liest die Fragen vor. Ich schaue Julia an, die eifrig telefoniert. Sie bemerkt meinen Blick nicht.

Ich denke an das Presseinterview, und in meinem leeren Magen macht sich ein beklemmendes Gefühl breit. Mir ist danach, einen Wodka zu trinken, aber meine letzte Flasche habe ich schon vor Monaten entsorgt. Ich unterdrücke das Bedürfnis und wähle Meyers Nummer, aber er hebt nicht ab. Diese Übung hätte ich mir sparen können. Gleich nachher werde ich zur Gerichtsmedizin fahren. Ich zwinge mich zur Ruhe und setze mich zu Julia.

Sie unterbricht ihr Telefonat. »Chef? Kann ich was für Sie tun?«

Ich lächle verlegen. »Ich will da nicht hingehen«, flüstere ich und spüre ihre Verwunderung.

Julia schweigt und widmet sich wieder ihrem Telefonat. Also stehe ich wieder auf und gehe wortlos.

Ich ziehe mich für fünf Minuten auf die Toilette zurück, zerzause mein streng gekämmtes Haar, klopfe mein Sakko ab. Der Kontakt zu Journalisten war mir

Zeit meines beruflichen Lebens zuwider. Ich spritze mir kaltes Wasser ins Gesicht und atme tief durch.

Es ist über Nacht Herbst geworden, der eisige Wind trägt grauschwarze Wolken vom Norden her. Bis zur Landespolizeidirektion sind es etwa achthundert Meter. Auf dem Weg versuche ich, meine Gedanken zu ordnen und meinen Beitrag im Geiste durchzugehen. Das beruhigt mich. Der Saal, in dem der Polizeipräsident sein Interview geben wird, ist, wie zu erwarten, gerammelt voll. Die Journalisten stehen sich die Füße in den Bauch, manche halten dampfende Kaffeebecher in den Händen, die meisten kommunizieren mit irgendwem über ihr Handy, andere unterhalten sich. Ich spüre einen Drang umzudrehen, aber es ist zu spät. Sie haben mich schon bemerkt. Eine erste Gruppe wird unruhig, allen voran mein spezieller Freund vom *Kronenblatt,* den ich geflissentlich ignoriere. Gemeinsam mit den Schreibern von *Austria* und *Morgen* bildet er ein passendes Team. Sie unterhalten sich angeregt. Ich sehe zwei hungrige junge Journalistinnen vom *Wiener Blatt* und einen ausgefuchsten Routinier von der *Standarte,* und, bei einem Fall wie diesem nicht überraschend, mehrere in- und ausländische Fernsehteams.

Als Hofrat Gabriel Pilz, der Polizeipräsident, in seiner frisch gebügelten Uniform den Raum betritt, klicken die Fotoapparate. Ich beginne im Scheinwerferlicht zu schwitzen, die Kameras starren mich an, begleitet von den sensationshungrigen Journalisten, die wie Bestien auf ihre Beute lauern.

Als Pilz zu reden beginnt, wird es still. Er spricht den

Angehörigen sein Beileid aus, macht deutlich, dass wir davon ausgehen müssen, dass der Tod des Ministers ein gewaltsamer war, und vermeidet dabei jeden Hinweis auf die Todesursache. Vor allem lässt er durchblicken, dass man seriöserweise noch keine Fragen beantworten könne, ehe der Bericht der Gerichtsmedizin vorliege, dass überhaupt aufgrund der Brisanz der Angelegenheit, und um den Fahndungserfolg nicht zu gefährden, dringend vor irgendwelchen Spekulationen gewarnt werden müsse. Wer Pilz ins Gesicht sieht, weiß, dass er es genau so meint. Danach berichtet er über die Einsetzung der Sonderkommission und macht klar, dass wir auf der Suche nach dem Täter in alle Richtungen ermitteln und noch nichts zum Motiv sagen können. Er stellt mich als Leiter der Sonderkommission vor, womit er sehr geschickt die unangenehme Aufgabe, die Fragen der Journalisten zu beantworten, auf mich abwälzt.

»Kann der Mord mit den Vorwürfen an Herrn Minister Windisch oder mit dem in Aussicht stehenden Strafverfahren zu tun haben?«

»Das kann ich nicht beantworten. Wir wissen es nicht.«

»Glauben Sie an einen Mann als Täter, oder könnte es auch eine Frau sein?«

»Das kann ich nicht mit Bestimmtheit beantworten«, gebe ich zurück, obwohl meine Intuition mir sagt, dass wir es mit einem Mann zu tun haben. Aber ich will nicht die nächstliegende Frage provozieren, warum ich mir da so sicher sei.

»Kann es ein Globalisierungsgegner gewesen sein? Ein linksextremer Anarcho?«

»Wir wissen es nicht. Aber den Mord kann genauso gut ein Banker begangen haben«, antworte ich gereizt und ernte dafür einen strafenden Blick seitens des Polizeipräsidenten.

Pilz wiederholt, dass es viel zu früh sei, um Aussagen zum Täter zu treffen, und wendet sich schließlich an die Bevölkerung mit der Bitte um sachdienliche Hinweise, die unter einer bestimmten Telefonnummer, die ich unschwer als die unserer Mordgruppe erkenne, entgegengenommen werden. Dann formuliert er die Fragen, die Prantl bereits in der Besprechung vorgelesen hat. Wer hat Windisch zuletzt gesehen? Wer sein Auto? Wer hat etwas zwischen 20 und 22 Uhr in der Tuchlauben beobachtet? Die Presseabteilung wird in den nächsten Stunden zwei Fotos freigeben, die Windisch in der Kleidung zeigen, in der wir ihn gefunden haben. Ich bin sicher, die Journalisten werden sie begierig veröffentlichen.

5

ICH DRÄNGE MICH durch die aufgebrachte Meute und schaffe es schweißgebadet durch die Ausgangstür. Draußen atme ich tief durch. Ich sehe sie zu spät, bin für eine Sekunde unaufmerksam, bereue es in der nächsten. Die Journalistin steht allein im Gang, nur mit einem kleinen Aufnahmegerät bewaffnet und bewegt sich jetzt zielstrebig auf mich zu. Jeans, ein Denim-Shirt, flache Schuhe, ich habe keine Ahnung, welche Marke. Mein Vorsatz, sie gar nicht erst sprechen zu lassen, kommt zu spät.

»Oberstleutnant Winter, nicht wahr?«

Sie streckt mir ihre Hand entgegen, und ich sehe in ihre Augen. Tiefblaues Meer, weiße kleine Wellen, die an die Felsen schlagen, und in der Mitte ein schwarzer Abgrund.

Sie hält meinem Blick locker stand. Ihr Händedruck ist fest, das gefällt mir. Sie wird trotzdem kein Interview bekommen.

»Sie sind doch Michael Winter?«

Ich lasse ihre Hand los. »Ja, der bin ich, Frau …?«

»Angelika Kretschmer. Ich bin freie Wirtschaftsjournalistin und schreibe für ein paar Wochenzeitschriften. Haben Sie ein paar Minuten für mich?«

»Waren Sie nicht da drinnen?« Ich deute hinter mich. »Da hätten Sie alles Wissenswerte erfahren.«

Sie lächelt mich an und gibt sich nicht die Blöße, auf diese Lüge zu reagieren. Stattdessen bleibt sie hartnäckig: »Es dauert nur fünf Minuten, ich verspreche es. Dann sehen Sie mich nicht mehr wieder.«

»Keine Chance!«, entgegne ich energisch und stelle mit einem Schritt nach hinten eine spürbare Distanz zwischen uns her.

Auf ihrem Hals zeichnen sich rote Flecken ab, und ich rieche den sich langsam verflüchtigenden Duft von Burberry Sport. Sie scheint zu überlegen, ob sie etwas Unflätiges sagen soll, lässt es aber bleiben und drückt mir ihre Visitenkarte in die Hand.

»Falls Sie es sich noch anders überlegen«, sagt sie und ringt sich noch einmal ein Lächeln ab.

Ich erwidere es halbherzig und verabschiede mich betont kühl. Für eine Weile halte ich die Visitenkarte zwischen meinen Daumen und Zeigefingern und beschließe, sie zu zerreißen, stecke sie dann aber in meine Geldbörse. Man kann ja nie wissen.

6

»HABEN SIE LUST auf einen Besuch bei unserem Toten?«

Ich höre, wie Julia auf meine Frage hin schluckt, aber sie gibt sich keine Blöße.

Wenige Minuten später begrüßt uns Meyer am Eingang der runderneuerten Gerichtsmedizin in der Sensengasse. 2008 hatte man als Ausweichquartier während des Umbaus Container am Areal des Zentralfriedhofs aufgestellt, die Toten also gewissermaßen mit Ausblick auf ihren späteren Aufenthaltsort obduziert. Ein wenig bedauere ich, dass dieses Provisorium nach einigen Jahren ein Ende gefunden hat. Ich liebe die Atmosphäre des Zentralfriedhofs. Böse Zungen behaupten, er sei das Alter Ego Wiens, Stein gewordene Wiener Mentalität, beseelt von einer heiteren Traurigkeit, die das Bedrohliche nicht ernst und das Ernste nicht bedrohlich nimmt. Ich schlendere gern durch das weitläufige Gelände, vorbei an in stiller Schönheit verharrenden Grabsteinen, die nur Gutes künden über Menschen, die ich nicht kannte. Ich denke dabei an Maria, die in norddeutscher Erde begraben liegt. Der Gedanke an sie macht mich traurig, und ich spüre die Kälte, die sich in meinen Gliedern ausbreitet.

Meyer holt mich aus meinen Gedanken.

»Sind Sie sicher, dass Sie das sehen wollen?«, fragt er Julia mit einer Einfühlsamkeit, die er mir gegenüber nie zeigt. Julia nickt heftig. Also geht er mit raschem Schritt voraus und öffnet einen Raum, dessen eisblau getünchte Wände und blaugrauer Fußboden mich noch mehr frieren lassen. Windisch liegt auf einem der zwei von grellem Neonlicht beleuchteten Aluminiumtische. Er sieht noch genauso friedlich aus wie heute Morgen. Ich ertappe mich dabei, wie ich nach der Tasse in seiner Hand suche.

Langsam und betont verständlich beginnt Meyer seinen Bericht. Ich vermute, dass er das nicht wegen Julia macht, sondern weil er meine intellektuelle Ignoranz in Sachen Naturwissenschaft und Medizin kennt.

»Todesursache wie vermutet. Man hat ihm mit einem ziemlich großen Venenkatheter, wahrscheinlich mit einem weißen oder grauen Venflon, Blut entnommen. Er hatte übrigens Blutgruppe 0 positiv, war also der ideale Blutspender.«

Er kann sich diesen geschmacklosen Hinweis nicht verkneifen, den er mit einem hämischen Grinsen begleitet, erwartet aber keine Reaktion und redet betont sachlich weiter.

»Wir haben keinen Hinweis auf ein Betäubungsmittel finden können, die toxikologische Untersuchung läuft aber noch. Allerdings hat er, wie ich schon gegenüber dem Herrn Oberstleutnant bemerkte, eine ziemliche Beule am Hinterkopf. Es ist also sehr wahrscheinlich, dass der Täter ihn bewusstlos geschlagen und dann im wehrlosen Zustand mit der Tortur begonnen hat. Ich muss nicht erwähnen, dass der Schlag ihn nicht umgebracht hat. Ich würde sagen, er war vielleicht für eine Viertelstunde außer Gefecht. Unserer Schätzung nach ist er gestern zwischen 22 und 23 Uhr gestorben. Wie lange das gedauert hat, hängt vom Venflon ab, den der Mörder benutzt hat. Der Verlust von 1,5 Litern Blut führt zu Durst- und Schwächegefühl, die Atmung beschleunigt sich, der Betroffene verspürt Angst. Ab zwei Litern Blutverlust fühlt man sich verwirrt, schwindelig und verliert schließlich das Bewusstsein. Durch die massive Reduzierung des Herzzeitvolumens erfolgt der Zusammenbruch des Blutkreislaufs. Alles in allem vielleicht eine Viertelstunde, zwanzig Minuten, wenn nicht …«

»Wenn nicht was? Mach es nicht so spannend«, unterbreche ich ihn, weil mir der Gedanke an das viele Blut Übelkeit bereitet.

Meyer registriert mein Unwohlsein mit einem Seufzen. »Also nur mal angenommen, du willst es hinauszögern, weil du den Menschen leiden sehen willst, dann gäbe es schon Mittel und Wege.« Er macht eine kurze Pause, scheint aber rasch zu erkennen, dass ich hier und jetzt ganz und gar nicht an Ratespielen interessiert bin, und fährt fort: »Also wenn es sich um einen Venenkatheter gehandelt hat, dann hat der Täter ihn auch verschließen und den Blutfluss zeitweilig unterbinden können, vorausgesetzt, er hat ihn zwischendurch gespült. Allerdings müssen wir dann von einem Täter ausgehen, der zumindest ansatzweise über medizinische Kenntnisse verfügt.«

»Also eine Art Folter«, werfe ich ein und sehe Windisch deutlich vor mir, wie er auf einem Stuhl langsam zu sich kommt. Ich kann fast den Einstich spüren, seine Panik riechen. Vor mir sehe ich seine Augen, wie sie dem Mörder voller Entsetzen ins Gesicht blicken, ein Gesicht, in dem ich nichts erkennen kann außer ein leises Lächeln und eine langsam verebbende Wut.

Meyer bestätigt meine schlimmste Vermutung. »Wenn der Mörder es darauf angelegt hat, dann hat sich der Todeskampf über Stunden hingezogen.«

Ich sehe Julia an und versuche, an ihrem blassen Gesicht abzulesen, wie es ihr gerade geht. Sie bemerkt meinen Blick und nickt mir mit dem Ansatz eines Lächelns zu, das mehr als gequält wirkt.

»Sonst keine Auffälligkeiten«, setzt Meyer seine Analyse fort. »Der Mann war kerngesund, sportlich, mit gutem Muskeltonus. Da fragt man sich natürlich, wie er bei so einer Tortur daran gehindert wurde, sich zu wehren. Sein Körper weist keine Hämatome auf, die auf Fesselung schließen lassen. Man hat den Eindruck, als hätte er alles über sich ergehen lassen, quasi wie ein Lamm, das zur Schlachtbank geführt wird.«

Bei dem biblischen Zitat sieht Meyer theatralisch nach oben. Ich bringe ihn wieder in die irdische Realität zurück.

»Wahrscheinlich wurde er mit einer Waffe bedroht«, vermute ich.

»Möglich. Aber das kann ich natürlich nicht feststellen.«

Auch wenn Julia bisher kein Wort gesagt hat, so hat

sie sich besser gehalten, als ich erwartet hatte, und macht sich fleißig Notizen. Ich will hier raus, aber Meyer ist noch nicht fertig.

»Windischs letzte Mahlzeit war Sushi, aber wo genau er die eingenommen hat, müsst ihr herausfinden.«

Bei dem Gedanken an rohen Fisch dreht es mir den Magen um. Ich möchte das hier schnell beenden, aber es gibt noch eine wichtige Frage, die ich stellen muss. Zu meinem Erstaunen kommt Julia mir zuvor.

»Das Blut in der Tasse?«

Meyer grinst. »Habe mich schon gewundert, warum der Herr Oberstleutnant mich nicht danach gefragt hat.« Er wendet sich Julia mit einem verschwörerischen Lächeln zu. »Das Blut in der Tasse, meine Lieben, ist definitiv nicht das Blut von Windisch. Gruppe AB negativ. Die seltenste Blutgruppe überhaupt. Der DNA-Abgleich wird noch einige Zeit dauern, aber die Chance auf einen Treffer ... Na, ihr wisst ja ...«

»Wie viel war es?«, frage ich. »Wie viel Blut war in der Tasse?«

»123 Milliliter.«

»Also nicht ganz ein Achtelliter. Das ist kein Zufall!«

Ich denke darüber nach. Blut und Wein, Wein und Blut. Der Tod Jesu kommt mir in den Sinn. Hat der Mord doch einen religiösen Hintergrund? Warum ein Achtelliter? Was wollte der Täter mit diesem Standardmaß aussagen? Wollte er auf uns anstoßen? Uns verhöhnen? Warum dann die Tasse und kein Weinglas? Wegen der Botschaft »Wien ist anders«? Warum hat der Mörder die Tasse nicht ganz gefüllt? Steht Blut für Leben?

Gar kein Blut bei Windisch, zu wenig Blut in der Tasse. Was bedeutet das? Ich finde keine Antworten, erst recht nicht hier in dieser trostlosen Umgebung, in der mich entsetzlich friert.

Zu meiner Überraschung gibt mir Meyer recht. »Ob Zufall oder nicht, Michael, das kann die Forensik nicht beantworten. Aber ich persönlich glaube auch, dass wir es mit einem Täter zu tun haben, der genau weiß, was er tut und warum.«

Ich sehe in Julias blasses Gesicht und bekomme ein Nicken, ein wortloses Einverständnis, diesen Ort so schnell wie möglich zu verlassen. Wir verabschieden uns von Meyer und gehen eine Weile schweigend nebeneinander her, beide in unsere Gedanken vertieft. Für kurze Zeit verdränge ich den Fall, versuche, mich an eine Welt vor der Kälte zu erinnern, an Marias Lachen, ihre Küsse, ihre Berührungen. Julias Gedanken kann ich nicht erahnen, aber auch sie wirkt, als wäre sie einen Moment in eine schmerzvolle Erinnerung abgetaucht.

Wir reden kein Wort, bis wir wieder in unseren Büros angekommen sind. Zwischen uns herrscht eine Art stille Übereinkunft, den Schmerz nicht an die Oberfläche zu holen, und ich spüre, dass auch Julia froh ist, in der Dienststelle von geschäftigem Treiben empfangen zu werden. Keiner vom Team wird heute früh nach Hause gehen, und jeder muss morgen wieder zeitig raus. Berger nickt mir zu.

Ich setze mich an meinen Computer und schicke alle aktuellen Infos an Rachinger, dann tippe ich an meinem

Bericht herum, aber am Ende besteht der Text hauptsächlich aus Fragezeichen.

Auch die ersten Ermittlungsergebnisse sind wenig ermutigend. Laut Auskunft der Firmenleitung, die für den Umbau der Wohnung zuständig ist, sei keinem der – im Übrigen, wie man extra betont, ordnungsgemäß angemeldeten – zehn Firmenmitarbeiter, die dort beschäftigt sind, etwas Ungewöhnliches aufgefallen. Und niemand habe das Gefühl gehabt, beobachtet zu werden. Die Handwerker werden morgen früh in die Dienststelle kommen, damit ihre Fingerabdrücke abgenommen werden können, um sie mit denen am Tatort abzugleichen. Die Hausverwaltung sollte sich mit den Besitzern der Wohnungen ins Einvernehmen setzen und die Mieter befragen. Aber derzeit sei niemand erreichbar. Die Frage, wie jemand mitten in der City einen sportlichen, fast zwei Meter großen Mann unbemerkt in einem verschlossenen Haus in den vierten Stock transportieren konnte, bleibt also vorerst ungeklärt.

7

AUF DEM NACHHAUSEWEG versuche ich, mich auf den Fall zu konzentrieren, aber es gelingt mir nicht. Der Aufenthalt in der Gerichtsmedizin hat eine Trauer in mir emporsteigen lassen, die ich jahrelang in Untiefen getrunken und später mühselig verdrängt hatte. Ich spüre Marias Hände auf meinen, rieche ihre Haut, ihren Atem. Ich denke an Hanna, unsere Tochter, sehe sie vor mir, mit neun oder zehn, wie wir gemeinsam durch den Schnee zu ihrem Taekwondo-Training stapfen. Sie schlägt ein paar Räder auf dem Gehsteig. Wie eine riesige Flocke wirbelt sie vor meinem Gesicht, bis ihre Handschuhe wie kleine Schneemänner aussehen. Im Training macht sie alles richtig, jede Bewegung sitzt. Taekwondo ist Choreografie, eine Abfolge penibel eingelernter Übungen, die ihr so leichtfallen wie der frische Schnee vor dem Fenster. Sie legt eine Prüfung ab und zerschlägt dabei mühelos Hölzer mit Händen und Füßen. Als wir mit ihrem neuen Gürtel nach Hause gehen, strahlt sie. Damals war die Welt warm und vertraut. Maria hatte Hannas Lieblingsgericht gekocht. Ich sehe uns zu dritt am Tisch sitzen, und Maria und ich hören Hannas Erzählung zu.

Viel Zeit ist seither vergangen, und mittlerweile sprechen Hanna und ich nicht mehr allzu häufig miteinander. Ich rufe sie an, nicht aus schlechtem Gewissen, aber aus einer Wehmut und Sehnsucht heraus.

»Papa? Das ist ja eine Überraschung«, begrüßt sie mich. »Ich wollte dich schon als vermisst melden. Geht es dir gut? Nein, ich denke, dann hättest du nicht angerufen.«

Ich ignoriere ihren Sarkasmus. »Es geht mir gut, danke, Schatz. Ich arbeite gerade an einem schwierigen Fall. Es tut mir leid, dass wir so wenig Zeit füreinander hatten, aber ich vermisse dich.«

Hanna schweigt. Wahrscheinlich überlegt sie, ob sie wegen meiner Gefühlsbekundung stolz oder genervt sein soll.

»Was für ein Fall?«, fragt sie schließlich.

Ich gebe ihr darauf keine Antwort, zumindest nicht direkt, sondern frage zurück: »Sag mal, Hanna, könntest du dir vorstellen, einen Menschen so zu hassen, dass du ihn ausbluten möchtest? Ich meine, ihm alles Blut abzapfen?«

»Bist du krank, Papa? Wieso fragst du das? Ist das dein neuer Fall? Ein Vampir?«

Ein Vampir. Sie bringt es wieder mal auf den Punkt, und ich wundere mich, warum mir diese Assoziation nicht gekommen ist.

Als ich nichts erwidere, hakt sie nach: »Ein Ritualmörder?«

»Hanna, beruhige dich. Du weißt, dass ich über laufende Fälle nicht reden darf. Ich denke einfach gerade darüber nach, welche Umstände einen Menschen zu so einer Tat treiben könnten. Darum frage ich dich. Könntest du …«

»Nein, natürlich nicht«, unterbricht sie mich. »Wie kannst du überhaupt solche Fragen stellen? So jemand ist einfach nur krank, ein Psychopath. Und sag jetzt nichts über eine verkorkste Mutterbeziehung. Wer kann einem anderen Menschen so was antun? Wenn ich meinen Ex, dieses Arschloch …«

»Meinst du Alex? Seid ihr getrennt?«, frage ich dazwischen.

»Wann hast du dich zuletzt darum gekümmert, wie es mir geht, Papa? Wann waren wir das letzte Mal zusammen essen? Vor drei Monaten? Damals war ich noch mit ihm zusammen, ja. Er hat was mit Stefanie, dieser Bitch. Die säuselt mir was vor von best friends forever und springt dann mit ihm ins Bett.«

»Scheiße«, sage ich, weil es authentischer klingt als »Das tut mir leid«.

»Das kannst du laut sagen. Ich habe ihnen beiden die Pest an den Hals gewünscht, und ich will keinen von ihnen je wiedersehen. Aber umbringen?«

Ich bedanke mich, was sie seltsam findet, und wir verabreden uns für den kommenden Mittwoch zum Essen beim Chinesen. Erst als ich auflegen will, fragt sie nach: »Was ist nun mit deinem Fall? Ein Mord, nicht wahr? Irgendwer Prominentes?«

Ich überlege, ob ich ihr etwas berichten soll, was sie ohnehin in der Zeitung lesen wird, und entscheide mich dagegen. »Das erzähle ich dir nächste Woche, einverstanden?«

Hanna ist nicht einverstanden, aber sie weiß, dass es keinen Sinn hat, mich zu etwas zu zwingen, das ich nicht will.

»Okay, dann nächste Woche. Aber ruf vorher an, wenn du nicht kommen kannst oder willst. Ciao, Papa.«

Sie schmollt, und es ist ihr wie immer gelungen, mir ein schlechtes Gewissen zu machen. Ich werde nicht absagen und verspreche es ihr, bevor sie auflegt. Wie viele Versprechen habe ich eingehalten?

Der Gedanke beschäftigt mich noch eine Zeit lang, nachdem ich zu Hause angekommen bin. Ich weiß, dass die Grenze zwischen reuiger Einsicht und Selbstmitleid ein schmaler Grat ist. Bevor ich darin zerfließe, schalte ich den Fernseher ein und zappe zwischen den Nachrichtensendungen hin und her. Ich schalte den Ton auf stumm und sehe mir die Politiker an, die wie Muppets Grimassen schneiden, um ihre Betroffenheit auszudrücken. Als der Altkanzler zu Wort kommt, schalte ich den Ton wieder ein, höre »großartiger Wirtschaftsminister«, »Gräueltat«, »Hetzkampagne der Medien«, »schnelle Aufklärung«. Ich schalte den Fernseher aus.

In dieser Nacht schlafe ich unruhig, trotz bleierner Müdigkeit und zweier hastig getrunkener Gläser Gabarinza 2012 vom burgenländischen Weingut Heinrich.

Mittwoch, 3. Oktober

Tag 2

8

GEGEN VIER UHR packt mich im Traum eine Kinderhand an und versucht, mich aus dem Bett zu zerren. Ich kann kein Gesicht erkennen, aber mein Arm wehrt sich minutenlang gegen das erstaunlich starke Ziehen. Ich wache mit Gänsehaut am ganzen Körper auf, suche das Zimmer ab, schalte das Licht an. Nur die zerknüllte Decke kommt schemenhaft einem Kind nahe. Ich falte sie sorgfältig zusammen und lege sie auf die Kommode. Der Rest der Nacht besteht aus einer Mischung aus Gedanken und Träumen, aus alten Ängsten und einer Sehnsucht nach etwas, das ich nicht zuordnen kann. Ich blicke wieder in Isabella Martins eisige Augen, sehe ihre sorgfältig manikürten Hände vor mir. Ich suche nach kleinen Schnitten in der Haut, nach Verletzungen, die sie sich zugefügt hat, als sie ihren Mann zerteilte, aber ich finde nur ein paar rosarote Striche verheilender Wunden. Die Psychologen und Gutachter forschen nach den tiefen Schnitten in ihrer Seele, wühlen ihre Lebensgeschichte auf, bieten in langen Berichten Erklärungen an. Ich sehe immer nur diese kalten Augen.

Ich trinke zwei Tassen Kaffee, dusche und entscheide mich dann für mein blaues Lieblingshemd und das graue Sakko, Jeans und die bequemen Sommerschuhe.

Nachdem ich Haferflocken mit Banane, ein Glas Milch und ein paar Nüsse zu mir genommen habe, fühle ich mich besser. Ich sehe unter dem Bett nach, ob sich ein kleines Kind dort versteckt, aber da ist nichts, nur eine vernachlässigbare Staubschicht.

Um acht Uhr ist Lagebesprechung. Ich bin eine Viertelstunde früher da, Julia trifft fast zeitgleich ein, heute in Jeans und Lederjacke. Ihr wildes kurzes Haar erinnert mich an scharfe Klingen, die kreuz und quer aus ihrem Kopf ragen. Nach wenigen Minuten sind alle Plätze besetzt, und im Team macht sich eine Konzentration breit, die mich immer wieder erstaunt. Niemand hier hat lange geschlafen, manche Gesichter wirken übernächtigt, andere noch grauer und faltiger als sonst. Aber allen ist Entschlossenheit anzusehen, die Bereitschaft, diesen Fall tatkräftig und mit aller Präzision so schnell wie möglich aufzuklären.

Gerade weil ich die Anspannung spüre, begrüße ich die Runde besonders freundlich, spreche meinen Dank für die bisherige Arbeit aus und stelle die einfachen Fragen, die alle erwarten: »Was haben wir? Wo stehen wir?«

Der Bericht der Gerichtsmedizin bringt wenig Neues. Keine Gifte, kein Betäubungsmittel, kein Alkohol. Auf der Tasse waren keine Fingerabdrücke, dafür viele verschiedene rund um die Leiche und in der Wohnung. Heute Morgen werden sie mit denen der Bauarbeiter abgeglichen. Niemand erwartet, dass wir Abdrücke des Täters finden. Das Blut in der Tasse ist derzeit nicht zuzuordnen. Doch die Untersuchungen laufen weiter.

Der Umstand, dass Windisch in einem grauen Armani-Anzug und einer blauen Krawatte mit roten und weißen Punkten aufgefunden wurde, an die seine Frau sich nicht erinnert, und er ihrer Aussage nach mittags im Kaschmirpullover unterwegs war, hat für die meisten keine Aussagekraft. Vielleicht trügt die Erinnerung sie. Vielleicht zog Windisch sich am Abend um, weil er einen besonderen Termin hatte. Ich glaube nicht daran. Ich denke, dass der Mörder ihn nach dem Tod in diesen Anzug steckte und uns damit eine Botschaft hinterlassen wollte, die wir noch nicht verstehen. Berger teilt daher zwei Leute ein, um im Netz nach Fotos zu suchen, die Windisch in diesem Anzug und dieser Krawatte zeigen.

Die Techniker vom Assistenzbereich 6, zuständig für IT-Beweissicherung, haben die Handydaten analysiert. Ab 14:32 Uhr war Windischs Smartphone ausgeschaltet, davor in einen Sendemasten am Graben eingeloggt. Das passt zur Aussage von Constanza Windisch. Das Handy gibt uns also keinen Hinweis auf die letzten Stunden des ehemaligen Ministers, ebenso wenig die Aussagen der Anwohner in der Tuchlauben. Frau Windisch war neben dem Mörder nach diesem Ermittlungsstand vorerst die Letzte, die ihn lebend gesehen hat. Von Windischs Auto fehlt jede Spur, genauso wie von seinem Tablet und Laptop. Vielleicht helfen uns die Gesprächsprotokolle von Windischs Telefonaten weiter. Dazu brauche ich eine Genehmigung. Bei der politischen Brisanz des Falls und den drohenden Strafverfahren gegen Windisch könnte das schwierig werden.

Rachinger lässt seine Leute nach politisch, wirtschaftlich oder religiös motivierten Gewalttaten und -tätern suchen. Unterstützung gibt es von der Abteilung 3 des Bundeskriminalamtes. Dort zerpflücken sie das organisierte Verbrechen nach möglichen Querbezügen zu Windisch. Der Ermittlungsbereich für Wirtschaftsdelikte stöhnt unter der Bürokratie. Es ist leichter, an das Logbuch der Enterprise heranzukommen als an Akten, die in einem laufenden Verfahren eine Rolle spielen.

Berger geht Windischs Leben durch. Nichts Auffälliges oder vielleicht doch. Je nachdem, wie man es nimmt. In diesem Raum haben wir es selten mit Musterschülern zu tun, die ihre Reifeprüfung mit Auszeichnung bestanden haben, deren Eltern ein florierendes Familienunternehmen im Wiener Nobelbezirk Döbling betreiben, deren Frauen aus dem Kreis steirisch-italienischer Adeliger stammen. Selten mit verwöhnten Einzelkindern, die nicht um Zuwendung buhlen müssen, selten mit erfolgreichen Finanzmanagern, die steile Karriere in der Politik machen und schließlich zum Wirtschaftsminister ernannt werden.

Keiner von uns spricht es aus, aber insgeheim wünscht sich jeder, dass sich hinter der Fassade der heilen Familie und perfekten Ehe ein Abgrund auftut, ein Motiv spürbar wird, ein Mörder lauert. Oder, um es kriminalistisch auszudrücken: Der Blick auf die Verwandtschaft ist in der Regel einer der wichtigsten Schritte zur Lösung von Mordfällen. Die meisten Morde sind sogenannte Beziehungsdelikte. Verletztes Selbstwertgefühl, Rache für Kränkungen und dann die Frage: Wer profitiert vom Ableben? Aber der Abgrund tut sich nicht auf. Im Umkreis der Familie Windisch gibt es nicht einmal eine Pfütze, in die man treten könnte. Berger hat alle möglichen Konfliktfelder in der Familie in Betracht gezogen, mögliche Kränkungen, Unstimmigkeiten im Geschäftsleben, ansatzweise publik gewordene Streitigkeiten. Es gibt keine. Bei aller Unschuldsvermutung hatte Windisch ein Problem mit Steuerbehörden und Justiz. Doch seine Familie hält auch jetzt eisern zu ihm, mauert, spricht ihn zwar nicht heilig, aber selig allemal. Üblicherweise würden an dieser Stelle alle meine Sensoren angehen, würden die Lichter des Unglaubens aufblinken, würde mein Instinkt ein Festmahl riechen. Aber nichts dergleichen geschieht. Und Frau Windisch? Die kinderlose Alleinerbin besitzt genug Eigenvermögen. Bereicherungsabsicht ist auszuschließen. Ich bin überzeugt, dass der Mord nach dem Motiv Rache schreit.

Berger setzt sich wieder und überlässt die Bühne Dr. Bernhard Aigner, einem Selbstdarsteller mit Föhnfrisur, der ein Profil des Täters erstellen möchte. Ich höre ihm nur mit einem Ohr zu. Wenn ich gute Laune habe, lese ich später die schriftliche Fassung. Die Brutalität der Tat, der klare Vorsatz, die Logistik – klar, da war jemand nicht einfach nur sauer. Hier geht es um mehr als eine böse Abrechnung für verlorene Aktienwerte. Das Ausbluten ist ein Zeichen. *Windisch, du hast die Leute bluten lassen, hast ihnen den letzten Tropfen ausgepresst. Jetzt wird es dir ebenso ergehen.* Diese Erklärung ist fast zu einfach und dennoch logisch. Rachinger wird sich daran festbeißen. Aber warum das Blut in der Tasse?

Stammt es vom Mörder? Windisch wurde nicht brutal erschlagen, nicht mit Messern malträtiert oder von Kugeln durchsiebt. Der Täter hat sich Mühe gegeben, ihn so wenig wie möglich zu verletzen, hat seine äußere Erscheinung unangetastet gelassen. Hier fand keine Übertötung statt, gab es keinen Ausbruch blinder Wut. Wenn der Täter ein Raucher war, hat er sich vielleicht in aller Ruhe eine Zigarette angezündet, als das Blut zu tropfen begann. Hat er es irgendwo aufgefangen? Wird er es uns noch präsentieren? Wäre eine Frau imstande, so etwas zu tun? Unwahrscheinlich, aber möglich. Nur, wie hätte sie es schaffen sollen, den Toten zu transportieren? Dazu hätte sie wohl einen Komplizen gebraucht.

Der junge Meierhofer reißt mich aus meinen Gedanken. Ich hatte ihn beinahe vergessen.

»Ich bedanke mich bei euch allen für euer Vertrauen«, fängt er an.

Ich fühle eine Hitze in mir aufsteigen, eine Mischung aus Wut und Ohnmacht, und zeichne eine kleine Ratte in mein Buch.

»Dieses Vertrauen ist nicht selbstverständlich.«

Meierhofer sieht mich nicht dabei an, aber ich weiß, dass er mich meint.

»Manche hier halten mich für zu jung und zu unerfahren. Und wie ihr alle wisst, bin ich mit der Innenministerin verwandt. Also, dass ich hier mitmachen darf, das ist für mich eine große Ehre. Ich möchte dieses Vertrauen nicht enttäuschen.«

Er setzt sich wieder. Ich vermute, er wartet darauf, dass jemand von uns ihn umarmt und ihm einen Kuchen schenkt. Willkommen im Kreis der Familie. Schön, dass es dich gibt. Die Ratte in meinem Buch hat jetzt einen langen Schwanz. Ich streiche sie durch.

Tatsächlich steht Rachinger auf und klopft Meierhofer auf die Schulter. »Lieber Kollege Meierhofer, ich denke auch, dass Sie uns eine große Hilfe sein werden. Ich habe heute schon mit Oberst Prantl gesprochen. Er hat den Vorschlag gemacht, dass Sie Oberstleutnant Winter persönlich zur Seite stehen. Ich habe diesen Vorschlag ausdrücklich unterstützt.«

Habe ich richtig gehört? Hat mir Rachinger soeben eine Kröte auf den Teller gelegt? Soll ich sie widerstandslos hinunterwürgen oder sie ihm ins Gesicht werfen? Ich suche Julias Blick, aber sie sieht verlegen in ihre Unterlagen. Rachinger grinst. Ich habe vielleicht zehn Sekunden Zeit, um mir zu überlegen, wie ich aus der Sache herauskomme. Wenn ich Meierhofer ablehne, verscherze ich es mir mit Prantl und – auch wenn es mich wenig juckt – selbstredend mit der Innenministerin. Wenn ich ihn widerstandslos akzeptiere, habe ich meine Autorität in diesem Raum für meine letzten fünfzehn Jahre im aktiven Dienst verspielt. Ich stehe auf.

»Einverstanden«, sage ich mit Blick auf Meierhofer. »Willkommen im Team. Ehrgeiz und Engagement sollen ihre Chance bekommen. Ihre einmalige Chance.«

Ich strecke Meierhofer die Hand entgegen, und er schüttelt sie unsicher. Er weiß jetzt, dass ich ihn gnadenlos beobachte. Wenn er auch nur einen Fehler macht, grille ich ihn am Spieß.

9

ERNEUT WERDEN AUFGABEN verteilt, werden die Teams neu formiert. Ich versuche, mein seit Längerem vibrierendes Handy zu ignorieren, hebe dann aber doch ab.

Die Versammlung löst sich auf, doch bevor sich alle ihrer Arbeit widmen, rufe ich laut und deutlich in die Runde. »Leute, passt mal auf! Das war gerade Prantl. Er sitzt in der täglichen Besprechung mit dem Polizeipräsidenten, und beide haben gar keine gute Laune. Die Presse rotiert. Irgendein Idiot hat das mit dem Ausbluten ausgeplaudert. Meyer behauptet steif und fest, dass von seinen Leuten aus der Gerichtsmedizin alle dichthalten. Ich nehme an, das trifft auch auf euch alle zu.«

Niemand sagt etwas. Aber es sieht auch niemand schuldbewusst zu Boden. Wie auch immer die Information an die Presse dringen konnte, wir werden es wohl nie herausfinden. Nach ein paar unangenehmen Sekunden beende ich das Schweigen. »Journalisten sind bekanntlich Bluthunde. Sie hätten es sowieso bald rausgekriegt. Also machen wir unsere Arbeit.«

Niemand aus dem Team sagt etwas darauf, und langsam leert sich der Raum. Nur Berger bleibt und beobachtet mich, während ich mit Prantl telefoniere und überlege, wie die Schadensbegrenzung aussehen könnte. Egal, wie wir uns verhalten, die Journalisten werden kommentieren, was wir nicht sagen, werden jedes Wort verdrehen, jeden Satz verkrüppeln. Sie werden haarsträubende Vermutungen anstellen, wo wir uns bedeckt halten. Sie werden nicht wenigen Angst machen, Panik erzeugen, schlimmer noch, sie werden auch die einen oder anderen blutigen Fantasien bei den Menschen anstacheln. Einer davon ist unser Mörder.

»Ich übernehme das«, sage ich zu meiner eigenen Überraschung zu Prantl. Berger schüttelt den Kopf, doch ein Blick von mir genügt, um die Diskussion im Keim zu ersticken.

Ich kommuniziere mit der Staatsanwaltschaft und der Presseabteilung und rufe daraufhin Lukas Meierhofer an. Er ist absolut nicht begeistert von meinem Vorschlag, die Presseabteilung in der nächsten Zeit zu unterstützen, aber ich betone, dass er meines Erachtens mit dem nötigen Fingerspitzengefühl, Einfühlungsvermögen und der Bereitschaft, abstruse Anfragen der Presse strikt zu ignorieren, ausgestattet sei. Außerdem beauftrage ich ihn mit der Durchsicht der sachdienlichen Hinweise aus der Bevölkerung. Damit ist er definiv ausgelastet.

Für die nächsten zwanzig Minuten ziehe ich mich in den Herrenwaschraum zurück, einem der wenigen Orte, wo ich wirklich konzentriert denken kann. Ich alphabetisiere meine Fragen, um mir einen besseren Überblick zu verschaffen. A wie Affäre. Was weiß ich über Windischs Liebesleben? Ich muss noch einmal mit Weyringer reden. B wie Blut. Woher hatte der Täter medizinische Kenntnisse? C wie Constanza Windisch. Ich warte auf ihre Freundesliste, muss meine Mails durchsehen. D wie Darminhalt. Ich habe ignoriert, was Meyer über den Darminhalt gesagt hat. Sushi. Ich muss Meyer ein paar Fragen stellen.

Bei W wie Wirtschaftsjournalistin ende ich und krame Kretschmers Visitenkarte aus meiner Geldbörse. Ein paarmal drehe ich sie zwischen meinen Fingern, dann tippe ich die Nummer in mein Handy. Es klingelt dreimal, ehe sie abhebt.

10

»FRAU KRETSCHMER?«
Ich erwarte ein überlegenes Lachen oder eine flapsige Bemerkung, aber sie lässt sich nicht dazu hinreißen.

»Herr Winter, was kann ich für Sie tun?«

»Haben Sie Zeit, jetzt?«

Sie antwortet überraschend schnell mit einem »Selbstverständlich. Wo?«

Ich bitte sie in mein Büro, wo sie vierzig Minuten später erscheint. Genug Zeit, um zu überlegen, wie ich ihr erklären soll, was ich von ihr will, in der ich aber nichts zustande bringe als ein paar unzusammenhängende Gedanken. Die Zahnräder in meinem Gehirn ächzen und stöhnen, das Getriebe kommt nicht in Gang, ist blockiert von Bildern, Gedanken, wirren Gefühlen. Obwohl die Tür offen steht, klopft Kretschmer, und ich bitte sie herein, während ich ein paar Stapel loser Blätter übereinanderlege. Sie stehen stellvertretend für die Unordnung in meinem Kopf. Ich biete ihr einen der Lehnstühle an, und sie bedankt sich. Wir zelebrieren ein Stück Kultur, Höflichkeit. Doch ich habe Angst, einen Fehler zu machen. Ich bin im Umgang mit Frauen nicht geschickt, nicht mehr. Sie setzt sich und nimmt ein Aufnahmegerät aus der Tasche.

»Fünf Minuten«, sage ich und schaue auf mein Handgelenk, obwohl ich seit Monaten keine Armbanduhr mehr trage.

Sie lacht jetzt, und ich muss ebenfalls lachen. Die Chemie stimmt.

»Darf ich das Gespräch aufzeichnen?«, fragt sie aus Höflichkeit, obwohl das Gerät längst läuft.

»Nichts, was ich Ihnen erzähle, werden Sie schreiben«, fordere ich, leiser als gewöhnlich, aber dafür umso deutlicher.

Sie lächelt nicht mehr, aber zu meiner Überraschung schaltet sie das Aufnahmegerät aus und sieht mich an. Ihre Pupillen verengen sich, zeugen von ihrer Verärgerung, die sie nun nicht mehr zurückhält.

»Also ein Exklusivinterview ohne Publikum, Zeugen und Beweise? Nur für mich, Angelika Kretschmer, die Journalistin des Jahres? Lassen wir das! Ich hätte zu Prantl gehen sollen.«

Diesmal bemerke ich die Färbung ihrer Sprache, einen leichten süddeutschen Einschlag, irgendwo zwischen Franken und Baden-Württemberg. Sie steht auf und wendet sich von mir ab. Ich habe es gründlich vermasselt.

»Warten Sie«, sage ich noch immer leise und füge ein Wort hinzu, das ich nur selten über die Lippen bringe, »bitte.«

Sie setzt sich wieder.

»Also noch mal von vorn«, sage ich. »Sie sind Wirtschaftsjournalistin?«

Sie nickt. Eine unbehagliche Pause tritt ein, ehe ich

den Faden wieder aufnehmen kann, den ich in der kurzen Zeit zu spinnen begonnen habe. Ich atme tief durch, sammle meine Gedanken, forme sie zu einem Pfeil, den ich mühsam auf einen imaginären Bogen spanne und das Ziel anvisiere, den kleinen schwarzen Punkt am anderen Ende, hinter dem sich das grinsende Gesicht des Mörders verbirgt. Ich glaube jetzt zu wissen, warum ich Kretschmer dabeihaben will, warum sich dieses »Wirtschaftsjournalistin« in mein Hirn eingebrannt hat. Klaus Windischs Geschäfte stehen mir wie Dickicht im Weg und versperren mir die Sicht auf den Mörder. Kretschmer soll es durchforsten, soll mir den Weg freiräumen. Ich bin überzeugt, dass ich den Mörder erst finden kann, wenn ich dahinterblicke.

»Was wissen Sie über Windisch?«

Sie verbessert mich. »Sie meinen den Fall Windisch, nicht wahr? Sie haben mich gestern nicht zu Wort kommen lassen, sonst hätte ich Ihnen sagen können, dass ich mich seit zwei Jahren intensiv damit beschäftige.«

Ich mag ihre Klarheit und schnörkellose Art.

»Ich könnte Ihre Hilfe gebrauchen«, sage ich und versuche, meine schroffe Bemerkung von vorhin zu relativieren. Ich will sie schließlich nicht schon wieder vertreiben. »Ich meine nicht, dass Sie nie etwas schreiben werden und keine Informationen von mir bekommen, die Sie veröffentlichen können. Ich meine nur, dass Sie es jetzt im Augenblick nicht können.«

Sie hält den Kopf schief, als würde sie überlegen, ob sie etwas sagen oder abwarten soll. Ich lasse sie nicht zu lange nachdenken.

»Haben Sie Lust auf ein spätes Frühstück?«, frage ich.

Sie steht auf und nimmt ihre Handtasche, auf der »Liebeskind Berlin« steht. Bestimmt hat sie jetzt die Nase voll von mir und will gehen. Aber sie fragt, worauf ich noch warte, und macht einen Schritt zur Tür. Dabei entgeht ihr mein Lächeln.

Auf dem Weg rufe ich Julia an und bestelle sie in das nahe gelegene Café-Restaurant *Zum Hannes* in der Seegasse. Ehe sie nach dem Grund fragen kann, lege ich auf.

Das Gasthaus ist so kurz vor Mittag voll besetzt. Wir finden trotzdem einen freien Ecktisch. Kellner James, seit Jahren Inventar, wird üblicherweise »Sir« genannt, denn sein gezwirbelter Schnurrbart und sein aufrechter Gang erinnern an einen britischen Offizier. Er präsentiert uns die Speisekarte und empfiehlt das gekochte Rindfleisch mit Rösterdäpfeln, dem ich nichts entgegenzusetzen habe. Kretschmer entscheidet sich für eine schlichte Melange.

»Die Leiche«, sagt sie, als könne sie meinen Gedanken lesen.

Der Geruch meiner Jacke, die ich gerade aufhänge, ist erbärmlich. Ich habe sie gestern in der Gerichtsmedizin getragen. Aber Kretschmer meint etwas anderes.

»Windischs Leiche. Wie hat sie ausgesehen?«

»Ich verstehe nicht. Was meinen Sie mit ›wie hat sie ausgesehen‹? Ziemlich tot, würde ich sagen. Und im Übrigen darf ich Ihnen solche Fragen nicht beantworten.«

Sie schüttelt den Kopf und weist mich zurecht. »Herr Winter, ich bin Ihnen dankbar für das hier. Ich weiß, dass Sie sich auf dünnem Eis bewegen und dass Prantl Sie vierteilen würde«, sie korrigiert sich, »wird, wenn er erfährt, dass Sie mit mir hier den Fall besprechen. Wenn Sie nicht mit mir reden wollen, dann lassen Sie es, aber …«

»Warum sind Sie zu mir gekommen?«, falle ich ihr ins Wort. »Welche Story wollen Sie schreiben? Die eines scheiternden Ermittlers?«

Sie scheint ein paar Sekunden zu überlegen, wie sie es formulieren soll, dann sieht sie mir in die Augen. Sie weiß, dass sie meine volle Aufmerksamkeit hat.

»Sie haben vor ein paar Jahren den Fall Czapek gelöst, einen Cold Case, an dem sich eine Sonderkommission und die gesamte Cold-Case-Einheit des Bundeskriminalamtes die Zähne ausgebissen haben.«

Ihre Antwort erstaunt mich und trifft mitten in eine alte Wunde, öffnet eine von mir fest verschlossene Tür zu meiner Vergangenheit. Schlagartig ist alles wieder präsent. Der Mord an Peter Czapek geschah vor siebenundzwanzig Jahren. Czapek war ein stadtbekannter Zuhälter und Ganove reinsten Wassers. Glücksspiel, Mädchenhandel, Drogen. Als er tot im Keller seines Wohnhauses gefunden wurde, dachte man sofort an einen Streit im Milieu, an Konkurrenten aus Serbien, verhaftete schnell eine Reihe von Verdächtigen und ließ sie ebenso schnell wieder frei, bis die Spur sich mehr und mehr auflöste. Abschaum wie Czapek geht niemandem ab, auch wenn man weiß, dass Dreck nicht verschwindet, sondern täglich wächst, und dass ein Boss wie er über kurz oder lang ersetzt wird. Wahrscheinlich wäre der Fall im Sande verlaufen, wenn die Medien nicht Wind davon bekommen hätten, dass der Mörder Czapeks Gehirn entfernt hatte. Von nun an geisterte er als österreichischer Hannibal Lecter durch den Blätterwald und versetzte sogar jene in Angst und Schrecken, die nie auch nur in die Nähe des Umfeldes gekommen wären, in dem sich Czapek bewegte. Das Gehirn hat man übrigens nie gefunden. Ich habe viele Jahre später Czapeks Mörder zur Strecke gebracht und mich dabei selbst geheilt.

Aber bevor ich weiter in meine Erinnerungen abdrifte und der Schmerz zurückkommt, heitert mich der Anblick einer sichtlich überraschten Julia auf, die plötzlich an unseren Tisch tritt. Ihr Blick bedeutet mir: »Wer ist das, um Gottes willen?« Dann streckt sie Kretschmer artig die Hand entgegen und ignoriert mich länger als notwendig.

Ich stelle die beiden einander vor, dann setzt Julia sich zu uns, und wir schweigen eine gefühlte Minute lang. James, der eine angeborene Intuition für den richtigen Zeitpunkt hat, bringt mein Essen und Kretschmers Kaffee. Julia fasst sich langsam und bestellt ein alkoholfreies Bier und ein kleines Gulasch.

Nach Kretschmers Reaktion vorhin ziehe ich es vor, den direkten Weg zu gehen. Das kann ich ohnehin besser.

»Julia ist eine junge, engagierte Beamtin, der ich voll vertraue«, sage ich mit Blick auf Kretschmer.

Julia protestiert nicht, zeigt aber auch keine Anzeichen von Zufriedenheit. Noch ist ihre Irritation stärker.

»In einem Fall wie bei Windisch wird ein großes Team eingesetzt, werden Reserven bemüht, Kollegen aus dem Urlaub geholt. Vergessen Sie Fernsehkrimis mit ihren einsamen Helden. Wenn wir einen Täter zur Strecke bringen, dann gelingt uns das, weil eine ganze Reihe von Kolleginnen und Kollegen aus verschiedenen Bereichen und mit unterschiedlichen Fähigkeiten ein Puzzlestück an das andere fügt. Der Erfolg gehört immer dem Team. Aber manchmal, wie in diesem Fall, wo alle Scheinwerfer auf uns gerichtet sind, wo wir keinen Schritt machen können, ohne dass uns die Boulevardpresse nachschnüffelt, kann es von großem Nutzen sein, wenn jemand von außen, also ich meine, jemand wie Sie …«

Ich spreche den Satz nicht zu Ende. Angelika Kretschmer hat längst kapiert, worauf ich hinauswill. Ich erwarte, dass sie mich fragt, was sie davon habe, aber zu meiner Überraschung bittet sie mich, ihr näher zu erläutern, wie sie mir helfen könne. Ich nutze die Chance, ehe die Stimmung in Skepsis umschlägt.

»Ich will alles wissen, was Sie über den Fall Windisch, wie Sie ihn genannt haben, wissen. Und ich möchte mehr erfahren, als ich in einer einschlägigen Zeitschrift lesen kann. Viel mehr.«

Kretschmer denkt eine Weile nach. Dann kommt, was ich erwartet habe.

»Informationen, Herr Winter, sind nicht gratis. Ich will eine Story, die mir mein Chef abkauft und die möglichst viele Leute lesen. Und keinen Maulkorb.«

Ich warte mit der Antwort und sage dann zu Julias Erstaunen: »Einverstanden.«

Ich sehe ihr die Verwunderung an, aber sie schweigt. Vielleicht liegt es daran, dass ich ihr Vorgesetzter bin. Vielleicht ist sie auch einfach neugierig zu erfahren, was ich vorhabe. Zumindest hoffe ich das.

»Gut«, verkünde ich. »Also, was ich brauche, sind Informationen über Windischs Geschäftsleben. Alles, was in der Presse stand, ist für mich wie ein Kreuzworträtsel. Ich will Fakten, Hintergründe, kompakte und klare Informationen über das Geschäftsgebaren des Herrn Ministers. Über Scheinkonten, Finanztransaktionen, Stiftungen, über Geldflüsse, die zu ihm zurückführen. Ganz einfach über das System Windisch. Einige unserer Leute werden sich auch daransetzen, aber ich glaube nicht, dass sie ungefilterte Informationen bekommen. Sie dagegen können das. Zapfen Sie alles an, was Ihnen einfällt. Beißen Sie sich fest. Was mich vor allem interessiert, sind Verbindungen, die lange zurückreichen, alte Seilschaften, Freundschaften, die möglicherweise zerbrochen sind.«

Ich rede schnell, lasse keine Pausen, hülle sie ein in einen Schwall von Worten, die sich um sie legen wie ein Gewand, an dem sie hoffentlich Gefallen findet. Als ich zum ersten Mal eine Pause mache, wirft sie ein: »Sie suchen nach einem Motiv?«

Ich nicke und nehme den Faden wieder auf. »Ja. Ich suche nach einem Grund für diese abscheuliche Tat. Ich glaube, dass ich Windisch vorher verstehen muss, mehr über seine Geschäfte wissen muss, nicht zuletzt die, die er in letzter Zeit getätigt hat oder tätigen wollte. Sehen Sie sich in seinem Freundeskreis um, durchforsten Sie sämtliches publiziertes Material, und suchen Sie Parallelen, Anknüpfungspunkte, das Besondere im Vertrauten. Ich will etwas erfahren, das mir kein Banker, Jurist oder Steuerberater offiziell sagen wird, schon gar nicht, wenn ich mit dem Dienstausweis wedle.«

Sie sieht mich mit einem Blick an, der so viel besagt wie »wie weit darf ich gehen?«.

Meine Antwort ist eindeutig, auch wenn mich Julia zum wiederholten Mal für heute erstaunt ansieht. »Es ist mir egal, wie Sie es herausbekommen, ich will es gar nicht wissen.«

Und weil ich noch immer in Fahrt bin, möchte ich erfahren, warum sie mich nach der Leiche gefragt hat, und bekomme eine schockierende Antwort.

»Ich weiß, es klingt verrückt, aber ich habe ihn gesehen.«

Sie sieht mich dabei nicht an, vergräbt ihren Blick in der Kaffeetasse, als würde sie sich für den Satz genieren, als käme er aus einem Teil von ihr, den sie üblicherweise gut verschließt, aus einer meist geschlossenen Schublade, die jetzt aufspringt und zwei völlig Fremden Einblicke gewährt.

»Wie meinen Sie das? Gesehen? Wann?«, will ich unbeholfen wissen.

Ihr Blick haftet weiter an ihrer Tasse, sie überlegt, wie und ob sie es überhaupt aussprechen soll, sieht dann zu Julia, als würde sie in ihr eine Verbündete vermuten und erklärt: »Vorige Woche. Ich war an einem See in den Bergen. Das Wasser war klar, durchsichtig bis zum Grund. Ich bin ein Stück hinausgeschwommen, fast bis zur Mitte des Sees. Dann habe ich ihn gesehen, nicht weit weg von mir, einen langsam treibenden Körper. Ich geriet in Panik, wollte nur noch zurück an Land, aber ich kam nicht vom Fleck. Er trieb auf mich zu, kam immer näher. Da habe ich ihn erkannt, Klaus Windisch, Bundesminister außer Dienst. Er war vollständig bekleidet, mit einem Nadelstreifanzug und teuren Schuhen. Ich erinnere mich genau an diese Kalbslederschuhe im Pariser Schnitt. Mein Herz hat wie wild gepocht, und gleichzeitig habe ich mir gedacht, dass man solche Schuhe nicht unter 2000 Euro bekommt. Ist das nicht verrückt, in einer solchen Situation so was zu denken? Ich war völlig panisch, und er trieb immer näher, so nahe, dass ich ihn hätte berühren können. Ich wollte weg, weit weg von ihm. Aber es ging nicht. Seine kalte, schlaffe Hand hat mich berührt. Ich wollte schreien, aber ich brachte keinen Ton heraus. Und plötzlich war da dieser flehende Blick, mit dem er mich angesehen hat. Ein Blick, den ich nie vergessen werde. So, als wolle er mich um Hilfe bitten.«

Ich will etwas sagen, möchte nachfragen, aber Julia kommt mir zuvor.

»Solche Träume habe ich auch manchmal. Träume von Dingen, die passieren werden.«

Ich spüre ein tiefes Unbehagen und den unbändigen Wunsch, dieses Gespräch, das eine so unerwartete Wendung genommen hat, sofort zu beenden. Ich fürchte mich vor meinen eigenen Träumen, die mich täglich quälen und in tiefe Abgründe reißen. Ich sollte Julia das Gespräch überlassen, aber ich entscheide mich dagegen, gehe nicht auf Kretschmers Traum ein und beantworte stattdessen ihre ursprüngliche Frage.

»Er hat glücklich ausgesehen, zufrieden irgendwie. Als wäre der Tod eine Erlösung gewesen. Es war ein …«

»Gnädiger Tod.«

Julia bringt auf den Punkt, was ich nicht ausdrücken konnte. »Gnädiger Tod.« Genau das war es, was ich in seinem Gesicht sah. Als wäre der Mord ein religiöser Akt der Sündenbefreiung gewesen.

Für eine Weile herrscht ein unangenehmes Schweigen, in dem wir alle in unseren Gedanken versinken oder Träume an uns vorüberziehen lassen. Ich denke an Czapek, den ich für lange Zeit verdrängt hatte und den Frau Kretschmer wieder ans Licht gezerrt hat. Kellner James bringt genau im richtigen Moment Julias Essen.

Sie hebt ihr Bierglas. »Auf die Lösung des Falles.«

»Auf die Lösung des Falles«, proste ich ihr zu und ertappe mich dabei, fast »Erlösung« gesagt zu haben.

Nach einem in der Folge harmlosen, aber entspannten Gespräch über die Vorzüge der Wiener Gastronomie, das mich für Minuten wohltuend von alten Erinnerungen, Träumen und Morden ablenkt, begleiche ich die Rechnung, und James bedankt sich in gewohnt distanzierter Höflichkeit für das viel zu hohe Trinkgeld.

Bevor ich mich von Kretschmer verabschiede, gebe ich ihr meine Privatnummer und eine spezielle E-Mail-Adresse, an die sie alles senden soll, was ihr wichtig erscheint, und vor allem das, was ihr nicht wichtig erscheint. Wenn man die Nadel im Heuhaufen sucht, muss man auch in den Ritzen der Holzbalken nachsehen. Sie schenkt mir zum Abschied ein offenes Lächeln.

Auf dem Rückweg gebe ich Julia keine Möglichkeit, über Kretschmer und meine Entscheidung, sie einzubinden, zu reden, und vermeide tunlichst, ein Gespräch über Träume zu führen. Sie ist clever genug, mich in Ruhe zu lassen.

11

ICH SEHE MEINE E-Mails durch. Frau Windisch hat tatsächlich ein Foto ihres Mannes im Kaschmirpullover und eine Liste mit den Namen von Freunden geschickt. Ich sende das Foto weiter an Berger. Die Auswahl einer halbwegs erträglichen Aufnahme ihres toten Mannes im Anzug für sie und die Presse überlasse ich ihm. Die Liste ist verdammt kurz. Sie besteht aus genau fünf Namen. Drei Personen leben in Wien, eine in Großbritannien, eine in der Schweiz. Es sind keine Frauen darunter. Aber da die Liste von Frau Windisch stammt, wundert mich das nicht.

Als ich Rachinger davon erzähle, meint er fast zu schnell, wie wichtig er es finde, dass ich dieser Spur nachgehe. Ich ahne, dass etwas faul ist, dass Rachinger sein eigenes Süppchen kochen will. Anstatt mir an den Fersen zu hängen, wie Gingrich es ihm aufgetragen hat, lässt er mich auf ein vermeintliches Abstellgleis fahren.

Er begnügt sich nicht mit der passiven Rolle des Aufpassers, er will die Ermittlungen an sich reißen, will den Erfolg ganz allein einfahren. Mir soll es recht sein. Wenigstens lässt er mich in Ruhe. Und vielleicht findet sich auf dem Abstellgleis eine Weiche, die den Weg frei macht zum Ziel, das sich in einer ganz anderen Richtung befindet, als Rachinger vermutet.

Ich gehe zu Julia. Sie habe genug zu tun, sagt sie und fährt sich durch das störrische Haar. Obwohl ich vermute, dass sie mein Vorgehen vorhin nicht gutheißt, kostet es mich keine zwei Minuten, sie davon zu überzeugen, dass sie mich begleiten soll. Besser als Papierkram ist meine Gesellschaft also immer noch.

Bevor wir losfahren, telefoniere ich mit Meyer, der mir bestätigt, dass Windisch das Sushi mit an Sicherheit grenzender Wahrscheinlichkeit erst am Abend zu sich genommen hat. Also müssen wir das Sushi-Lokal suchen, in dem er aß oder von dem er sich eine Bestellung kommen ließ. Ich schreibe Berger eine SMS, dass er sich darum kümmern soll.

Julia fährt, und ich frage sie, wem auf der Liste wir zuerst einen Besuch abstatten sollen.

»Hauser.«

»Wieso Hauser?«, hake ich nach.

Julia lächelt. »Keine Ahnung. Einfach so. Er sieht irgendwie sympathisch aus auf den Fotos. Ein netter älterer Herr.«

Ich scrolle durch einige Fotos im Internet. Hauser ist ein Mann in meinem Alter, braun gebrannt und durchaus attraktiv.

»Älterer Herr«, wiederhole ich. »Verdammt alt. So wie ich.«

Sie sieht mich mit Erstaunen von der Seite an. Zu meiner Verwunderung entschuldigt sie sich nicht für die falsche Wortwahl, sondern quält mich mit einer abstrusen Vermutung.

»Chef, ist es wegen der Kretschmer?«

»Sind Sie verrückt?«, entgegne ich und muss dabei so überzeugend klingen wie ein Sechsjähriger, dem man erklärt, dass der Osterhase nicht existiert.

Julia zuckt mit den Schultern. »Okay, sorry. Es geht mich nichts an.«

Sie hat es geschnallt.

»Und ob Sie das nichts angeht. Wie kommen Sie jetzt auf die Kretschmer?«

»Die Kretschmer«, erklärt sie, »ist hübsch, Chef. Diese großen, blauen Augen, tolle lange Haare, ein Topkörper. Ich wette, die geht ins Fitnessstudio. In ihrem Alter möchte ich auch so super aussehen.«

Schon wieder dieser Hinweis auf das Alter.

»Was heißt denn, ›in ihrem Alter‹?«

»Ehrlich, Chef. Die ist mindestens Ende dreißig, wenn nicht schon vierzig. Ich kann das recherchieren, wenn es Sie interessiert«, bietet sie mit einem Grinsen an.

»Vierzig, sagen Sie, echt? Meinen Sie, sie sollte sich im Altersheim anmelden?«

»Es tut mir leid, Chef, also ich meine …«

»Was meinst du?« Das Du ist mir herausgerutscht, und ich bereue es sofort. Ich weiß, dass neben mir einer der erfahrenen Mordermittler sitzen sollte, jemand, der mehr als einmal einer Leichenöffnung zugesehen hat und sich nicht auf meine Intuition verlassen, sondern mich davor warnen würde, auf Nebengleisen zu fahren. Julia ist anders, offen und unverbraucht, auf erfrischende Weise direkt. Gerade deshalb hätte ich ihr das Du noch nicht anbieten sollen. Jedenfalls nimmt sie es kommentarlos an und beantwortet meine Frage.

»Was ich meine, Chef? Dass es keinen Grund gibt, sich davor zu fürchten.«

»Ich weiß nicht, was du meinst«, lüge ich, und sie quittiert es mit einem Lachen.

»Chef, du wirst in zwei Jahren fünfzig, und bis auf einen Bauchansatz bist du ziemlich gut in Form. Wenn es deine Zeit zulässt, machst du Krafttraining, und du achtest auf deine Ernährung. Soll ich weiterreden?«

Sie weiß verdammt gut Bescheid. Ich wette, dass sie sich auch über meine andere Seite informiert hat, über die Phasen, in denen ich nicht imstande war, auch nur einen Tag nüchtern zu bleiben, in denen das einzige Gewicht, dass ich stemmte, eine Wodkaflasche war.

»Hast du eigentlich über alle Kollegen recherchiert, bevor du hier angefangen hast?«, will ich wissen.

Sie lacht erneut. »Nein, Chef. Das ist nur Intuition. Ehrlich.«

Ich sage nichts, weil ich die Stimmung nicht verderben und sie keiner Lüge bezichtigen will. Das Thema Intuition zieht sich durch mein Leben wie ein ekeliger, gefräßiger Bandwurm.

Wir haben inzwischen Grinzing erreicht, wo Theodor Hauser in der Kobenzlgasse einen noblen Heurigen besitzt. Um diese Zeit trifft man dort keine Gäste an. Das Weinlokal öffnet täglich ab 17 Uhr, belehrt uns eine Reinigungskraft, die keine Ahnung zu haben scheint, wo wir den Hausherrn finden können. Wir versuchen es in der Nachbarschaft. Herr Hauser ist hier jedermann bekannt, ein streitbarer Geist, sagt man, wenn es um die Identität des alten Grinzing geht. Ein Kämpfer gegen die Grundstücksspekulation, das Abreißen alter Presshäuser, überhaupt einer, auf den man zählen kann. Seit seine Frau vor drei Jahren gestorben ist, erfahren wir, verbringe er ohnehin mehr Zeit damit, sich um die Nöte und Anliegen anderer Menschen zu kümmern. Sie sei da schon anders gewesen, aber man wolle über Tote natürlich nichts Schlechtes sagen. Wo er sich im Moment aufhalte? Wieso wir das fragen? Um die Zeit immer im *Café Himmel.*

Das *Café Himmel* ist wohltuend altmodisch eingerichtet und verströmt den Charme eines von Geschmack unbelasteten Stilmixes. Wenn so der Himmel aussehen sollte, dann schmoren definitiv alle Architekten und Inneneinrichter in Dantes Inferno. Aber immerhin treffen wir Hauser an, der in ein Gespräch mit einer adretten älteren Dame mit auftoupierten Haaren vertieft ist, und setzen uns an den Nebentisch. Ich bestelle einen Mokka mit Schlagobers, den die Wiener liebevoll Einspänner nennen, Julia eine Cola. Wir lauschen, um etwas von dem Gespräch neben uns mitzubekommen, das sich um den Mord an Windisch zu drehen scheint. Die Dame schwärmt von dem gut aussehenden Mann, spricht sich dafür aus, dass die Verbrecher die Höchststrafe bekommen, und spekuliert, wer der Mörder sein könnte. Als sie beim Thema Migranten angekommen ist, beschließen wir, dass es an der Zeit ist, Hauser auf uns aufmerksam zu machen. Julia zeigt ihm ihre Dienstmarke und bittet ihn um ein persönliches Gespräch. Ich versuche in der Zwischenzeit, die Dame davon zu überzeugen, dass wir Herrn Hauser als Zeugen befragen wollen. Sie findet das alles wahnsinnig spannend und bietet sofort ihre Unterstützung an, woraufhin ich ihr danke und verspreche, auf sie zurückzukommen. So viele unnötige Lügen schlagen auf meinen vom Rindfleisch schweren Magen.

Wir begleiten Hauser in seine Gaststube. Als er uns eine Winzerplatte anbietet, sage ich aus Höflichkeit nicht Nein. Leider werden wir im Dienst seinen kürzlich ausgezeichneten Gemischten Satz nicht probieren dürfen, meint er, aber er stellt uns trotzdem zwei Weingläser hin. Er wäre sehr dankbar für unsere Meinung, das Urteil unverbrauchter Konsumenten, neutraler und offener Menschen, die nicht für ihre Bewertungen bezahlt würden. Ich verspreche ihm, ehrlich zu sein, und komme zur Sache, ehe er uns mit den Köstlichkeiten der Wiener Heurigenküche den Verstand vernebeln kann.

»Herr Hauser, wir sind wegen des Mordes an Herrn Dr. Windisch hier.«

»Das dachte ich mir schon«, sagt er wenig überrascht.

Ich sehe keine Verwunderung oder gar Trauer in seinem Gesicht. Die tiefen Sorgenfalten sind älter und haben ganz andere Ursachen. Nachdem wir keine weitere Frage stellen, beginnt Hauser selbst zu erzählen.

»Klaus und ich waren so was wie beste Freunde, ich nehme an, deshalb sind Sie hier. Weil Sie wissen wollen, wie er war, weil Sie sich ein Bild von ihm machen wollen.«

Wir unterbrechen ihn nicht, und er schweigt einen Moment verunsichert.

»Sein Tod ist so entsetzlich. Ich kann es immer noch nicht glauben, dass er wirklich nicht mehr da sein soll«, sagt er schließlich, doch es klingt nicht überzeugend.

Ich bemerke eine Veränderung in seinem Tonfall, aber sie rührt von etwas anderem als von Trauer her. Mir fallen Begriffe wie Bedauern oder Reue ein, und ich wundere mich darüber. Nachdem wir erneut nichts sagen, lässt Hauser die halbherzigen und unglaubwürdigen Trauerbekundungen und schwenkt in die Vergangenheit zurück. Jetzt wirkt er authentisch.

»Wir kennen uns, seit wir Kinder waren. Seine Großmutter hat hier ums Eck gewohnt. Wir haben viel miteinander gespielt, sind durch die Weingärten getobt. Mein Vater hat ihn mitgenommen zur Weinlese, das war für den Klaus ein Mordsspaß. Er hat immer die Arbeiter beobachtet und Listen gemacht, wer fleißig oder wer faul war, wer sich dumm anstellte und so weiter. Mein Vater hat ihm übers lange gewellte Haar gestrichen und gesagt, dass aus ihm mal ein wichtiger Mann werden wird, einer, vor dem die Leute Respekt haben werden.«

Oder sich fürchten, denke ich, aber ich möchte Hauser nicht in seinem Redefluss bremsen, vor allem jetzt nicht, wo ich ihn spüren kann, wo er greifbar wird. Alles, was er erzählt, kann uns helfen zu verstehen, wie Windisch tickte. Ich habe lange nicht daran gedacht, aber jetzt fällt mir wieder das Ticken der Wanduhr im Vernehmungsraum ein, als ich Isabella Martin befragte, die Mörderin mit den kalten Augen. Die tickende Zeitbombe. Nur mit Mühe schaffe ich es, mich wieder auf Hauser zu konzentrieren. Julia hilft mir dabei.

»Da hat ihr Vater wohl recht gehabt«, sagt sie ohne jeglichen sarkastischen Unterton.

Hauser lacht, und es klingt nicht gezwungen. »Ja, mein Vater war ein guter Menschenkenner. Er hat meiner Mutter auf den Kopf zugesagt, dass sie ein Verhältnis mit einem unserer Kellner hatte, bevor irgendjemand etwas ahnen konnte. Sie ist rot angelaufen und hat den Kellner entlassen. Niemand hat je wieder darüber gesprochen.«

»Ein starker Mann«, sage ich und stelle mir vor, wie der junge Hauser unter ihm gelitten hat.

»Das können Sie wohl sagen. Stark wie ein alter Wurzelstock. Er hat aus dem alten Winzerhaus einen Vorzeigeheurigen gemacht. Hat ein Weingut mit sechs Rieden und circa fünfundzwanzig Hektar Gesamtfläche bewirtschaftet. Aber es ging ihm immer zuerst um Topqualität, nicht um Menge. Aber reden wir nicht über meinen Vater. Sie wollten etwas über Klaus wissen. Er war jeden Sommer hier draußen, hat bei seiner Großmutter gewohnt. Auch während des Studiums hat er bei uns viel Zeit verbracht. Später, als er seine ersten Firmen auf die Beine gestellt hat, kam er am Abend her, um sich zu entspannen, um ein Glas Wein zu trinken oder einfach ein wenig zu plaudern. Wir haben uns nie aus den Augen verloren. Als mein Vater starb, hat er mich bei allen Behördengängen unterstützt.«

Windisch hat den alten Hauser geliebt, schießt es mir durch den Kopf, mehr als den jungen.

»In letzter Zeit«, fährt Hauser fort, »kam er immer seltener, aber wenn, dann führten wir wunderbare Gespräche. Er hat unter den Vorwürfen sehr gelitten, müssen Sie wissen. Hatte einen sehr weichen Kern unter der rauen Schale.«

»Hat er mit Ihnen über seine Geschäfte gesprochen?«, frage ich.

»Nein, damit hat er mich nie belästigen wollen. Es waren mehr die, ich weiß nicht, wie ich es nennen soll, die emotionalen Dinge.«

»Emotionale Dinge?«, hake ich nach, aber er schüttelt den Kopf.

»Nein, das war jetzt nicht richtig. Nicht emotional, ich weiß nicht …«

Wieder spüre ich, dass er uns etwas sagen will, etwas, das er nur mühsam verbergen kann, wogegen er sich aber noch wehrt. Ich will ihn nicht auf eine falsche Spur bringen, also schweige ich. Julia hingegen lenkt das Gespräch in eine ganz andere Richtung.

»Herr Hauser, Sie haben gesagt, dass die Großmutter von Herrn Windisch hier ein Haus besaß. Können Sie uns das zeigen?«

Er lacht wieder, aber diesmal klingt es bitter. »Sie hat in einem wunderbaren alten Winzerhaus gewohnt. Es wurde vor zwei Jahren abgerissen. Heute steht dort ein verdichteter Wohnhauskomplex. Aber ich nehme an, darüber wollen Sie nicht reden.«

»Nur wenn es etwas mit dem Tod von Herrn Windisch zu tun hat«, werfe ich ein, vielleicht zu früh, denn er reagiert ungehalten.

»Was wollen Sie sonst wissen? Wo ich an dem Abend war, als er gestorben ist?«

Sein Ton ist scharf, aber nicht sarkastisch.

»Ja, das auch. Und ob Sie eine Ahnung haben, wo er an diesem Abend war.«

Er schüttelt den Kopf. »Ich habe kein Alibi, wenn Sie das meinen. Am Montag ist bei uns geschlossen. Am Abend habe ich ferngesehen und bin früh zu Bett. Was im Fernsehen lief, kann ich Ihnen sagen. Eine Dokumentation über das Winzersterben. Auf arte. Klaus und ich haben uns seit einer Woche nicht mehr gesehen. Er hat sich in der letzten Zeit sehr zurückgezogen. Hatte mit den roten Zahlen in seiner Firma zu kämpfen.«

»Den roten Zahlen?«, frage ich ungläubig.

Hauser nimmt das Thema dankbar auf. »Da staunen Sie, nicht wahr?« Er macht eine kurze Pause. »Seitdem Medien und Justiz ihn zu vernichten versuchen, hatte er kein vernünftiges Geschäft mehr abschließen können. Niemand wollte das Risiko eingehen. Näheres müssen Sie da aber bei Frau Weyringer erfragen, die war seine rechte Hand.«

»Frau Dr. Weyringer schien vom Tod von Herrn Windisch sehr betroffen. Ich meine …«

Er unterbricht mich energisch. »Sie wollen andeuten, dass die beiden mehr als eine Geschäftsbeziehung verband? Unsinn! Seit er Constanza kannte, sah Klaus keine andere Frau mehr an. Die beiden waren ein Traumpaar. Diese Unterstellung ist unerhört.«

Seine Antwort kommt schnell und harsch, als wollte

er einen schützenden Wall errichten gegen eine tosende Welle, die das idyllische Eheleben des Exministers in eine schlammige Masse zu verwandeln droht. Ich möchte dieses Thema gern vertiefen, aber Julias Fragen lassen mir keine Gelegenheit.

»Worüber haben Sie mit Dr. Windisch gesprochen, das letzte Mal? Hat er irgendwie nervös gewirkt, anders als sonst? Hatte er vor etwas Angst?«

Hauser überlegt, ordnet seine Gedanken. Sein plötzlicher Ärger über meine Frage ebbt ab, und er antwortet mit ruhiger Stimme: »Nervös, nein. Angespannt vielleicht, ein wenig. Aber ich habe nicht nachgefragt. Worüber wir gesprochen haben? Ich erinnere mich nicht. Wir haben ein paar Gläser Wein getrunken und was gegessen. Er aß ja nie viel, hat immer auf seine Linie geachtet. Er war übrigens ein ausgezeichneter Schwimmer, wussten Sie das?«

Er gerät ins Schwärmen. Ich frage mich, ob ich mit diesen Informationen etwas anfangen kann, aber das Wort Schwimmer ruft mir Kretschmers Traum in Erinnerung. Ich lasse ihn eine Weile reden, dann frage ich noch einmal: »Sie erinnern sich also nicht, worüber genau Sie gesprochen haben?«

»Na ja, wenn ich scharf nachdenke, dann ging es wohl hauptsächlich um die Verbauung der Heinrichgründe. Möglicherweise war er auch deshalb ein wenig angespannt. Ja, vielleicht.«

Ich versuche, mir ins Gedächtnis zu rufen, was ich über die Heinrichgründe weiß, aber Julia kommt mir mit erstaunlicher Kenntnis zuvor.

»Die Heinrichgründe, das ist die stillgelegte Erholungsanstalt in Penzing, oder?«

Er nickt anerkennend. »Genau. Das Gelände ist riesig. Die Gebäude stehen seit Jahrzehnten leer. Die Stadt hat vor ein paar Jahren beschlossen, einen Teil des Areals zur Bebauung freizugeben. Es sollten an die sechshundert Wohnungen entstehen.«

Julia bemerkt mein anerkennendes Lächeln und greift den Faden auf. »Es gibt eine ziemlich aktive Bürgerinitiative gegen die Verbauung.«

Er antwortet sichtlich erleichtert, über ein Thema reden zu können, für das er brennt: »Sie sagen es. Seither geht es ziemlich rund. Stadt, Bauträger und Bürgerinitiativen verhandeln unter Mediation über eine gemeinsame Lösung.«

»Sind Sie auch involviert?«, frage ich vorsichtig.

Er schmunzelt. Anscheinend fühlt er sich auf sicherem Boden. »Ich bin seit Jahren Mitglied in verschiedenen Bürgerinitiativen, nicht nur hier in Grinzing. Auch bei der Initiative *Rettet die Heinrichgründe.* Unser Ziel ist es, eine dichte Bebauung dieses Gebiets zu verhindern und es als Naherholungsgebiet für alle Wiener zu erhalten.«

Ich will ihn nicht abdriften lassen und hole ihn unsanft zurück zum Thema. »Was genau haben Sie mit Klaus Windisch besprochen, Herr Hauser? Hatte er etwas mit der möglichen Verbauung zu tun?«

Er nickt. »Er war sehr interessiert. Er hatte einen Plan, bei dem sowohl Wohnungen entstehen als auch die Landschaft weitgehend erhalten bleiben sollte. Eine Grünoase für arme Leute, wie er es nannte.«

Julia und ich sehen uns etwas überrascht an. Er bemerkt es.

»Genaueres weiß ich nicht, aber er versicherte mir, dass es dabei nicht um Profit gehe. Wie gesagt, es war unser letztes Gespräch. Wir haben gegessen und getrunken … Apropos …« Er lenkt wieder ab, möchte das Thema nicht vertiefen und schenkt uns aus der Weinflasche ein, die vor uns steht. Dann erhebt er sich und fragt in der Küche nach, wo das Essen bleibt.

Zwei Minuten später sitzen wir vor fein geschnittenen Wurst- und Käsesorten, frischem Brot und raffiniert komponierten Aufstrichen, die nur noch vom Bouquet des Gemischten Satzes übertroffen werden, der seine Auszeichnung absolut verdient.

»Herr Hauser, können Sie sich vorstellen, dass jemand aus dem Umkreis von Herrn Windisch zu einer solchen Tat fähig ist?« Ich versuche, die Frage so zu stellen, dass sie wie beiläufig klingt, und schlucke dabei ein Stück belegtes Brot hinunter.

Er denkt nach. »Sie glauben wirklich, dass der Mörder jemand ist, den Klaus kannte, ich meine, gut kannte, so wie ich oder …«

Ich erkläre ihm, dass Constanza eine Liste guter Freunde erstellt hat, und nenne ihm die anderen vier Namen.

»Ach, jetzt verstehe ich. Sie grasen ›Freunde‹ ab« – er zeichnet bei »Freunde« Anführungszeichen in die Luft – »und hoffen auf einen Treffer. Bei den meisten Morden stammt der Täter aus dem Bekanntenkreis, nicht wahr?«

Ich nicke. »Bei etwa neunzig Prozent, das stimmt.«

»Also sind wir fünf im Visier.«

»Wir wollen uns nur ein Bild von Herrn Windisch machen. Wollen seine private Seite kennenlernen, etwas über ihn von Menschen hören, die ihm nahestanden.«

Er lächelt, nicht gekünstelt, aber auch nicht überzeugt. Mir ist nicht klar, was in ihm vorgeht. Er scheint angestrengt nachzudenken. Dann verliert er die Beherrschung.

»Sie haben die Liste von Constanza. Sind ihr nicht mehr Freunde eingefallen? Klaus hat sich auch mit anderen Menschen umgeben, nicht nur mit uns.«

»Ich wäre Ihnen für weitere Namen sehr dankbar«, beschwichtige ich und werde überraschend schnell belohnt.

»Castelli«, sagt er. »Giovanni Castelli. Er betreibt eine Buchhandlung am Schottentor.«

Ich mache mir eine Notiz.

»Alessias Bruder war ein enger Freund von Klaus.«

»Alessia?«

Hausers Augen flackern kurz auf. War dieser Name absichtlich über seine Lippen gekommen oder unbedacht? Nun ist es zu spät, ihn zurückzunehmen, ich habe ihn bereits notiert.

»Klären Sie uns auf«, bitte ich ihn und spüre, wie unangenehm ihm diese Aufforderung ist.

Er druckst herum. »Vergessen Sie bitte, was ich eben gesagt habe. Der Tod von Klaus hat mir sehr zugesetzt.«

Ich bleibe dran. »Alessia ist also die Schwester von

Herrn Castelli. Und was hatte sie mit Dr. Windisch zu tun? Wie gut kannten sich die beiden?«

Wieder folgt ein unangenehmes Schweigen, bevor er erklärt: »Manche sagen, sie war seine geheime große Liebe. Aber Giovanni will davon nichts wissen.«

»Warum?«, frage ich.

Er schenkt uns Wasser nach, um Zeit zu gewinnen. Man sieht ihm an, dass er nachdenkt, wie er es uns sagen soll, und es sich dann anders überlegt. Er schaut auf die Uhr. Seine Hand zittert.

»Es tut mir sehr leid, meine Herrschaften, aber ich habe einen dringenden Termin mit meinem Steuerberater. Früher hat sich immer meine Frau darum gekümmert. Aber nach ihrem Tod …«

Ich drücke unser Bedauern aus und erwähne etwas von vollstem Verständnis oder so ähnlich.

Er nimmt es ohne Regung zur Kenntnis und fährt fort: »Sie können mich ja später anrufen, wenn es noch etwas gibt, wobei ich Ihnen helfen kann.«

»Alessia.« Ich bleibe hartnäckig. »Wo können wir sie finden?«

Ich spüre, dass er überlegt, ob und was er uns sagen soll. Aber dann kommt seine Antwort doch, kurz und bündig.

»Sie ist tot, viel zu früh verstorben. Sie verzeihen, aber ich muss jetzt wirklich …«

Er steht auf, reicht uns beiden die schweißnasse Hand und verschwindet. Wir bleiben eine Weile schweigend sitzen. Julia macht sich weiter Notizen, ich esse die letzten Essiggurken und Tomaten auf. Die Platte ist fast leer. Nur ein großes Stück Käse ist übrig geblieben. Ich will zugreifen, entscheide mich dann aber doch gegen meinen inneren Ordnungssinn und dafür, es nicht auch noch zu essen oder gar einpacken zu lassen. Es bleibt wie ein Symbol, dass wir noch ein Stück Arbeit vor uns haben, zurück.

Ich sehe Julia an, die noch immer fleißig schreibt. »Was war das mit Alessia?«

»Keine Ahnung. Es war so beiläufig, dass ich dachte …«

»Er will uns auf eine Spur setzen. Dann wollen wir ihm den Gefallen tun. Wir fahren zu Castelli.«

»Jetzt gleich?«

Ich nicke und nehme einen letzten Schluck vom Gemischten Satz, reiße ein Blatt aus meinem Büchlein und schreibe eine Notiz, die ich neben die fast volle Flasche lege: *Herrlich, Biskuit und Banane, Birne und vor allem die Honigmelone. Sehr cremiger Abgang.*

12

WÄHREND DER FAHRT zurück in die Innenstadt reden wir nur wenig. Ich denke an die vielen Spaziergänge in dieser Gegend mit Maria, die sich in den Weinbergen immer wohlfühlte, und an meine von Trauben verklebten Finger auf ihrer im Abendlicht schimmernden Haut.

»Wir sind da, Chef«, sagt Julia, als ich keine Anstalten mache auszusteigen.

Der Nachmittag ist kühl, aber der Wind hat sich verzogen. Im Buchladen ist nicht viel los. Giovanni Castelli ist um die fünfzig Jahre alt, hat kurz geschnittenes braunes Haar und trägt ein beiges Hemd und eine karierte Jacke. Er sitzt hinter einem bequemen Vollholzschreibtisch in einem kleinen, mit Ordnern vollgestopften Büro, das nach altem Staub und jungen Blüten riecht. Ich wundere mich, dass eine Orchidee hier gedeiht.

Castelli bemerkt meine Verwunderung. »Das Substrat ist wichtig. Und die richtige Menge an Wasser.« Vorsichtig streicht er über die Blätter. »Orchideen brauchen wenig Wasser, sie sind sehr genügsam. Man darf sie nicht zu viel gießen und schon gar nicht überdüngen. Es mag komisch klingen, aber diese Pflanzen gehen ein, wenn man sie zu sehr liebt. Sie mögen es, in der Luft zu hängen, und brauchen wenig Sonne. Diese Sorte hier ist besonders genügsam.«

Es fröstelt mich, als er von Orchideen schwärmt, von Liebesentzug und Genügsamkeit. Ich atme tief die dünne Luft ein, ehe ich Julia und mich vorstelle und ihm meinen Dienstausweis zeige. Er macht keine Anstalten aufzustehen, würdigt Julia keines Blicks und gibt uns beiden auch nicht die Hand. Ich bemühe mich trotzdem um Freundlichkeit.

»Hätten Sie ein paar Minuten Zeit für uns? Wie Sie vielleicht ahnen, geht es um den Mord an Herrn Dr. Windisch.«

Ich warte auf eine Reaktion, bemerke aber nur ein leichtes Zucken in seinem Mundwinkel, kaum der Rede wert. Ich muss an den Schlager »Gute Freunde« denken. Julia sieht mich an, als warte sie auf ein Zeichen, um das Gespräch in Gang zu bringen, falls ich noch länger schweige. Aber ich lasse sie nicht zu Wort kommen, nicht sofort.

Ich wende mich wieder Castelli zu: »Fragen Sie sich nicht, warum wir deshalb mit Ihnen sprechen wollen?«

»Ich nehme an, weil ich einer der ältesten Freunde von Klaus bin.«

Frau Windisch sieht dies offenbar anders. Ich erzähle ihm nichts davon.

Castelli streichelt sanft die Orchidee, richtet sich auf und sagt mit lauter Stimme: »Er war ein großartiger Mann.«

Wieder entsteht eine Pause. Diesmal aber kommt er meiner Frage zuvor.

»Ich kenne, Pardon, kannte ihn seit vielen Jahren, seit dem Studium. Er war ein paar Jahre jünger, aber ich hatte es, sagen wir mal, nicht so eilig mit dem Studienabschluss.«

Unter anderen Umständen hätte er laut gelacht. Die Worte kommen ihm jetzt leicht über die Lippen. Ich vermute, er will uns eine Version einer Geschichte erzählen, die seine Freundschaft mit Windisch nicht nur rechtfertigt, sondern auch noch über Abschweifungen weg von ihm und hin zu einem Motiv für den Mord führt.

»Ich habe diese Buchhandlung von meinen Eltern geerbt, und die haben sie von ihren Eltern. Also Familientradition, wenn Sie so wollen. Aber meine Leidenschaft war immer die Ökonomie. Verstehen Sie etwas davon?«

Er sieht wieder nur mich an. Ich reagiere nicht, also doziert er, ohne unser Verständnis vorauszusetzen. »Sehen Sie sich um. Sie werden alle Klassiker dazu finden, und in jedem Fall jedes wichtige Lehrbuch. Klaus hat wie ich von Hayek verehrt. Wir haben alles von ihm verschlungen.«

Er berührt beinahe liebevoll einige Bücher, lässt für Sekunden erahnen, warum er eine Buchhandlung führt. Dann schwärmt er von Windischs politischer Einstellung und erzählt über dessen Dissertation, über die theoretische Weiterentwicklung eines liberalen Denkmodells, das den Einfluss des Staates auf die Wirtschaft binnen weniger Jahre vollständig überflüssig machen sollte. Seine Worte prallen an mir ab, während ich seine großen und schweren Hände beobachte, die sich jetzt wieder kraftvoll auf den Tisch stützen. Nichts Weiches ist mehr an ihm.

»Sie sind nicht hier, um über von Hayek zu reden, nicht wahr?«, sagt er schließlich.

Ich nicke und komme wieder auf die private Beziehung zu Windisch zurück.

»Wenn Klaus Windisch und Sie so gute Freunde waren, dann war er doch sicher auch bei Ihnen zu Hause, bei ihrer Familie, damals«, frage ich etwas kompliziert, aber er greift den Faden auf.

»Aber natürlich. Klaus war damals oft bei uns zu Hause. Meine Mutter hat ihn abgöttisch geliebt. Er war stets freundlich, immer zuvorkommend, ein Kavalier alter Schule. Jedes Mal hat er Blumen mitgebracht oder einen Likör. Meine Mutter liebte Kaffeelikör über alles.«

»Und Ihr Vater? Hat er Dr. Windisch auch gemocht?«

Castelli denkt eine Weile nach, scheint sich die richtigen Worte zurechtlegen zu wollen, ehe er mit einem nichtssagenden »Sicher« antwortet. Ich würde gern nachbohren, aber er lässt mich nicht, wechselt das Thema, redet über die Zeit nach dem Studium, über gemeinsame Ausflüge, die immer seltener wurden, weil Windisch kaum Zeit hatte. Ich spüre eine Bitterkeit in seinen Worten. Irgendetwas war da, etwas, das Castelli uns verschweigen möchte, etwas, das er vielleicht sogar vor sich selbst verschlossen hält. Es ist nicht Wut, eher Enttäuschung oder vielleicht auch etwas ganz anderes. Ich bekomme es nur kurz zu fassen, ehe er weiterspricht.

»Während seiner Amtszeit als Minister war der Kontakt zu Klaus naturgemäß weniger geworden, aber ganz abgerissen ist er nie. Wenn Sie es genau wissen wollen, Klaus und ich waren bis zuletzt gute Freunde.«

Für meinen Geschmack legt er zu viel Betonung in das »bis zuletzt«. Aber er ist noch nicht fertig.

»Ich will Ihnen noch etwas erzählen, damit Sie kapieren, was Freundschaft heißt. Klaus hat mir geholfen, als die Buchhandlung in finanziellen Schwierigkeiten war. Das ist noch nicht lange her. Sie können das gern nachprüfen, falls Sie nichts Besseres zu tun haben, wie zum Beispiel einen Mörder zu fassen.«

Ich ignoriere seinen Sarkasmus und frage provokant: »Und als die Vorwürfe gegen ihn aufkamen, wegen Korruption, haben Sie ihm da auch die Stange gehalten?«

Er lässt sich tatsächlich provozieren und droht mir: »Vorsicht, Herr Winter. Sie bewegen sich auf dünnem Eis. Wenn Sie das Andenken an Klaus beschmutzen wollen, dann ...«

Ich bin drauf und dran zu fragen, was dann wäre, aber er beruhigt sich und doziert weiter. »Klaus hat nie etwas getan, das gegen das Gesetz verstößt. Klar, dem Staat etwas zu schenken, das dieser mit beiden Händen ausgibt, ohne jegliches Maß und im ökonomischen Unverstand, das hat er nie unterstützt. Er hat den Staat völlig zu Recht als Moloch bezeichnet, als gefräßigen Dämon, der gar nicht die Menschen schützt, sondern nur sich selbst verwaltet und dabei unser Geld frisst. Aber er war definitiv nicht korrupt, niemals.«

Ich weiß nicht, ob er über Windisch redet oder seine eigene politische Haltung in ihn projiziert, in eine Art

Idol, das er nicht beschmutzt sehen möchte. Das Stichwort greife ich auf.

»Also eine Schmutzkampagne?«

Er nickt eifrig. »Ja, auf jeden Fall. Das war von Anfang an politisch gesteuert. Einige Journalisten und im Übrigen auch ein paar Ermittler« – er wirft mir einen strengen Blick zu – »wollten ihn fertigmachen. Er war ihnen ein Dorn im Auge. Ein erfolgreicher Wirtschaftsminister, dazu ausgesprochen gut aussehend, jung, ein hervorragender Redner.«

Ich versuche noch einmal, ihn aus der Reserve zu locken.

»Frau Windisch hat mir erzählt, dass auch einige seiner Freunde ihm den Rücken zugekehrt haben. Haben die Ratten das sinkende Schiff verlassen, oder gab es nicht doch eine berechtigte Angst, dass an den Vorwürfen etwas dran sein könnte?«

Jetzt habe ich ihn. Er ist wütend, aber nicht auf mich.

»Diese sogenannten Freunde, von denen Constanza spricht, waren nur Trittbrettfahrer des Erfolgs, Speichellecker und Arschkriecher. Nichts weiter. Die waren gefährlich für Klaus.«

Ich spüre seine rasende Eifersucht. Auch wenn er es anders darstellt, zwischen Windisch und Castelli ist etwas vorgefallen, das den dicken Baum der Freundschaft angeschlagen, vielleicht sogar gefällt hat. Ich hake nach: »Gefährlich, sagen Sie. Könnte einer von denen, ich meine, würden Sie jemandem aus diesem Kreis einen Mord zutrauen?«

Castelli zuckt mit den Achseln. Sein Ärger ist noch

da, aber schwächer, weniger offensichtlich. Er rudert zurück.

»Ich weiß nicht, was Sie von mir hören wollen. Als es Klaus schlecht ging, als man ihn verleumdete, haben sie so getan, als würden sie ihn nicht kennen. Am schlimmsten waren die Typen, die ihn denunziert und angeschwärzt haben, die in den Medien plötzlich die großen Aufdecker gespielt haben. Er musste ein paarmal klagen.«

Ich nehme das Stichwort auf. Endlich ein handfester Hinweis, wenn auch ein sehr magerer. »Klagen? Halten Sie es für möglich, dass jemand, gegen den Herr Dr. Windisch ein Verfahren hat führen lassen, sich gerächt hat?«

Wieder zuckt er mit den Achseln. Anstelle einer Antwort notiert er ein paar Namen und streckt mir den Zettel entgegen. Dann packt er demonstrativ seine Aktentasche. Er möchte das Gespräch beenden.

Ich versuche, Julia unbemerkt ein Zeichen zu geben, dass sie sich einmischen und endlich die Angel auswerfen soll, ehe der Fisch davonschwimmt. Aber sie reagiert nicht, sitzt wie festgeschraubt da und macht sich Notizen. Also bleibt es an mir, Castelli festzuhalten.

»Herr Castelli, hat sich Dr. Windisch nach der Hochzeit mit Constanza verändert?«

Er scheint zu überlegen, worauf ich hinauswill.

»Nein«, entgegnet er, aber seine Stimme ist unsicher. »Definitiv nein.«

»Wissen Sie etwas von Schwierigkeiten in der Ehe? Gab es Krisen?«

Er schüttelt demonstrativ den Kopf. »Ich weiß nicht, was Sie andeuten wollen, aber die Ehe von Constanza und Klaus war vorbildlich.«

Ich will es genauer wissen, aber er fährt bereits in rauerem Ton fort: »Sie suchen seinen Mörder, nicht wahr? Wenn Sie meinen, dass Constanza etwas damit zu tun haben könnte, dann sind Sie auf dem Holzweg. Im Übrigen sollten Sie aufhören, mich mit üblen Fragen zu belästigen, die nur darauf abzielen, Klaus schlechtzumachen. Es wird ihnen nicht gelingen, einen Keil zwischen mich und ihn zu treiben.«

»Das habe ich nicht vor, Herr Castelli. Wenn Sie so gute Freunde waren, wann haben Sie Dr. Windisch zum letzten Mal gesehen?«

Diesmal empfindet er die Frage nicht als Angriff und antwortet, ohne zu zögern: »Es ist schon eine Weile her, ich weiß nicht genau, wir waren beide sehr beschäftigt. Ich denke, es war im letzten Monat.«

Der Kontakt war abgebrochen oder lief bestenfalls auf kleiner Flamme. Hier werden Julia und ich nichts mehr erfahren, was die letzten Tage von Windisch betrifft.

Castellis Unruhe ist jetzt unangenehm spürbar. »War es das? Oder haben Sie noch weitere Fragen?«

»Wir sind fertig«, erwidere ich und korrigiere mich sofort. Ich habe mir diese Frage bis jetzt aufgehoben. »Eins noch. Herr Hauser hat ihre Schwester erwähnt. Alessia. Sie war mit Herrn Dr. Windisch offenbar …«

Er sieht mich an, als hätte ich ihm ein Messer in die Brust gestoßen, in eine nur oberflächlich vernarbte Wunde. Er weist uns zur Tür. »Lassen Sie Alessia in

Ruhe. Sie ist tot, vor vielen Jahren gestorben. Würden Sie jetzt bitte gehen, ich habe zu tun.«

Ich weiß, dass ich nichts mehr aus ihm herausholen kann, nicht jetzt. Immerhin ist er noch höflich genug, Julia und mir die Hand zu schütteln. Ich möchte seine Gedanken lesen.

Zwischen Windisch und ihm existierte einmal mehr als Freundschaft, etwas anderes, Tieferes, aber auch Dunkleres, etwas, das verschwunden ist, ob plötzlich oder schleichend, das weiß ich nicht. Noch nicht. Ich notiere mir *Freundschaft?* und zeichne daneben einen dicken Castelli mit einem Jagdgewehr. Darüber schreibe ich »Alessia« und setze drei Rufzeichen.

Im Wagen wirkt Julia nachdenklich, in sich gekehrt. Ich möchte sie fragen, was sie von Castelli hält, lasse es aber bleiben. Ihre Ruhe vorhin, ihre fast völlige geistige Abwesenheit. Ich merke, dass ich nichts von ihr weiß.

13

»WOHIN JETZT?«, FRAGT Julia nach einer Weile, in der wir still nebeneinandersitzen.

Mir fehlen die Worte, um sie zu fragen, was eben los war, drinnen bei Castelli, welchen gut verschlossenen Teil ihres Lebens er geöffnet hat. Ich möchte die »Freunde« abarbeiten, weil ich nicht weiß, wie lange ich auf dieser Schiene fahren darf, ehe ein Wink von oben mich abrupt abbremsen und in eine andere Richtung schicken wird. Ich tippe eine Adresse ins Navi ein.

Wir fahren zu dem Haus am Augarten, in dem Gernot Grumbek wohnt. Keine Nobeladresse, denke ich, bis ich mir bewusst mache, dass die Gegend in den letzten zehn Jahren einen Boom erlebt hat und die Grundstückspreise wie Frösche bei Schönwetter unaufhaltsam nach oben geklettert sind.

Grumbek gehört das ganze Haus. Wie mir Julia mitteilt, die, nachdem wir weit genug weg von Castelli sind, wieder ununterbrochen zu recherchieren scheint, ist er dabei, es sanieren und acht Luxuswohnungen schaffen zu lassen. Zu meiner Überraschung treffen wir ihn nicht im Dachgeschoss mit Riesenterrasse, sondern im zweiten Stock.

Er sieht schmächtiger aus als auf dem Foto, das mir

Julia auf ihrem Handy gezeigt hat. Ein Mann Ende vierzig, in Poloshirt und Jeans und vom Solarium gebräunt. Er bittet uns ins Wohnzimmer, das mich an ein Museum erinnert. Es ist mit Jugendstilmöbeln eingerichtet, und die Wände zieren Landschaftsbilder, die ich keinem Maler zuordnen kann, bis auf ein wunderbares Gemälde von Alfons Walde, das eine nackte Skiläuferin zeigt. Es muss Unsummen wert sein. Vor allem aber fällt mir die unüberschaubare Menge an Porzellanfiguren und Geschirr, an Vasen und Trinkgefäßen, die überall stehen, ins Auge. Julia sieht mich fragend an, ob wir uns wirklich setzen sollen. Die Möbel strahlen ein »Bitte nicht berühren« aus, aber ich lasse mich nicht von toten Dingen einschüchtern.

Grumbek scheint zu ahnen, was Julia denkt, und beschwichtigt: »Sie müssen entschuldigen, aber das war die Wohnung meiner Großmutter. Sie ist im Januar 98-jährig verstorben. Seitdem habe ich ein Dutzend Anläufe gemacht, den ganzen Kram hier loszuwerden, aber Sie haben ja keine Ahnung, wie schwierig das ist. Sie hing an jedem einzelnen Figürchen wie an einem geliebten Haustier. Sie haben Glück, mich anzutreffen. Normalerweise vermeide ich es, hier allzu viel Zeit zu verbringen. Die Dinge bedrücken mich. Aber ich warte auf einen Sachverständigen, der den Wert dieses Krempels schätzen soll.«

Ich bemühe mich, meine Sinne zu kontrollieren und rasch zur Sache zu kommen. »Herr Grumbek, wir wollen Sie nicht lange aufhalten. Wir haben Ihren Namen von Constanza Windisch bekommen. Sie hat Sie als einen der wenigen Freunde Ihres Mannes bezeichnet.«

Er wirkt überhaupt nicht überrascht, was darauf schließen lässt, dass Hauser ihn vorab informiert hat. Die Freunde tauschen sich aus.

»Wollen Sie einen Cognac?«, fragt er.

Wir schütteln die Köpfe.

»Ich brauche einen«, sagt er und schenkt sich ein. »Das mit Klaus ist unfassbar!«

Der Ausruf wirkt nicht spontan, eher einstudiert, nicht authentisch. Grumbek macht auf mich keinen erschütterten Eindruck, genauso wenig wie Castelli oder Hauser.

»Lieber einen Kaffee, wenn Sie haben«, bitte ich.

Er geht in die Küche. Nach wenigen Minuten kommt er mit zwei vollen Ikea-Tassen zurück. Nur die Milch schwimmt in einem Schälchen aus der guten alten Zeit. Ich wage es trotzdem, mir etwas daraus einzuschenken, und stelle es vorsichtig wieder auf den Tisch.

»Ich bin also einer von Klaus' Freunden?«, meint er mehr fragend als feststellend und nimmt einen ordentlichen Schluck Cognac. »Wenn Constanza das sagt, wird es wohl stimmen.«

Er starrt ein paar Augenblicke ins Leere. Dann spult er das Programm ab, die Geschichte von der glücklichen gemeinsamen Vergangenheit, die ich schon von Hauser und Castelli kenne.

»Klaus und ich waren gemeinsam in einer Studentenverbindung. Fragen Sie mich nicht, in welcher. Jedenfalls haben wir dort wunderbare Zeiten verbracht, unbeschwerte Zeiten. Wir haben sehr viel zusammengesteckt, sind durch die Stadt gezogen und haben …

ach Gott. Die Weiber sind auf ihn abgefahren. Und ein wenig auch auf mich. Wir waren jung und fesch, haben nichts ausgelassen, wenn Sie wissen, was ich meine.«

Er plustert sich auf wie ein Pfau, der ein Rad schlägt. Dann unterbricht er sich plötzlich selbst in seinem eingelernten Redeschwall, bevor er zu dick aufträgt, oder vielleicht einfach, weil Julia ihn mit einem vernichtenden Blick straft. Immerhin ist er intelligent genug zu wissen, dass es eine junge Frau nicht beeindruckt, wenn Männer im mittleren Alter mit ihren sexuellen Erfahrungen prahlen. Also erzählt er eine Weile von Windischs und seinem gemeinsamen Betriebswirtschaftsstudium, von Windischs Strebsamkeit und Fleiß, von seinem eigenen Slawistikstudium, wobei er schnell wieder zu seinen Erlebnissen mit russischen und ukrainischen Studentinnen abgleitet. Nachdem Julia sein Lächeln nicht erwidert, folgt eine längere Pause, ehe er das Thema wechselt. Klaus Windisch, der erfolgreiche Geschäftsmann, Gernot Grumbek, sein kongenialer Partner. Grumbek redet über den Verkauf von Finanzprodukten, über Deals und Millionen, die natürlich völlig legal und mit Schweiß und Fleiß erworben wurden.

»Alles, was Klaus anfasste, wurde zu Gold. Klaus war ein Genie. Er hätte der größte Börsenguru aller Zeiten werden können, wenn nicht die Politik …«

»Sie denken, dass es ein Fehler war, in die Politik zu gehen?«, unterbricht Julia ihn.

Grumbek nimmt einen fast väterlichen Ton an, als wolle er einer jungen Frau die Welt erklären und ihr dabei natürlich imponieren.

»Mein Gott, Sie wissen doch, die Politik hat eigene Regeln. Wenn du dort Erfolg haben willst, tust du am besten gar nichts. Wenn du auffällst, wirst du abgesägt, egal, wie gut du bist. Klaus war da aus ganz anderem Holz geschnitzt. Er hat frischen Wind in die Bude gebracht. Und er war immer überzeugt, dass sein Weg der richtige ist.«

»Was nicht alle so gesehen haben«, mische ich mich ein.

Er macht eine abwehrende Handbewegung. »Ach was. Auch der Bundeskanzler hat ihm voll vertraut, hat erkannt, was in ihm steckt.«

Ich weiß, denke ich, ich habe ihn gestern im Fernsehen beobachtet. Die steinerne Miene des inzwischen arg gealterten Machtmenschen, die Bitterkeit, von der ich nicht weiß, ob sie sich gegen seinen ehemaligen Schützling oder doch gegen Justiz und Medien richtet, die unerträgliche Überheblichkeit eines gefallenen Engels, der in seiner Herrlichkeit unverehrt bleibt.

»Wenn alles in Ordnung war«, frage ich, »warum hat diese Partnerschaft dann nicht gehalten?«

»Mein Gott, Klaus war halt nicht, wie soll ich es sagen, der geborene Politiker im klassischen Stil. Wissen Sie, wir waren eine Zeit lang Parteifreunde. Aber Klaus hat sich nicht wohlgefühlt in einer Bewegung, hat sich nach mehr Unabhängigkeit gesehnt, war, wie soll ich es sagen …«

»Flexibler?«, wage ich einen Vorstoß.

»Hm, vielleicht haben Sie recht. Er war einfach kein Ideologe, nicht im politischen Sinn. Er hatte seine Haltung. Vor allem, was die Wirtschaft betrifft, da war er ganz klar. Weniger Staat, mehr Privatwirtschaft. Das zog er konsequent durch. Aber die Menschen in diesem Land sind wohl noch nicht reif dafür, wollen geführt werden, haben Angst vor zu viel Selbstständigkeit und Eigeninitiative. Sind verwöhnt von einem trägen Wohlfahrtsstaat.«

»Und haben die Regierung, in der er Minister war, abgewählt«, ergänze ich, um seine Ausführungen nicht ausufern zu lassen.

»Ich sage ja, dieses Land war noch nicht reif. Aber Klaus hat nach der Wahlniederlage schnell wieder in der Privatwirtschaft Fuß gefasst, Firmen gegründet, eine tolle Frau geheiratet, die Sie ja kennengelernt haben.«

Wieder die einstudierten Phrasen.

»Und Sie beide?«, frage ich, doch es verunsichert ihn nicht.

»Wir? Haben uns viel öfter gesehen und wieder zusammengearbeitet. Immobiliengeschäfte. Vor allem der Ostmarkt hat ein paar Jahre tolle Renditen gebracht.«

Er tut zumindest so, als würde er es genießen, über seine Geschäfte zu reden. Zweifellos ist es eine Masche, um Staub aufzuwirbeln, um Spuren zu verwischen, die in Regionen führen, in die wir keinen Fuß setzen sollen.

»Haben Sie in letzter Zeit ein gemeinsames Geschäft getätigt?«, fragt Julia.

Er scheint zu überlegen, was er uns auftischen soll und entscheidet sich schließlich für die sichere Variante.

»Nein, in letzter Zeit hat sich Klaus sehr zurückgezogen. Ich habe ihn nur noch selten gesehen. Das letzte

Mal, warten Sie, vor einer Woche ungefähr. Da hat er mich zum Essen eingeladen.«

»Sushi?«, frage ich.

»Wie kommen Sie auf Sushi?« Er lächelt. »Wir waren beim *Plachutta* in der Wollzeile.«

»Tafelspitz«, sage ich.

»Genau. Aber er hat wenig gegessen.«

»Wenig gegessen? War er auf Diät? Wohl kaum, so schlank und durchtrainiert wie er aussah. Hat ihm vielleicht etwas ganz anderes nicht geschmeckt, etwas, das gar nicht auf der Karte stand?«

Er zuckt mit den Achseln, lässt sich von mir nicht provozieren. »Er war einfach nachdenklich, meinte, dass er sich angesichts der furchtbaren Medienberichte und der drohenden Anklage aus Wien zurückziehen würde. Er wollte aufs Land ziehen, irgendwo in die Alpen.«

»Haben Sie nachgefragt?«

»Natürlich. Ich kann mir Constanza nicht beim Kühemelken vorstellen. Sie liebt die Stadt, den Glamour, die Seitenblicke. Aber er hat mir nur immer wieder bestätigt, dass sie vorhaben, aus Wien wegzugehen. Auch Constanza sei dafür.«

Ich weiß noch nicht, was ich mit dieser Information anfangen soll, aber ich notiere mir, dass ich Constanza Windisch danach fragen muss.

»Haben Klaus Windisch und Sie sich eigentlich zumeist allein getroffen, oder war seine Frau dabei?«

Er überlegt kurz. »Also, wir haben uns öfter zu viert getroffen, Constanza, Klaus, meine Frau und ich. Meist gingen wir ins Theater oder ins Konzert. Dass Klaus und ich auch alleine unterwegs waren, hat nichts zu sagen.«

Der Mann wirkt nicht wie jemand, der gerne in ein Konzert geht. Ich vermute, die Beziehung zwischen Windisch und Grumbek sah anders aus.

»Männerfreundschaft«, stelle ich fest.

Er schenkt mir ein verschwörerisches Lächeln, das ich nicht erwidere.

Julia möchte es genauer wissen. »Wir würden auch gern Ihre Frau sprechen, wenn es geht. Ihre Meinung wäre …«

»Meine Frau hält sich in England auf«, unterbricht er sie. »Sie arbeitet für eine Modeagentur.«

Julia gibt sich nicht so leicht zufrieden. »Sie können uns doch sicher ihre Telefonnummer geben?«

Er fährt sich nervös durch die Haare. »Wenn es sein muss.«

Wieder hat Julia den richtigen Riecher gehabt. Irgendetwas stimmt nicht mit seiner Frau. Es dauert eine Weile, dann hat er die Nummer auf seinem Handy gefunden. Während Julia sie notiert, sieht mich Grumbek an. Sein Blick verrät zum ersten Mal so etwas wie Trauer.

»Stimmt das, was ich in den Nachrichten gehört habe? Dass man ihn ausgeblutet hat? Wer tut so was?«

»Wir wissen es nicht. Noch nicht.«

Grumbek trinkt den Cognac aus und schenkt sich nach. Ich überlege mir, ob ich diesem Mann etwas davon preisgeben soll, dass ich an einen Täter in Windischs Umkreis denke, an einen Racheakt für eine Kränkung oder eine Wunde, für die es keine Heilung gibt, für Schmerzen, die nur der Tod dessen, der sie zugefügt hat, zu lindern vermag. Es widerstrebt mir, ihn an meinen Gedanken teilhaben zu lassen, und ich deute nur etwas in diese Richtung an. Aber es wirkt. Grumbek verzichtet für eine Weile völlig auf sein Machogehabe und denkt ruhig nach, ehe er ausspricht, was ich befürchtet habe.

»Ich kenne niemanden, auf den so eine Beschreibung auch nur im Ansatz zutreffen könnte. Klaus hat Briefe bekommen, von ein paar Anlegern, die sich geprellt vorkamen, damals im Zusammenhang mit der Aktiensache, aber auch wenn ein paar Leute Geld verloren haben, niemand hätte deshalb einen Mord verübt.«

»Sie kennen Klaus Windisch schon so lange. Gab es nie irgendein Vorkommnis …?«

»Nein, nicht dass ich wüsste«, sagt er und bemüht sich, überzeugend zu klingen.

»Denken Sie nach, Herr Grumbek. Gab es vielleicht einen Mitarbeiter in einer der Firmen, mit dem Herr Windisch Probleme hatte? Ich meine, größere Probleme?«

Er schüttelt wieder den Kopf. »Davon weiß ich nichts. Klaus beschäftigte eine Reihe von Mitarbeitern in verschiedenen Firmen. Aber es gab da nie ein Problem.«

Auf dieser Schiene komme ich nicht weiter, also setze ich zum Schuss ins Blaue an.

»Kann es etwas mit Alessias Tod zu tun haben?«

Diesmal zieht er überrascht die Augenbrauen hoch. »Alessia? Alessia Castelli meinen Sie?«

»Es heißt, sie waren ein Paar.«

»Ich habe keine Ahnung, wer Ihnen das erzählt hat, aber Alessia und Klaus waren wohl gut befreundet. Ob sie ein Paar waren, kann ich nicht sagen. Jedenfalls war das lange, bevor er Constanza kennenlernte. Aber er hatte mit ihrem Tod nichts zu tun.«

Ich wundere mich über die schroffe Zurückweisung einer Verdächtigung, die ich nicht geäußert habe. Über diese Alessia und ihre Beziehung zu Windisch muss ich auf jeden Fall mehr wissen. Von Grumbek werde ich darüber nichts mehr erfahren. Also stelle ich ihm die allerletzte Frage, die ich ihm nicht ersparen kann.

»Herr Grumbek, wo waren Sie am Montagabend?«

Er bemüht sich um ein Lächeln, aber man merkt ihm den Ärger über diese Frage an. Seine Trauer ist verschwunden, sein altes Ego wieder da.

»Sie wollen also ernsthaft ein Alibi von mir? Ich war hier bei meinen Porzellanfiguren. Ich katalogisiere alles. Wollen Sie den Ordner sehen?«

Ich wehre ab, gebe ihm meine Visitenkarte und bedanke mich für den Kaffee. Er schüttelt Julia und mir die Hand. Sein Händedruck ist kräftig und strahlt wieder die Selbstsicherheit aus, die nur kurz verschwunden war. Zu kurz, um etwas Substanzielles von ihm zu erfahren.

Diesmal frage ich Julia im Auto nach ihrer Meinung.

»Er war nicht sehr glaubwürdig, Chef, oder? Die Antworten irgendwie zu glatt, alles zu fein, zu konfliktfrei. Ich glaube, dass er und Hauser sich abgesprochen haben.«

Ich stimme ihr zu.

»Das mit seiner Frau war eigenartig«, sagt sie. »Ich möchte gern mit ihr sprechen, wenn ich darf, Chef.«

Sie darf. Ich verspreche mir nicht viel davon, aber wenn Julia Intuition entwickelt, will ich sie nicht bremsen.

Es ist längst dunkel geworden, aber wir haben noch einen Freund auf der Liste, der in Wien wohnt.

»Wollen wir es versuchen?«, frage ich in der Erwartung, dass Julia auf Feierabend drängt. Aber zu meiner Überraschung besteht sie sogar darauf, den Versuch zu wagen.

»Was hältst du von ihm?«, frage ich.

»Von wem jetzt? Hauser, Castelli, Grumbek oder Windisch?«

Ich schüttle jedes Mal den Kopf.

»O Gott«, ruft sie plötzlich, »der ist das.«

14

NACHDEM JULIA KAPIERT hat, wer der nächste »Freund« ist, dem wir einen abendlichen Besuch abstatten wollen, ist sie sichtlich nervös.

»Aber wir können doch nicht einfach zu Helmut Dietrich hinfahren, schon gar nicht um diese Zeit.«

»Doch«, erwidere ich. »Auf gut Glück. Ich würde darum wetten, dass wir ihn antreffen.«

Sie überlegt, dann grinst sie und streckt mir die Hand hin. »Ein Bier nach Dienstschluss?«

Ich schlage ein.

Wir fahren eine Weile in den Westen, verirren uns schließlich im Gewirr von Gassen und Einbahnstraßen. Dann endlich sind wir richtig. Waldweg 7a. Dichte Hecken, ein alter Baumbestand, kein neureicher Protz, eher im wahrsten Sinne des Wortes zurückgezogene Größe. Zu diesem Traumhaus muss man sich durcharbeiten.

Am Tor blicken wir in die Kamera der Intercom und halten unsere Ausweise hinein. Nach einem Summen ertönt eine weibliche Stimme. »Ich komme runter. Bleiben Sie, wo Sie sind. Wegen der Hunde.«

Wir bewegen uns nicht vom Fleck. Ein paar Augenblicke später erscheint eine zierliche, etwa fünfundvierzigjährige Frau in einem dezenten Leinenkostüm und in Begleitung dreier neugieriger Dobermänner. Ich mustere die sehr kontrolliert wirkende Dame mit den hellen Augen und mittellangen, kastanienbraun gefärbten Haaren. Sie begrüßt uns mit einem freundlichen Händedruck und stellt sich als Annabelle Dietrich vor. Ihre Stimme hat einen angenehm warmen Klang. Auch scheint sie sich nicht im Geringsten zu wundern, dass wir um diese Zeit ihren Mann sprechen wollen. Die Hunde schnüffeln an meinen Jeans und vor allem an Julias Beinen. Sie lässt sich nicht aus der Ruhe bringen. Ich überlege auf den gefühlt hundert Metern zum Eingang des Hauses, welche Frage ich als erste stellen soll, aber die Hunde machen mich nervös. An der Eingangstür erhalten sie von Frau Dietrich ein paar Leckerli und wohldosierte Streicheleinheiten.

»Kommen Sie bitte herein. Mein Mann ist im Arbeitszimmer. Er wird sich gleich Zeit für Sie nehmen. Darf ich Ihnen eine Erfrischung anbieten? Vielleicht eine Tasse Tee?«

Wir nehmen dankend an. In einem Haus wie diesem erwarte ich Dienstpersonal, quirlige Heinzelmännchen, die im Hintergrund und möglichst unauffällig Tee zubereiten. Wenn es sie hier gibt, verbergen sie sich geschickt. Ich sehe mich um, versuche, die vielen Eindrücke zu verarbeiten, und betrachte die Gobelins an den Wänden genauer. König David als Hirte. Sein Kampf mit Goliath. Der Einzug in Jerusalem. Sein Sohn Abschalom, der sich mit den Haaren in einem Baum verfängt. Es ist lange her, dass ich die Bibel gelesen habe. Aber ich erinnere mich an diese Geschichten vom Aufstieg

Davids zum König über Israel, von seinem Sieg über unvorstellbare Gefahren, von Kampf und Konkurrenz zwischen Vater und Sohn, die mit dem Tod des Sohnes enden. Vielleicht identifiziert sich der Hausherr mit König David, dem zielstrebigen Aufsteiger, der, einst ein unscheinbarer Leierspieler, einmal zum Messias einer Weltreligion werden sollte. Ein kleiner Handwerker, der heute eine weltweit agierende Firma für Fahrzeugtechnik leitet. Einer der reichsten Österreicher im bescheidenen Mittelfeld der Reichen weltweit. Bescheiden ist natürlich relativ.

Wir betreten den riesigen Salon, in dem es von Hundebildern nur so wimmelt. Noch bevor wir uns umsehen können, tritt uns der Hausherr entgegen, in Cordhosen, einer bequem aussehenden Strickjacke und mit dem eisigen Lächeln, das man aus der Zeitung kennt. Seine rund achtzig Jahre sähe man ihm nicht an, wären da nicht diese trüben Augen.

»Hunde«, sagt er, »sind klar die besseren Menschen. Wenn ich noch einmal auf die Welt kommen sollte, dann als Airedale.« Er lacht. Aber als wir nicht nachfragen, warum, belässt er es dabei. »Sehen Sie sich um. Hier sehen Sie alle Rassen versammelt, auch die exotischen, den Shar-Pei zum Beispiel mit seiner herrlichen Schnauze oder den Thai Ridgeback mit dem samtenen Fell.«

Es müssen Hunderte Bilder sein, von Postkartengröße bis hin zu Gemälden, die die halbe Wand ausfüllen. Zudem Hundefiguren aus Porzellan, ein Glastisch, der auf vier Hunden aus Marmor ruht, ein Sofa mit

Hundeköpfen als Armlehnen. Wahrscheinlich werden auch auf den Tassen, in denen man uns den Tee serviert, Hundeabbildungen prangen.

»Hat meine Frau Ihnen etwas angeboten?«, fragt Dietrich.

Wir nicken und setzen uns auf seine Aufforderung hin mit aller Vorsicht auf das Sofa. Ich stelle uns vor.

»Sie haben Glück«, sagt er, »dass Sie mich hier antreffen, ich fliege morgen nach China. Wir bauen dort eine große Anlage. Eine ziemliche Herausforderung. Die Bürokratie in China ist ein Gräuel. Ich hätte diese Reise am liebsten abgesagt, nachdem das mit Klaus passiert ist, aber …«

Er reibt sich die Augen, seine Müdigkeit springt schlagartig auf mich über. Ich bemühe mich, nicht zu gähnen. Gerade rechtzeitig bringt seine Frau ein Tablett mit vier Teetassen, Milch und Zucker herein. Wir bedanken uns. Er fordert sie auf zu bleiben, und sie setzt sich. Sehe ich Widerwillen in ihrem Blick, oder ist es nur Gleichgültigkeit? Auf den Teetassen sind Pferde abgebildet, ein kleiner Protest gegen ihren Mann.

»Frau Gartner, Herr Winter, Sie haben Fragen wegen Klaus, nicht wahr?«

Ich nicke. »Wir hätten tatsächlich ein paar Fragen an Sie beide. Bitte entschuldigen Sie die späte Störung, es wird bestimmt nicht lange dauern. Ich komme daher gleich zur Sache. Constanza Windisch hat uns eine Liste gegeben, auf der Sie als einer der besten Freunde von Herrn Dr. Windisch genannt sind. Deshalb sind wir hier.«

Keinem von beiden scheint diese Feststellung eine Regung wert. Ich mache einen neuen Anlauf.

»Wir versuchen, möglichst viel über Klaus Windischs Freunde, Bekannte, aber auch Mitarbeiter herauszubekommen. Wir glauben, dass der Mörder Herrn Windisch gut kannte. Dass es jemand war, mit dem es, wie soll ich es formulieren, eine gemeinsame Geschichte gab.«

Dietrich kratzt sich am Kopf. Sein Haar ist fast militärisch kurz geschnitten, kein Ansatz einer Glatze. Er widerspricht mir heftig. »Sie glauben also, dass die Familie oder Freunde etwas damit zu tun haben könnten? Das ist absurd. Sie sollten den Mörder unter den linken Chaoten suchen, nicht unter uns.«

Irgendwie kommt mir diese Antwort bekannt vor. Ich bemühe mich, ihn zu beruhigen. »Herr Dietrich, wir beschuldigen keineswegs Herrn Windischs Freunde, aber die Art, wie er zu Tode kam, spricht gegen einen wütenden Globalisierungsgegner als Täter. Wir ermitteln natürlich in alle Richtungen, und meine Kollegen vom Verfassungsschutz haben auch die Szene im Auge, von der Sie sprechen, aber …«

»Sagte ich nicht schon, dass das Unsinn ist?«, unterbricht er mich scharf. »Klaus hatte Neider und Feinde, im Geschäft, in der Politik, im Privatleben. Ich denke, dass ihm eine Menge Leute den Tod gewünscht haben. Aber keiner von denen hätte den Mumm, ihn umzubringen, noch dazu auf eine so bestialische Weise. Diese Typen haben keine Eier, das sind schleimige Kriecher.«

Dietrichs Gesichtsfarbe ähnelt jetzt der politischen Ausrichtung seiner Lieblingsfeinde. Ich beobachte seine

Frau, doch sie verzieht keine Miene. Wie versteinert sitzt sie da, als hätte sie sich den marmornen Hunden im Raum angeglichen. Die Überzeugungen ihres Mannes dürften ihr zur Genüge bekannt sein.

»Herr Dietrich, würden Sie uns bitte etwas über Ihre Freundschaft verraten? Wann hat sie begonnen, wie war sie beschaffen?«

»Wie sie beschaffen war? Lesen Sie keine Zeitungen? Ich habe Klaus zu mir geholt, nachdem er mit seinen ersten Geschäftsideen sehr erfolgreich war. Er war ein hochintelligenter Kerl, ein genialer Geschäftsmann, der sich immer wieder mit unfähigen Leuten einließ.«

Dietrichs Weltbild scheint einfach gestrickt zu sein, fähig gegen unfähig, fleißig gegen faul, ordentlich gegen chaotisch. Die Liste ließe sich noch lange fortsetzen. Dietrich ist kein Freund von Nuancen und Zwischentönen.

»Welche unfähigen Leute meinen Sie?«, fragt Julia, die sich wieder emsig Notizen macht.

»Welche? Mein Gott, Leute eben, die schnelles Geld machen wollen, ohne dafür zu arbeiten.«

Er nennt keine Namen. Aber immerhin erzählt er weiter über Windisch, gerät dabei fast ins Schwärmen.

»Klaus hat ein paar Jahre für mich gearbeitet, hat einen wunderbaren Job gemacht. Er hatte viele Ideen zur Optimierung von Verfahrensabläufen.«

»Was heißt das?«

»Na ja, wenn ein Zweig keine hohen Renditen gebracht hat, hat er Adaptionen vorgenommen.«

Ich übersetze: »Entlassungen also.«

»Wenn es notwendig war.«

»Ich brauche die Namen.«

Er lacht höhnisch. »Das ist zwanzig Jahre her. Da wünsche ich Ihnen viel Spaß.«

Ich mache mir eine Notiz, während er weiterspricht.

»In jedem Fall hätte Klaus es bei mir noch viel weiter bringen können, aber es zog ihn in die Politik. Die Politik ist ein Fluch. Ich will mit ihr nichts zu tun haben. Diese Menschen verstehen nichts von Wirtschaft, haben keine Ahnung, wie sie ein Land voranbringen können, denken nicht an die Zukunft. Klaus war anders. Er glaubte, als Wirtschaftsminister die ganze Nation verändern zu können.«

»Irgendwie hat er sie ja verändert«, sage ich. »Mehr privat, weniger Staat.«

Dietrich widerspricht mir erneut. Ich zweifle keine Sekunde, dass er mich auch unter die Rubrik unfähig einordnet.

»Das ist doch alles Unsinn. Sehen Sie sich diese Bürokratie an, die wuchert wie der wilde Wein draußen am Haus. Wir brauchen eine schlanke Verwaltung …«

Zu meiner Verwunderung unterbricht ihn seine Frau. »Helmut, ich vermute, dass die Herrschaften noch sehr viel zu arbeiten haben.«

Dietrich beruhigt sich erstaunlich schnell. Offenbar hört er auf seine Frau. »Ja, ja, Annabelle. Du hast schon recht. Wo war ich stehen geblieben?«

»Können Sie uns noch etwas über die Zeit nach seinem Ausscheiden aus der Politik sagen? Haben Sie ihm angeboten, wieder für Sie zu arbeiten?«, frage ich.

»Angeboten? Ich habe ihn sogar darum gebeten. So einen tüchtigen Mitarbeiter findet man nicht jeden Tag. Er war einmalig. Aber er wollte nicht. Hatte andere Geschäftsideen. Aber das wissen Sie doch alles aus den Medien.«

»Ich würde es aber gerne von Ihnen hören«, beharre ich.

»Er hat sich bei einem Investmentfonds engagiert, der vor allem in Osteuropa im Anlagenbau tätig war. Da ist er ausgestiegen wegen der Kleinaktionäre. Danach hat er verstärkt in Immobilien investiert. Ich glaube, dass die Geschäftspartner nichts getaugt haben, aber ich kenne die nicht. Und, mein Gott, die Justiz. Die jagen die Leute, die das Land groß machen wollen, und lassen die Gauner laufen, das Gesindel. Von den linken Zeitungen rede ich nicht. Die spucken Gift vor Neid. Klaus hat sich immer an das Gesetz gehalten, davon bin ich überzeugt.«

»Man hört, er hatte in letzter Zeit neue Geschäftsideen entwickelt«, wirft Julia ein.

Dietrich mustert sie übertrieben lange. Ich hoffe, dass jetzt keine Bemerkung über ihre Frisur kommt, aber diesbezüglich ist Dietrich ein Mann von Welt, lächelt sogar ein wenig verschwörerisch. Julia scheint ihm zu gefallen.

»Liebe Frau Gartner, von neuen Geschäftsideen weiß ich nichts. Da müssen Sie andere Leute fragen. Zu mir hätte er jedenfalls jederzeit zurückkommen können. Wenn er das gewollt hätte.«

Windisch hatte sich von seinem alternden Mentor entfernt. Für Dietrich war dies mit Sicherheit schwer zu verkraften. Aber ein Mann wie er, der keine Schwäche zugibt, kann dies nicht offen zeigen, und ich möchte nicht weiter in der Wunde bohren. Ich wende mich seiner Frau zu.

»Frau Dietrich, darf ich Sie nach Ihren Eindrücken von Herrn Windisch fragen?«

Sie nippt an ihrer Tasse. Dann sieht sie mich an. Ihr Blick ist klar und lässt keinerlei Interpretationen zu. Diese Frau hat sich absolut im Griff.

»Ehrlich gesagt habe ich wenig mit Klaus zu tun gehabt. Er war ein paarmal unser Gast. Ein überaus guter Gesellschafter. Meist begleitete Constanza ihn. Sie hat ihm viel Halt gegeben in schwierigen Zeiten. Ich verstehe mich sehr gut mit ihr.«

»Hatten Sie in letzter Zeit Kontakt zu ihr?«

»Wissen Sie, mein Mann ist viel unterwegs, und ich verbringe die meiste Zeit allein im Haus. Unser Sohn ist vor zwei Jahren ausgezogen. Da kann es ziemlich einsam werden.«

Ich versuche eine Regung in ihrem Gesicht zu entdecken, aber da ist nichts, keine Trauer, keine Sehnsucht, kein Bedauern. Dann kommt, was kommen muss.

»Die Hunde machen mir viel Freude. Aber gelegentlich sehnt man sich nach einem anderen Menschen. Also habe ich mich öfter mit Constanza getroffen, ja. Sie ist eine charmante und kluge Person. Äußerst geistreich.«

Anders als ihr Mann, denke ich.

»Das letzte Mal war wohl letzte Woche, genau, Mittwoch. Da war Constanza hier. Sie war in Sorge wegen der bevorstehenden Anklage ihres Mannes. Sie wollte weg aus Wien, sich aufs Land zurückziehen.«

Eine neue Facette einer schon gehörten Botschaft.

»Sie wollte weg?«, frage ich nach. »Und er?«

»Das weiß ich nicht. Aber ich glaube, es war mit Klaus abgesprochen. Wir haben natürlich gestern noch telefoniert. Sie ist erstaunlich gefasst. Ich habe ihr angeboten, bei den Beerdigungsvorbereitungen zu helfen.«

Das Letztere scheint mir eine Floskel zu sein. Meinem Gefühl nach war der Kontakt zu Constanza Windisch wesentlich oberflächlicher, als Frau Dietrich zugeben will. In jedem Fall nicht herzlich.

Sie stellt die Tasse ruhig auf den Tisch und steht langsam auf. Ich verstehe die Geste als freundliche Aufforderung, ihre Gastfreundschaft nicht länger zu strapazieren. Also bedanken wir uns für den Tee und die Beantwortung der Fragen, ich hinterlasse meine Visitenkarte, dann begleitet uns Frau Dietrich schweigend zum Auto. Wir geben uns die Hand.

»Sie müssen meinem Mann verzeihen«, sagt sie. »Klaus' Tod hat ihn sehr getroffen. Er ist auch nicht mehr der Jüngste. Er leitet die Firmen immer noch maßgeblich allein. Dabei hat er sich immer gewünscht, dass unser Sohn sie einmal übernimmt, aber der will nichts davon wissen. Er lebt als Künstler in Paris.«

In ihrer Stimme schwingt Stolz mit und eine Prise Wehmut zugleich. Ich muss wieder an den Gobelin mit König David denken. Davids Sohn Abschalom musste sterben, weil er gegen seinen Vater rebellierte. Ich hoffe, Dietrichs Sohn ist weit genug weg von seinen Eltern, um sein eigenes Leben führen zu können. Ich maße mir kein Urteil über die Ehen und das Familienleben anderer Leute an, aber wenn es einen Beweis dafür braucht, dass Geld und Besitz allein nicht glücklich machen, dann steht er jetzt vor uns. Noch einmal drücke ich Frau Dietrichs Hand. Sie schenkt mir ein kaltes Lächeln und wünscht uns Erfolg bei der Suche nach dem Mörder. Wir nehmen die Wünsche dankend an.

»Das Bier geht also auf dich«, sage ich im Auto zu Julia.

Sie nickt nachdenklich.

»Möchtest du tauschen?«, fragt sie, und ich weiß, dass sie nicht den Fahrersitz meint.

»So wenig wie du.«

Irgendwie hat uns eine gedrückte Stimmung erfasst, aus der wir uns langsam befreien müssen. Julia fährt los. Mit jedem Kilometer löst sich ein wenig von dem Unbehagen im gemeinsamen Schweigen.

Auf der Fahrt rufe ich Constanza Windisch an, die mir bestätigt, dass ihr Mann und sie beschlossen hatten, einen Bauernhof in Kärnten zu kaufen. Sie habe von Berger das Foto mit dem Anzug ihres Mannes erhalten und erinnere sich nicht, diesen je gesehen zu haben. Definitiv nicht in den letzten Jahren, da sei sie sicher. Sie teilt mir dies sehr bestimmt mit, mit einem Ton in der Stimme, den ich bislang nicht kenne und der mich unsicher macht, ob ich etwas überhöre, etwas zwischen den Sätzen, eine Emotion, die nicht mit dem Tod ihres Mannes zusammenhängt.

Anschließend wähle ich Monika Weyringers Nummer, aber sie hebt auch nach dem dritten Versuch nicht ab. Ich nehme an, dass sie zu Hause ist und in irgendein Kissen weint. Dann erreiche ich sie doch und vereinbare mit ihr einen Termin für morgen am späten Vormittag. Ihre Stimme klingt brüchig, und sie schluchzt leise, ich habe mich also nicht geirrt.

Julia setzt mich zu Hause ab. Wir haben beide keine Lust mehr, heute Abend unsere Wette einzulösen. Also verabschiede ich mich von ihr, nicht ohne mich für ihre Arbeit zu bedanken. Ich freue mich über ihr Lächeln und erkenne darin dennoch wieder diese Nachdenklichkeit, die sie ergriffen hat, als wir bei Castelli waren. Die gleiche Nachdenklichkeit begleitet auch mich nach Hause.

Ich nehme ein Bad, um sie abzuschütteln, esse Thunfisch direkt aus der Dose und dazu hartes Brot von letzter Woche, das durch das viele Öl, in dem der Fisch ertränkt wurde, genießbar wird. Die Fernsehnachrichten bringen keine Überraschung. Die Informationen im Fall Windisch seien weiterhin dürftig, der Täter noch nicht gefasst, die Polizei ermittele auf Hochtouren in jede Richtung. Aus Ermangelung an Stoff senden sie ein Interview mit seinem Anwalt, Dr. Friedrich Autischer. Ich entscheide mich dafür, es mir anzusehen, obwohl es mich körperlich schmerzt, einem Menschen wie ihm in meinem Leben Raum zu geben. Erstaunlich schnell schlafe ich dabei ein.

Donnerstag, 4. Oktober

Tag 3

15

NACH EINER NACHT, die ich in der ungewollten Gesellschaft kläffender, schlabbernder und knurrender Hunde verträumt habe, einer Schüssel Müsli und zwei Tassen Kaffee holt Julia mich ab und begrüßt mich mit Neuigkeiten über die Besitzer und Mieter der Wohnungen in der Tuchlauben. Trotz Grundbuch und Hausverwaltung sei es keinesfalls leicht gewesen, an die Namen der Personen zu kommen, die sich hinter fantasievollen Firmenbezeichnungen und Stiftungen verbergen.

»Jedenfalls«, berichtet sie, »gehört der vierte Stock fast komplett einer Person, einem Oleg Kyrillow, der sein Geld mit dubiosen Import-Export-Geschäften macht, was immer das heißen mag. Die Wohnung, in der wir Windisch gefunden haben, gehört auch ihm, wird aber an die Kette vermietet, zu der das Luxusgeschäft im Erdgeschoss gehört. Kyrillow befand sich am Montag auf Geschäftsreise im Baltikum, wofür es eine Million Zeugen gibt. Sämtliche Schlüssel, die zum Geschäft gehören, sind noch da. Also Sackgasse. Aber jetzt wird es interessant. Eine weitere Wohnung wurde nämlich an *Matheba,* ein Technikbüro, vermietet. Die Hausverwaltung hat keine Ahnung, wer sich dahinter verbirgt. Der Schlüssel sei von einem attraktiven Herrn abgeholt worden, der auch den Mietvertrag unterschrieben habe. Der Name ist absolut unleserlich. Eine ziemliche Schlamperei, aber die Hausverwaltung fühlt sich nicht verantwortlich. Kaution und Anzahlung wurden bar bezahlt.«

Bevor ich etwas sagen kann, verspricht Julia, der Sache nachzugehen.

Im Büro versuche ich, meine Gedanken zu ordnen und den Tag zu strukturieren. Aber ich komme nicht weit. Berger steht in der Tür, in der Hand die Kaffeetasse mit »Peace on Earth«. Er hätte einen stärkeren Muntermacher gebraucht, so übermüdet wie er aussieht. Er fragt, ob ich die Nachrichten erhalten habe, und ich überzeuge ihn, dass es besser wäre, mich direkt zu informieren.

»Sushi«, sagt er theatralisch, aber ich bleibe ruhig.

»Erwin«, gebe ich zurück, »du nervst.«

Er ist zu müde, um zu protestieren, also begnügt er sich mit einem: »Michael, weißt du, wie viele Sushi-Lokale es in Wien gibt? Es war schon« – er dehnt das »schon« – »das siebenunddreißigste, bei dem ich Erfolg hatte. *Teka Sushi* in der Billrothstraße. Nach Angaben des Besitzers hat dort gegen 19 Uhr ein Herr, den er aus den Zeitungen kennt und über dessen Tod gerade im Fernsehen berichtet wurde, Sushi geholt. Er hätte sowieso angerufen, sagt er.«

Was ich definitiv nicht glaube.

»Jedenfalls«, ergänzt Berger, »war er sich sicher, dass dieser Herr, den er zweifelsfrei als Klaus Windisch identifiziert hat, Sushi für zwei Personen holte.«

»Zwei Personen?«

»Zwei Personen«, bestätigt er.

»Der Mörder«, sage ich.

»Du bist verrückt.«

»Nein, das alles macht Sinn. Der Mörder kennt Windisch sehr gut. Er trifft sich mit ihm, schlägt vor, dass sie gemeinsam Sushi essen, lässt Windisch es abholen und bezahlen. Er weiß, dass wir das herausfinden werden. Er rechnet damit. Warum? Weil in der ganzen Inszenierung ein paar Dinge eine Rolle spielen.«

»Was für Dinge, Michael? Die Tasse mit Blut, okay.«

»Das Geschäft«, erkläre ich. »Und der Anzug. Ich wette, Windisch war im Pullover unterwegs, als er das Sushi holte.«

»Jeans und Pullover, sagt der Mann vom Sushi-Lokal.« Berger kratzt sich am Kopf.

»Erwin, der Mord wurde von langer Hand vorbereitet. Nichts wurde dem Zufall überlassen. Alle Details sind wichtig. Wir müssen sie Stück für Stück aneinanderreihen, um das Motiv herauszubekommen.«

Berger nickt. »Wenn der Mörder auf sich aufmerksam machen wollte, warum hat er dann nicht das Sushi telefonisch bestellt? Dann hätten wir wenigstens seine Nummer.«

»Er will es uns nicht zu leicht machen, vielleicht«, wende ich ein.

»Willst du meine Version hören?«

Wenn es sein muss.

Berger macht eine theatralische Kunstpause. »Windisch hatte etwas mit einer anderen.«

Ich zögere, ihm recht zu geben, aber ich muss anerkennen, dass die Fakten stark dafür sprechen. Trotzdem bemühe ich mich, im Moment nicht darauf einzugehen.

»Erwin, ich brauche Informationen über entlassene Mitarbeiter von Helmut Dietrich«, ordne ich wenig feinfühlig an, erreiche aber immerhin, dass Berger stutzt.

»*Dem* Dietrich?«

Ich erzähle ihm von dem gestrigen Gespräch.

»Mich interessiert die Zeit zwischen 1995 und 1998. Nimm dir ein paar Leute. Versucht, möglichst viel über diese Zeit rauszubekommen.«

»Meine Leute sind voll beschäftigt, Michael. Du weißt …?«

»Ich weiß, dass du das schaffst. Dafür übernehme ich den Besitzer des Sushi-Lokals.«

Mein Blick bedeutet ihm, dass es keinen Sinn macht zu diskutieren. Berger seufzt und verzieht sich mit einem gequälten Lächeln. In meinem sich allmählich füllenden Notizbuch notiere ich »Billrothstraße«.

Ich rufe im Büro von Rechtsanwalt Autischer an, der Windisch vertreten hat. Zu meiner Überraschung gestaltet sich die Kommunikation mit seiner Kanzlei unkompliziert, und seine Sekretärin, die meinen Anruf schon erwartet hat, bietet mir von sich aus einen Termin für heute am frühen Nachmittag an, was mir sehr gut passt. Gerade will ich mit einem der beiden verbliebenen Freunde auf Constanza Windischs Liste telefonieren, als ein aufdringlicher Herrenduft zu mir weht.

»Oberstleutnant Winter.«

Die Stimme kenne ich. Ich drehe mich um und strecke Meierhofer die Hand entgegen.

»Michael«, sage ich. »Wir sind hier ein Team und per du.«

Meierhofer nickt. »Okay, Michael. Ich heiße Lukas.«

»Ich weiß. Ich nehme an, du hast ein paar wichtige Informationen.«

Er legt mir einen Stapel Unterlagen auf den Tisch. »Das ist das Ergebnis deiner Aufgabenverteilung, Michael. Ich habe rund um die Uhr am Telefon gehangen und Mails beantwortet, Notizen gemacht und Unterlagen angefordert.«

Er bemüht sich um Sarkasmus, aber es klingt mehr nach gekränkter Eitelkeit. Ich bedanke mich unbeeindruckt.

»Hast du eine Kurzfassung?«

»Medientauglich, meinst du?«

Ich ignoriere die Bemerkung. Als ich keine Anstalten mache, etwas zu sagen, rückt er nach gefühlten fünf Minuten mit der Sprache heraus. Ein junges Paar habe auf dem Nachhauseweg beobachtet, wie gegen halb drei Uhr nachts ein Mann mit Hut eine Person im Rollstuhl durch die Tuchlauben geschoben habe.

»Sehr gut«, sage ich. »Das könnte erklären, wie der Täter Windisch zur Wohnung gebracht hat. Konnten sie irgendwelche Angaben zu der Person machen, die den Rollstuhl geschoben hat?«

»Leider nicht viel Brauchbares. Ein relativ großer Mann, behaupten sie. Sie haben ihn nur von hinten gesehen. Beschreibung praktisch unmöglich.«

»Schade, aber immerhin schon ein kleines Puzzleteilchen. Das junge Paar soll sich auf jeden Fall in den nächsten Tagen zu unserer Verfügung halten.«

»Ist klar.«

Eine unangenehme Stille tritt ein. Ich will Meierhofer schon wegschicken, dann entscheide ich mich doch, ihn noch etwas zu fragen.

»Hast du noch was zum Aufenthalt von Windisch am Abend?«

Ich will prüfen, wie gut Berger und Meierhofer kommunizieren.

Zu meiner Überraschung hat er auf diese Frage anscheinend gewartet und klopft auf den Stapel mit den Unterlagen. »Wie gesagt, alles da drin. Berger hat mir heute früh von dem Sushi-Lokal erzählt. Also habe ich die Zeit eingegrenzt, einen Kreis um die Billrothstraße gezogen. Aber leider Fehlanzeige. Der Mann ist jedem Kind in Österreich bekannt. Trotzdem nichts. Kein einziger Hinweis aus der Umgebung der Billrothstraße. Was sagt uns das?«

Ich will keine Ratespiele mit dem Neffen der Innenministerin spielen, also biete ich ihm die einzige für mich mögliche Antwort. »Das sagt uns, dass er sich wahrscheinlich den Nachmittag über in einer Wohnung aufgehalten hat und nur kurz rausgegangen ist, um Sushi zu holen. War die Wohnung in direkter Nähe, dann dauert das inklusive Zahlen der Rechnung keine fünf Minuten.«

Meierhofer nickt. »Wahrscheinlich hast du recht. Für die Zeit gegen 20 Uhr muss ich ein paar recht vagen Hinweisen nachgehen, auch wenn ich denke, dass sie uns nicht weiterbringen werden. So will jemand Windisch in Klosterneuburg gesehen haben, ein anderer etwa zur selben Zeit in Wiener Neustadt und eine Dame sogar in Podersdorf. Noch schlimmer steht es mit dem Auto. Das gesuchte Fahrzeug wird praktisch in ganz Wien und Umgebung vermutet. Bislang hat sich nur keiner der Hinweise als richtig herausgestellt.«

Er sieht furchtbar erschöpft aus. Ich komme ihm entgegen.

»Nimm dir so viele Leute, wie du brauchst. Aber jetzt geh nach Hause und schlaf dich aus.«

Er widerspricht mir nicht und geht zur Tür. Ich schicke ihm ein leises »Danke, das war gute Arbeit« hinterher, was er definitiv hört. Denn sein Schritt federt wieder. Ich hätte mir noch Zeit lassen sollen mit dem Lob.

Wenige Minuten später informiert mich Berger, dass die Fingerabdrücke in der Wohnung tatsächlich ausnahmslos von den Handwerkern stammen, dazu kommen mehrere an der Tür, die dem Verkäufer, der die Leiche gefunden hat, zugeordnet werden konnten. Andere Abdrücke gibt es nicht.

Berger will gerade wieder gehen, als ich ihn beiläufig frage: »Wie heißt noch mal die Kollegin, die am Fall Martin dran ist?«

16

»ES GIBT KEINEN Fall Martin«, winkt Berger ab. »Lass es gut sein.«

Ich ignoriere seinen Ratschlag. »Du weißt, dass das nicht stimmt. Prantl hat jemanden auf sie angesetzt, nachdem die Staatsanwältin nicht sicher war, ob es möglich ist, dass eine so zierliche Frau alleine einen so kräftigen Mann auf diese Weise zurichten kann. Obwohl …« Ich unterbreche mich selbst, nachdem Berger Anstalten macht zu gehen. »Bitte, Erwin.«

Das Zauberwort wirkt. Berger hört mir zu.

»Ich muss mit ihr sprechen, weil …«

Er lässt mich den Satz nicht zu Ende sprechen. »… weil du ein sturer Hund bist.« Er macht das ernsteste Gesicht, zu dem er imstande ist, und bemüht sich, verärgert zu wirken. »Eva Matschnig, die neue Kollegin, die vom LKA Klagenfurt hierhergewechselt ist. Sie war übrigens sehr erfreut darüber, hört man.«

Bergers Fähigkeiten in den feinen Formen der Ironie, der Satire oder des Sarkasmus sind äußerst begrenzt.

»Lass sie in Ruhe«, rät er, obwohl er genau weiß, dass ich das nicht kann.

Ich antworte nicht. Wir stehen noch ein paar Sekunden schweigend nebeneinander, dann verlässt er das

Büro. Ich meine, ihn leise fluchen zu hören, aber es ist meine innere Stimme, die mich warnen will. *Halte dich da raus, verdammt!*

Meine Neugierde war schon immer stärker als die Vernunft, daran haben all die Jahre nichts geändert. Ich frage mich zu Eva Matschnig durch und finde sie nach mehreren Fehlinformationen am Ausgang zur Berggasse: eine Endzwanzigerin mit zusammengebundenem blondem Haar, dunklen Jeans und einem roten, schon etwas ausgewaschenen T-Shirt mit dem Appell, Flüchtlinge willkommen zu heißen, was ihr sicher nicht überall Sympathiepunkte einbringt. Als sie mich sieht, drückt sie ihre Zigarette aus.

»Ich habe letzte Woche aufgehört«, erklärt sie.

Ich gehe nicht darauf ein. »Ich weiß, dass es nicht hilft, aber es tut mir leid, dass Sie die Suppe auslöffeln müssen, Eva.«

»Die Scheiße, meinen Sie. Aber schon gut. Eine neue Kollegin muss sich beweisen, alles klar. Im Moment herrscht ja Ausnahmezustand. Aber wenn wir den Mörder von Windisch haben, werde ich Sie aufsuchen. Ich hätte gerne Einsicht in Ihre Gesprächsprotokolle, ich meine, die Originalaufnahmen. Ich will sie hören.« Sie legt die Betonung auf »sie«.

Ich finde Eva auf Anhieb sympathisch. Sie redet nicht lange um den heißen Brei herum. Man sagt, dass sie Klagenfurt verlassen habe, weil ihre Kollegen sie mobbten. Oder weil sie ihnen überlegen war. Ein analytisches Talent, eine gute Profilerin, eine Aufdeckerin. Angeblich auch schonungslos im Umgang mit Dienstvergehen.

Ich habe die Vermutung, dass ihr der Fall Martin nicht zufällig übertragen wurde. Prantl testet sie an einem unbequemen Fall, bei dem es nichts zu holen gibt, keine Belobigung, keine Streicheleinheiten vom Chef.

»Was denken Sie, warum sie das ihrer Tochter angetan hat?«, fragt sie.

Genau diese Frage hat mich zermürbt.

»Sie glauben nicht an einen Komplizen?«, entgegne ich, ohne darauf einzugehen.

Sie antwortet nicht gleich, sondern zündet sich noch eine Zigarette an. »Ehrlich gesagt, nein«, meint sie dann und bläst langsam den Rauch aus.

»Ich auch nicht. Sie hat ihren Mann gnadenlos bestraft. Aber das Mädchen? In all unseren Gesprächen hat sie mir nie die Wahrheit gesagt. Es steckt mehr hinter der Sache, ich weiß nicht was, aber mein Gefühl …«

»Man sagt, dass das mit Ihrem Gefühl so eine Sache ist.«

Sie sagt es in einer Weise, dass ich lachen muss. Aber es ist nicht ihr gedehnter Kärntner Akzent, der mich dazu bringt, sondern ihre Fähigkeit, unangenehme Dinge auf entwaffnend direkte Weise anzusprechen. Sie hat keine Angst vor Fettnäpfchen, nimmt keine Rücksicht auf Befindlichkeiten. Andere Kollegen verdrehen die Augen, wenn ich ihnen mit Intuition komme, mit Personenbeschreibungen, die sich im Nachhinein – ich behaupte, regelmäßig – als richtig erweisen.

»Sie haben sich also über mich erkundigt.«

»Na ja. Es lässt sich nicht vermeiden, dass man hier etwas mitbekommt, was man vielleicht gar nicht wissen will. Aber um ehrlich zu sein, als ich den Fall übernommen habe, habe ich Berger gefragt, wie er Sie einschätzt. Was er von Ihrer ›Intuition‹ hält.«

Sie macht eine Pause, denkt vielleicht, ich würde sie unterbrechen oder etwas einwerfen wollen, aber ich sage nichts.

»Also, Berger hat mir gesagt, dass er Ihnen voll und ganz vertraut.«

Sie verschweigt mir etwas, aber ich will nicht nachbohren.

»Bei Czapek habe ich zumindest nicht falsch gelegen«, sage ich.

»Berger sagt, dass ich mich an Sie halten soll, wenn ich nicht mehr weiter weiß.« Sie lächelt und wendet sich zum Gehen.

»Irgendetwas stimmt nicht mit der Martin«, rufe ich ihr nach.

Sie dreht sich noch einmal zu mir um. »Isabella Martin ist verrückt. Geistig abnorm. Sie hat ihren Mann erschlagen, zerstückelt und im Gefrierschrank gelagert.«

»Warum?«

»Weil er ihre gemeinsame Tochter missbraucht hat.«

»Und dann fesselt sie diese Tochter eine Woche lang ans Bett, ohne Essen und Trinken, bis … Ich weiß. Geistig abnorm. Ja. Aber das meine ich nicht. Sie wusste monatelang von dem Missbrauch. Warum wartete sie so lange? Warum dachte sie sich diese schreckliche ›Strafe‹ – was weiß ich, wie ich es nennen soll – für ihre Tochter aus? Was ist da passiert? Irgendetwas fehlt.«

Eva Matschnig bleibt eine Weile still, scheint meine Worte abzuwägen, zu überlegen, was sie antworten soll. Dann sagt sie nur: »Okay. Ich denke darüber nach.«

»Danke«, sage ich und habe es selten ernster gemeint.

17

IN MEINEN GEDANKEN werde ich das Bild der qualvoll verstorbenen kleinen Antonia Martin nicht los. Es verfolgt mich auch, als ich mit der Staatsanwältin telefoniere, die den Zugriff auf Windischs Handydaten erstaunlich rasch genehmigen lassen konnte. An ihrer Stimme kann ich ihre Abneigung gegen den Exminister förmlich spüren. Ihre Mahnungen, nicht ständig etwas an die Presse durchsickern zu lassen, was diese nichts angehe, nehme ich mit williger Bereitschaft zur Kenntnis. Diese Frau war mir von Anfang an sympathisch.

Ich lege auf und versuche auf gut Glück, einen weiteren »Freund« des Exministers in der Schweiz zu erreichen. Hans-Ruedi Auf der Mauer ist Spezialist für Fonds und Stiftungen, arbeitete lange für ein großes Finanzinstitut, ist jetzt aber selbstständig. Ich werde viermal falsch verbunden, dann habe ich ihn am Apparat. Er ist etwas atemlos. Im Hintergrund höre ich das Rauschen eines Flusses.

»Die Limmat«, erklärt er. »Grüezi, Herr Kommissar. Ich bin gerade beim Joggen. Schrecklich, das mit dem Klaus. Was kann ich für Sie tun?«

Ein ruhigeres Plätzchen zum Telefonieren suchen, will ich antworten, lasse es aber. Stattdessen teile ich ihm mit, woher ich seinen Namen habe, weshalb ich anrufe und warum wir mehr über Windischs Leben wissen müssen, um den Täter zu fassen.

»Ach, mein Gott, Sie glauben, dass der Täter ihn gut kannte. Ja, der Klaus war ja kein einfacher Bankier, der hat viel bewegt, war bei euch in der Politik, da gibt es Hunderte …«

Ich kenne diesen Spruch in all seinen Varianten inzwischen zu gut.

»Woher kannten Sie sich?«, frage ich deshalb mit Nachdruck.

Er schweigt einen Moment, scheint nachzudenken. Vielleicht will er aber auch nur zu Atem kommen.

»Wir waren Studienkollegen an der London Business School«, sagt er dann und schweigt wieder.

»Warum glauben Sie, dass Constanza Windisch Sie unter die wenigen guten Freunde reiht, die Herr Windisch hatte?«

Er lacht. »Das müssen Sie Constanza fragen. Aber ich meine schon, dass wir seit fast dreißig Jahren einen guten Draht hatten, wie man das so schön sagt.«

Auf der Mauers Antworten wirken ehrlicher und weniger bemüht als bei Windischs übrigen Freunden und auf den ersten Blick nicht mit den anderen abgesprochen. Es fehlt auch jedes Pathos, jede Nostalgie. Er sagt die Wahrheit.

»Haben Sie in letzter Zeit mit Klaus Windisch zu tun gehabt, vielleicht Geschäfte miteinander getätigt?«, frage ich weiter.

Diesmal zögert er mir ein wenig zu lange mit der Antwort.

»Früher waren wir Geschäftspartner. Aber in letzter Zeit war ich wohl so etwas wie ein Berater. Klaus hat mich ein paarmal in Zürich besucht, wir haben uns über die Akten aus der Schweiz unterhalten, die ihn angeblich belasteten, ja, und sicherlich auch über Menschen gesprochen, die ihn zutiefst gekränkt haben, Journalisten, Politiker, Kabarettisten, auch Leute in sozialen Foren. Besorgt war er schon über die eine oder andere Boshaftigkeit, aber dass ihn jemand umbringen will, das hätte sich niemand vorstellen können.«

Ich versuche, etwas mehr über die Geschäfte zu erfahren, die Windisch tätigte. Aber Auf der Mauer hält sich in guter Schweizer Tradition bedeckt.

»Alle Finanztransaktionen waren und sind legal, das haben wir mehrmals geprüft. Wir sind Finanzdienstleister für eine Klientel, für die Diskretion an oberster Stelle steht. Das werden Sie sicher verstehen. Und, Herr Kommissar, Sie ermitteln ja nicht in einem Finanzverfahren, sondern in einem Mord.«

Er braucht mich weder zu erinnern noch zu ermahnen. Ich weiß, was ich tue.

»Wo waren Sie eigentlich am Montagabend?«, frage ich daher etwas unverschämt.

»Oi, oi, der Herr Kommissar. Einmal Wien und zurück, kein Problem mit der Swiss. Aber nein, ich musste einem Aufsichtsrat Auskunft erteilen. Sagt Ihnen die Bank Julius Bär etwas?«

Ich entgegne, dass wir es überprüfen müssen, und verabschiede mich, nicht bevor ich Auf der Mauer ausdrücklich darauf hingewiesen habe, dass ich mich noch einmal melden werde. Er dagegen sagt mir, dass ich den »Hurensohn« bald finden soll. Bei aller Authentizität von Auf der Mauer war dieses Gespräch insofern aufschlussreich, als der Schweizer Bankier, anders als etwa Dietrich oder Castelli, mit Windisch regen Kontakt pflegte und dieser die Expertise des anderen schätzte. Eine Freundschaft, die zumindest auf den ersten Blick ungetrübt war.

Ich brauche jetzt eine Tasse starken Kaffee. Also verlasse ich das Büro und schlendere zum *Café Diglas* im Schottenstift, das ich gern besuche, wenn ich den Kopf freibekommen will. Ich bestelle einen Einspänner und lese die einschlägigen Überschriften in den Tageszeitungen. »Vampirkiller noch immer nicht gefasst«, »Kein Fahndungserfolg bei der Suche nach dem Vampir«, »Der Vampir ist unter uns«. Ich lege die Zeitungen beiseite.

Der Kaffee erhellt meine Laune, bis ich Angelika Kretschmer aus den Augenwinkeln wahrnehme, an einem Tisch neben der Tortenvitrine. Ein unerträglich gut aussehender Mann streichelt ihre Hand. Die Geste weckt eine Erinnerung in mir, einen vergessenen Schmerz.

Als sie mich bemerkt, zieht sie vorsichtig die Hand zurück und nickt mir zu. Dann spricht sie kurz mit ihrem Begleiter, steht auf und kommt auf mich zu. Ich bleibe sitzen.

»Hallo, Frau Kretschmer«, sage ich kühler, als ich es möchte. Sie verströmt einen frischen Duft, als ob sie gerade einem Bad entstiegen wäre.

»Ich glaube, dass ich einiges für Sie habe«, sagt sie,

ohne Zeit zu verlieren. »Geben Sie mir noch einen Tag. Ich will noch ein paar Details recherchieren. Einverstanden?«

Ich nicke. »Lassen Sie den Herrn nicht zu lange warten«, sage ich mit einer nur allzu leicht als nicht überzeugend zu entlarvenden Freundlichkeit.

Sie lächelt und geht, dreht sich aber auf halbem Weg noch einmal um. »Morgen Mittag, *Maschu*, Neubaugasse, gegen 13 Uhr.«

Ich notiere es mir und nehme mir vor, da zu sein.

Grundsätzlich telefoniere ich nicht in Kaffeehäusern, aber heute mache ich eine Ausnahme, um meine Gedanken in geordnete Bahnen zu lenken. Der letzte »Freund« meldet sich nach dem zweiten Läuten.

»Herr David Mautner?«

»Ja. Woher haben Sie diese Nummer? Das ist eine Geheimnummer. Ist etwas mit Ruth?«

David Mautner spricht mit einem deutlichen englischen Akzent.

»Ich habe Ihre Nummer von Constanza Windisch«, sage ich.

»O mein Gott, Klaus. Sind Sie ein Freund von Constanza?«

Ich nenne ihm meinen Namen und erkläre ihm, warum ich anrufe. Dann erfahre ich, dass Windisch und Mautner gemeinsam eine Zeit lang an der London Business School studierten. Dasselbe hat auch Auf der Mauer erzählt.

»Seither trafen wir uns regelmäßig, tauschten Erfahrungen aus, klagten uns unser Leid.«

»Machten Geschäfte?«, frage ich, weil ich denke, dass er mir dieselbe Geschichte wie Auf der Mauer erzählen will. Zu meiner Überraschung erhalte ich ein nachdrückliches »Nein«.

»Mit Freunden mache ich nie Geschäfte. Klaus hat das getan und schreckliche Erfahrungen damit gemacht. Manche seiner angeblich besten Freunde sind ihm in den Rücken gefallen.«

Ich frage nach Details und notiere die Namen. Er verweist auf die Presseberichte, die ich nicht unbedingt glauben soll, weil sie die Tatsachen verdrehen würden. Aber wenn man sie richtig zu lesen verstünde, dann könne man ahnen, welche Art Freunde das seien.

Er schwärmt von dem Schwimmer und Ruderer Windisch, nennt ihn einen Frauenliebling, erzählt mir ein paar Anekdoten aus der Studienzeit. Aber es fehlt jede Anzüglichkeit, jede Grobheit. In Mautners Erinnerung gibt es keine Zoten und Derbheiten. Als er fertig ist, frage ich ihn nach der jüngeren Vergangenheit. In letzter Zeit habe Windisch sich sehr zurückgezogen, sei nachdenklich gewesen, auch verbittert, vertraut er mir an.

»Wegen des drohenden Prozesses? Oder war da noch etwas anderes, vielleicht weiter Zurückliegendes, was Herrn Windisch Sorgen bereitete?«, frage ich in der Hoffnung auf einen kleinen Hinweis, der mich zumindest einem Mordmotiv näher bringt.

Mautner schweigt kurz, scheint nachzudenken, aber zu meiner Enttäuschung verneint er wieder. »Nicht dass ich wüsste. Davon war nie die Rede. Haben Sie denn irgendeinen Verdacht?«

»Leider. Um ehrlich zu sein, wir tappen im Dunkeln. Ich bitte Sie nachzudenken. Alles kann uns weiterhelfen. Jeder Nebensatz, den Sie vielleicht bis jetzt als unwichtig erachtet haben.«

»Ich will es versuchen«, verspricht er.

»Kennen Sie einen Herrn Hans-Ruedi Auf der Mauer?«, frage ich.

Er lässt sich Zeit mit der Antwort.

»Kennen ist zu viel gesagt. Also, er hat auch in London studiert, damals. Wir waren nie viel zusammen. Aber mit Klaus hat er sich gut verstanden. Fragen Sie deshalb?«

»Irgendwie.«

Ich spüre, dass er das Gespräch beenden will, als er sagt: »Würden Sie Constanza von mir grüßen, bitte? Sie ist eine so starke Frau. Ich war sehr glücklich, als die beiden sich gefunden haben. Eine Frau, die zu Klaus passte.«

Ich weiß nicht warum, aber es rutscht mir blitzschnell heraus: »Nicht so wie Alessia?«

Ich höre, wie am anderen Ende Glas zersplittert, dann einen Fluch, bevor Mautner sich wieder zu fangen scheint. »Alessia?«, fragt er. »Wie kommen sie auf Alessia?«

»Sagen Sie es mir.«

»Was wollen Sie hören? Alessia war eine gute Freundin von Klaus. Sie ist leider sehr früh verstorben.«

»Und sie hat nicht zu Herrn Windisch gepasst, richtig?«, bohre ich nach.

Er zögert einen Augenblick. »Mein Gott«, sagt er

dann, »ich wollte da nichts andeuten. Man soll über Tote nicht schlecht reden, nicht wahr?«

Ich bitte ihn, mir mehr über Alessia zu erzählen, und er kommt ins Schwärmen.

»Sie war eine wunderbare Frau. Eine Supersportlerin. Und eine Virtuosin auf der Geige. Sie hat all ihren Studienkollegen den Kopf verdreht.«

»Sie waren Studienkollegen?«

»Ja, Alessia hat auch in London studiert. Wir haben viel Zeit zusammen verbracht, Alessia, Klaus, Gernot und ich.«

»Gernot Grumbek?«

»Ja, Gernot Grumbek.«

Ich will mehr über diese Freundschaft wissen, aber ich beiße mich erst einmal an Alessias Beziehung zu Windisch fest. »Warum war Alessia nicht gut für Klaus Windisch?«

»Das ist eine lange Geschichte. Darüber will ich nicht reden. Jedenfalls hat ihr Bruder keinen guten Einfluss gehabt. Ich glaube, er ist immer noch ein Nazi.«

»Das sind harte Worte, Herr Mautner.«

»Nicht, wenn man seine halbe Familie in Konzentrationslagern verloren hat«, erwidert er.

Ich kommentiere das nicht, weil sich das Bild in meinem Kopf erst festigen muss. Mautner ist Jude. Ich kapiere es schnell. Er umgibt sich während seines Studiums mit jungen Menschen, die ideologisch dem rechten Spektrum angehören, er verbiegt sich, passt sich an, verdrängt das Geschehene in einen entlegenen Winkel, wo es verstauben oder verwelken kann, um frei zu sein.

Wofür? Eine Frau? Alessia? Verlor er sie an Windisch und dann an den Tod? Ich muss ihm noch eine Frage stellen.

»Herr Mautner, es geht mich nichts an, aber Windisch und Grumbek waren beide in einer rechten Studentenverbindung. Hat Sie das nicht gestört?«

Er zögert erneut, scheint wieder eine Weile nachzudenken und versucht, es so neutral wie möglich zu formulieren. »Windisch war ein Neoliberaler durch und durch, aber kein Nazi. Er hat einmal den Wirtschaftsphilosophen Ludwig von Mises mir gegenüber sogar als seinen Moses bezeichnet. Ich weiß nicht, warum er in der Verbindung war. Vielleicht aus Respekt vor seinem Vater. Der war seinerzeit ein Mitläufer, aber das interessierte mich nicht. Grumbek, na ja, der hat manchmal die eine oder andere antisemitische Bemerkung gemacht. Wofür ihn Klaus immer tadelte. Aber Castelli stammt aus einer italienischen Faschistenfamilie. Das sollten Sie recherchieren. Können wir das Thema jetzt lassen?«

Wir können, fürs Erste. Ich bedanke mich für das Gespräch und bitte ihn ebenso nachdrücklich, sich die jüngsten Begegnungen mit Klaus Windisch noch einmal in Erinnerung zu rufen. Er verspricht es mir.

In meinem Kopf nehmen Windischs Freunde in Jugendjahren Gestalt an. Der ungeliebte Winzersohn Hauser, der rüpelhafte Ideologe Castelli, der eher windige Geschäftemacher und Möchtegernplayboy Grumbek, der nüchterne Bankspezialist Auf der Mauer, der feinsinnige, über die Maßen angepasste Jude Mautner und der karriereorientierte, gutbürgerliche Streber und

Sportsmann Windisch. Sie scheinen so unterschiedlich zu sein und nicht zusammenzupassen. Und doch gab es eine Verbindung zwischen ihnen. Studium und Familienbande? Möglich. Aber nicht ausreichend, um so unterschiedliche Charaktere zu vereinen. Eine Person? Alessia? Der Gedanke an sie lässt mich nicht mehr los. Ich rufe Julia an, erkläre ihr, dass ich jetzt zu Monika Weyringer fahre und wir uns danach bei Autischer treffen. Und ich trage ihr auf, über Castelli zu recherchieren. Seine Vergangenheit interessiert mich brennend.

18

MONIKA WEYRINGER LEBT in einer gemütlichen, aufgeräumten Altbauwohnung im achten Bezirk, nicht weit vom Theater in der Josefstadt. Ihre Augen sehen verquollen aus, aber ihr Haar ist frisch gewaschen, die Bluse strahlend weiß, die Hose leger, aber nicht billig. Sie hat sich aufgerafft, um für diesen Termin gut auszusehen, und Kaffee zubereitet.

Ich nehme das Kaffeeangebot gern an, setze mich in einen bequemen grünen Ledersessel und lasse die Gründerzeitmöbel auf mich wirken. Im Regal stehen einige Bücher. Ich versuche, die Titel auf den Buchrücken zu entziffern, und stelle fest, dass Frau Weyringer eine gewisse Sympathie für nordische Krimis zu haben scheint. Auch suche ich nach Hinweisen auf Windisch. Aber wenn es sie je gegeben hat, dann hat sie sie inzwischen entfernt. Die Sonne dringt durch die hohen Flügelfenster und taucht den Raum in warmes Licht.

»Sie haben es sehr schön hier, Frau Dr. Weyringer«, sage ich, als sie den Kaffee serviert. »Solche Wohnungen mitten in der Stadt sind heute schwer zu finden.«

»Erstens«, erwidert sie ziemlich resolut, »lassen Sie das mit dem Frau Doktor. Sie können mich gerne Monika nennen. Ich habe in den USA studiert. Da nennt man sich schnell beim Vornamen. Und zweitens: Die Wohnung gehört meinen Eltern. Sie sind vor ein paar Jahren nach Marbella gezogen, genießen dort ihren Ruhestand.«

»Wunderbar«, sage ich, möchte das Thema aber nicht vertiefen. »Mein Vorname ist übrigens Michael. Ich weiß, dass der Tod von Herrn Windisch Sie sehr belastet. Alles, was Sie mir sagen, werde ich mit äußerster Diskretion behandeln, aber seien Sie offen zu mir, lassen Sie nichts aus, auch wenn es Ihnen unwichtig erscheint oder vielleicht peinlich. Wenn Sie wollen, dass wir den Täter finden, dann müssen Sie uns alles sagen, was Sie wissen.«

Ich denke, dass sie ahnt, worauf ich hinauswill, aber noch ist sie nicht bereit zu einer Lebensbeichte.

»Es tut mir leid«, sagt sie und kämpft mit den Tränen. »Ich bin sonst keine Heulsuse. Aber das mit Klaus« – sie hat jetzt keine Scheu mehr, ihn vor mir Klaus zu nennen – »das ist einfach unfassbar. Wir arbeiteten seit zehn Jahren zusammen. Ich war, das darf ich in aller Bescheidenheit sagen, so was wie seine rechte Hand. Und, bitte nehmen Sie es mir nicht übel, wenn ich das jetzt sehr theatralisch formuliere, aber ich hätte meine rechte Hand für ihn hergegeben. Ich glaube, ich habe mehr Zeit mit ihm verbracht als jeder andere Mensch.«

Ich sehe sie nicht an, will sie nicht verunsichern. *Lass ihr Zeit.*

»Ich habe in den ganzen Jahren nie ein lautes Wort von ihm gehört. Er hat sich immer wie ein Gentleman benommen. Glauben Sie mir, an den Vorwürfen ist nichts dran, das hätte sich alles in Luft aufgelöst, wenn es zur Anklage gekommen wäre, aber dazu waren die Herrschaften zu feige. Sie haben ihm ja gar nicht die Chance gegeben, alles zu widerlegen. Obwohl sie seit Jahren mit denselben Dokumenten operieren, mit leeren Verdächtigungen agieren. Sie füttern die Medien mit Material, aus dem diese dann abstruse Schlüsse ziehen. Ich weiß, dass Klaus zuletzt an einem Finanzkonzept für eine große gemeinnützige Baufirma gearbeitet hat, um bezahlbaren Wohnraum für Geringverdiener zu schaffen. Das war sein letztes und vielleicht ehrgeizigstes Projekt.«

Wieder dieses Projekt, vom dem schon Hauser erzählt hat. Ich blättere in meinem Notizbuch zurück zu den Aufzeichnungen meines ersten Gesprächs mit Frau Weyringer. Neben »Wohnprojekt« setze ich ein Ausrufezeichen zum Fragezeichen. Ich versuche mehr darüber zu erfahren, aber Monika Weyringers Kenntnisse des Vorhabens sind äußerst beschränkt. Also lenke ich die Aufmerksamkeit wieder dorthin, wo ich die Spur wittere.

»Wenn Sie Herrn Windisch schon so lange kennen, hat es da nie irgendwelche dramatischen Ereignisse gegeben, ich meine, bevor die ganze Welle an Verdächtigungen anrollte? Ich denke da an eine frühere Sache, sie kann einige Jahre zurückliegen, vielleicht noch länger.«

»Früher? Ich zermartere mir schon die ganze Zeit den Kopf. Ich weiß, dass Sie etwas suchen, was mit Klaus' Vergangenheit zu tun hat, aber ich finde nichts, absolut nichts.«

»Gab es in einer der Firmen, von denen Sie wissen, irgendwelche Vorkommnisse, Unstimmigkeiten, Entlassungen aufgrund von Meinungsverschiedenheiten, irgendetwas, das den Hass eines Menschen hätte schüren können?«

»In den Firmen, in denen ich mit ihm zusammenarbeiten durfte, hat es nie einen derartigen Fall gegeben. Die Menschen, die mit Klaus gearbeitet haben, waren hochmotivierte intelligente Männer und Frauen, die viel von ihm gelernt haben. Da gab es keine Meinungsverschiedenheiten.«

»Und der missglückte Börsengang, die Sache mit den Kleinanlegern …?«

Sie unterbricht mich. »Das ist doch Unsinn. Klaus hatte damit gar nichts zu tun. Er hat das Produkt nicht entwickelt, sondern nur vermittelt und das ausgesprochen erfolgreich. Dass es an der Börse kein Renner war, lag nicht an ihm, sondern an vielen anderen widrigen Umständen. Es hat einen Shitstorm im Internet gegeben und auch Drohbriefe.«

»Shitstorm?«

Sie ist verunsichert. »Klaus hat das nicht ernst genommen. Denken Sie …?«

»Wir können zwar nichts ausschließen, aber im Moment denke ich nicht, dass der Tod von Klaus Windisch damit in Verbindung steht«, versuche ich, sie zu beruhigen.

Ich hoffe, ich habe recht. Erneut folge ich meiner Intuition.

»Kann ich eine Liste bekommen von Mitarbeitern,

die für Herrn Windisch, vielleicht sogar in mehreren seiner Firmen tätig waren? Ginge das?«

Sie verspricht mir, es zu versuchen.

»Monika, ich weiß, dass Sie mir gestern schon darauf geantwortet haben, aber ich muss Sie noch einmal fragen. Haben Sie Klaus Windisch vorgestern noch einmal getroffen, am Abend? Mit ihm Sushi gegessen?«

»Sushi? Nein, ich habe Ihnen doch schon gesagt, dass …«

»Ich war mir sicher, dass Sie mir die Wahrheit gesagt haben, aber Herr Windisch hat kurz vor seinem Tod Sushi für zwei Personen bestellt und abgeholt.«

Jegliche Farbe weicht aus ihrem Gesicht. Ich habe Angst, dass sie gleich kollabiert. Aber sie fängt sich rasch.

»Für zwei Personen, sagen Sie? Wer …«

Ich schüttele den Kopf. »Wir wissen es nicht.«

Eine Zeit lang sitzt sie wie erstarrt da. Nach einigen Momenten unangenehmer Stille stehe ich auf, verspreche ihr, dass wir den Mörder finden werden und verabschiede mich mit einem herzlichen Händedruck. Sie bringt mich zur Tür.

»Monika«, frage ich beim Hinausgehen, »hatten Sie je Kontakt zu Alessia?«

Sie sieht mich verwundert an. »Alessia? Wer ist das?«

Ihr Blick verrät mir, dass sie tatsächlich keine Ahnung hat.

»Alessia Castelli«, antworte ich. »Sie war mit Klaus Windisch sehr gut befreundet, darum dachte ich …«

»Nein, davon weiß ich nichts, das war wohl vor …«

Ich denke, sie will sagen »meiner Zeit«, aber sie korrigiert sich: »… bevor ich Klaus kennengelernt habe.«

Ich habe ihr wehgetan mit meinen Fragen, habe noch einen Pfeil in ihren von Trauer durchbohrten Leib getrieben. An ihrem Blick und ihren Gesten kann ich eine Verzweiflung spüren, die ich bei Windischs Freunden nicht auch nur annähernd gefühlt habe.

19

JULIA WARTET IN der Riemergasse vor der Kanzlei von Dr. Autischer auf mich. Mit Sicherheit hält Autischer sich auch über andere Quellen auf dem Laufenden. Ein Typ wie er versteht das Spiel mit Macht und Einfluss wie nur wenige andere. Aber er will uns sehen, will sich selbst ein Bild machen, ob die Ermittlungen nicht eine Richtung nehmen, die es abzuwehren gilt. Nach Windischs Tod gibt es neue Aufgaben und Herausforderungen. Ein Anwalt wie er will sie souverän meistern, will nicht zusehen, sondern mitgestalten und seinen Ruhm mehren.

Die Kanzlei besitzt ein gediegenes Interieur, nicht zu ausladend, aber mit einem Ansatz von Überheblichkeit und Geltungssucht. Wir müssen eine Viertelstunde lang im Vorzimmer warten, das gehört zum Ritual, dann lässt uns die Sekretärin zu Autischer vor. Er telefoniert, gibt uns ein Zeichen, auf zwei bequemen Fauteuils Platz zu nehmen, dann beendet er das Gespräch, kommt auf uns zu und reicht uns freundlich die Hand. Seine rauchige Stimme hat etwas beruhigend Väterliches und gleichzeitig ungestüm Wildes. Ich muss an Joe Cocker denken. Irgendwie sieht er ihm ähnlich, auch seine Herkunft aus einfachen Verhältnissen kann man spüren, obwohl er einen Nadelstreifanzug trägt.

»Eigentlich hatte ich Sie schon früher erwartet«, meint er gut gelaunt, »schließlich bin ich wahrscheinlich einer der Menschen, mit denen Dr. Windisch in letzter Zeit am meisten zu tun hatte. Leider.«

Er besitzt eine sympathische Ausstrahlung, erinnert mich an meinen verstorbenen Onkel, der Zeit seines Lebens von einer Aura der bewunderten Unnahbarkeit umgeben war und von einer Wolke aus Zigarrenrauch und schwerem Männerparfüm. Über meinen Onkel wurde immer nur in geradezu religiöser Andächtigkeit geflüstert, als ich ein Kind war. Er starb irgendwann auf mysteriöse Weise und hinterließ neben zwei Millionen Schilling auch drei uneheliche Kinder, die sich mit meiner Mutter über Jahre hinweg um das Erbe stritten, das am Ende findige Rechtsanwälte einstrichen. Ich bemühe mich intensiv, nicht an ihn zu denken, als ich das Gespräch fortführe.

»Nach Auskunft von Frau Dr. Weyringer wollten Sie sich am Montagnachmittag, also am Tag, an dem der Mord geschah, um 17 Uhr mit Dr. Windisch treffen, aber er ist nicht gekommen. Ist das richtig?«, frage ich.

»Vollkommen richtig. Ich war knapp vor 17 Uhr im Büro und habe auf ihn gewartet. Monika, also Frau Dr. Weyringer, war auch anwesend und hat versucht, ihn auf seinem Handy zu erreichen. Aber ohne Erfolg. Etwa eine halbe Stunde später bin ich wieder gegangen.«

»Wann haben Sie ihn das letzte Mal gesehen?«

»Am Freitag vorher. Dr. Windisch war hier, so gegen halb drei am Nachmittag. Wir haben über den Fall gesprochen. Die Justiz hat sich ja festgebissen. Wir wollten zwei der möglichen Anklagepunkte durcharbeiten, aber mehr kann und darf ich dazu nicht sagen.«

»Wir verstehen das«, wirft Julia ein. »Hat Herr Dr. Windisch zu diesem Zeitpunkt nervös gewirkt, angespannt, oder war er anders als sonst?«

»Nein, nicht dass ich wüsste. Herr Dr. Windisch hatte eine Elefantenhaut entwickelt, was die Vorwürfe betrifft, die im Übrigen, dass brauche ich wohl nicht extra zu betonen, jeglicher Grundlage entbehren. Dass er geschäftliche Sorgen hatte, verwundert niemanden. Aber auch damit hat er gelernt umzugehen.«

»Herr Dr. Autischer«, sage ich, »Ihre Arbeit wird überall gelobt, Sie gelten als Star in der Szene. Ich nehme an, ich habe es mit einem hochintelligenten Menschen zu tun.«

Er unterbricht mich nicht. Ich ignoriere Julias fragenden Blick und fahre fort: »Wir ermitteln nicht gegen Herrn Dr. Windisch, wir suchen seinen Mörder. Lassen wir für einen Moment den Strafprozess Windisch beiseite und konzentrieren uns auf den Mordfall.«

Autischer antwortet nicht darauf, scheint zu überlegen, wie er reagieren soll, und lässt in der Zwischenzeit Kaffee für uns zubereiten. Also rede ich weiter.

»Wenn Sie erlauben, möchte ich Ihnen ein paar Namen vorlesen, die uns genannt wurden. Fragen Sie nicht, von wem, es tut nichts zur Sache.«

Er nickt. Ich lese die Namen vor, die mir Castelli aufgeschrieben hat. Plötzlich lacht er laut, lehnt sich zurück und zieht genussvoll an seiner Zigarette. Seine Körpersprache verrät deutlich, was er von dieser Liste hält.

»Das sind Leute, die ich wegen Verleumdung verklagt habe. Verdächtigen Sie ernsthaft einen von denen? Ich hoffe nicht. Dieses Pflänzchen wird kein Baum werden, darauf gebe ich Ihnen mein Wort.«

Ich beeile mich, ihm recht zu geben. »Ich vertraue Ihrer Einschätzung vollkommen. Aber wir müssen jeder noch so kleinen Spur nachgehen. Frau Dr. Weyringer hat von einem Shitstorm und von Drohbriefen gesprochen.«

Er nimmt einen letzten Zug von der Zigarette, dann drückt er sie kraftvoll im Aschenbecher aus. Ich nehme an, er hat diese Frage erwartet.

»Es gibt Blogs, die sich mit Klaus Windisch beschäftigen, ein paar sind sehr radikal. Da haben Ihre Kollegen sicher ein Auge darauf. Morddrohungen gab es eigentlich nur einmal, aber die Seite wurde aus dem Verkehr gezogen, bevor wir rechtliche Schritte unternehmen konnten.«

Ich bin sicher, Rachinger weiß davon. »Haben Sie Namen?«

Er schüttelt den Kopf. »Nein, da muss ich Sie enttäuschen.«

Wie ich befürchtet habe.

Die Sekretärin bringt den Kaffee. Für eine Weile widmen Julia und ich uns schweigend unseren Tassen, während Autischer sich eine weitere Zigarette ansteckt.

»Frau Windisch hat mir erzählt, dass Sie ihnen eine Liste von Freunden ihres Mannes anvertraut hat …«, sagt er dann.

Das Wort »anvertraut« erstaunt mich. Er bemerkt es.

»Ja, ›anvertraut‹, so hat sie sich ausgedrückt. Sie hat mir sehr ans Herz gelegt, Sie daran zu erinnern.«

Ich blicke fragend zu Julia, die sich Notizen macht, aber sie lässt sich nicht anmerken, was sie davon hält, dass Autischer mich mit der Nase auf die Freunde stoßen möchte.

»Wir haben die Liste, Herr Dr. Autischer, und wir werden sie selbstverständlich mit dem nötigen Ernst in unsere Ermittlungen einbeziehen«, versichere ich.

»Herr Winter, jetzt klingen Sie wie ein Rechtsanwalt, der sich bedeckt halten will. Wenn Sie mir schon eine hohe Intelligenz unterstellen, was mir natürlich sehr schmeichelt, dann darf ich annehmen, dass Sie nicht mit diesen Ermittlungen betraut worden wären, wenn Sie einen IQ unter hundert hätten. Also wäre es nur fair, wenn wir hier miteinander in einer angemessenen Offenheit reden würden. Soweit das natürlich im Rahmen der Ermittlungen möglich ist. Ich kenne ja die Gesetze.« Er lächelt Julia an.

Sie möchte etwas einwenden, aber ich lasse sie nicht zu Wort kommen. »Also gut, dann will ich Ihnen gerne sagen, was ich über den Fall denke.«

Autischer nickt zufrieden. Ich vermeide es, Julia anzusehen. Wahrscheinlich verflucht sie mich bereits heimlich.

»Ich glaube, dass der Mörder Klaus Windisch seit Jahren kannte, dass es zwischen beiden eine gemeinsame Geschichte gibt, dass er vielleicht mit ihm befreundet war oder bei ihm in einer leitenden Position arbeitete. Irgendetwas ist vorgefallen – wovon ich noch keine Ahnung habe –, was Dr. Windisch für den Mörder zum Feind machte. Vielleicht ist es vor längerer Zeit passiert, vielleicht erst vor Kurzem, aber ich würde auf Ersteres tippen. Dr. Windisch hat vielleicht die Gefahr, die von diesem hasserfüllten Menschen ausging, unterschätzt, aber in letzter Zeit, als er sich nach den Angaben aller Freunde stark zurückgezogen hatte, vermute ich, begann er, sie zu ahnen. Ich glaube, dass der Mörder genau in dieser Zeit Kontakt mit Dr. Windisch aufgenommen und ihn erneut mit der Geschichte konfrontiert hat. Ich bin ziemlich sicher, dass er mit Herrn Dr. Windisch vor seinem Tod noch eine Portion Sushi gegessen hat. Dieses Treffen war kein Zufall, sondern lange vorbereitet.«

Ich mache eine Pause, beobachte Autischer, der mich nicht unterbrochen hat und sich die nächste Zigarette anzündet. Er bietet uns welche an, aber wir lehnen ab. Julia vergräbt ihre Wut über mich in ihren Unterlagen, Autischer scheint zu überlegen, was ich mit dieser Darlegung bezwecke.

»Wie viele Äste dieses Thesenbaums, Herr Winter, basieren auf Fakten und Ermittlungsergebnissen?«, will er wissen.

»Die Art der Tötung, der Fundort der Leiche, die Art und Weise, wie der Mörder den Leichnam positioniert hat, einige Details, über die ich leider mit Ihnen nicht sprechen darf. Aber« – ich nehme seine Metaphorik auf – »natürlich braucht das Pflänzchen noch viel Wasser, um zu gedeihen.«

Er lacht mich nicht aus. Meine Offenheit hat ihn überrascht, und es scheint, als halte er sie nicht für eine Masche.

»Ich denke darüber nach, Herr Winter. Es stimmt,

dass Dr. Windisch in der letzten Zeit, sagen wir in den letzten zwei Wochen, nachdenklicher war als sonst, irgendwie nervöser wirkte. Er wollte auch aus Wien wegziehen. Ich dachte nur, dass er einfach genug von der Hetze hat. Wenn Sie recht haben …«

»Bislang ist es mehr Intuition«, falle ich ihm ins Wort.

»Was glauben Sie, Herr Winter, warum ich ein angesehener Anwalt geworden bin? Deswegen.« Er deutet auf seine Nase. »Es geht nichts über einen guten Riecher.«

Ich möchte noch etwas sagen, aber er streckt mir die Hand entgegen und verabschiedet sich mit festem Händedruck, wendet sich Julia zu und gibt auch ihr die Hand.

Vor der Tür erwarte ich eine Rüge von ihr oder zumindest einige kritische Bemerkungen, aber sie überrascht mich mit einer Einschätzung.

»Du scheinst ihn zu mögen«, sagt sie ohne sarkastischen Unterton. »Bist ihm wie ein Kater um die Beine gestrichen.«

Ich kommentiere diese Bemerkung nicht und lasse keine weitere Gelegenheit aufkommen, mein Verhalten bei Autischer zu hinterfragen, weil ich mir selbst nicht darüber im Klaren bin, warum ich ihm gegenüber so deutlich meine Vorstellungen vom Täter geäußert habe, und vor allem alles andere als sicher, dass dies eine gute Idee gewesen ist.

»Lust auf ein spätes Mittagessen?«, wechsele ich das Thema. »Ich habe gefühlte zehn Kaffee in mir und brauche endlich was Anständiges.«

Julias Antwort ist so klug wie befreiend. »Arbeitsessen im 19. Bezirk, Sushi?«

20

DAS LOKAL IST um diese Zeit fast leer. Wir werden freundlich von einem etwa fünfzigjährigen Mann bedient, von dem ich annehme, dass er der Chef ist. Er empfiehlt uns das große Sushi-Menü und einen Tee, den wir nicht kennen, also beschließen wir, die Herausforderung anzunehmen.

Ich betrachte den Raum, stelle mir die Szenerie mit Windisch vor, wie er nervös auf das Sushi wartet, sich umsieht, von einem Fuß auf den anderen tritt.

Der Tee kommt mit der Weisung, ihn noch ein paar Minuten ziehen zu lassen. Ich sehe auf die Uhr, um den richtigen Augenblick nicht zu versäumen.

Sushi und Tee schmecken köstlich, und Julia und ich genießen beides wieder einmal schweigend. Als der Mann kommt, um das Geschirr abzuräumen, nutze ich die Gelegenheit, uns vorzustellen und nach Windisch zu fragen.

»Herr Kommissar«, sagt er, »ich habe mir schon gedacht, dass sie deshalb da sind. Wir haben viele Stammkunden aus dem Bezirk, wissen Sie. Die kenne ich schon lange. Aber an die sogenannte Laufkundschaft, wie Sie das hier nennen, also die Menschen, die ich nur einmal sehe, wenn Sie hier essen oder Sushi holen, an die kann ich mich in der Regel nicht erinnern. Nur den Herrn habe ich nicht vergessen. Er war mir aus der Zeitung bekannt, sein Bild habe ich oft gesehen.«

»Hat er nervös gewirkt, angespannt?«, erkundige ich mich.

Er denkt eine Weile nach und sagt dann mit voller Überzeugung: »Ich weiß nicht genau, was Sie unter angespannt verstehen. Er war sehr freundlich, hat gelächelt und mir ein paar Fragen zum Geschäft gestellt, ob ich zufrieden bin und so. Vielleicht, wenn ich ein passendes Wort in Deutsch suche, dann vielleicht ein bisschen aufgeregt, aber nicht nervös.«

»Also doch eine Frau«, spricht Julia aus, was ich denke.

Mit meiner Intuition geht es den Bach runter. Das ausgeschaltete Handy, der aufgedrehte Windisch im Sushi-Lokal. Das spricht nicht für eine Begegnung mit einem Mörder, sondern eher für einen Nachmittag in den Armen einer Geliebten.

Wir brauchen das Sushi nicht zu bezahlen, sollen aber gerne wiederkommen, mit unseren Familien, sagt der freundliche Herr, und wir versprechen ihm, genau das zu tun. Anschließend spazieren wir durch den Währinger Park. Der Wind frischt auf und wirbelt die Blätter passend zu meinen Gedanken umher. Julia wartet ab, bis ich etwas sage, aber ich habe keine Lust, über mein sich langsam auflösendes Bild vom Tathergang zu sprechen.

Irgendwann bricht Julia das Schweigen. »Chef, willst du sie darauf ansprechen?«

Es gibt zwei Möglichkeiten, diese Frage zu deuten. Entweder sie bezieht sich auf Monika Weyringer oder auf Constanza Windisch. Ich tippe auf Letztere.

»Soll ich?«

»Du bist der Erfahrenere«, sagt sie. »Ich kann dir nicht raten. Aber wenn er eine Affäre hatte, dann wissen die Ehefrauen es meistens als Letzte.«

»Binsenweisheit, Julia, vielfach widerlegt. Du als Frau müsstest wissen, wie gut die Intuition einer Partnerin ist, wenn ein Mann Anzeichen zeigt, dass er fremdgeht. Plötzlich verwendet er ein besonderes Herrenparfüm, ändert seinen Kleidungsstil, sein Sozialverhalten, seinen täglichen Ablauf. Irgendwann riecht sein Hemd nach einem Frauenduft, er verhält sich im Bett anders. Mein Gott, wer sollte das besser spüren als die eigene Frau? Dann kontrolliert sie die E-Mails oder die SMS, sieht in seinen Taschen nach. Und glaub mir, irgendwann findet sie etwas. Vielleicht nur die zwei Opernkarten, vielleicht aber auch das endlich Gewissheit schaffende ›Ich liebe dich‹ auf dem Handy.«

»Aber bis sie diese SMS findet, Chef, kann eine ganze Weile vergehen, in der er sie hintergeht und seine Freunde ihm dafür auf die Schulter klopfen. Intuition ist das eine, Wissen das andere.«

Wie recht sie hat.

»Willst du in Wunden bohren?«, frage ich.

Sie lächelt. »Sorry, Chef. Also, willst du sie fragen?«

»Ich weiß noch nicht«, antworte ich wahrheitsgemäß. »Kommt auf die Situation an. Fährst du mich hin?«

»Klar, Chef.«

Wir gehen langsam zum Auto zurück.

»Glaubst du, dass es die Weyringer ist?«, fragt Julia.

»Heute Vormittag war ich mir noch sicher, dass die Weyringer und Windisch ein Verhältnis hatten, aber jetzt habe ich jegliches Gefühl dafür verloren. Auf jeden Fall war sie zwischen 17 und 17:30 Uhr im Büro im 1. Bezirk. Und als ich ihr davon erzählt habe, dass Windisch am Abend mit einer zweiten Person Sushi gegessen hatte, ist sie fast kollabiert.«

»Vielleicht lügt sie? Vielleicht war sie am Nachmittag mit ihm zusammen. Sie hätte Zeit gehabt, kurz ins Büro zu fahren, so zu tun, als wollte sie den Chef erreichen, der natürlich nicht abhebt. Danach fährt sie wieder zurück in die Liebeshöhle, stärkt sich mit Sushi …«

»Und dann?«, unterbreche ich sie, bevor sie sich in Detailschilderungen verliert. »Wann kommt der Mörder ins Spiel? Wie gesagt, ich habe kein Gefühl dafür.«

Julia versucht, mich aufzubauen. Ein Mann wie ich dürfe sich von kleinen Niederlagen nicht entmutigen lassen. Schließlich grenze jede falsche Spur die Möglichkeiten ein und trage dadurch dazu bei, dass wir irgendwann – und sie sei sicher, bald – auf die richtige Fährte stoßen. Meine Anspannung von vorhin legt sich.

Julia setzt mich in der Nähe des Hauses, in dem Constanza Windisch wohnt, ab. Wir verabschieden uns für heute, obwohl ich sicher bin, sie später noch im Büro anzutreffen. Sie hat sich genug Notizen gemacht, um einen langen Bericht zu schreiben.

Vor dem Haus hat sich eine Gruppe von Journalisten und Fernsehleuten versammelt, die sich erfolglos bemüht, zwei Kollegen in Uniform davon zu überzeugen, wie wichtig ein Interview mit Frau Windisch wäre. Ich dränge mich durch, drücke auf die Klingel und blicke in die Kamera. Wenige Sekunden später öffnet sich die Tür. Ich äußere unmissverständlich meinen Unmut gegenüber den Versuchen der Journalisten, mir zu folgen und schaffe es tatsächlich, die Tür hinter mir zu schließen.

Constanza Windisch trägt einen knielangen schwarzen Rock und eine schwarze Bluse. Ihr Haar ist straff zurückgekämmt. Sie bietet mir Tee an, aber ich verneine und bitte stattdessen um ein Glas Wasser.

Eine Weile sitzen wir still beisammen, ehe sie beginnt, mir über die vielen Dinge zu erzählen, um die sie sich jetzt kümmern muss. Windischs Vater habe einen Kreislaufkollaps erlitten und liege im Spital, seine Frau sei bei ihm, brauche aber ebenfalls Beruhigungsmittel. Für die beiden sei eine Welt zusammengebrochen. Ich erinnere mich an Bergers Beschreibung des Familienzusammenhalts. Ich frage sie, ob sie Unterstützung habe, und sie bejaht. Ihre Familie stünde voll hinter ihr, wie immer. Das mache alles viel leichter. Auch wenn der Leichnam noch nicht freigegeben sei, wolle sie sich auf die Vorbereitung des Begräbnisses konzentrieren. Was schwer genug sei. Abgesehen davon, dass es sie ungeheure Kraft koste, die Medienleute auf Distanz zu halten. Sie werde wohl nicht umhinkönnen, gemeinsam mit ihrem Anwalt eine Presseerklärung abzugeben.

Ich versuche, den Gesprächsfaden weiterzuspinnen, aber irgendwie platzt es aus mir heraus: »Frau Windisch, wussten Sie von dem Verhältnis Ihres Mannes?«

Sie sieht mich an, als würde ich ihr gerade erklären, dass sie Krebs im Endstadium hätte. Es dauert ein paar Sekunden, dann hat sie sich wieder so weit im Griff, dass sie mich zurechtweisen kann, erstaunlich leise, aber wirkungsvoll. »Verlassen Sie diese Wohnung, sofort! Kommen Sie nie wieder!«

Ich stehe auf und gehe zur Tür. Es wäre sinnlos, in dieser Situation etwas sagen zu wollen. Ich kann es auch nicht, habe keinen Trost, keine Wärme für sie. Ich mache meinem Namen alle Ehre. Ich bin der Winter.

21

AUF DEM NACHHAUSEWEG überkommt mich ein beißendes Gefühl des Versagens. Wie ein Elefant im Porzellanladen habe ich mich gegenüber Constanza Windisch benommen, wie ein Anfänger irre ich im Kreis herum und trete gleichzeitig auf der Stelle. Meine größte Waffe, meine Intuition, ist unbrauchbar geworden. Ich weiß, dass Rachinger meine Suche in Windischs Freundeskreis für sinnlos hält, und ich kann es ihm nicht verübeln. Er ist sicher, dass ich damit auf der Suche nach dem Täter keinen Schritt weiterkomme. Bisher lässt er mich in Ruhe, weil ich ihm nicht in die Quere komme. Aber er ist davon überzeugt, diesmal die Lorbeeren ganz allein einheimsen zu können, während ich kläglich scheitern werde. Dann bin ich endlich weg vom Fenster, verrotte die letzten Arbeitsjahre im Archiv, und meine einzigen Freunde werden die Namen von Wodkamarken tragen. Ich ergehe mich in Selbstmitleid und hasse mich dafür. Ich darf mich nicht geschlagen geben. Vielleicht haben sie sich alle verschätzt. Ich weiß, dass sie hinter meinem Rücken tuscheln, auch über Julia, sie meinen, sie sei zu jung und unerfahren. Doch da irren sie sich gewaltig. Sie wundern sich, warum ich Berger die Teams koordinieren lasse, denken, dass er längst ausgebrannt sei. Aber sie unterschätzen die Hartnäckigkeit, Ausdauer und Spürnase des alten Fuchses. Schon allein ihretwegen darf ich nicht aufgeben. Ich spüre eine tiefe Dankbarkeit dafür, die beiden an meiner Seite zu haben, und nehme mir vor, sie künftig mehr für ihre wertvolle Arbeit zu loben. Und dann habe ich noch einen Trumpf in der Hand. Genau in dem Moment, in dem ich mir Kretschmer als Herz As vorstelle, ruft Rachinger an.

Eine halbe Stunde später sitze ich in seinem geräumigen Büro in der ehemaligen Rennweg-Kaserne, einem imposanten Bau aus dem ausklingenden 18. Jahrhundert, und starre auf das eingefrorene Bild eines Videos von einem jungen Mann mit kurz geschorenem Haar, Lederjacke und einem Tattoo am Hals, das entfernt an ein herausgerissenes Herz erinnert. Rachinger lässt mir keine Zeit, darüber nachzudenken, was es bedeuten könnte.

»Der Typ heißt Thomas Eberhard. Er betreibt einen antikapitalistischen Blog im Netz. Dort postet ein bunter Haufen von Verrückten von ganz links und ganz rechts. Das meiste ist nur Gequatsche, aber manches macht uns hellhörig.«

Ich nehme seinen Schweißgeruch wahr. Rachinger spürt den Druck von Gingrich.

Er zeigt mir weitere Fotos des jungen Mannes, der auf keinem lächelt. Sein Gesichtsausdruck hat nichts Martialisches an sich, eher etwas Verbissenes, Unausgereiftes. Ich würde viel darum geben, jetzt meine Tochter hier zu haben, würde sie fragen: »Was für ein Typ ist das?« Und sie würde, ohne zu zögern, antworten, vielleicht ein paar Alternativen anbieten. Ich wette, ein »Das ist euer Mörder« wäre nicht dabei.

Aber Rachinger hat mehr Erfahrung mit dem organisierten Bösen, mit einem sich langsam aufbauenden Hass, der sich irgendwann entlädt oder eben auch nicht.

»Siehst du es?«, fragt er mich. Er zoomt das Bild. »Jetzt?«

Ich sehe einen verbissenen jungen Mann mit einer Tasse in der Hand, auf der ich keinen Text erkennen kann. Dahinter …

»Ist das Windisch?«

Rachinger nickt und zoomt die Bilderwand im Hintergrund des sich allmählich in Pixel auflösenden Thomas Eberhard heran. Fotos von Windisch. Auf allen fließt rote Farbe, aus den Augen, dem Mund, den Ohren, auf den Armen. Eberhard hat den Mann x-mal getötet und auf seiner Pinwand aufgespießt.

»Woher habt ihr das?«, frage ich.

»Er postet sie auf diversen Internetseiten und -foren. Das hier ist ganz neu.«

Rachinger sieht mich mit einem fragenden Blick an. Ich weiß nicht, was er erwartet. Begeisterung, dass wir dem Mörder auf die Spur gekommen sind? Skepsis? Protest? Nichts davon habe ich zu bieten.

Ich möchte ihm sagen, warum er sich täuscht, möchte ihm darlegen, dass der Mord nicht im Hirn des Mannes gewachsen ist, der vor mir am Computer erstarrt. Ich kann es nicht.

»Das Material reicht wohl, um dem Typen einen Besuch abzustatten«, sage ich tonlos. »Wenn die Staatsanwältin …«

Er nickt. Ich weiß, dass draußen schon die Kavallerie wartet, um sich Eberhard vorzunehmen. Auch wenn es mir widerstrebt, kann ich ihn nicht Rachinger überlassen. Also schließe ich mich dem Einsatzteam an.

Rachinger brieft mich im Gehen über Eberhard, einen 26-jährigen Anarchisten, der gegen den übermächtigen Papa protestiert und seinen Hass gegen ihn und die gesamte bürgerliche Gesellschaft durch Postings zum Ausdruck bringt. Rachingers Worte klingen bitter. Der Fall zehrt an ihm.

In wenigen Minuten werden schwerbewaffnete Männer Eberhards Wohnung in der Äußeren Mariahilferstraße stürmen. Rachinger schärft mir ein, auf Julia aufzupassen. Ich sage nichts dazu.

Die Aktion läuft wie am Schnürchen, präzise und ohne übertriebene Aufregung. Nach einer knappen Dreiviertelstunde stehen Julia, Rachinger und ich in der gesicherten Wohnung und warten auf die Spurensicherung. Eberhard hatte sich längst aus dem Staub gemacht, aber die Wohnung spricht für sich. Die Fotos kleben noch immer an der Wand, auf dem Boden stapeln sich Zeitungsausschnitte über Windisch. An einer Tür hängt eine Dartscheibe mit Windischs Gesicht, in jedem Auge steckt ein Pfeil.

»Na, Chef, was sagst du dazu?«

Diesmal ist es nicht Julia, die das vertraute »Chef« verwendet, sondern einer von Rachingers Mitarbeitern, der diesem einen Laptop in die Hand drückt.

»Er hat noch ein Video ins Netz gestellt, offensichtlich kurz bevor wir gekommen sind. Ein Bekennervideo.«

Der Begriff sitzt. Weder Rachinger noch ich kommentieren ihn. Aber wir sehen uns das Video gemeinsam an. Alles spricht dafür, dass ich falschgelegen habe und Rachinger recht damit hat, den Täter in der extremistischen Szene zu suchen. Ich will es nicht glauben.

Auf dem Video präsentiert sich uns ein aggressiver junger Mann, der theatralisch einen Kübel mit roter Flüssigkeit in die Kamera schüttet. Dabei schreit er: »Die Sau ist tot! Wir haben sie geschlachtet!« Im Hintergrund sind Fotos von Windisch zu sehen. Windisch, wie er lacht, sich durch die Haare fährt und stolz in die Kamera blickt.

»War es das jetzt?«, frage ich.

Julia sieht mich verdutzt an. »Nicht zufrieden, Chef? Ein stadtbekannter gewaltbereiter Anarcho, der die Tat zugibt. Was willst du mehr?«

Ich schüttle den Kopf. Ein schneller Fahndungserfolg, ein Geständnis, etwas Besseres könnte Rachinger Gingrich nicht bieten. Ich glaube nicht daran. Meine Intuition, in letzter Zeit nicht gerade meine Stärke, protestiert mit wehenden Fahnen. Doch es gibt nichts zu sagen. Ich sehe mir das Video noch einmal an. Irgendetwas irritiert mich, aber ich kann es nicht benennen.

»Wohnt Eberhard allein?«, frage ich, während Rachinger draußen das Team koordiniert.

Julia zieht mich zur Seite und flüstert: »Ich war kurz im Bad, Chef. Dort habe ich Frauenutensilien gefunden, du weißt schon … Also, ich habe mich ein wenig bei den Nachbarinnen umgehört. Eberhard hat eine Freundin. Und ich weiß auch, wie sie heißt.«

22

EINE DREIVIERTELSTUNDE SPÄTER klingeln wir an einer Tür im 2. Stock eines Hauses in der Währingerstraße, die sich ganz in der Nähe des Landeskriminalamtes im 9. Wiener Gemeindebezirk befindet. Nach wiederholtem Läuten, und nachdem wir unsere Marken eine ganze Weile demonstrativ vor den Türspion halten, meldet sich von drinnen eine weibliche Stimme.

»Was wollen Sie von mir?«

Diesmal übernimmt Julia das Reden. »Frau Leitgeb, dürfen wir reinkommen? Wir haben nur ein paar Fragen. Sie könnten uns helfen, jemanden zu entlasten, der in Schwierigkeiten steckt. Bitte.«

Es bleibt noch eine Weile still hinter der Tür, ehe sie geöffnet wird. Vor uns steht eine junge Frau mit kurzem hellrotem Haar, das ihren Sommersprossen nach zu urteilen nicht gefärbt ist. Sie trägt ein T-Shirt mit der Aufschrift »maneki nekoc«, eine dunkle kurze Hose, dazu eine Feinstrumpfhose und New-Balance-Sneaker. Ihre Skepsis gegenüber Polizeibeamten ist ihr anzusehen.

Ich überlasse erneut Julia das Reden. Sie stellt uns vor und reicht Sabine Leitgeb die Hand, die diese zögerlich schüttelt. Bei mir lässt sie es bleiben.

Ich versuche sofort, einen Eindruck von der Wohnung zu gewinnen. Sie wirkt wie eine seltsame Mischung aus Werkstatt und Behausung. Ein Fahrrad hängt von der Decke, an den Wänden finden sich Regale mit Kästen mit einer Vielzahl verschiedener Schrauben, Zangen, Muttern und Beilagscheiben in diversen Größen. Alles scheint sauber geordnet, doch der Boden ist übersät mit Kleidern und Büchern.

»Überrascht?«

Die Frage stellt nicht Sabine, sondern eine junge dunkelhäutige Frau, die gerade aus dem Badezimmer kommt, eingehüllt in einen langen Kimono. Im Gegensatz zu Sabine reicht sie mir die Hand und stellt sich als Carmen vor.

Ich nicke.

Wir stehen ein paar Augenblicke unschlüssig und ohne etwas zu sagen im Raum, bis Julia wieder die Initiative ergreift.

»Können wir uns einen Moment setzen?«

Sie deutet auf ein Sofa, das Sabine Leitgeb schließlich mit sichtlichem Widerwillen von Büchern leer räumt. Ich erhasche einen Blick auf einen Titel: »Doing space while doing gender«. Ich verstehe nichts davon.

»Worum geht es? Welche Fragen haben Sie?«

Mir fällt auf, dass Leitgeb den Blickkontakt zu Carmen sucht, um in dieser Situation nicht allein zu sein.

Julia sieht es auch, bittet aber darum, das Gespräch zuerst nur mit Sabine führen zu dürfen. Carmen verzieht sich ohne Protest in einen anderen Raum.

»Wir suchen Thomas Eberhard«, erkläre ich, um die zähe Konversation zu beleben. Leitgebs Blick ist nur als Besorgnis zu deuten.

»Thomas? Was wollt ihr von Thomas?«

Julia erzählt über den Mord an Windisch und von den Postings, die Eberhard ins Netz gestellt hat. Sie bemüht sich dabei um eine betont sachliche Darstellung. Trotzdem wird sie ziemlich rasch von Sabine Leitgeb unterbrochen.

»Sie glauben doch nicht, dass Thomas …?«

»Nein«, beschwichtigt Julia überraschend offen.

Ich wäre vorsichtiger mit der Formulierung gewesen, halte mich aber zurück. Der Umgang mit Frauen in diesem Alter fällt ihr definitiv leichter als mir.

»Sabine«, sagt sie, »wir müssen mit Thomas reden, sehr dringend. Das mit den Postings ist eine Sache, Mord eine andere. Wenn er flüchtet, reitet er sich voll in die Scheiße, verstehst du?«

Das »du« kommt Julia leicht über die Lippen. Ich habe Angst, dass Leitgeb sich angegriffen fühlen könnte, aber sie bleibt ruhig und duzt Julia ebenfalls.

»Ich weiß nicht, wer dir meine Adresse gegeben hat, aber ich habe keine Ahnung, wo sich Thomas aufhält, absolut keine Ahnung.«

Diese Antwort war zu erwarten gewesen, aber zu meiner Überraschung lässt Julia es dabei bewenden und dreht das Gespräch in eine andere Richtung.

»Er ist dein Freund, oder?«

»War mein Freund«, korrigiert Sabine Leitgeb. »Es geht euch nichts an, aber wir haben uns vor einiger Zeit getrennt. Ich weiß wirklich nicht, wo er sich im Moment aufhält.«

Julia wirft mir einen Blick zu, der bedeuten soll, dass es vielleicht besser wäre, wenn sie allein mit Leitgeb redet. Ich würde mich gern in der Wohnung umsehen, glaube aber, dass Leitgeb es als Übergriff werten würde, und lasse es bleiben, sie um Erlaubnis zu fragen. Julia kommt mir zu Hilfe.

»Darf mein Kollege sich ein wenig in der Wohnung umsehen? Du musst es nicht zulassen, aber …«

»Es gibt nichts zu sehen«, fällt Leitgeb ihr ins Wort. »Aber wenn er unbedingt neugierig ist, kann er in meinen Büchern schmökern. Ich weiß allerdings nicht, ob ihn Gender Studies interessieren.«

Sie sagt es ohne jeglichen Anflug von Humor. Ich stehe auf und lasse die beiden allein reden, werfe einen Blick in ein Zimmer, das leer steht. Im Hintergrund höre ich Julias Frage: »Entschuldige, Sabine, aber als wir nach Thomas gefragt haben, klangst du sehr besorgt. Kannst du mir sagen, warum?« Sie macht ihre Sache ausgezeichnet.

Ich klopfe an die Tür des dritten Zimmers, in das sich Carmen zurückgezogen hat. Sie bittet mich herein. Inzwischen hat sie den Kimono gegen eine bequeme weite Hose und ein Schlabber-T-Shirt getauscht und steht vor einer etwa mannshohen Skulptur, die aus Schrauben und Muttern besteht. Trotz oder gerade wegen des Materials wirkt die Figur fest mit dem Boden verwachsen und gleichzeitig wie in einem Schwebezustand, so als könne sie jederzeit davonfliegen. Carmen bemerkt mein Interesse, quittiert es mit einem Lächeln, ohne sich von der Arbeit abbringen zu lassen. Ich möchte etwas sagen wie »Diese Figur könnte ich sein«, lasse es aber bleiben. Also sehe ich mich im Bad um, finde jedoch keine Hinweise auf einen Mann.

Ich höre, wie Sabine Leitgeb davon spricht, dass sie den Kontakt zu Eberhard abgebrochen hat, er sie aber nach wie vor anruft.

»Unterdrückte Nummer«, sagt sie, » aber ich weiß, dass er es ist.«

»Hat er heute schon angerufen?«, fragt Julia, aber Sabine schüttelt den Kopf.

Wenn er anruft, nageln wir ihn fest.

»Nein«, sagt Sabine, während sie sich eine Zigarette dreht, »noch nicht, ich glaube, er gibt es langsam auf. Ich habe ihm klar gesagt, dass es vorbei ist. Irgendwie ist er mir einfach zu schräg geworden.«

»Zu schräg?« Julia möchte es genauer wissen.

»Seine Postings wurden immer seltsamer. Er hat sich in seltsamen Foren rumgetrieben, sich immer mehr mit Verschwörungstheorien auseinandergesetzt. Ich hatte Angst, dass er in eine Ecke abdriftet, die mir ganz und gar nicht behagt.«

»Aber du magst ihn nach wie vor sehr, oder?«

Die Antwort kommt nach einigem Zögern.

»Thomas hat viel mitgemacht mit seinem Alten, also ich meine seinen Vater. Das ist ein ziemlich mieses Schwein. Er hat ihm nie eine Chance gegeben, macht Thomas, wann immer er nur kann, nieder.«

Nach und nach erzählt sie von einem Familientyrannen, der seinen einzigen Sohn ständig überfordert, um ihn dann mit Liebesentzug zu strafen, von einem machtgierigen Geschäftsmann, der den Hals nicht vollkriegen kann.

Ich setze mich wieder zu den beiden und gebe Julia ein Zeichen.

»Wir lassen dich jetzt in Ruhe, aber ich muss dich fragen, ob du uns dein Handy geben könntest. Wir müssen Thomas unbedingt finden. Nur so können wir verhindern, dass …«

Julia braucht den Satz nicht zu beenden. Sabine Leitgeb reicht ihr, ohne zu zögern, das Handy. »Ich will es wiederhaben«, sagt sie, aber es liegt kein Protest in ihrer Stimme. Die Sorge um Thomas Eberhard ist ihr ebenso deutlich anzumerken wie ihre Sympathie gegenüber Julia.

Beim Hinausgehen dreht sich Julia noch einmal zu ihr um. »Es geht mich nichts an, aber warum habt ihr euch wirklich getrennt?«

»Meinetwegen«, sagt Carmen, die gerade aus ihrem Zimmer kommt, auf Sabine zugeht und die Arme um sie legt.

»Alles klar«, lächelt Julia. »Viel Glück euch beiden.«

Das Lächeln auf ihrem Gesicht kannte ich bislang nicht, es haftet ihm etwas Verschwörerisches an, das ich nicht näher benennen kann.

Auf dem Weg zurück ins Büro, und nachdem ich mich bei Julia für die Gesprächsführung mit Leitgeb ausdrücklich bedankt habe, telefoniere ich mit Rachinger, der ziemlich frustriert davon erzählt, dass es keinen

Erfolg bei der Suche nach Thomas Eberhard gebe. Auch der Besuch bei den Eltern habe nichts gebracht. Immerhin habe der alte Eberhard, Maximilian mit Vornamen, sich bereit erklärt, mit den Behörden zu kooperieren. Er sei ohnehin nicht sehr gut auf seinen Sohn zu sprechen. Ich berichte ihm nicht davon, welche Einschätzung Sabine Leitgeb dazu geäußert hat.

Inzwischen ist es spät geworden. Ich muss an Carmens Skulptur denken und versuche, mich zu erden. Was ist als Nächstes zu tun? Will ich Constanza Windischs Liste vergessen und Rachingers Spur folgen, oder treibt mich mein wiedererwachter Instinkt weiter auf eine noch unbekannte Schneise?

Mein Handy klingelt. Es ist Prantl. Er fragt, ob ich schon die Nachrichten gehört hätte, was ich verneine.

»Herr Oberstleutnant Winter«, sagt er getragen, »haben wir die Volksschule schon besucht, oder befinden wir uns noch im Kindergarten?«

Ich frage naiv, worauf er anspiele.

»Michael! Wenn du den Meierhofer nicht willst, dann rede mit mir. Ich bin rund um die Uhr erreichbar. Aber ihn so anrennen zu lassen. Ihn mit dem ganzen Mist aus der Bevölkerung zuzumüllen und ihm auch noch Pressemeldungen aufzuhalsen. Er hat in der Presseabteilung nichts verloren«, raunzt er mich an.

Ich bemühe mich um Schadensbegrenzung. »Es tut mir leid, wirklich. Die Medien, du weißt, ich bin da nicht so versiert. Es hat sich angeboten, dass … Du hast ja recht, ich will ihn nicht in meiner Nähe. Er ist ehrgeizig und jung. Super. Aber hier braucht es

Erfahrung und kontrollierte, ruhige Ermittlungen. Wir sind nicht auf einer Body Farm, wo er sich austoben kann.«

»Du kennst ihn nicht. Er ist gut. Gib ihm eine Chance«, fordert Prantl.

»Das habe ich.«

»Du hast ihn für Tage ans Telefon gefesselt. Was glaubst du, wie viele Anrufe von Menschen eingehen, die sich jetzt wichtig nehmen? Die Nacht vom 1. auf den 2. Oktober …«

»Entschuldige«, unterbreche ich ihn, »aber ich glaube, dass der Täter all seine Handlungen genau überlegt hat. Also auch den Tatzeitpunkt. Nichts ist zufällig.«

Prantl hört zu, und ich fahre fort.

»Ich wette darauf, dass der Mörder eine Geschichte aufarbeitet und dass dieses Datum dabei eine Rolle spielt.«

»Intuition«, sagt er.

Ich bemühe mich, ruhig zu bleiben, und fasse zusammen, was Julia und ich von Windischs Freunden erfahren haben. Er nimmt es mit gedämpftem Interesse auf. Diese Spur ist eiskalt.

»Ich sage es ungern, Michael, aber dieses Mal scheint Rachinger auf dem richtigen Weg zu sein«.

Natürlich konfrontiert mich Prantl damit, ich hätte es ahnen müssen. Gegen meine Spekulationen ist Rachingers Spur glühend heiß. Ich frage mich, ob er mir jetzt dringend raten wird, Rachinger zu unterstützen, aber wenigstens das lässt er bleiben. Wir verabschieden uns zivilisiert und ohne Gehässigkeiten, aber ich sehe ein, dass meine Suppe noch viel zu dünn ist, um serviert zu werden.

Zu Hause stehe ich zwanzig Minuten unter der Dusche. Meine Gedanken werden dadurch nicht klarer, aber für einige Augenblicke vergesse ich den üblichen Verdächtigen, den mir Rachinger vorsetzen will.

Ich esse die letzten Walnüsse in der Küche, trinke den Rest von dem Gabarinza 2012 und schlafe mit dem Gedanken an eine lebendige Skulptur aus Schrauben und Beilagscheiben ein.

Freitag, 5. Oktober

Tag 4

23

IN DIESER NACHT schlafe ich unruhig. Im Traum befinde ich mich in einem fast leeren Büro, das mich an eine Zelle erinnert. Vor mir sitzt Thomas Eberhard mit Handschellen an einen Stuhl gefesselt und schreit sich die Seele aus dem Leib. Ich halte mir die Ohren zu, um ihn nicht hören zu müssen. Rachinger betritt den Raum, lacht mich aus und schlägt Eberhard ins Gesicht. Dann ist es für eine Weile still, bevor sich dieser Vorgang wiederholt, einmal, zweimal, dreimal, in einer Art Endlosschleife – Schreien, Lachen, Schläge, Stille, bis ich endlich schweißgebadet aufwache. Meine Ohren schmerzen.

Auch die Morgennachrichten bringen mich nicht auf bessere Gedanken. Erste Spur im Mordfall Windisch, Bekennervideo aufgetaucht. Rachinger hat die Presse gefüttert, ohne sich mit mir abzusprechen. Ich fluche.

Auf meinem Schreibtisch finde ich dann diverse Mitteilungen, mein Posteingang und der Anrufbeantworter sind voll von Nachrichten. Ich überfliege die E-Mails und mache mich auf den Weg zu Rachinger. Ich brauche nur zehn Minuten, weil ich in meiner Wut viel zu schnell fahre.

»Die Staatsanwältin war da«, sagt er, ohne mich zu begrüßen.

»Der Drache spuckt Feuer, weil du nicht abwarten konntest, das Video den Journalisten unter die Nase zu reiben«, brülle ich.

Er bleibt ruhig. »Nein, bisher bläst er nur Rauch. Die Staatsanwältin will in den nächsten Tagen etwas Handfestes. Das Video ist nicht freigegeben. Nur kleine Ausschnitte wurden verschickt. Die Ministerin macht Druck.«

Mein Ärger über Rachinger lässt ein wenig nach. Dafür revidiere ich meine Haltung gegenüber der Staatsanwältin. Sie knickt zu schnell ein.

»Was hast du ihr gesagt?«, will ich wissen.

»Dass wir eine heiße Spur verfolgen«, entgegnet Rachinger schulterzuckend.

»*Eine*? Echt? Super Antwort«, zische ich.

»Und du, Mister Besserwisser?«, raunzt er jetzt. »Wo ist dein rauchender Colt, wo die Beweise gegen XY? Wer wird verhaftet, bitte? Windischs imaginäre Geliebte? Ein unbekannter Sushi-Liebhaber? Ein Schulfreund, dem Windisch mal den Füller gestohlen hat?«

Er hat recht.

»Tut mir leid«, sage ich und hebe resigniert die Hände. »Wir haben nichts. Fast nichts.«

Genau im richtigen Moment, ehe ich mich erneut in Selbstmitleid ergehen kann, ruft Julia an und macht mich darauf aufmerksam, dass Thomas Eberhards Vater vor meinem Büro stehe. Ich lasse Rachinger fahren. Er braucht dreizehn Minuten, in denen wir kein Wort wechseln.

Maximilian Eberhard ist ein dicklicher Mann mit Hornbrille und Maßanzug. Er ist sichtlich nervös und schwitzt.

»Vielen Dank, dass Sie gekommen sind«, versuche ich es mit Höflichkeit und schüttle ihm die Hand. »Haben Sie eine Ahnung, wo sich ihr Sohn aufhalten könnte?«

»Das habe ich schon den Polizisten gesagt, die mich aufgesucht haben. Natürlich nicht. Wie oft wollen Sie es noch hören?« Er zerrt an seiner Krawatte, versucht den Knopf zu lockern, was ihm nicht gelingt. Viel zu schnell und unaufgefordert beginnt er, seinen Sohn anzuschwärzen. »Mein Sohn und ich sind nicht gerade gute Freunde. Wir haben praktisch keinen Kontakt. Thomas ist ein Idiot, ein Nichtsnutz. Was wollen Sie hören? Dass ich ihn für einen Versager halte? Ja.«

Rachinger mischt sich ein. »Sie wissen, dass wir Ihren Sohn im Zusammenhang mit dem Mord an Klaus Windisch suchen?«

Eberhard wirkt jetzt blass und müde. Er reibt sich die Augen. Nach ein paar Sekunden, in denen er betroffen zu Boden blickt, fasst er sich wieder. »Weil mein Sohn sich über ihn im Internet ausgelassen hat. Mein Gott, Thomas ist faul und unfähig, sein Leben in den Griff zu bekommen, aber definitiv kein Mörder. Das ist lächerlich.«

Hegt er also doch so etwas wie väterliche Gefühle?

Wir zeigen Eberhard das Bekennervideo. Er sieht es sich mit demonstrativem Desinteresse an. Doch ich bemerke, wie er dabei noch mehr ins Schwitzen kommt. Die Krawatte hat er inzwischen abgenommen und zerknüllt sie in den Händen. Als das Video zu Ende ist, bleibt es eine Weile still im Raum. Eberhard knetet seine Krawatte, wischt sich über die Stirn.

»Er braucht einen Anwalt«, sagt er dann. »Kann ich telefonieren?«

»Gleich«, erwidere ich. »Wo ist er? Wenn Sie ihm helfen wollen, dann helfen Sie uns, ihn zu finden.«

Er nickt. »Ich weiß es nicht, wirklich nicht. Vielleicht bei seiner Freundin. Sie lebt in einer WG, irgendwo im 9. Bezirk. Sie heißt Sabine.«

Wir lassen ihn noch im Unklaren, dass wir Sabine Leitgeb bereits einen Besuch abgestattet haben, und wechseln das Thema.

»Kannten Sie Minister Windisch persönlich?«

Ich hätte diese Frage schon viel früher stellen sollen.

Er überlegt nicht lange und schüttelt energisch den Kopf. »Natürlich nicht, niemand von uns kannte ihn persönlich. Auch mein Sohn nicht.«

»Sie haben Klaus Windisch also nie getroffen oder mit ihm geredet?«

»Nein, ich kannte ihn nicht.«

Er sieht Rachinger Hilfe suchend an. Er will weg. Auch wenn ein Teil von mir ihn weiter befragen würde, stimme ich Rachingers durch eine kaum merkliche Geste artikuliertem Vorschlag zu, Eberhard gehen zu lassen.

Ich sehe ihm nach. In der rechten Hand hält er seine zerknitterte Krawatte. Ich erwarte, dass er sie in den nächsten Papierkorb wirft, aber er faltet sie zusammen und steckt sie in die Sakkotasche. Er wird seinen Sohn nicht fallen lassen.

24

NACH EBERHARDS BEFRAGUNG gehe ich zu Berger, der mir frustriert eine Liste reicht, auf der die entlassenen Mitarbeiter von Dietrich in der Zeit, als Windisch bei ihm angestellt war, aufgeführt sind.

»Arbeit für den Papierkorb«, sagt er.

»Wenn Thomas Eberhard der Mörder ist«, antworte ich. »Was ich nicht glaube.«

Er registriert meine Meinung scheinbar emotionslos, berichtet mir dann aber doch ausführlich über seine Recherche. Ich habe ihm Hoffnung gemacht, dass sie nicht umsonst war.

»Der Konzern beschäftigt in Österreich heute an die 9000 Mitarbeiter«, sagt er. »Vor 2008 waren es rund 750 mehr. Damals gab es aufgrund der Wirtschaftskrise eine Entlassungswelle. Zwischen 1995 und 2000, also in dem Zeitraum, als Windisch im Konzern als Manager gearbeitet hat, gab es …« Er macht eine längere Pause. »Na, was glaubst du, wie viele Entlassungen?« Da ich nicht antworte, fügt er mit vorwurfsvollem Unterton hinzu: »Nach fünf Stunden Recherche, und nachdem ich endlich den damaligen Zentralbetriebsrat am Telefon hatte, habe ich es herausgefunden: neunundvierzig.«

»Neunundvierzig also«, wiederhole ich.

»Genau, neunundvierzig. Aber eigentlich nur zwei.«

»Was jetzt?«, frage ich genervt. »Neunundvierzig oder zwei? Lass dir nicht alles aus der Nase ziehen.«

Er seufzt. Ich spüre, dass er am Limit ist. Mein schlechtes Gewissen meldet sich. Ich hatte mir vorgenommen, ihn zu loben und ihm öfter für seine Arbeit zu danken.

»Es tut mir leid«, lenke ich ein. »Ich weiß es sehr zu schätzen, was du leistest. Ich kann es nur manchmal nicht so ausdrücken, ich meine …«

Er sieht mich erstaunt an und unterbricht mich: »Lass es gut sein, Michael.«

Ich möchte etwas erwidern, aber er lässt mich nicht.

»Du willst die Geschichte. Ich erzähle dir die Kurzversion. 1994 steckt Dietrich viel Geld in die Erforschung alternativer Antriebsenergien und gründet eine Abteilung für Elektromotoren. Als Windisch einsteigt, wird diese Abteilung aufgelöst. Begründet wird das Ganze mit Marktanalysen und Gewinnprognosen und was weiß ich. Fakt ist, dass neunundvierzig Leute ihren Job verlieren.« Berger macht eine Pause, vergewissert sich, dass ich noch aufmerksam zuhöre. »Was glaubst du, was Dietrich, der Mann von Welt, tut?«

Ich mache ein neugieriges Gesicht, und er kauft es mir ab.

»Der große Wohltäter gibt ihnen allen eine Chance. Er zaubert kurzerhand eine Abteilung für Erdgasantriebssysteme aus dem Hut, gegen die Windisch nichts einzuwenden hat. Siebenundvierzig packen die Gelegenheit beim Schopf und steigen ein. Kannst du dir das vorstellen? Welche Macht dieser Mensch ausübt?«

Nach dem Gespräch mit Dietrich kann ich es erahnen. Die letzten Jahre haben an ihm genagt, haben ihn sarkastisch und zynisch werden lassen. Aber diese Gier nach Macht ist noch da, dieses Feuer noch nicht erloschen.

Berger fährt fort: »Nur zwei weigerten sich. Aber die sollen entsprechend aggressiv dem Chef die Meinung gesagt haben. Warum er sich von dem jungen Schnösel so herumkommandieren lasse, ob er nicht wisse, dass Elektroautos die Zukunft seien und so weiter.«

»Und?«, frage ich. »Hat er sie entlassen? Was ist mit ihnen passiert?«

»Fristlos gekündigt. Den Chef anpinkeln geht gar nicht.«

Ich lobe ihn für die ausgezeichnete Arbeit. Diesmal lässt er es gelten, und ich erkundige mich nach den Namen.

Er blickt einen Augenblick zu Boden. »Ich bekomme die Namen heute im Laufe des Tages. Der Mann erinnert sich nicht mehr, und die Unterlagen sind …«

»Verschwunden?«

»Irgendwo. Das ist ein Megakonzern. Da spielen zwei Typen keine Rolle.«

»Wir sind alle nur Fliegenscheiße im Universum«, sage ich und sehe ihm dabei in die Augen. Er kommentiert es nicht, aber ich merke, dass er denkt, ich sei wieder der Alte.

»Willst du jetzt auch noch etwas über Windischs Angestellte hören?«

Ich nicke.

»Das war verdammt harte Arbeit. Insgesamt achtundfünfzig Angestellte und Mitarbeiter über die Jahre. Das klingt nicht nach viel, aber hinter jedem Einzelnen steckt ein Schicksal. Achtundfünfzig Menschen«, wiederholt er, »in weniger als acht Stunden durchleuchtet wie einen Lungenflügel.«

Diesmal wundere ich mich nicht über den Vergleich. Als langjähriger Raucher, der letztes Jahr abrupt aufgehört hat, weiß Berger, wovon er redet.

»Nichts«, sagt er. »Nach außen hin alles glückliche Menschen mit tollen Jobs. Und jeder liebt Windisch.«

Was er sagen will, ist, dass niemand über teure Scheidungen oder Alkoholprobleme redet, über Schulden oder fällige Kredite.

»Wenn du sie auf ihn ansprichst«, erläutert er, »singen sie Lobeshymnen. Er hätte ihnen Chancen eröffnet, das Beste aus ihnen herausgeholt, sie nie im Stich gelassen.«

Auch wenn die hübsche Fassade zerbröckelt, wenn man daran kratzt, kommt dahinter kein Mörder zum Vorschein, nicht einmal ein Motiv.

»Windisch hat sich um seine Leute gekümmert«, ergänze ich. »Er war offensichtlich kein egozentrisches Arschloch. Und was uns hier interessiert, Erwin: Niemand von seinen Mitarbeitern hatte ein Motiv dafür, ihn umzubringen.«

Er widerspricht mir nicht. »Megasauber.«

Ich klopfe ihm auf die Schulter und danke ihm noch einmal aus ehrlicher Überzeugung. Er nimmt es scheinbar ungerührt zur Kenntnis, aber er kann ein kleines zufriedenes Lächeln nicht verbergen. Ich kenne ihn zu gut.

Ich gehe die Liste mit Windischs Mitarbeitern durch, die Berger erstellt hat, und entdecke zehn mir aus den Medien bekannte Namen, die ich gleich abhake. Dann lege ich die Liste beiseite. Ich glaube, dass Berger recht hat. Wir werden den Mörder nicht unter diesen Personen finden.

Auf meinem Schreibtisch liegen die Auswertungen der Telefonverbindungen von Windischs Handy. Ich blättere sie durch und entdecke wenig Spannendes. Es sind genau neunundzwanzig Personen, mit denen Windisch in den letzten drei Wochen telefoniert hat. Sieben Familienmitglieder inklusive seiner Frau, drei Politiker, fünf Journalisten, sein Anwalt und mehrere Mitarbeiter der Kanzlei, Monika Weyringer und vier der Freunde, die sich auf der Liste finden, die ich von Constanza Windisch bekommen habe. Vier? Die meisten Telefonate waren relativ kurz, nichts Auffälliges. Dietrich fehlt. Und es fehlt sie, die ominöse Unbekannte, mit der Windisch Sushi aß. Wenn er eine Geliebte hatte, dann versteckte er sie gut. Keine Telefonate mit Castelli. Diese Freundschaft war erledigt. Ich muss an Alessia denken. Bis zum Treffen mit Kretschmer habe ich noch gut zwei Stunden, um etwas über sie herauszufinden. Zu meiner Überraschung finde ich im Internet eine Fülle von Einträgen. Ich begreife sehr schnell, warum.

25

ICH BRAUCHE NUR wenige Klicks, um zu wissen, dass Alessia Castelli zehn Jahre lang zu den erfolgreichsten Schwimmerinnen Österreichs gehörte und sogar weltweit lange unter den Top Ten zu finden war. Bei den olympischen Sommerspielen 1992 verfehlte sie nur knapp eine Medaille im Brustschwimmen über 200 Meter. 1993 beendete sie ihre Schwimmkarriere, und zwei Jahre später bestand sie ihr Doktorat der internationalen Ökonomie in London. Danach trat sie eine Stelle bei der Kontrollbank an. Windischs Name taucht nicht auf. Entweder weil diese Liebe tatsächlich zu weit zurückliegt, oder aber weil er sie erfolgreich geheim halten konnte. Zu den Jahren nach ihrer Schwimmkarriere gibt es nur spärliche Einträge. Erst als Alessia in den Aufsichtsrat der Kontrollbank gewählt wurde, stieg das Interesse an ihr wieder für kurze Zeit an. Sogar die Tageszeitungen berichteten darüber. Auf den Webseiten einschlägiger Wirtschaftsblätter finde ich einige Informationen über das Engagement der Kontrollbank in Osteuropa, dem sie ihre besondere Aufmerksamkeit widmete, und dann stoße ich in der *Wirtschaftswoche* auf eine Notiz vom Februar 2008: »Dr. Alessia Castelli, jüngste Aufsichtsrätin Österreichs, steigt überraschend aus der Kontrollbank aus. Experten rätseln über Motive.« Die Spekulationen reichen von Konflikten mit dem Management über parteipolitische Differenzen – Castelli gilt als SPÖ-nah – und privaten Problemen. Ich suche nach einer Todesanzeige, irgendeinem Nachruf der Bank oder einem Kommentar, und werde fündig. Am 5. Oktober 2009 brachten *Wirtschaftswoche*, *Trend* und sogar das *Wiener Blatt* Nachrufe auf die am 4. Oktober verstorbene erfolgreichste Bankerin Österreichs, das *Kronenblatt* würdigte sie als Schwimmerin. Die Todesursache wird nirgendwo erwähnt. »Zu früh verstorben«, »plötzlich«, »überraschend« lese ich und wundere mich. Natürlich registriere ich die Nähe des Todestages zum Mord an Windisch. Gleichzeitig ist das Datum zu unpräzise. Wenn der Mörder an Alessias Tod erinnern und Windisch damit in Verbindung bringen wollte, dann hätte er mit dem Mord noch zwei Tage warten müssen. Hatte er das vor? Ist etwas dazwischengekommen, das ihn früher handeln ließ?

Ich habe mehr Fragen als Antworten. Erst jetzt scrolle ich durch die Bilderflut, die mir Google bei der Eingabe »Alessia Castelli« bietet. Es dauert eine Weile, bis ich sie finde. Aber dann entdecke ich sie, mit ihren dunklen Augen, ihren markanten Augenbrauen, die ihr eine gewisse Strenge verleihen, ihrem pechschwarzen Haar, das sie immer zusammengebunden trägt. Viele Bilder zeigen sie im Schwimmdress, zwei-, dreimal mit einer Medaille, einige Male im Businessanzug oder in eleganter Robe. Ich konzentriere mich auf die Porträts, versuche den Bildern Daten zuzuordnen. Es scheint keine Aufnahmen von ihr zu geben, die sie nach 2008 zeigen. Auf den Bildern finde ich in ihrem Gesicht keine Anzeichen von Trauer, stattdessen viel Freude, Mut und Kraft. Diese Fotos zeigen keinen verzweifelten Menschen, und auch wenn der Tod sich gut zu tarnen weiß, scheint er hier keine Macht zu haben. Ich verstehe Grumbek, Windisch und auch Mautner. Diese Frau übt eine Anziehungskraft aus, die man nur schwer in Worte fassen kann. Sie ist nicht schön wie ein Model, nicht makellos wie ein Edelstein, nicht unwiderstehlich wie ein Glas Château Lafite Rothschild 2012. Aber sie strahlt eine klare Entschlossenheit aus, verführt durch eine Anmut, die von Fröhlichkeit gespeist wird. Eine Frau mit Ecken und Kanten und einer selbst auf Bildern fühlbaren Wärme, in der man gerne verweilen möchte. Je länger ich die Fotos betrachte, desto klarer wird mir, warum ich mich spontan zu ihr hingezogen fühle. Alessia Castelli ist der absolute Gegenpol zur eiskalten Mörderin Isabella Martin, deren Augen mich bis in meine Träume verfolgen.

Ich drucke einige der Fotos aus und mache mich dann auf den Weg in die Neubaugasse.

26

ANGELIKA KRETSCHMER SITZT bereits im Nichtraucherbereich des Lokals bei einer Flasche Mineralwasser und tippt auf ihrem Handy herum. Sie trägt Jeans und einen Pullover von Desigual. Ich atme tief durch. Als sie mich entdeckt, steht sie auf. Wir begrüßen uns freundlich und setzen uns. Ich erwarte, dass sie mir einen Stapel Papiere in die Hand drückt, aber sie hält mir nur einen USB-Stick entgegen.

»Ich habe gehört, Sie haben den Mörder bereits. Dann hätte ich mir die Arbeit ja eigentlich sparen können.« Sie tut so, als wolle sie den Stick wieder einstecken.

Sie stellt mich auf die Probe, und ich lasse sie gewähren.

»Wir verfolgen eine Spur. Ein gewisser Thomas Eberhard, ein Extremist. Hat ein Video …«

»… gepostet, ich weiß«, beendet sie meinen Satz. »Es ist schwer, davon nichts mitzubekommen.«

»Ich glaube nicht, dass er der Täter ist«, gebe ich ehrlich zu.

Sie legt den Stick mit einem Lächeln auf den Tisch. »Das ist das Material, das ich finden konnte. Es gibt drei Kopien davon. Aber Sie sollten trotzdem darauf achtgeben.«

Ich stecke den Stick in meine Geldbörse. Der Kellner, ein junger Mann, kommt an unseren Tisch. »Haben Sie schon etwas gewählt?«, fragt er.

»Ja, die Tagesempfehlung bitte. Israelischer Salat, Hummus, Gemüsespießchen«, sagt Kretschmer, obwohl ich noch keinen Blick in die Karte werfen konnte. Also schließe ich mich ihr an und bestelle dazu einen gespritzten Weißwein.

Ich weiß nicht, wie ich das Gespräch beginnen soll, also warte ich, bis sie anfängt. Sie lässt sich Zeit. Der Kellner bringt meinen Weißwein. Ich trinke zu hastig und verschlucke mich.

»Ich habe das Material geordnet«, sagt Angelika Kretschmer endlich. »Der erste Teil besteht aus einer Sammlung von Fakten, die Sie auch an anderen Orten lesen können. Darunter durchgesickerte Akten, die Schweizer Unterlagen, Zeitungsartikel über Windischs dubiose Machenschaften. Dazu kommt zweitens eine hilfreiche zeitliche Gliederung. Die Geschäftsabläufe ab dem Jahr 1990 sollten erfasst sein, inklusive Grafiken und vor allem Namen. Der dritte Teil dürfte Sie am meisten interessieren. Das war der kniffligste, und, zugegeben, vieles davon basiert auf reiner Vermutung aufgrund von Indizien. Aber die haben es trotzdem in sich. Alles, was Sie dort finden, ist noch nicht publik, steht in keiner Zeitung.«

»Bekomme ich ein paar Appetithäppchen?«, frage ich, während fast gleichzeitig unser Essen serviert wird.

Wir müssen beide lachen. Für eine Sekunde spüre ich eine Vertrautheit, die ich verloren glaubte, in einem

Sarg begraben vor vielen Jahren. Angelika Kretschmer streicht sich eine Haarsträhne aus der Stirn, wenn sie etwas Wichtiges erzählt. Das tat Maria auch immer. Ich verdränge den Gedanken und höre ihr zu.

»Ich nehme an, dass Ihnen der Name *Voluntas* etwas sagt.«

Ich nicke, habe aber keine Ahnung.

»Die *Voluntas* war der Anfang vom Ende des Strahlemannes Windisch«, erläutert sie. »Zur Erinnerung: Die *Voluntas* hat vor zwölf Jahren die Wohnbaugesellschaft *Austria* gekauft, die sich bis dahin zu großen Teilen im Staatsbesitz befand und dem öffentlichen Wohnbausektor verpflichtet war. Höchstbieter war bis dahin ein Bankenkonsortium, das sicher mit dem Zuschlag rechnete. Aber die *Voluntas* gelangte an Insiderinformationen und erhöhte den Kaufpreis, sodass sie den Zuschlag bekam. Es ist allseits bekannt, dass man Windisch verdächtigt, damit in Verbindung zu stehen und später über einige Umwege Provisionszahlungen erhalten haben soll. In diesem Zusammenhang werden immer wieder zwei alte Freunde genannt, Karl Ranegger und Franz Niederbrunner.«

Ich erinnere mich an Dietrichs und Castellis Andeutungen. Falsche Freunde, Trittbrettfahrer, Speichellecker.

»Sie wurden wegen Steuerhinterziehung und Korruption rechtskräftig verurteilt. Ihre Freundschaft mit Windisch lag seit Jahren auf Eis. Jeder beschuldigte den anderen, betrogen und getäuscht worden zu sein«, ergänzt Kretschmer.

»Als Mörder kommen sie nicht infrage«, werfe ich ein, weil ich mich an die Schlagzeilen erinnere und daran, dass sie ihre Strafe absitzen. Ich höre weiter zu.

»Wie gesagt, die Justiz hat sich vor allem auf einige Personen konzentriert, die als Freunde und Parteifreunde des Ministers ihre Hände im Spiel hatten, vor allem Ranegger und Niederbrunner. Ich habe mir jedoch die Mühe gemacht, ein wenig weiter in den hinteren Reihen zu recherchieren.«

Sie ist in Fahrt. Es ist schön, ihr zuzuhören, diese Leidenschaft für eine Sache zu spüren. Ich unterbreche sie trotzdem abrupt. »Ich will diese Namen unbedingt hören, aber nach dem Essen, einverstanden?«

Sie sieht mich mit großen Augen an, als hätte ich ihr ein Spielzeug weggenommen. »Wie können Sie jetzt ans Essen denken? Ich dachte, genau das wäre meine Aufgabe, die Hintergründe aufzudecken. Und dann unterbrechen Sie mich wegen eines Salats?«

»Der übrigens köstlich schmeckt«, sage ich lächelnd, um sie noch ein wenig aufzustacheln. »Es tut mir leid, dass ich Sie hier unterbreche«, entschuldige ich mich dann, »aber ich kann mich beim Essen nicht auf die Arbeit konzentrieren. Wollen Sie nicht auch ein Glas Wein bestellen?«

»Ich trinke mittags nicht«, schmollt sie, »im Unterschied zu Polizeibeamten im Dienst.«

»Ich heiße Michael«, sage ich und hebe mein fast leeres Weinglas. Dann widme ich mich dem Hummus.

»Und ich Angelika.«

»Ich weiß«, grinse ich. »War das gestern dein Mann?«

Ich bemühe mich, diese Frage so belanglos wie möglich erscheinen zu lassen, aber ich scheitere erneut.

»Mein Privatleben gehört nicht hierher«, kontert Angelika abweisend.

Das folgende unangenehme Schweigen dauert, bis wir mit dem Essen fertig sind und der Kellner unsere Teller abräumt.

»Also gut«, wage ich einen unbeholfenen Vorstoß, »ich würde gerne die Fortsetzung hören.«

Ich erwarte, dass sie mich erneut angiftet, aber sie bestellt stattdessen einen Kaffee und eine Nachspeise.

»Die *Voluntas*«, sagt sie dann langsam und gedehnt, »hat an die 1200 Mitarbeiter in acht Ländern, im Jahr 2006 waren es noch 300 weniger.«

»Beeindruckend«, bemerke ich.

»Ja, beeindruckend«, wiederholt sie, hat aber keine Lust, das Thema weiter zu vertiefen. Stattdessen bringt sie neue Namen ins Spiel. Ich bemühe mich, nicht den Faden zu verlieren und ihr nicht in die Augen zu sehen, weil sie mich ablenken.

»Die Firma *ConceptUall*, die Windisch 2006 gründete, war mit zwanzig Mitarbeitern eine der größten, die er je aufgebaut hat. Er stand mehr auf kleine Teams, auf sehr kleine Teams, meist nicht mehr als zwei bis fünf Leute. *ConceptUall* war ein Finanzdienstleister und agierte mit Firmensitz in Zürich, unterhielt aber auch Verträge mit einer dubiosen Briefkastenfirma auf den Virgin Islands. Deren Aufgabe bestand im Eintreiben von Schulden, die osteuropäische staatsnahe Firmen angehäuft hatten. Diese wiederum standen in engen

Geschäftsbeziehungen mit einem Investmentfonds namens *ALLinvest*, der sich auf Anlagenbau in Ost- und Südosteuropa spezialisiert. Wie zufällig stieg Windisch in diesen Fonds ein, das war 2009, nachdem er die *ConceptUall* gewinnbringend an ein englisches Konsortium verkauft hatte. Kannst du folgen?«

Mein Nicken fällt wenig überzeugend aus, aber sie lässt sich davon nicht irritieren.

»Die weiteren Entwicklungen im Zusammenhang mit der *ALLinvest* standen in allen Zeitungen. Windisch trieb den Börsenverkauf voran, kassierte eine Millionenprovision und war fein raus, als die Aktien in den Keller rasselten.«

Ich erinnere mich und möchte sie wieder an ihr Versprechen erinnern, mir Namen zu nennen. Aber sie winkt ab und hält mich hin.

»Moment. Von 2010 bis 2012 beteiligte sich Windisch bei Immobilienanlegern, dann kommen die ersten Vorwürfe auf. Das muss ich nicht näher ausführen, die Geschichte kennt in diesem Land jedes Kind. Ab 2012 beschäftigte er sich hauptsächlich mit den Medien und versuchte, eine drohende Anklage abzuwenden. Offiziell betrieb er da keine Geschäfte mehr. Weißt du, was ich glaube?«

»Er hat nie aufgehört«, antworte ich schnell und überzeugt.

Angelika lächelt zufrieden. »Genau. Meine Vermutung ist, dass er versuchte, alte Seilschaften wiederzubeleben. In den letzten zwei Jahren beteiligte er sich zwar an kleineren Immobiliengeschäften, blieb dabei aber unauffällig im Hintergrund und agierte hauptsächlich über die Schweiz.«

Sie macht eine Pause. Ich sage nichts, will sie nicht darin beeinflussen, wie sie sich einer Sache annähert, in der sie Sprengstoff vermutet. Ich warte auf die Namen, die sie mir versprochen hat, seit wir hier sitzen. Sie zieht es in die Länge, weil sie die Spannung steigern will, weil sie meinen Applaus auskosten möchte, weil ihr meine Anerkennung wichtig ist.

»Ist alles klar?«, fragt sie, und ich bemühe mich, wieder schnell zuzustimmen. »Ich mache es dir leicht. *Voluntas, ConceptUall, ALLinvest,* die Immobilienanleger, was verbindet sie außer der Person Windisch?«

»Eine Menge Geschäftskontakte wahrscheinlich, irgendwelche Bankkonten?«, vermute ich.

»Namen, Michael, Namen!«, schleudert sie mir entgegen.

Endlich.

»Soll ich raten?«

»Versuch es.«

»Gibt es eine Belohnung?« Ich zwinkere ihr zu.

Sie lacht. »Was stellst du dir vor?«

»Lass mich drei Namen erraten, dann sehen wir weiter.«

Sie denkt nach. »Was bekomme ich, wenn du verlierst?«

»Das bestimmst du«, sage ich.

»Einverstanden.«

Zum ersten Mal in diesem Gespräch habe ich etwas

zu bieten. »Drei Namen: Gernot Grumbek, Hans-Ruedi Auf der Mauer, David Mautner.«

Ihr Gesichtsausdruck verändert sich schlagartig. Ich weiß nicht, ob es Wut ist oder einfach nur Erstaunen, vielleicht beides.

»Woher hast du diese Namen? Welche Quelle verschweigst du mir? Wenn du schon alles weißt, wieso lässt du mich dann mühsam recherchieren?«

»Ich weiß gar nichts«, beschwichtige ich. »Das mit den Namen erzähle ich dir später. Ich verspreche es. Aber zuerst bist du dran.«

Sie scheint zu überlegen, was sie tun soll, ihre Sachen packen und gehen oder über meine Flegelhaftigkeit hinwegsehen. Wenn sie geht, habe ich mich in ihr getäuscht. Aber ich irre mich nicht. Ihr journalistischer Instinkt siegt.

»Okay«, lenkt sie mit einer gewissen Sanftheit in der Stimme ein. »Grumbek war mit Windisch in einer Burschenschaft. Die beiden gründeten während des Studiums eine gemeinsame Firma, die Immobilien in Osteuropa verkaufte. Nichts Spektakuläres und wahrscheinlich rechtlich sauber. Dann ging Windisch zu Dietrich und danach in die Politik. Und was machte Grumbek?«

»Keine Ahnung«, sage ich.

Diesmal registriert sie mein Unwissen mit Genugtuung. »Er arbeitete für die *Voluntas.* Wurde der Mann fürs Grobe. Wenn die Firma ein Objekt kaufen wollte, in dem es lästige Mieter gab, zum Beispiel mit sehr alten oder unbefristeten Verträgen, sorgte er dafür, dass die

Wohnungen frei wurden. Dafür gibt es einige sehr gängige Methoden. Du findest die Details auf dem Stick. Auch die Namen der betroffenen Personen. Die meisten haben sich einschüchtern oder mit Geld abspeisen lassen. Aber einige sind noch immer sehr kämpferisch. Und lassen kein gutes Haar an Grumbek.«

»Ich bezweifle, dass wir ihn deshalb jetzt noch drankriegen können«, halte ich dagegen.

»Warte mal ab. Es gibt noch mehr. Grumbek taucht auch bei der *ConceptUall* und der *ALLinvest* auf.«

Ich durchsuche die Unterlagen, die mir Berger gegeben hat, und gehe die Mitarbeiterliste der *ConceptUall* durch. Kein Grumbek. Ich zeige Angelika die Liste.

»Woher hast du die?«

»Von einem Kollegen. Ich habe dir eine Kopie gemacht.«

Sie wirft einen Blick darauf und lächelt milde. »Dein Kollege war fleißig, hat aber nur an der Oberfläche gekratzt.«

Sie genießt es, uns für den Moment überlegen zu sein und die Arbeit nicht umsonst gemacht zu haben.

»Wie heißt die Frau von Grumbek?«, fragt sie dann.

Ich erinnere mich nicht. Julia wollte sie anrufen. Ich muss zugeben, dass ich nicht aufgepasst habe. Wieder ein Punkt für Angelika. »Keine Ahnung«, gebe ich kleinlaut zu.

Angelika lächelt wissend. »Jones. Emily Jones. Sie ist Engländerin.«

Ich sehe noch einmal die Liste der Mitarbeiter der *ConceptUall* durch. Dort steht keine Emily Jones.

»Ich finde sie nicht«, muss ich gestehen.

Wieder lächelt sie und kostet den Moment aus, dann klärt sie mich auf: »Emily Jones arbeitete Anfang der 1990er als Model. Sie hat sogar einen lokalen Wettbewerb gewonnen. Wurde zur Miss Liverpool 1992 gekürt. Damals nannte sie sich Lucy, Lucy Diamond. Nicht sehr originell, finde ich, aber na gut.«

Tatsächlich steht eine Lucy Diamond auf der Liste.

»Gratuliere. Wofür war Lucy, also Emily, zuständig?«, frage ich.

»Sie flog von Wien nach Zürich, von Zürich nach London, von London nach Moskau.«

»Okay, sie war Model. Da ist das nicht gerade ungewöhnlich«, wende ich ein.

»Genau. Und niemand schöpft Verdacht. Emily war der Kurier, die Stimme, wenn Telefonieren, Mailen oder Faxen viel zu gefährlich war. Sie dirigierte das Geld, fungierte selbst als Botin.«

»Hätte sie sich da nicht besser tarnen sollen?«

»Nein. Denn dann wäre ich ihr nicht auf die Spur gekommen.« Sie lacht laut.

Ich muss wieder an Maria denken, deren Lachen alle ansteckte, und spüre einen Schmerz und gleichzeitig eine Sehnsucht. Es ist gut, dass Angelika nicht zu reden aufhört, so kann die Erinnerung nicht die Oberhand gewinnen.

»Jetzt erst wird es interessant«, sagt sie. »Denn Windisch behauptete ja, nach 2012 praktisch keine Geschäfte mehr getätigt zu haben. Grumbek hingegen gründete wieder eine Immobilienagentur. Sie agiert bis heute in

Österreich, der Schweiz und Italien und hat einen Ableger in der Slowakei und in Polen, versucht, dort bei Privatisierungen abzusahnen. Die Kontobewegungen sind ziemlich undurchsichtig, aber es scheint kein Geldmangel zu herrschen. Wo es geht, wird gekauft. Ein Mann wie Grumbek kann sich das natürlich nicht leisten. Ehrlich gesagt bezweifle ich, dass er eine große Leuchte ist. Aber Windisch konnte sich nicht auf die Bühne trauen. Seine Firmenkonstruktionen standen in den Zeitungen, waren Gegenstand möglicher Verfahren. Er brauchte also einen Getreuen, dem er voll vertrauen konnte. Grumbek scheint so jemand zu sein. Der Gewinn wanderte in eine Stiftung, die ihrerseits wieder eine Stiftung nach sich zog, die der Veranlagung diente. Die Stiftungen waren natürlich dazu da, Steuern zu sparen. So hielt es Windisch auch mit dem Geld aus dem Aktiendeal der *ConceptUall*. Die Konstruktion ist vertraut. Unterhalb einer Stiftung gibt es Briefkastengesellschaften, die ihrerseits wieder per Treuhandvertrag mit einer Firma verbunden sind, die Grundstücke steuerschonend erwirbt. Kannst du noch folgen?«

»Alles klar«, sage ich.

Sie glaubt mir nicht, redet aber weiter: »Wichtig ist, dass bei letztgenannter Firma kein anderer als Grumbek als Gesellschafter fungiert. Wieder werden Immobilien steuerschonend erworben. Aber der Großteil des Geldes ist noch da, und ich vermute, dass es ganz bewusst geparkt wird.«

Langsam kapiere ich, worauf sie hinauswill. »Wozu?«, frage ich.

»Ich weiß es nicht. Dazu brauche ich noch Zeit. Willst du jetzt wissen, was Auf der Mauer und Mautner für eine Rolle spielen?«

Ich nicke. Ich will, dass sie nicht aufhört zu reden, will diese Leidenschaft genießen, mit der sie bei der Sache ist, auch wenn ich weniger und weniger verstehe, je mehr sich die Firmen verflechten, die Geldströme fließen, Stiftungen und Gesellschaften wie blütenweiße Karnickel aus Zauberhüten gezogen werden und sich in flatternde Unschuldstauben verwandeln, nur um irgendwann am Ende der Vorstellung doch zielsicher als Münze im Sack des Zauberers zu verschwinden, mit oder ohne Applaus der Zuschauer. Schließlich verstehe ich, dass die drei Personen Zahnräder in einem Netzwerk sind, dem noch weitere angehören.

»Willst du mir noch zwei Namen nennen?«, fragt sie. Der Ärger in ihrer Stimme hat sich gelegt. »Und wenn es die falschen sind, bekomme ich ein Exklusivinterview mit dem Mörder.«

Das ist es also. Sie benutzt mich, will an die ganz große Story.

»Wie stellst du dir das vor?«, frage ich, obwohl ich nie und nimmer tun werde, was sie vorschlägt.

»Ganz einfach. Bevor alle anderen Wind von einer Verhaftung bekommen, bin ich schon vor Ort. Live und unplugged.«

»Das kann ich nicht versprechen«, entgegne ich.

»Dann musst du zwei Namen erraten. Du hast drei Versuche.«

»Okay. Einer ist Monika Weyringer.«

Sie schüttelt den Kopf. »Monika Weyringer ist zwar Windischs rechte Hand, aber das bedeutet nicht, dass sie an irgendwelchen Firmen beteiligt oder Gesellschafterin war oder Ähnliches. Also nur noch zwei Versuche.«

»Theodor Hauser«, sage ich.

Auf ihrem Hals zeichnen sich rote Flecken ab, wie bei unserer ersten Begegnung, als ich sie unsanft wegschickte.

»Woher?«, fragt sie. »Sag mir endlich, woher du die Namen hast.«

Ich vertröste sie noch einmal und habe schlagartig ein unangenehmes Gefühl, eine Gewissheit, die mir körperliche Schmerzen verursacht. Warum weiß ich die Namen? Warum wurden sie mir auf dem Silbertablett serviert? Ich muss an das Gespräch mit Autischer denken. Dieser plumpe Hinweis auf Constanza Windischs Liste.

»Was für eine Rolle spielt Hauser?«, frage ich.

»Hauser ist quasi ein Sandkastenfreund von Windisch. Windisch war Stammgast seiner legendären Veranstaltungen. Ein Nobelwinzer, der sich gern mit den Reichen und Schönen umgab. Wer zur Seitenblickegesellschaft gehören wollte, traf sich bei Hauser. Dann kam der Einbruch. Seine Frau starb überraschend an einem Aneurysma. Hauser vernachlässigte den Betrieb, konnte mit Finanzen überhaupt nicht umgehen, wurde zum Trinker, verlor immer mehr Gäste, nicht nur prominente. Um es kurz zu machen: Es war nur noch eine Frage der Zeit, ehe er hätte schließen und verkaufen müssen. Aber plötzlich war davon keine Rede mehr, und obwohl Hausers Betrieb heute immer noch bedrohlich schwächelt, kaufte er sogar einige Hektar Weinland dazu, offiziell, um sie den Bauspekulanten zu entziehen. Wieso dieser Umschwung?«

Sie macht wieder eine kurze Pause, erwartet aber nicht, dass ich dazu etwas sage. »Es war Zufall, dass ich unter Mautners Gesellschaften auf eine Briefkastenfirma in Panama gestoßen bin, die den Namen *IconReal* trägt. ›*IconReal*‹, verstehst du?«

»*IconReal* ist Englisch«, sage ich verlegen. »Heißt so viel wie ›wirkliches Zeichen‹, oder?«

»Investment Co-operation on Real Estates«, erklärt Angelika.

»Und was hat das mit Hauser zu tun?«, hake ich nach.

»Es ist ein Anagramm, mit C statt K.«

»Ein Anagramm?«

»Stellt man die Buchstaben um, ergibt sich aus ICONREAL CAROLINE. Hausers verstorbene Frau hieß Karoline.«

Sie hat sich festgebissen. Findet das Haar in der Suppe. Sie ist verdammt gut, denke ich und zweifle keine Minute daran, dass sie auf der richtigen Spur ist.

»Sie haben ihn gekauft, meinst du?«, frage ich.

»Wahrscheinlich.«

»Angenommen, du hast recht, was war dann Hausers Aufgabe?«

»Hauser kämpft angeblich seit Jahren gegen die Verbauung des sogenannten Wiener Grünlandes und des Speckgürtels, also des Wiener Umlandes, das besonders viele Leute aus dem gehobenen Mittelstand anzieht. Er engagiert sich in der Sache Heinrichgründe, ist Mitglied einiger Bürgerinitiativen. Er ist auch Parteimitglied in der FPÖ, wusstest du das?«

Wieder hatte ich keine Ahnung, aber sein Engagement gegen die Aktivitäten der rot-grünen Stadtregierung, was die Heinrichgründe anbelangt, passt ins Bild.

Angelika räuspert sich. »Man sagt, dass er gute Chancen hat, nach der nächsten Wahl einen fixen Platz im Gemeinderat zu bekommen.«

»Mit Einfluss auf den öffentlichen Bausektor. Ich verstehe, in welche Richtung du denkst.«

»Ich sage es noch einmal. Sie planen etwas Großes. Ich bin mir einfach noch nicht sicher, was es ist. Aber Hauser ist ein wichtiges Rad am Wagen.«

»Grumbek, Auf der Mauer, Mautner und Hauser. Wer ist der oder die Letzte im Bunde?«

»Das große Geld, Michael. Alles, was ich bisher recherchiert habe, sind komplexe Firmenkonstruktionen, Stiftungen, Gesellschaften, Investmentfonds. Windisch kam mit diesem System in die Fänge der Justiz, weil er sich auf falsche Freunde verließ, deren Machenschaften auch ihn hätten zu Fall bringen können. Er wollte es besser machen. Doch diesmal vertraute er nur noch seinen alten Freunden und Studienkollegen. Sie zogen für ihn das Konstrukt auf, machten bereits Geschäfte, kauften, verkauften, bunkerten Geld. Aber es genügte noch lange nicht. Es brauchte mehr.«

»Der alte Dietrich?«, werfe ich ein.

Sie scheint sich nicht mehr zu wundern, warum ich immer wieder mit Namen aufwarte. Immerhin war

Windisch lange bei Dietrich beschäftigt, also wäre der Gedanke naheliegend. Aber sie winkt ab.

»Jetzt liegst du falsch, Michael. Nicht der alte, sondern die junge Dietrich.«

»Seine Frau?«

Mir wird schwindlig. Angelika sieht mir an, dass etwas nicht stimmt, dass mich etwas quält, etwas Altes, tief Vergrabenes. Ich erzähle ihr einen Teil der Geschichte, sehe ihr dabei in die Augen.

»Angelika, ich weiß nicht, ob es an meinem Namen liegt, aber als Kind war der Winter meine absolut liebste Jahreszeit. In dem Dorf, in dem ich aufgewachsen bin, lag von Mitte November bis Mitte April eine dichte Schneedecke. Ob du es glaubst oder nicht, ich war damals ein recht religiöses Kind, und ich habe an einen guten Gott geglaubt. Für mich symbolisierte der weiße Schnee das Gute, und ich war fest davon überzeugt, dass das Gute letztlich alles Böse besiegen würde. Ich stellte mir eine Welt im Schnee vor, für immer in Frieden.«

Sie hört zu, unterbricht mich nicht, lässt mir Zeit.

»Wie alle Kinder habe ich Weihnachten geliebt. Ich dachte mir, dass der kleine Jesus auf die Welt gekommen ist, um wie der Schnee das Graue, das Schmutzige, zu vertreiben. Der Schnee blieb immer bis Mitte April. Ich erinnere mich nicht, dass er von der Sonne geschmolzen wurde, eher an trübe, trostlose Regenwochen, die ihn wegspülten. Dann habe ich meine Rodel verstaut und vom nächsten Winter geträumt. Als der Regen aufhörte, habe ich sie gesucht, die Schneeglöckchen, weiße, reine

Boten des Himmels, die mich auf den nächsten Winter vertrösteten.«

»Und dann ist etwas passiert, nicht wahr?«, fragt sie sanft. »Etwas, weswegen du nicht mehr glaubst.«

Ich nicke und erzähle weiter: »Früher habe ich die Kälte geliebt, weil sie rein war, klar. Heute fürchte ich mich vor ihr, mehr noch als vor dem Schmutz und dem Bösen. Heute hake ich die Tage des Winters ab wie damals die Tage als Rekrut im Wehrdienst. Ich sehne mich nach der trockenen braunen Erde eines südlichen Landes im August und nach fast unerträglicher Hitze. Ich weiß warum, aber ich erzähle es niemandem, auch dir nicht, nicht jetzt.«

Ich spüre, dass sie einen Augenblick abwägt, ob sie nachfragen soll, aber schließlich lässt sie meine rätselhaften Bemerkungen über mein Verhältnis zum Schnee ohne Auflösung stehen, fragt lediglich, warum ich gerade jetzt auf diese Gedanken kam, als wir über Frau Dietrich sprachen. Sie holt mich damit zurück in die Gegenwart, lässt nicht zu, dass ich mich in schmerzhaften Erinnerungen verliere.

»Als du gerade über Frau Dietrich gesprochen hast«, antworte ich, »hat sie mich an Schneeglöckchen erinnert. Die Blume ist verräterisch und falsch. Sie gaukelt Reinheit vor und verbirgt dabei ihre wahre Natur. Die ganze Pflanze ist giftig.«

Ich erwarte, dass Angelika spätestens jetzt nachfragen und mich auffordern wird, das Rätsel zu lösen und über meine traumatische Erfahrung zu sprechen. Stattdessen nimmt sie der Situation die Schwere, indem sie mit einem Lächeln fragt, ob ich das Essen nicht vertragen habe, und dabei für einen Augenblick meine Hand berührt. Nach ein paar Sekunden des Schweigens fährt sie mit der Darstellung ihrer Recherche fort, wobei sie mein Bild von Frau Dietrich aufgreift.

»Ich kann nicht beurteilen, welche Art von Pflanze Frau Dietrich ist, in jedem Fall eine, die sich fleißig ausbreitet. Immerhin ist die Madame mindestens dreimal als Gesellschafterin vertreten, natürlich unter ihrem Mädchennamen, Annabelle Lauren.«

»Lauren?« Ich hebe erstaunt die Augenbrauen. »Das kommt mir bekannt vor.«

»Sie ist die Enkelin des Gründers eines der größten Kosmetikkonzerne weltweit, Olivier Lauren. Offiziell war sie nie in die Firmengeschäfte involviert, inoffiziell ist sie mindestens zwei Milliarden schwer. Und bereit zu investieren.«

»Weiß ihr Mann davon?«

Angelika schüttelt den Kopf. »Ich habe keine Ahnung.«

»Aber sie kennt Windisch doch über ihren Mann?«, setze ich nach.

»Wieder falsch. Annabelle hat mit Windisch in London studiert. Als Dietrich Windisch einstellte, lernte er auch die gute Freundin Annabelle kennen. Verstehst du? Die Freunde aus Studientagen steckten wieder zusammen und heckten etwas aus. Ob Immobiliengeschäfte oder etwas anderes, ist mir noch nicht klar. Aber ich werde es herausfinden, versprochen.«

Daran zweifle ich keine Sekunde.

»Angelika«, sage ich, »ich frage mich die ganze Zeit, wer in diesem Freundeskreis einen Grund gehabt hätte, Windisch zu töten. Er war doch wahrscheinlich die graue Eminenz im Hintergrund, das Mastermind. Wieso die Kuh töten, von der man sich Milch, Käse und Butter erwartet?«

»Vielleicht ist es ja ganz anders. Windisch entwickelte die Idee, knüpfte an altbewährte Konstruktionen an, perfektionierte sie, suchte sich wenige, aber für ihn vertrauenswürdige Partner. Und dann drohte ihm von Seiten der Justiz, die ihn seit Jahren im Visier hatte, deren Beweismittel aber wohl nie zur Anklage reichten, der Beginn des Strafverfahrens. Und die Freunde bekamen kalte Füße.«

»Oder«, wende ich ein, »es war alles von vornherein geplant. Er entwickelte das Konzept, spielte das Mastermind, und als es fertig war, zogen die sogenannten Freunde das Ding ohne ihn durch.«

»Dazu hätten sie ihn kaltstellen müssen.«

»Bei den Behörden anschwärzen, anonym Beweismittel senden und so.«

»Viel zu gefährlich. Er hätte sie ja jederzeit auffliegen lassen können. Selbst wenn die Firmenkonstruktionen legal wären, hätte die Presse sie publik gemacht und damit das Geschäft im Keim erstickt.«

»Also brachte man ihn um, bevor das eigentliche Geschäft gelaufen ist? Möglich, aber auch wieder sehr unwahrscheinlich.«

»Michael, es war nicht meine Aufgabe, den Mörder zu finden, sondern die Firmenkonstruktionen von Windisch zu durchleuchten. Im Übrigen schuldest du mir immer noch eine ehrliche Antwort auf die Frage, woher du Windischs Freunde kennst.«

Ich nicke und erzähle ihr von der Liste, die mir Constanza Windisch gegeben hat. Angelika schmollt wieder eine Weile, weil ich sie darüber nicht informiert habe. Ich versuche, ihr zu erklären, dass ich Unvoreingenommenheit brauche, Spuren, die nicht schon im Vorhinein ausgeleuchtet sind. Sie bemüht sich, mich zu verstehen, wirft noch einmal einen Blick auf die Liste von Berger.

»Castelli?«, frage ich.

Sie wirkt überrascht. »Was ist mit Castelli?«

»Gibt es einen Castelli in deinen Unterlagen?«

Sie überlegt, sagt dann überzeugend: »Nein, ein Castelli ist mir nirgendwo untergekommen, und auf deiner Mitarbeiterliste habe ich ihn ebenfalls nicht gefunden.«

»Möglicherweise unter einem Decknamen? Alessia vielleicht oder einem Anagramm davon?«

Sie überlegt wieder, schüttelt den Kopf. »Nein, nicht dass ich wüsste. Aber ich kontrolliere das noch einmal. Wer ist Alessia?«

Ich berichte ihr alles, was ich weiß, zeige ihr zum Abschluss die ausgedruckten Fotos.

»Hübsch«, sagt sie. »Das war also Windischs große Liebe. Tragischer Tod?« Sie betrachtet die Fotos, verschwindet für eine Weile gedanklich in einer mir nicht zugänglichen Region, bevor sie fragt: »Woran ist sie gestorben? Ein Unfall? Krebs? Willst du nicht mehr darüber wissen?«

Nein, schießt es mir durch den Kopf, weil ich der

Krankheit aus dem Weg zu gehen versuche wie einer Schlange, die auf dem Weg lauert.

»Ja«, sage ich halbherzig, »schon, aber eigentlich muss ich einen Mörder finden.«

»Denkst du nicht, dass alles zusammenhängt, der Freundeskreis, Alessia und Windisch? Vielleicht ist das Motiv ja auch Eifersucht. Nach dem, was du erzählt hast, kämen da zumindest Grumbek und vielleicht auch Mautner infrage.«

»Eifersucht als Motiv? Das glaube ich nicht. Warum dann so viele Jahre warten?«

»Ich weiß nicht. Du bist der Polizist.«

Ich wechsle das Thema. »Das war großartige Arbeit, Angelika. Du hast was gut bei mir.«

»Ich habe dir schon gesagt, was ich will. Exklusiv …«, bleibt sie hartnäckig.

»Ich kann das nicht versprechen, das kann mich meinen Job kosten. Und es ist viel zu gefährlich«, wehre ich ab.

»Das ist lächerlich. Du weißt, dass du es kannst. Bis Sonntagabend hast du die Antwort auf dem Tisch, was genau die Freunde planen.«

»Gut«, sage ich. »Da du so gut im Auswählen von Treffpunkten bist, überlasse ich dir die Entscheidung, wo.«

»20 Uhr. Bei einem Glas Wein im *Ansari* im 2. Bezirk. Du reservierst.«

Ich schätze ihre Geradlinigkeit, ihre Klarheit, Entscheidungen zu treffen.

Bevor wir uns verabschieden, kramt sie einen Zeitungsbericht mit einem Foto aus der Tasche und reicht ihn mir. Ich überfliege ihn und bin hin- und hergerissen zwischen Erstaunen, Hochachtung vor Angelika und Verärgerung über mich selbst und noch mehr über Rachinger.

Sie lächelt. »Einen Namen habe ich nicht gehört, und ich habe mich schon darüber gewundert. Du wusstest nichts davon, habe ich recht?«

Ich kann nichts dagegensetzen. »Nein, ich wusste es nicht.«

27

MAXIMILIAN EBERHARD WAR Vorstandsmitglied der *Voluntas* und hatte zusammen mit Windisch studiert. Der Zeitungsausschnitt ist zehn Jahre alt. Damals wurde Eberhard aus dem Vorstand entlassen.

Ich brauche eine Weile, um wieder klar im Kopf zu werden, und gehe ein Stück zu Fuß über die Mariahilferstraße. Dann versuche ich, Rachinger anzurufen, aber er hebt nicht ab.

Als ich wieder an meinem Schreibtisch sitze, ignoriere ich die Mails und schriftlichen Anfragen, rufe auch die Staatsanwältin nicht zurück. Rachinger muss es gewusst haben. Er hat mir verschwiegen, dass der alte Eberhard und Windisch sich kannten. Warum?

Erst nach gefühlt zwanzig Versuchen hebt Rachinger ab. »Was willst du, Winter? Wir sind ihm auf den Fersen.«

»Wo bist du?«

»Irgendwo in der Nähe von Wiener Neustadt. Er hat endlich auf dem Handy seiner Exfreundin angerufen. Wir haben ihn geortet. Jetzt lass mich in Ruhe, ich habe es eilig.«

Ich lasse mich nicht abwimmeln. »Du hast gewusst, dass der alte Eberhard mit Windisch bekannt war.«

Ich höre nur Rauschen und fürchte schon, dass er mich wegdrückt. Aber er braucht wohl Zeit, um zu antworten.

»Michael, du verrennst dich. Du klapperst Windischs Freunde ab auf der Suche nach einem Motiv bei den Reichen und Schönen. Du möchtest Windisch noch nach dem Tod ans Bein pinkeln, aber ich sage dir, dass du damit unrecht hast. Maximilian Eberhard hat den Minister definitiv nicht umgebracht. Er hat ihn gekannt, meinetwegen, ja, aber sein Sohn hat das Bekennervideo gepostet, schon vergessen?«

Die Verbindung wird nun tatsächlich schlechter. Ich möchte Rachinger noch einiges fragen, aber alles, was ich höre, ist ein unverständliches Rauschen.

Ich tippe an meinen Berichten und warte, dass etwas passiert, dass Rachinger mit Thomas Eberhard zur Tür hereinkommt, dass Monika Weyringer ihr Verhältnis mit Windisch gesteht, dass ein Freund nervös wird. Aber es ist Berger, der mich aus meinen Gedanken reißt.

»Michael, ich habe was gut bei dir.«

Ich stimme zu, bevor er mir erklären kann, wofür. Er registriert es mit Genugtuung.

»Das Foto …«

Er macht eine lange Pause, bevor er zwei Fotos auf den Tisch legt. Das erste erkenne ich. Der tote Windisch, der bleich in die Kamera grinst. Das zweite Foto ist mir nicht bekannt.

Berger tippt mit dem Zeigefinger darauf. »Dieses Foto wurde privat aufgenommen, vor ungefähr neun Jahren bei einer Party«, sagt er mit sichtlicher Genugtuung. »Wir haben es aus dem Archiv einer Zeitung, die Windisch sehr wohlgesonnen war.«

Auf dem Bild sieht man, wie Windisch für den Fotografen mit einem korpulenten Herrn anstößt, der ebenfalls in die Kamera lächelt. Derselbe Anzug.

»Du kennst den Herrn«, sagt Berger und tippt auf die füllige Gestalt neben Windisch.

»Allerdings.«

Es ist eindeutig Maximilian Eberhard.

»Er hat uns angelogen, Erwin. Er hat ihn sehr wohl gekannt. Rachinger hat es auch gewusst.«

Berger scheint überrascht, sagt aber nichts.

»Maximilian Eberhard war Vorstandsmitglied der *Voluntas.*«

Langsam dämmert es Berger. »Die *Voluntas* war eine Firma, die Windisch ...«

»Genau. Es wird Zeit, diesem Herrn Eberhard gründlich auf den Zahn zu fühlen. Ich muss wissen, wann genau das Foto gemacht wurde und zu welchem Anlass.«

Berger schüttelt den Kopf. »Von der Zeitung erfahren wir das nicht. Das Foto ist Teil einer Collage, die man zu Windisch angefertigt hat, anlässlich eines Porträts. Das war vor acht Jahren. Wie gesagt, wann genau es aufgenommen wurde, lässt sich nicht mehr feststellen. Das Original wurde wohl gelöscht.«

Er will gehen, aber ich fordere ihn auf zu bleiben. Ich habe plötzlich kapiert, was sich beim Ansehen des Bekennervideos in mein Hirn gebohrt hat, ohne dass ich es einordnen konnte. Ich verfluche mich für meine Unfähigkeit, die wichtigen Dinge zu sehen. Ich hole

Julia, bitte die beiden an meinen Computer und klicke das Bekennervideo an. Ich spiele es dreimal ab, aber sie sehen es nicht. Beim vierten Mal halte ich das Bild an. Im Hintergrund ist ein Foto von Windisch zu erkennen. Jetzt fällt es Berger endlich auf.

»Derselbe Anzug«, sagt er und greift sich an die Stirn.

»Bingo«, antworte ich.

Jetzt schnallt es auch Julia. »Derselbe Anzug, dasselbe Lächeln, dieselbe Haltung wie am Fundort der Leiche.«

Berger und ich nicken gleichzeitig. Das auf dem Bildschirm eingefrorene Foto ist die Originalaufnahme, die der Mörder nachgestellt hat. Ich bin sicher, es wurde am selben Abend aufgenommen wie das Bild, das mir Berger gerade gezeigt hat.

Ich sende Constanza Windisch eine E-Mail mit dem Foto aus dem Bekennervideo. Wenn jemand eine Ahnung hat, wo und wann es aufgenommen wurde, dann sie.

Während Berger sich daranmacht, doch noch mehr über den Ursprung des Fotos bei der Zeitung herauszubekommen, machen Julia und ich uns auf den Weg zu Maximilian Eberhard.

Eine halbe Stunde später stehen wir vor dem Haus, in dem Eberhard wohnt. Es befindet sich in schöner Lage am Westende von Wien, nicht weit von der Hütteldorfer Pfarrkirche zum Heiligen Andreas entfernt. Kein Nobelbezirk, keine Protzadresse, eher ein Rückzugsort für jemanden, der seine Geschäfte im Stillen abwickeln will. An der Tür steht kein Name.

Wir klingeln und warten. Julia hält ihren Ausweis

parat. Nach fünf Minuten frage ich mich, warum ich nicht vorher angerufen habe, aber Julia zieht es vor, das Haus zu umrunden. Ich wähle die Nummer, die Berger mir gegeben hat. Niemand hebt ab. Als Julia zurückkommt, hat sie eine ältere Dame im Schlepptau, eine Nachbarin.

Zu Fuß gehen wir die Linzer Straße entlang und kommen in wenigen Minuten zu einem Heurigen mit dem klingenden Namen *Fuhrmannhaus.* Dort treffen wir Eberhard an, umringt von Damen und Herren mittleren Alters, die sich angeregt unterhalten. Der Pfarrgemeinderat. Ich stelle Julia und mich den Herrschaften vor.

Eberhard registriert unser Auftauchen mit Missmut. »Liebe Freunde«, sagt er in die Runde, »die Polizei belästigt wieder einmal die unbescholtenen Bürger. Ihr müsst mich für ein paar Minuten entschuldigen.«

Wir bitten Eberhard unter Unmutsäußerungen der anwesenden Gäste an einen freien Tisch, an dem wir ungestört reden können. Die Kellnerin tritt zu uns, aber Eberhard gibt ihr per Handzeichen zu verstehen, dass sie sich verziehen soll. Wir sollen es nicht gemütlich haben.

Ich mustere Eberhard. Er trägt einen grauen Anzug mit blauer Krawatte, und sein grau meliertes Haar erinnert mich an eine Drahtbürste. Ich habe den Eindruck, dass er seit gestern abgenommen hat.

»Was wollen Sie von mir?«, entrüstet er sich. »Mein Sohn hat Klaus Windisch nicht umgebracht.«

»Das Foto«, sage ich ohne Umschweife, »es geht

um das Foto. Sie wissen doch, wann es aufgenommen wurde.«

Er versucht gar nicht mehr so zu tun, als wüsste er von nichts. »Gehe ich recht in der Annahme, dass Sie eines der Fotos meinen, die mein bescheuerter Sohn in die Kamera gehalten hat?«

»Bescheuert ist kein Kosename«, stelle ich fest.

»Lassen Sie mich in Ruhe mit ihrem Gesülze, ich habe schon gesagt …«, regt Eberhard sich auf.

Ich halte ihm einen Ausdruck des Fotos unter die Nase. »Das Foto hilft uns, den Mord aufzuklären. Und ihren Sohn zu entlasten.«

Julia sieht mich überrascht an. Wie kann ich so etwas behaupten? Welche Gewissheit habe ich, dass der junge Eberhard nicht der Mörder ist?

Der alte Eberhard nimmt diese Wendung ebenfalls mit Überraschung zur Kenntnis, allerdings mit freudiger. Auch wenn er es sich nicht anmerken lässt, spürt man seine Erleichterung, dass ich seinen Sohn nicht als Mörder verdächtige. Sosehr er ihn für einen Versager hält, ist und bleibt er sein Fleisch und Blut.

»Ich habe mir schon den Kopf zermartert, aber ich weiß einfach nicht mehr, wann genau das Foto aufgenommen wurde. Hören Sie, damals waren meine Frau und ich ziemlich häufig auf Partys. Windisch auch. Zu der Zeit war er noch nicht verheiratet, aber er hat Constanza schon gekannt und oft mitgenommen.«

»Können Sie sich an irgendetwas im Zusammenhang mit dem Foto erinnern?«, frage ich.

»Einer der Zeitungsfritzen, die ich damals kannte

und mit denen ich per Du war, hat es mir zugeschickt. Ich habe es ausgedruckt, weggelegt. Der PC hatte vor einigen Jahren einen Festplattencrash. Dabei sind alle Dateien vernichtet worden.«

Ich glaube eher, er wollte Spuren verwischen, was die *Voluntas* betrifft. Aber Fakt ist, dass wir den Computer nicht haben.

»Woher kannten Sie Herrn Windisch?«, fragt Julia auf eine charmant naive Art.

»Herr Windisch, also Klaus und ich haben mal für kurze Zeit miteinander studiert. In London.«

»Und sie saßen bei der *Voluntas* im Vorstand?«, hake ich nach.

»Ja, ein halbes Jahr, kurz vor dem Verkauf. Und wenn Sie jetzt spekulieren, dass ich etwas mit dem Verkauf zu tun oder mit Klaus Absprachen getroffen habe, dann liegen Sie falsch. Klaus und ich haben uns nach dem Studium aus den Augen verloren. Er hat sich einen ganz neuen Freundeskreis aufgebaut.«

»Gehörten Ranegger und Niederbrunner zum Beispiel dazu?«, frage ich.

Er verzieht keine Miene. »Der Kauf der *Austria* geschah zu einer Zeit, als ich nicht mehr im Vorstand war. Ich hatte ganz andere Entwicklungsideen und war gegen den Kauf, falls Sie das interessiert.«

»Wurden Sie deshalb aus dem Vorstand entlassen?«, frage ich wieder ins Blaue.

Er wägt ab, was er sagen soll, und antwortet ziemlich überzeugend. »Ja und nein. Aber im Nachhinein betrachtet haben Sie wahrscheinlich recht.«

»Sie sagen, dass Sie Herrn Windisch aus den Augen verloren haben. Aber gleichzeitig erwähnen Sie, dass er mit seiner späteren Frau öfter auf Partys war, die auch Sie besucht haben. Ist das kein Widerspruch?«

Wieder überlegt er eine Weile. »Wir haben uns begrüßt, ja. Ein bisschen Small Talk betrieben. Aber es war nicht das, was man eine Freundschaft nennen würde.« Wieder eine Pause, dann: »Ich war wohl nie sein Freund, wenn ich ehrlich bin.«

Ich belasse es bei seiner Vermutung, die ich nicht beurteilen kann. Mich interessiert etwas anderes. »Wie kam ihr Sohn an das Foto?«

»Es lag ewig in meinem Bücherschrank mit Hunderten anderer Fotos. Mein Sohn hat es sicher rein zufällig genommen.«

»Ich möchte ihn gern selbst danach fragen«, sage ich.

»Nur zu«, sagt er mit einer Spur Sarkasmus. »Ich weiß allerdings nicht, wo er sich momentan aufhält. Er kommuniziert nicht mit mir.«

Ich glaube, so etwas wie Trauer in seinem Gesicht zu entdecken, aber vielleicht ist es auch nur langsam verpuffende Wut oder ein Ausdruck der Verzweiflung, als Vater versagt zu haben. Ich frage ihn, wo er am Montagabend war.

Er steht auf, geht zum Tisch, an dem die Mitglieder des Pfarrgemeinderats sitzen, und fragt in die Runde: »Wo war ich am Montagabend?«

Geschlossen und unter merkbarem Alkoholeinfluss brüllt die Gruppe: »Tarockabend mit dem Pfarrer!«

»Sechs Zeugen«, sagt Eberhard an mich gewandt.

Ich belasse es dabei. Wir hindern ihn nicht zu gehen. Ich sehe wieder diesen Anflug von Trauer in seinem Gesicht. Vielleicht hat sie ja doch mit seinem Sohn zu tun.

Als Julia und ich wieder im Auto sitzen, frage ich sie nach ihrer Meinung.

Sie zuckt mit den Schultern. »Keine Ahnung, Chef. Aber ich möchte nicht seine Tochter sein.«

»Arschloch?«, frage ich.

»Nein, nicht so. Nicht die gewalttätige Variante. Eher der Typ Ich-zahle-dir-den-Geigenunterricht-also-mach-was-draus! Und dann stellt sich heraus, dass das Kind keine Begabung fürs Geigespielen hat. Also kauft man ein Klavier. Aber der Kleine kann auch nicht Klavier spielen.«

»Ich glaube, ich verstehe dich, Julia. Glaubst du ihm das mit sich und Windisch?«

Ohne Zögern sagt sie: »Nein, kein bisschen. Hätten wir ihn nicht härter rannehmen sollen?«

»Good Cop, Bad Cop, meinst du?«

»Nein, eher mit Androhung einer Haftstrafe bei Verschweigen wichtiger sachdienlicher Hinweise.«

»So was gibt's?«, frage ich.

Julia lacht. »Wohin jetzt?«

Ich überlege kurz. Dann fahre ich los.

28

ZWANZIG MINUTEN SPÄTER haben wir den Döblinger Friedhof erreicht.

»Wen suchen wir?«, fragt Julia.

»Castelli.«

»Ah. Alessia lässt dich also nicht los. Wo ist ihr Grab?«

Ich habe keine Ahnung. Wir irren eine Weile ziellos herum, betrachten die Inschriften der Grabsteine, den Blumenschmuck, lassen uns von einem Eichhörnchen auf der Mauer ablenken.

»Am besten teilen wir uns auf«, schlage ich vor.

»Okay, Chef. Wie lange?«

»Eine halbe Stunde. Wenn wir ihr Grab dann nicht gefunden haben, gebe ich auf.«

Sie nickt und geht los. Ich schlage die entgegengesetzte Richtung ein und überlege mir eine halbwegs systematische Route. Manchmal gehe ich über Friedhöfe, um zur Ruhe zu kommen und mich auf das Wesentliche zu konzentrieren. Heute geschieht das Gegenteil. Die Grabsteine üben keine beruhigende Wirkung auf mich aus, sie ärgern mich, weil sie nicht Alessias Grab schmücken, sondern wie Hindernisse auf dem Weg zu ihr stehen.

Nach einer Viertelstunde ruft mich Julia an. »Reihe sieben, scharf links von dir aus.«

Ich suche das Areal mit den Augen ab und sehe sie dann von Weitem, wie sie mir zuwinkt.

Das Grab ist alles andere als pompös. Ein kleiner unscheinbarer Kopfstein mit vier Namen: *Francesca, Luca,* beide ohne Jahresangaben, *Massimo, 21.5.1969 – 20.9.1991,* und *Alessia, 1.3.1967 – 4.10.2009.* Ich notiere die Namen und Daten. Auf dem Grab liegt ein Strauß frischer Blumen. Von wem? Ihrem Bruder, seiner Frau?

»Chrysanthemen, Chef«, bemerkt Julia.

»Die Blumen des Japanischen Kaiserhauses«, sage ich.

»Was meinst du damit?«

»Die Japaner waren Verbündete der Nazis und Faschisten«, erläutere ich. »Ich weiß, es ist weit hergeholt, aber möglicherweise sind die Blumen für die Eltern gedacht?«

»Vielleicht hat es nichts zu bedeuten. Chrysanthemen sind beliebte Friedhofsblumen, vor allem im Herbst.«

»Aber wir müssen Castelli fragen, wer sie hergebracht hat. Machst du das für mich, morgen?«, bitte ich Julia.

»Ich hatte noch keine Zeit, über Castelli zu recherchieren. Du weißt …«

Ich nicke. »Ich habe dir schon zu viele Aufgaben aufgebürdet, die vielleicht gar nichts mit dem Fall zu tun haben.«

Sie geht nicht darauf ein, sondern zeigt auf den Grabstein. »Hast du gesehen? Massimo, das muss Alessias jüngerer Bruder sein. Er ist sehr früh gestorben. In dieser Familie fühlt sich der Tod wohl.«

Ich nicke nur und wundere mich über Julias Wortwahl. Diese Umgebung tut ihr spürbar nicht gut. Ich mache ein paar Fotos des Grabs mit dem Handy. »Lass uns fahren«, sage ich und gebe ihr die Schlüssel.

»Ins Büro, Chef?«

Ich überlege und sage schließlich »Ja.« Eine Weile schweigen wir, dann bitte ich Julia, mehr über Massimo herauszufinden. Sie hat es bereits geahnt.

»Hast du heute Abend schon etwas vor?«, frage ich nach einem weiteren Moment des Schweigens. »Hast du die Anschlagtafel im Fuhrmannhaus gesehen?«

Sie zieht die Stirn kraus, beginnt, Unangenehmes zu ahnen. »Du meinst, die Versammlung der Initiative gegen die Verbauung der Heinrichgründe?«

»Aufmerksam, Julia. Sehr aufmerksam. Hättest du nicht Lust, mit deinen Freundinnen heute mal zum Heurigen zu gehen?«

»Chef, Dienst ist Dienst, und Schnaps ist Schnaps. Wenn ich hingehen sollte, dann nur, weil es für die Aufklärung des Falles von Bedeutung sein könnte. Im Übrigen bevorzugen meine Freundinnen andere Locations.«

Ich spare mir einen Kommentar.

»Und wenn Hauser nicht kommt?«, fragt sie.

»Es geht mir nicht um Hauser. Ich möchte wissen, wie es mit der Sache steht, was diskutiert wird. Ich glaube, dass Hauser ohnehin ein doppeltes Spiel spielt. Aber dazu erzähle ich dir am Montag mehr.«

»Montag? Heißt das, die nächsten beiden Tage darf

ich ausschlafen?« Sie sieht mich von der Seite mit dem Blick eines jungen Hundes an.

Ich nicke.

Zehn Minuten später lässt sie mich an der Friedensbrücke aussteigen. »Ich ruf dich morgen gegen Mittag an, Chef, okay?«

Ich signalisiere mein Einverständnis und erinnere sie noch einmal an Castelli. »Ich will alles über die Familie wissen.«

»Wie du meinst, Chef. Obwohl Rachinger …«

Ich lasse sie nicht weiterreden. »Bitte, Julia.«

Sie ist clever und provoziert mich nicht weiter.

Der Fußweg zum Büro ist viel zu kurz, um meine Gedanken zu ordnen. Windischs Freunde beschäftigen mich. Ich fühle mich von Mauern der Lüge und des Schweigens umgeben und habe das Gefühl, bislang nur an der Oberfläche gekratzt zu haben.

29

BEVOR ICH IN mein Büro gehe, suche ich einen Kollegen vom Assistenzbereich Analyse, der auf die Auswertung von Bildern spezialisiert ist. Zu meinem Glück treffe ich Abteilungsinspektor Armin Waldner, einen dünnen Computerfreak mit Dreitagebart, bei seiner ermüdenden Recherche an.

Er hebt nicht einmal den Kopf, als er seinen Frust rauslässt. »Weißt du, wie viele Postings gegen Windisch in den letzten Jahren erschienen sind, wie viele Blogeinträge und wie viele hirnlose Kommentare im World Wide Web herumschwirren?«

»Was Brisantes dabei?«

»Da links liegen ein paar Schmankerln.« Er deutet auf einen dicken Ordner.

»Was hältst du von Thomas Eberhard?«, frage ich.

Waldner reibt sich die Stirn. »Ein Freak irgendwie. Passt in keines der gängigen Muster. Er war mal bei Blockupy aktiv, früher auch in der Hausbesetzerszene, hat sich davon aber schnell distanziert. Von Anfang an hegte er einen Hass gegen den Kapitalismus und seine Vertreter, aber er hat sich in letzter Zeit auf eine Weise mit Gewaltbereitschaft und Verschwörungstheorien hervorgetan, dass er sogar aus linken Foren rausgekickt wurde. Meiner Meinung nach ist er stark nach rechts abgedriftet. Hat öfter mal bei den Identitären reingeschnuppert, hat sich mit der deutschen Reichsbürgerbewegung beschäftigt, Verschwörungstheorien geteilt. Wenn du mich fragst, ist der Mann hochgradig gestört. Aber ein Mörder? Ich weiß es nicht, vielleicht.«

Ich lasse es dabei bewenden. Noch verstehe ich zu wenig von Eberhard. Ich bleibe dabei, eine andere Spur zu verfolgen.

»Ich danke dir für deine Einschätzung. Kannst du mir in einer ganz anderen Sache helfen?«, frage ich.

Er grinst. »Pizza mit Thunfisch, Cola, gern.«

Ich verstehe den Wink mit dem Zaunpfahl und komme nach fünf Minuten mit einer Cola wieder. »Die Pizza ist im Anmarsch«, sage ich.

Waldner schiebt die Tastatur von sich und wendet sich mir zu. »Perfekt. Was kann ich für dich tun?«

»Die Fotos«, sage ich, »ich muss mehr über diese Fotos von Windisch und Eberhard herausbekommen.«

Er seufzt.

»Ich bezweifle nicht, dass du alles versuchen wirst«, schmeichle ich ihm. »Aber ich möchte, dass du noch einmal genauer hinschaust, ob man im Hintergrund etwas erkennen kann, wodurch wir einen Anhaltspunkt bekommen, wann oder wo das Foto aufgenommen wurde.« Ich erzähle ihm, was ich von Eberhard weiß.

Zum Glück wird seine Pizza rasch geliefert. Er bietet mir aus Höflichkeit etwas davon an, aber ich lehne dankend ab. Nachdem er sich drei Stücke einverleibt hat, wendet er sich wieder dem Computer zu, vergrößert das

Bild, das Windisch mit Eberhard zeigt und zoomt verschiedene Teile heran. Es ist Abend, man kann ein paar Bäume im Hintergrund ausmachen, sich verfärbendes Laub, was zum späten September passt. Eberhard und Windisch wirken sehr vertraut, lächeln ungezwungen. Windisch hält ein Rotweinglas in der Hand, das halb gefüllt ist. Ein Achtel, denke ich und sehe wieder die Tasse mit Blut vor mir.

»Das Glas hat eine ausgefallene Form«, bemerkt Waldner, bevor er hastig den letzten Schluck Cola trinkt. Seine Unruhe ist ein gutes Zeichen. Er hat eine Spur gewittert. »Es ist was darauf eingeritzt, siehst du?«

Er zoomt das Weinglas heran. Der Großteil der Gravur ist durch Windischs Hand verdeckt, aber man kann noch zwei Buchstaben erkennen.

»Das könnte ein M sein«, sage ich.

Er nickt. »Und vielleicht ein Teil eines U.«

»MU« macht uns nicht schlauer, aber es ist immerhin ein Strohhalm.

»Ich schau mal, ob der Computer mit MU was anfangen kann.« Er ignoriert jetzt den Rest der Pizza. »Wenn ich was finde, schick ich es dir per E-Mail, okay?«

Ich weiß, dass es nicht lange dauern wird.

30

DER WIND WEHT wieder stärker, aber es ist milder geworden. Vielleicht kann man in den nächsten Tagen mittags im Freien sitzen, wenn man ein windgeschütztes Plätzchen findet.

Ich gehe langsam durch die Schottengasse, lasse Castellis geschlossene Buchhandlung links liegen, überquere die Herrengasse, und schlendere vorbei am Niederösterreichischen Landhaus, das jetzt Palais Niederösterreich heißt. Macht und Revolution, die Ausrufung Deutschösterreichs, hier verbirgt sich ein Stück Geschichte hinter massivem Stein. Zwischen dem *Café Central* und dem seit einiger Zeit geschlossenen *Café Griensteidl* kann man in der *Zuckerlwerkstatt* Süßigkeiten mit I-love-Vienna-Aufschrift erwerben. Ich ziehe den Blick auf die vier Heraklesstatuen am Michaelertrakt der Hofburg vor. Herakles erschlägt die Hydra und bändigt Zerberus. Er kämpft mit der Amazonenkönigin und befreit Prometheus.

Ich stelle mir Windisch und seine Freunde als die Köpfe der Hydra vor. Würde ein Kopf dem anderen wehtun? Ich bezweifle es. Der Körper der Hydra ist das System, beinahe unbezwingbar in seiner Macht. Hacken wir einen Kopf ab, wachsen neue nach. Wie die Hydra ist auch Zerberus ein Symbol des Systems. Der Wächter, der dafür sorgt, dass die Lebenden nicht zu den Toten vordringen und die Verstorbenen nicht zu den Lebenden gelangen können. Auch wenn Rachinger mich anders einschätzt, ich stelle mir die Reichen und Schönen nicht als in der Hölle schmorende Leichen vor, dazu fehlen mir der Hass und der Fanatismus. Aber ich frage mich, wer Zerberus in unserem Spiel ist. Wer kontrolliert die Grenzen, wer achtet darauf, dass sich nichts mischt, was nicht zusammengehören soll? Nun, Eberhard hat es nicht geschafft, seinen Sohn zu bändigen, Hauser ließ sich mit der FPÖ ein, Alessia Castelli galt als der SPÖ nahe, ihr Bruder versagt als Buchhändler, Mautner litt unter antisemitischen Andeutungen, und Grumbek ist der Mann fürs Grobe, dem die proletarische Herkunft aus allen Poren bricht. Vielleicht war Windisch selbst der Zerberus, der sie in Schach hielt, der ihnen Grenzen aufzeigte, ihnen ihren Platz zuwies. Und vielleicht hatte einer von ihnen diese Bevormundung satt.

Der Aufklärer Prometheus wird in Ketten gehalten. Dafür haben wir Anwälte und Lobbyisten. Vielleicht kann Kretschmer Prometheus werden, wenn sie es schafft, Beweise zu finden. Aber ich fürchte, dass sie nicht ausreichen werden, um das System auch nur ansatzweise ins Wanken zu bringen. Die Amazone? Ich denke an Constanza Windisch, der ich morgen einen Besuch abstatten werde. Sie kämpft nicht mit Pfeil und Bogen, aber mit der Macht des gezielten Wortes.

Ich verlasse den Michaelerplatz und schlendere den Kohlmarkt hinauf bis zu *Meinl* am Graben, stelle mir vor, wie Windisch hier sitzt und mit seiner Frau plaudert. Worüber haben sie gesprochen? Über die Liebe, das neue Haus in Kärnten, den Urlaub auf Sardinien? Oder über die Anklage? Es tut nichts zur Sache. Ich wette, dass, egal worüber sie sprachen, Windischs Gedanken bei dem Menschen waren, den er am Nachmittag treffen wollte. *Warum meldest du dich nicht? Du könntest uns helfen, den Mörder deines Geliebten zu finden. Verdammt, wo steckst du?*

Ein paar Schritte weiter bleibe ich vor dem Eckhaus in der Tuchlauben stehen, wo wir Windischs Leiche gefunden haben. Ich gehe zur Tür, die zum Treppenhaus führt. Es gibt nur ein Türschild, aber mehrere Klingeln. Ich drücke auf jede einzelne, aber nichts geschieht. Das Schild weist auf ein Technikbüro hin. Ich rufe Julia an.

»Chef, ich bin schon im Fuhrmannhaus. Was gibt's?«

»Das Technikbüro *Matheba,* das im Haus in der Tuchlauben eingemietet ist. Weißt du inzwischen mehr darüber?«

»Nicht viel. Es gibt nur das Türschild und eine noch im Aufbau befindliche Internetseite. Ich kümmere mich weiter darum. Heute muss ich jedenfalls zum Heurigen.«

Ich revanchiere mich mit einem lauten Lachen. »Julia, du bist die Beste. Morgen machst du dich als Erstes an *Matheba,* okay?«

»Ich dachte, an Castelli? Aber wie du willst. Dir einen schönen Abend.«

Ich wünsche ihr das Gleiche und googele mit dem Handy. Matheba, eine südafrikanische Fernsehschönheit. Nein. Matheba, ein Marketingexperte. Vielleicht. Ich tippe auf eine Abkürzung, aber mir fällt nichts ein, für was sie stehen könnte.

Langsam gehe ich zurück zum Schottentor und fühle wieder diese Müdigkeit, die mir hilft, die Einsamkeit zu verdrängen.

Samstag, 6. Oktober

Tag 5

31

GEGEN 2 UHR FRÜH wache ich mit einer Erinnerung an Hanna auf. Ich sehe sie im Laub nach Kastanien suchen, einem Eichhörnchen hinterherrennen, bis ich ihr erkläre, dass man die schreckhaften Tierchen mit Ruhe und Futter anlocken kann. Sie setzt sich auf die Bank und wartet. Allmählich scheint sie mit der Bank zu verschmelzen. Ihr Schulbrot droht nach einiger Zeit in seine Teile zu zerfallen, aber sie rührt sich nicht vom Fleck. Als ich bereits nicht mehr daran glaube, wagt sich das Eichhörnchen zu Hanna. Es sieht sich um, stellt sich auf die Hinterbeine und verzehrt das halbe Brot. Hanna war geduldiger als ich. Auf dem Nachhauseweg fragt sie mich, ob Vollkornbrot gesund für Eichhörnchen sei. Ich habe keine Ahnung, bejahe aber. Mit dieser Erinnerung schlafe ich wieder ein.

Wenig später habe ich einen Traum. Auf der Bank zwischen den Kastanienbäumen liegt Isabella Martins Tochter. Ihre Augen starren ins Leere. Das Eichhörnchen beschnuppert die Tote, nagt an ihrer Kleidung, springt ihr ins Gesicht. Mit den spitzen Krallen einer Pfote kratzt es dem Mädchen geschickt ein Auge aus. In diesem Moment wache ich endlich auf.

Ich bemühe mich, den Traum zu verdrängen, während ich eine Tasse starken kenianischen Kaffee trinke. Aber die Bilder begleiten mich bis ins Büro.

Die Fahndung nach Eberhard wird intensiviert. Ich gebe Rachinger das Okay, dass fast alle Mitglieder der Sonderkommission dafür eingesetzt werden. Polizisten aus verschiedenen umliegenden Regionen wurden zur Unterstützung hinzugezogen. Die Presse macht weiter Druck, und die Ministerin wird zusehends unruhiger. Bergers Anruf kommt gerade rechtzeitig, ehe ich mir überlege, Rachinger zu unterstützen.

»Meine Kinder spielen am Computer, meine Frau ist einkaufen«, sagt er. »Und ich habe die zwei Namen.«

Die entlassenen Mitarbeiter von Dietrich.

»Der besagte Betriebsrat hat zu Hause alte Ordner durchwühlt und sie tatsächlich gefunden. Hast du was zu schreiben?«

Mit der linken Hand schnappe ich mir einen Kugelschreiber und ziehe mein offenes Notizbuch heran. »Habe ich, schieß los.«

»Bruno Schanzl und Manfred Bauer.«

Berger gibt mir noch die Geburtsdaten durch, die Sozialversicherungs- und Telefonnummern. Ich bedanke mich fast etwas zu überschwänglich, aber das Gebrummel am anderen Ende der Leitung, eine Mischung aus Stolz und gespielter Bescheidenheit, zeigt mir, dass Berger sich freut, auch wenn er den Wert dieser Information für die Fahndung nach dem Täter für gering hält.

Bruno Schanzl und Manfred Bauer. Ich beginne in der von Berger genannten Reihenfolge. Ich wähle Bruno

Schanzls Nummer und erreiche seine Witwe. Ihr Mann sei seit einem halben Jahr tot, erklärt sie mir, Verkehrsunfall, fatalerweise in einem von ihm getesteten Auto. Ich spreche ihr mein Beileid aus.

Manfred Bauer. Ich hoffe, bei meinem Anruf nicht ein zweites Mal auf eine trauernde Witwe zu stoßen, und bin erleichtert, als sich eine angenehm klingende Männerstimme meldet.

»Bauer. Mit wem spreche ich?«

»Herr Bauer, mein Name ist Winter. Ich bin von der Kriminalpolizei und untersuche den Tod von Klaus Windisch …«

»Mein Gott. Er ist tot. Ich habe darüber gelesen.«

Ich kann nicht einschätzen, ob sein Entsetzen gespielt ist. Wenn ja, dann gelingt es Bauer jedenfalls besser als Windischs Freunden. Während ich ihm zu erklären versuche, warum ich ihn anrufe, unterbricht er mich und lädt mich ein, das Gespräch über Klaus Windisch doch persönlich und bei einer Tasse Darjeeling zu führen. Ich nehme die Einladung an, und er nennt mir eine Adresse in Pötzleinsdorf.

Ich brauche keine zwanzig Minuten. Manfred Bauer wohnt im ersten Stock einer alten Villa in der Hockegasse. Ich läute, und zu meiner Überraschung öffnet mir ein grau melierter attraktiver Endvierziger, der mich auf den ersten Blick an Windisch erinnert. Nur fehlt ihm dessen Arroganz, diese zur Schau gestellte Selbstverliebtheit. Er trägt Jeans und ein T-Shirt mit der Aufschrift »e-up« und riecht nach einem erfrischend herben Rasierwasser, vielleicht von Speick.

Ich stelle mich vor, und er bittet mich mit einem freundlichem Lächeln hinein. Die Wohnung ist geschmackvoll eingerichtet. An den hellen Wänden hängen große Fotografien, die Möbel sind dezent und schnörkellos, aber nicht nullachtfünfzehn. Er bietet mir einen Platz auf einem bequem aussehenden cremefarbenen Sofa an, verschwindet für kurze Zeit in der Küche und kommt dann mit zwei Tassen Tee, Milch und Zucker wieder.

Ich halte mich nicht mit Small Talk auf und komme gleich zum Thema. »Herr Bauer, wie ich Ihnen am Telefon schon sagte, möchte ich gerne über Klaus Windisch reden. Sie waren bei Herrn Dietrich in der Planungsabteilung beschäftigt. Wie gut kannten Sie Herrn Windisch?«

Er streicht sich durch die vollen gewellten Haare und lächelt. »Daher weht also der Wind. Sie wissen, dass das vor mehr als zwanzig Jahren war. Also sehr lange her.«

Er wirkt nicht nervös, schenkt sich mit ruhiger Hand Milch in den Tee.

»Sie waren nicht sehr begeistert von Windischs Einmischung«, lasse ich nicht locker.

»Herr Winter, Klaus Windisch hat damals Helmut Dietrich in einer Richtung beeinflusst, die ausschließlich am raschen Gewinn orientiert und nicht von Nachhaltigkeit geprägt war. Dagegen habe ich mich gewehrt. Ich wollte keine Hybride entwickeln und auch keine Gasantriebe. Die Zukunft liegt im Elektroauto.«

Man kann seine Begeisterung für die Sache spüren,

aber ich will ihn nicht ausufern lassen. »Sie wurden entlassen.«

Er lächelt wieder. Er hat eine sympathische Ausstrahlung, und obwohl ich nicht zu Übertreibungen neige, würde ich ihn als äußerst attraktiv bezeichnen.

Er antwortet ruhig: »Ich habe nicht lange auf einen Job warten müssen, der mir zugesagt hat. Ich habe Jahre bei Siemens in der Entwicklungsabteilung gearbeitet, hatte ein gutes Einkommen und trage Dietrich nichts nach.«

Ich möchte mehr erfahren. »Dietrich beschloss 1997, Ihre Abteilung zu schließen. Aber Windisch war bereits 1995 eingestiegen. Ich frage mich, warum er so lange gebraucht hat für seine ökonomische Einschätzung, dass es sich nicht rechnet.« Ich blicke ihm in die Augen, entdecke aber keine Regung.

Er sieht mich gelassen an. »Klaus Windisch hatte damals sehr viel um die Ohren, war für das Marketing zuständig und für den Vorstand tätig. Wir haben 1996 begonnen, erste Modelle vorzulegen. Also, vielleicht hat er einfach abgewartet, wie sich der Markt entwickelt.«

»Wie gut kannten Sie Windisch, ich meine persönlich?«

Jetzt bemerke ich ein Zucken an seinen Mundwinkeln, eine leichte Irritation.

»Persönlich? Ich weiß nicht, wie ich das beantworten soll. Habe ich ihn überhaupt gekannt? Wir hatten nicht viel miteinander zu tun. Die Kommunikation lief über Dietrich.«

Er weicht aus. Ich wette, dass er mit Windisch mehr zu tun hatte, als er mir erzählen will.

»Kannten Sie seine Freundin Alessia Castelli?«

Ich bemühe mich, ihm in die Augen zu sehen, aber er wendet sich ab, räumt das Geschirr ab und verschwindet in der Küche. Er muss meine Frage verstanden haben. Warum ignoriert er sie?

Nach einer Minute kommt er mit zwei Gläsern Orangensaft zurück und entschuldigt sich. »Verzeihung, ich war einen Moment nicht aufmerksam. Welche Freundin? Die von Windisch? Wie gesagt, ich hatte nicht viel mit ihm zu tun.«

Ich wiederhole den Namen: »Alessia Castelli.«

Er nimmt einen Schluck Orangensaft und macht ein nachdenkliches Gesicht. »Alessia Castelli. Der Name kommt mir bekannt vor. Ich glaube, ich erinnere mich an eine Alessia. Sie war seine Freundin, sagen Sie? Ich kenne sie von woandersher. Ja, natürlich, jetzt fällt es mir ein. Sie war eine Schwimmerin. Eine sehr gute sogar. Ich bin früher auch geschwommen, müssen sie wissen. Natürlich nie im Nationalteam. Aber ich war ein ganz guter Krauler.«

»Windisch schwamm auch, wussten Sie das?«

Wieder scheint es mir, als würden seine Mundwinkel eine Regung anzeigen, aber die Bewegung ist so minimal und kurz, dass ich mich nicht traue, Schlüsse zu ziehen.

»Tatsächlich? Nein, das wusste ich nicht. Aber Castelli war sehr erfolgreich, nahm, glaube ich, sogar an den Olympischen Spielen teil.«

»Genau. Sie ist sehr plötzlich verstorben, und ich würde gerne mehr darüber erfahren.«

»Haben die Zeitungen nichts darüber berichtet?«

»Nein, und ihr Bruder schweigt.«

»Das tut mir leid. Aber warten Sie. Es gibt da jemanden im Schwimmverband, der Ihnen möglicherweise helfen kann. Ich hatte damals ein paarmal mit ihm zu tun. Er hat alle großen Schwimmerinnen betreut. Karel oder Marek heißt er. Jedenfalls Kohut mit Nachnamen. Vielleicht fragen Sie ihn.«

Ich bedanke mich und notiere den Namen. Ich trinke langsam meinen Orangensaft und versuche, ein paar der Fotos an den Wänden zuzuordnen. Die meisten zeigen Landschaften, Wüsten und Steppen, nur wenige Porträts sind darunter.

Ich verabschiede mich und werfe noch einen Blick auf das Foto im Flur. Ein vielleicht einjähriges Kind lächelt in die Kamera. Wer in diese Wohnung kommt oder sie verlässt, sieht in ein strahlendes Gesicht und nimmt Freude mit.

32

EINE WEILE SCHLENDERE ich durch den Pötzleinsdorfer Park, bis ich zum Wirtshaus *Steirerstöckl* gelange. Dort setze ich mich an einen Tisch an der Hausmauer und bestelle ein steirisches Bier. Dann rufe ich Julia an, die sich längst selbst gemeldet haben sollte. Sie klingt verschlafen.

»Ich weiß. Du willst etwas über die langweilige Gesellschaft erfahren, die sich gestern Abend beim Heurigen getroffen hat. Hauser war übrigens nicht da. Immerhin habe ich erfahren, dass es tatsächlich einen Vorstoß von Windisch gegeben hat, die Bebauung im Ostbereich der Heinrichgründe mit circa 200 Einheiten zu übernehmen. Näheres erfährt man nicht, nur, dass es eine fixe Sache gewesen sein soll. Jetzt sieht natürlich alles anders aus. Es herrscht ziemliche Verunsicherung. Die Leute haben Angst, dass man jetzt schnell ein Projekt umsetzen will, das wesentlich weniger umweltschonend sein wird.« Sie gähnt.

»Ich frage mich, was Hauser wirklich damit zu tun hat.«

Julia schnaubt. »Dazu habe ich keine Meinung, Chef. Morgen vielleicht.«

»Castelli«, sage ich mehr feststellend als fragend.

Sie gibt keine Antwort mehr von sich außer einem theatralischen Seufzen. Dann legt sie auf.

Ich bleibe in Gedanken bei Castelli und bestelle einen Wildschweinbraten. Im Netz finde ich Hunderte Einträge zu Pavel Kohout, den ich aber nicht meine. Auf der Seite des Österreichischen Schwimmverbandes werde ich rasch fündig. Pawel Kohut tritt als Koordinator auf. Neben seinem Foto steht sogar eine Telefonnummer. Ich klicke sie an, und es wird sofort abgehoben.

»Bože na nebesích! Was willst du?«, meldet sich eine gereizte Stimme.

»Herr Kohut? Hier spricht Michael Winter von der Kriminalpolizei. Kann ich kurz …«

»Ah. Entschuldigen Sie. Ich dachte, es ist wieder Myrna. Sie nervt mich schon den ganzen Tag. Was ist? Kriminalpolizei? Hat jemand Myrna umgebracht? Ich war's nicht, auch wenn ich gute Lust dazu hätte.« Er lacht mit dunkler und belegter Stimme.

»Herr Kohut, ich rufe Sie an, weil ich eine Auskunft brauche. Können Sie sich an Alessia Castelli erinnern?«

Ich höre einen tiefen Seufzer am anderen Ende der Leitung.

»Láska je družka slepoty.«

»Herr Kohut, haben Sie mich verstanden?«

»Ich habe Sie verstanden, Herr Winter. Die Alessia. Sie war mein *poklad,* meine Perle, mein Schatz, was wollen sie hören?«

»Alles, was Sie wissen.«

»Sie war eine Persönlichkeit. Eine Dame. Als Schwimmerin habe ich vielleicht ein- oder zweimal so jemand wie sie erlebt. Aber als Mensch nie mehr. Alle haben sie verehrt. Alle wollten mit ihr gehen, wenn Sie verstehen. Das war schon schwierig.«

»Wissen Sie, ob Klaus Windisch mit ihr gegangen ist?«

»Klaus Windisch? Der tote Minister? *Bože můj*, rufen Sie deshalb an?«

Ja, irgendwie. Und irgendwie auch nicht. Wenn ich es nur selbst wüsste, warum Alessia mich nicht loslässt. Ich höre auf meinen Instinkt und wiederhole meine Frage. »Hatten die beiden eine Liebesbeziehung?«

»Das weiß ich nicht. Er hat sie öfter abgeholt. Ich dachte, sie wären Freunde. Aber geliebt?« Er macht eine Pause.

»Herr Kohut, hatten Sie noch Kontakt zu Frau Castelli, nachdem sie ihre Karriere beendet hat?«

»Nein. Nach 2000 habe ich nichts mehr von ihr gehört. Das heißt, natürlich habe ich gehört, dass sie gestorben ist. Schrecklich. Ich war auch beim Begräbnis.«

»Woran ist sie gestorben?«

»Woran? Das weiß ich nicht. Ich habe sie neun Jahre nicht gesehen, keine Ahnung.«

Ich bedanke mich bei Kohut und will mich verabschieden, aber er ist noch nicht fertig.

»Sie haben mich gefragt, ob der Minister eine Liebesbeziehung mit Alessia hatte. Ich glaube, nein, aber da gab es einen, einen Freund des Ministers. Ein furchtbarer Schwimmer, aber ein netter Kerl.«

»Können Sie sich an seinen Namen erinnern?«

»Ja, ich erinnere mich genau. Mautner hat er geheißen, wie die Senfmarke.«

33

ICH NEHME DEN Anruf von Rachinger entgegen, der ziemlich missmutig klingt. Eine Spur nach Niederösterreich in Bezug auf Thomas Eberhard brachte keinen Durchbruch. Ich informiere ihn dosiert über mein Gespräch mit dem alten Eberhard, doch es interessiert ihn nur mäßig. Also lasse ich es bleiben, ihm von meinem Besuch bei Manfred Bauer zu erzählen, geschweige denn von Alessia Castelli, die eine Beziehung zu einem Mann hatte, der zu den engsten Freunden des Ermordeten zählt. Ob es mit unserem Fall zu tun hat, weiß ich nicht. Noch nicht.

»Du ignorierst die Fakten, Michael«, sagt Rachinger mit einem Hauch Verstimmung.

Ich wehre mich nicht. »Du kannst Thomas Eberhard nicht leiden«, sage ich. »Und weich mir nicht aus von wegen objektiver Polizeiarbeit.«

Er überlegt kurz, dann antwortet er mit entwaffnender Ehrlichkeit: »Richtig, Michael, ich mag ihn nicht. Er ist die Pest. Der Typ hat keine Ahnung, was es heißt, arm zu sein oder keinen Job zu haben. Glaubst du denn nicht, dass Papa immer da war, wenn sein Sohnemann Mist gebaut hat? Solche reichen Söhnchen wie er glauben, dass sie ihre Langeweile überwinden, indem sie auf

Polizisten scheißen, auf das Establishment, auf alles, was Recht und Ordnung ausmacht. Weißt du, Michael, solche Schnösel kotzen mich an. Schlimm genug, dass sie uns unendlich viel Zeit rauben, indem sie uns zwingen, sie genau im Auge zu behalten, und dann stellt sich auch noch heraus, dass sie sich langsam radikalisieren. Das sind beileibe keine Bin Ladens, aber nervige Möchtegernterroristen.«

»Du glaubst nicht wirklich an ihn als Mörder?«, frage ich mitten in seinen Monolog.

Rachinger schweigt. Ich lasse es dabei bewenden und wünsche ihm einen schönen Abend, was er mit gespielter Herzlichkeit erwidert.

Es ist Zeit, Castelli einen Besuch abzustatten.

34

IM BUCHLADEN ERKLÄRT mir eine freundliche Mitarbeiterin, dass Herr Castelli bereits nach Hause gefahren sei. Nachdem sie meinen Ausweis genau betrachtet hat, entscheidet sie sich jedoch, mir zu verraten, welche Adresse sich hinter »nach Hause« verbirgt.

Warum überrascht es mich nicht, dass sich die Adresse in Grinzing befindet? Nur einen Steinwurf entfernt von Hausers Heurigen, denke ich und überlege gleichzeitig, wie weit ich einen Stein werfen könnte. Diese Art von dummer Gedankenspielerei verfolgt mich seit meiner Kindheit, und ich fürchte, dass sie durch das Alter nicht bedeutsamer wird.

Ich parke und bleibe noch ein paar Minuten im Auto sitzen, um mir zu überlegen, was ich sagen will. Aber ich sehe nur den Grabstein vor mir. Massimo, Alessia. Also steige ich aus und mache mich auf den Weg zum Haus. Es ist ein zweistöckiges Gebäude in leichter Hanglage mit viel Holz, Flügelfenstern und ohne aufdringlichen Pomp, sondern von gelassenem Charme, dessen Fassade an der einen oder anderen Stelle zu bröckeln beginnt.

Auf mein Klingeln hin tut sich nichts, aber in einem der Fenster sehe ich Licht. Ich warte. Nach gefühlten zehn Minuten öffnet mir ein kleines Mädchen und wird dafür streng geschimpft.

»Chiara, du weißt, dass du die Tür nicht einfach aufmachen sollst. Wie oft …« Die ungefähr vierzigjährige rothaarige Frau trägt ein helles T-Shirt und löchrige Jeans. Sie betrachtet meinen Ausweis, den ich vorzeige, sehr genau, wahrscheinlich weil sie die Situation überfordert und sie jetzt überlegt, was sie mir sagen darf oder soll.

»Darf ich reinkommen?«, frage ich.

Sie zögert, winkt mich aber dann doch hinein. »Sie haben meinen Mann schon befragt«, sagt sie, ohne sich vorzustellen.

»Frau Castelli, nehme ich an.«

Jetzt reicht sie mir die Hand und entschuldigt sich. »Es tut mir leid. Ich wollte nicht unhöflich sein. Ich bin Anna Castelli. Setzen wir uns doch.«

Sie führt mich in eine holzgetäfelte Stube mit Kamin und alten Ohrensesseln. Die kleine Chiara weicht nicht von ihrer Seite. Sie hat üppiges dunkles Haar, das ein paar Spangen ziemlich hilflos zu zähmen versuchen, und starrt mich mit großen braunen Augen an.

»Du bist Polizist«, sagt sie, während ich versuche, es mir in einem der ledernen Ungetüme bequem zu machen.

Ich nicke.

»Du bist wegen Onkel Klaus hier, stimmt's?«

»Du bist ein kluges Mädchen.«

Bevor ihre Mutter ihr den Mund verbietet, bemühe ich mich zu erfahren, was sie weiß.

»War Onkel Klaus oft hier?«, frage ich.

»Manchmal, am Sonntag. Er war mit mir bei den Pferden.«

»Sie reitet für ihr Leben gern«, erklärt Frau Castelli.

»Konnte Onkel Klaus auch reiten?«, hake ich nach.

Die Kleine lacht. »Onkel Klaus kann überhaupt nicht reiten. Er sagt, er hat Angst vor Pferden. Aber vor Pferden braucht man doch gar keine Angst haben.«

»Nein, natürlich nicht«, lüge ich.

»Aber Respekt«, mischt sich Frau Castelli erneut ein und beendet mein Gespräch mit ihrer Tochter. »Chiara, geh bitte auf dein Zimmer. Du hast noch Hausaufgaben zu machen.«

Ich erwarte ein schmollendes Gesicht und Widerspruch, aber nichts davon geschieht. Chiara lächelt mir noch einmal zu und setzt sich dann artig in Bewegung. Diese Quelle ist vorerst versiegt.

»Ich nehme an, dass Sie noch nicht wissen, wer der Mörder ist«, sagt Frau Castelli mit dosierter Schärfe.

»Nein, so leid es mir tut.«

»Sie haben Fragen an meinen Mann? Er ist mit unserem Sohn Antonio beim Fußball.«

»Sie kommen nicht aus Italien?«, frage ich.

»Nein, aus der Hinterbrühl.« Zum ersten Mal sehe ich auf ihrem Gesicht den Anflug eines Lächelns. »Ich habe meinen Mann bei der Jagdprüfung kennengelernt.«

Ich denke an die Zeichnung in meinem Notizbuch und daran, wie gut es ist, ein Vorurteil zu haben. Zumindest dann, wenn es sich gnadenlos bestätigt.

»Jagdprüfung«, wiederhole ich. »Lernt man da auch, wie man ein Tier ausblutet?«

Sie würdigt diese Frage keiner Antwort. Ich stehe auf und ziehe die Schlinge fester.

»Frau Castelli, ich bin nicht zum Spaß hier. Ich will wissen, woran Alessia gestorben ist und woran Massimo.«

Zu meiner Verblüffung reagiert sie nicht überrascht, sondern steht ebenfalls auf, geht zum Kühlschrank und schenkt sich ein Glas Weißwein ein. Mir bietet sie keinen an.

»Alessia, Alessia, Alessia.« Sie setzt sich wieder hin und wiederholt den Namen noch ein paarmal.

Plötzlich höre ich die vertraute Stimme von Herrn Castelli, der den Raum betritt. »Alessia und Massimo sind tot. Sie werden nicht wiederkommen, auch wenn Sie noch so oft nach ihnen fragen. Lassen Sie uns bitte in Ruhe. Und verlassen Sie jetzt mein Haus.«

»Woran sind sie gestorben?«, frage ich noch einmal, obwohl ich weiß, dass ich keine Antwort mehr bekommen werde.

»Raus!«, brüllt er und deutet zur Tür.

»Ich werde es herausfinden«, sage ich zu mir selbst, »das schwöre ich.«

Ich gehe zum Auto und stütze die Hände auf das Dach. Ich zittere. Alessia hat sich in meinem Kopf eingenistet und breitet sich aus. Ich muss ihr Raum geben, aber sie auch in Schranken weisen. Bis hierher und nicht weiter. Ich spüre ihre Macht und bin wehrlos.

Sonntag, 7. Oktober

Tag 6

35

NACH EINER NACHT, in der ich im Traum versuche, mit Alessia durch einen trüben See zu schwimmen, an dessen einem Ufer ihr Bruder uns mit einem langen Messer erwartet, während mich vom anderen Ufer Wildschweine grunzend anklagen, einen ihrer Verwandten verspeist zu haben, werde ich durch die Sonne geweckt, die sich endlich durch die dünne Wolkendecke schiebt und einen schönen Herbsttag verheißt. Ich wähle eine schwarze Hose, ein beiges Hemd und mein braunes Sakko. Meine Haare stehen zu Berge und lassen sich beim besten Willen nicht bändigen. Ich nehme es zur Kenntnis und trinke meinen ersten Kaffee. Dann esse ich ein Schüsselchen Haferflocken mit Milch und lese die Sonntagszeitung. Kein Fortschritt bei den Ermittlungen im Fall Windisch, Verdächtiger immer noch frei, ein Interview mit Constanza Windisch, die auf dem abgedruckten Foto mit verweinten Augen in die Kamera blickt. Ich beschließe, es später im Büro zu lesen, und backe zwei Croissants auf. In meine Tasche packe ich ein zusätzliches Hemd, denn am Abend treffe ich mich mit Angelika Kretschmer in einem Restaurant und möchte dort nicht verschwitzt auftauchen.

Im Besprechungsraum erwartet mich eine ausgedünnte Mannschaft, aber immerhin ist Rachinger da. Er hat nicht viel Neues zu berichten, genauso wenig wie Meierhofer, der mit müder Stimme erläutert: »Windischs Auto ist immer noch spurlos verschwunden. Wir haben mindestens sechs Spuren verfolgt, aber nichts. Ich vermute, es steht irgendwo in einer Garage.«

Ich rufe die Staatsanwältin zu Hause an und erreiche sie beim Frühstück. »Wir brauchen die Frau, mit der er am Nachmittag im Bett war. Ich muss damit an die Öffentlichkeit«, fordere ich wenig diplomatisch.

»Sie sind verrückt, Oberstleutnant Winter.« Sie verschluckt sich und hustet. »Das geht nicht. Wenn Sie sich irren, zieht man Ihnen bei lebendigem Leib die Haut ab.«

»Wir treten auf der Stelle.«

Es beeindruckt sie nicht.

»Sie, Oberstleutnant Winter, treten auf der Stelle. Ich wünsche mir, dass sie alles tun, um baldigst den flüchtigen Thomas Eberhard zu finden. Schauen Sie sich noch mehr in der Bloggerszene um, in den Foren, in denen er zugange war. Machen Sie Wirbel. Aber das, was Sie verlangen, kann ich nicht erlauben. Nichts für ungut.«

»Ihre Entscheidung, aber sie ist falsch. Eberhard ist nicht der Mörder.« Ich lege auf und beschließe, mir einen Kaffee zu holen, anstatt mich zu ärgern.

Mit der Tasse in der Hand informiere ich dann Rachinger über das Telefonat mit der Staatsanwältin. Er wundert sich nicht. Ich rufe Eva Matschnig an, obwohl ich weiß, dass Sonntagvormittag ein ungünstiger Zeitpunkt ist. Doch sie hebt tatsächlich ab.

»Herr Oberstleutnant Winter, ist Ihnen langweilig?«

»Liebe Kollegin Matschnig, genauso wenig wie Ihnen. Ich weiß, es ist ein blöder Zeitpunkt, aber ich habe gerade an Sie gedacht.«

Sie lacht. »Wollen Sie flirten oder etwas über die Martin hören?«

Ich mag es, wie schnell sie zur Sache kommt.

»Wie geht es Ihnen mit ihr?«

»Das ist die richtige Frage. Nicht wie die Kollegen: ›Wann sagt sie uns endlich, warum sie ihre Tochter verhungern hat lassen?‹ Mir geht es beschissen mit ihr. Die Frau ist ein Eisblock.«

Diese Worte hätten von mir stammen können.

Eva schnaubt. »Wenn Sie mich fragen, hat sie ihre Tochter bestraft, weil sie nicht mehr unschuldig war.«

»Nicht mehr rein«, ergänze ich.

»Ja, das trifft es gut. Die Psychologen quälen sich mit ihr ab. Ich denke, ich werde ihnen bald das Feld überlassen.«

»Bleiben Sie noch dran«, ermutige ich sie. »Bei meinem ersten Verhör mit ihr hat sie einen eigenartigen Satz gesagt, über den ich lange nachgedacht habe.«

»Welchen Satz?«

»Sie hat gesagt: ›Jedes Kind hat ein Recht auf Leben, aber nur die wenigsten hätten je gezeugt werden dürfen.‹ Ich habe zuerst gedacht, dass sich diese Aussage auf ihre Tochter bezog, aber inzwischen bin ich anderer Ansicht. Können Sie ihr in meinem Namen eine Frage stellen?«

Sie scheint zu überlegen. »Was für eine Frage?«

Ich nenne sie ihr, und sie schluckt hörbar. »Ich nehme an, Sie meinen das ernst.«

»Todernst.«

»Na gut. Auf Ihre Verantwortung. Darf ich jetzt mit meinem Sohn auf den Spielplatz?«

Ich wusste nicht, dass Eva einen Sohn hat. Überhaupt weiß ich viel zu wenig vom Leben meiner Kolleginnen und Kollegen. Aber ich merke mir die Augenfarbe von Bauer. Jadegrün. Was soll's. Ich verabschiede mich von Eva mit einem Gruß an ihren Sohn. Sie verspricht, ihm von einem verrückten Onkel Michael Grüße auszurichten, den er, so Gott will, nie kennenlernen wird.

Ich muss an das Bild in Bauers Flur denken. Das strahlende Babylachen. Bin ich zu alt für ein weiteres Kind? Würde ich es jetzt besser machen als mit Hanna?

Ich rufe Mautners Geheimnummer an, aber er hebt nicht ab. Also schreibe ich ihm eine SMS, dass er mich umgehend zurückrufen soll, oder ich komme persönlich nach London. Ich checke die morgigen Flüge, es gibt genug freie Plätze. Noch zögere ich.

36

GENAU UM 11:59 UHR treffe ich bei Julias Mutter in der Kierlingerstraße in Klosterneuburg ein. Die Einladung zum Mittagessen kam gerade zur richtigen Zeit, um meine Stimmung aufzuhellen.

Frau Gartner wohnt in einer Reihenhaussiedlung in einer Dreizimmerwohnung mit Balkon, der auf einen adretten Innenhof hinausgeht. Julia stellt mir ihre Mutter vor, die gerade in der Küche werkelt. Ich schätze sie ein, zwei Jahre jünger als mich und höre meine verstorbene Mutter sagen, dass so eine Frau genau zu mir passen würde. Eine attraktive Erscheinung mit kastanienrot gefärbten Haaren, frechen Augen und ein paar Kilos zu viel, die ihr aber gut stehen. Ich überlege, ob Julia ihr einmal ähnlich werden wird, aber sie kommt wohl eher nach dem Vater.

»Ich bin die Andrea«, sagt sie und begrüßt mich mit sympathisch festem Händedruck. »Stört es dich, wenn wir uns duzen? Ich finde das immer einfacher.«

»Ich bin Michael«, nicke ich, »und sage herzlichen Dank für die Einladung.«

Andrea tischt eine Reihe von Köstlichkeiten auf, aber ich esse nur wenig, denn ich will mir noch etwas Appetit für das Abendessen mit Kretschmer bewahren.

Wir unterhalten uns zwanglos über die Welt und wie sie funktionieren könnte und kommen auch auf Themen zu sprechen, die ich nie angeschnitten hätte, zum Beispiel warum Julia unbedingt nach Wien wollte oder warum Andreas Exmann keinen Namen hat, sondern einfach Arschloch heißt. Das routinemäßige Verprügeln von Ehefrau und Tochter im betrunkenen Zustand scheint nur die Spitze des Eisberges zu sein, der in Julias und Andreas Erinnerung lauert. Langsam wird mir klar, warum Julia in der Gegenwart von Castelli keinen Ton herausgebracht hat. Trotzdem ermutige ich Julia, in den nächsten Tagen die Vergangenheit ruhen zu lassen und Windischs Mörder zu finden. Sie versteht mich, aber die Vergangenheit ist eine Wunde, die sich gerade wieder entzündet hat. Irgendwann in nicht allzu ferner Zeit werde ich ihr helfen müssen, sie zu reinigen und zu verbinden.

Nachdem wir es geschafft haben, zwei Stunden lang nicht über den Fall zu reden, erzählt mir Julia beim Kaffee, was sie über Castelli herausgefunden hat. Sie hat gründlich recherchiert. Vielleicht war das ihre Art, sich ihren eigenen Dämonen zu stellen.

»Castellis Großeltern haben Mussolini mit hohen Geldsummen unterstützt. Gegen Ende des Krieges gingen sie nach Wien, weil sie fürchteten, dass ihnen in Italien das Gleiche passiert wie ihm. Wusstest du, dass man ihn gelyncht hat? Jedenfalls machten sie hier eine Buchhandlung auf, nach dem Krieg. Viel lässt sich über diese Zeit nicht herausfinden. Aber mit ein wenig Glück habe ich einen ehemaligen Mitarbeiter der Buchhandlung am

Telefon erwischt, der ziemlich auskunftsfreudig war. Es geht das Gerücht, dass der Vater unseres Herrn Castelli weiter Kontakte zu Rechtsextremen pflegte. Auch von dubiosen Geschäften ist die Rede. Vor allem soll der alte Castelli ein Monster in der Familie gewesen sein. Die Kinder haben sich auf ihre Art gewehrt. Ein Sohn versucht, es ihm recht zu machen und in seine Fußstapfen zu treten, Alessia reagierte ihre Wut beim Schwimmen ab, und der Jüngste, also Massimo, flüchtete sich in Drogen. Er starb an einer Überdosis.«

Julia hat großartige Arbeit geleistet. Mein Puzzle hat viele neue Teile bekommen, die sich langsam einfügen. Rachinger hat sein eigenes Puzzle längst fertiggestellt. Ich bin noch lange nicht so weit. Aber ich will übermorgen mit meiner Tochter zu Abend essen und ihr sagen, dass der Fall geklärt ist.

37

DAS *Café Ansari* befindet sich auf der Praterstraße im 2. Bezirk und bietet herrliche georgische Küche an. Ich bin zwanzig Minuten zu früh und wärme mich mit einer roten Linsensuppe auf. Angelika erscheint zwei Minuten nach acht in einem taillierten roten Kleid. Ich helfe ihr aus der schwarzen Jacke, die sie darüber trägt. Sie riecht nach Eau de Fleurs Lavande, vielleicht um den Frühling zu beschwören. Mir fällt die Zitrusnote auf, die ihren Hals umschmeichelt, und ich betrachte ihre dezenten Ohrringe, deren Blumenmotive perfekt zu denen auf dem Kleid passen, stelle fest, dass sie Lippenstift aufgetragen hat. Sie übertreibt nicht, aber sie zeigt, dass das hier nicht nur ein Arbeitsessen ist. Ich komme nicht dazu, den Gedanken zu vertiefen, und entschuldige mich dafür, schon etwas gegessen zu haben.

»Das macht nichts«, lächelt sie. »Ich werde sowieso nur eine Kleinigkeit nehmen. Aber auf jeden Fall ein gutes Glas Rotwein.«

Die Kellnerin, für meinen Geschmack zu stark geschminkt, reicht mir die Weinkarte, und ich gebe sie ohne zu überlegen an Angelika weiter.

Sie lächelt. »Das ist Aufgabe der Männer, oder?«

»Oder. Lass mich herausfinden, dass du einen guten Geschmack hast.«

»Gunashauri«, sagt sie. »Ich muss den Georgier probieren.«

»Geschmortes Lamm«, erwidere ich.

»Bulgur und Kräutersaitlinge«, kontert sie.

»Ich weiß jetzt, dass Alessia etwas mit Mautner hatte«, verrate ich ihr, um irgendwie ein Gespräch in die Gänge zu bringen, das nicht ums Essen kreist.

»Tatsächlich? Mautner also. Aber das ist lange her, nicht? Ich sehe kein Motiv für einen Mord.«

»Ich auch nicht, noch nicht. Und trotzdem habe ich dieses Gefühl.«

»Alessia lässt dich nicht los. Man könnte meinen, du hast dich in sie verliebt.«

»Sie ist mir nahe«, antworte ich. »Das ist etwas anderes, als verliebt zu sein.«

Die Kellnerin nimmt unsere Bestellung auf. Sie riecht ein wenig nach Schweiß. Vermutlich macht sie den Job noch nicht lange, denn sie wirkt gestresst.

»Eigentlich«, sagt Angelika, nachdem die Kellnerin gegangen ist, »habe ich bis vor Kurzem gedacht, dass ich absagen werde.«

»Absagen? Wieso?«

»Weil ich nichts für dich habe.«

Sie lächelt und streicht sich dabei eine Haarsträhne aus dem Gesicht. Wieder ist da eine Erinnerung an lange vergangene Erlebnisse mit Maria, an verplauderte Stunden, unbeschwertes Lachen, einen Kuss. Ich bemühe mich, das Gespräch in der Bahn zu halten.

»Nachdem du nicht abgesagt hast, denke ich, du hast doch etwas gefunden.«

Sie lächelt wieder. »Es gibt eine Spur, aber ich weiß nicht genau, wo sie hinführt.«

»Am besten wäre zu einem Mörder«, meine ich relativ einfallslos.

»Mörder oder Mörderin oder in eine Sackgasse, das musst du herausfinden. Aber die Spur ist heiß.«

Das denkt auch Rachinger, und ich glaube ihm nicht.

»Lass dir Zeit«, sage ich, während der Wein serviert wird. Ich stoße auf sie an und bedanke mich.

»Nichts zu danken. Ich mache das ja nicht deinetwegen.« Sie entschuldigt sich sofort für diese unsensible Aussage. »Tut mir leid, war nicht so gemeint. Also, zur Sache. Grumbek, Mautner und Frau Dietrich und, wie ich inzwischen ziemlich sicher weiß, auch Maximilian Eberhard – den bitte nicht zu vergessen – haben ein komplexes Geflecht aus Firmen, Scheinfirmen, Stiftungen, undurchsichtigen Konten aufgezogen, von dem ich bisher annahm, dass es dazu dient, einen größeren Coup zu landen. Nur wusste ich bislang nicht, was es sein könnte.«

»Immobilien«, vermute ich, »nach allem, was bisher bekannt ist. Ein großer Immobiliendeal.«

»Dachte ich auch. Und an den gemeinnützigen Wohnungsmarkt. Aber die Privatisierung ist in mehreren Ländern, darunter Deutschland, verdammt schiefgelaufen, also agiert man zumindest hier in der EU inzwischen vorsichtiger. In jedem Fall habe ich die Kollegen in Brüssel gefragt, ob etwas im Busch ist.«

Sie nimmt einen genussvollen Schluck von dem Rotwein, ein guter Tropfen, wie ich ebenfalls finde.

»Und was?«, frage ich, nachdem sie keine Anstalten macht weiterzureden.

»Der Wein. Gut, nicht?« Sie macht ein unschuldiges Gesicht.

»Wir sind in einem Restaurant, gleich kommt unser Essen, und wir trinken hervorragenden Wein. Also entspann dich, Michael.«

Wenn das die Retourkutsche für mein Verhalten bei unserem Mittagessen sein soll, dann ist sie gelungen. Jedenfalls halte ich meinen Mund.

Nach gefühlt einer Minute fährt Angelika fort: »Also gut. Es gibt da zwei Kollegen in Brüssel, die ich immer anzapfe, wenn es um Lobbyismus und Korruption in der EU geht. Diesmal haben sie ein wenig herumgedruckst, weil sie einer angeblich großen Sache auf der Spur sind und nichts verraten wollen, bevor sie hundertprozentig sicher sind.«

»Aber du hast sie mit deinem Charme überzeugt«, werfe ich ein.

»Mit einer Kontonummer.« Sie kostet diesen Moment der Spannung aus. »Ich habe ihnen zwei Kontonummern genannt, die mit Grumbeks Aktivitäten in Verbindung stehen. Konten, auf die vorgestern je eine Million Euro überwiesen wurde.«

»Und jemand hat die Million Euro abgehoben, habe ich recht?«

»Nicht gerade abgehoben, aber auf ein anderes Konto weitergeleitet.«

Sie lässt sich Zeit, genießt meine Neugier, meine Anspannung.

Ich lehne mich etwas vor. »Sag mir, dass deine Kollegen wissen, wer dahintersteckt.«

Sie nippt an ihrem Wein, schweigt wieder einen Augenblick, bevor sie antwortet: »Wieder richtig. Weil die Kollegen diesen Herrschaften schon länger auf der Spur sind.«

»Korruption. Klingt interessant. Aber was können zwei Leute bewirken?«

»Warte mal. Interessant ist, wer diese Leute sind.«

Noch eine Pause, wieder das Ritual mit dem Wein. Diesmal bleibe ich ruhig, nehme ebenfalls einen Schluck und warte.

Endlich lüftet sie das Geheimnis: »Die Abgeordneten Bernhard Maier und Felix Sutterlüti.«

Ich falle aus keiner Wolke und fürchte auch nicht um den Untergang des Abendlandes. Aber der Wein hat mit einem Mal einen sauren Nachgeschmack bekommen und stößt mir auf.

»Unsere Stars«, sage ich. »Die Hoffnungsträger der Nation.«

»Genau. Die wahrscheinlichen Spitzenkandidaten ihrer Parteien bei der nächsten Wahl. Wenn die Prognosen stimmen, wird es einen Politikwechsel geben.«

»Und dann werden neue Regeln aufgestellt. Bislang ungeahnte Geschäfte ermöglicht. Ein großes Privatisierungspaket. Mit radikal gekürzten Unternehmenssteuersätzen. Zum Wohl des Wirtschaftsstandortes Österreich«, sage ich mit einem Anflug von Sarkasmus.

Sie nickt.

»Ist das hieb- und stichfest?«, frage ich.

Angelika hebt die Augenbrauen. »Na ja, die Abgeordneten gehen nicht auf die Bank und heben einfach ihr Geld ab. Das wird auf weitere Konten umgeleitet, versteckt angelegt. Aber die Kollegen sind sich sicher, dass die beiden dahinterstecken.«

»Gut. Das ist mehr als brisant. Inzwischen verstehe ich auch, welche Rolle Hauser spielt. Ein Politikwechsel in Wien …«

Unser Essen kommt. Mir ist der Appetit vergangen, aber ich beobachte, mit welcher Hingabe Angelika ihre fein angerichteten Kräutersaitlinge verzehrt, und beschließe, begleitet von einem weiteren Achtel Wein, Europa den Bach hinuntergehen zu lassen und darauf anzustoßen.

Meine Mordermittlungen haben Angelikas Recherchen nicht wirklich weitergebracht, denke ich, wenngleich mir zusehends Zweifel kommen, dass Windisch der Drahtzieher hinter den Machenschaften der Freunde war. Ich erinnere mich an ein Interview, in dem er Sutterlüti heftig attackierte, weil dieser von erdrückenden Beweisen gegen Windisch sprach. War das alles nur Show? Spielt die Politik Kasperltheater mit uns, und wir erkennen nicht, dass hinter Kasperl und dem Krokodil die Hände derselben Person stecken?

»Wo sind deine Gedanken?«, fragt Angelika. »Beim Fall?«

»Ja, leider. Wenn die Freunde es allein durchziehen wollten, ohne Windisch, wenn sie sich einfach seiner

Firmenkonstruktionen bedienten, um zu verschleiern, was sie wirklich vorhaben, wenn er ihnen auf die Schliche kam und …«

»Das hast du schon einmal durchgedacht. Möglich. Aber die Art und Weise des Mordes ist so abscheulich. Traust du das irgendeinem von diesen Leuten zu? Grumbek vielleicht. Aber Hauser? Nein.«

»Eberhard kommt nicht infrage. Er und Auf der Mauer haben ein Alibi. Und Frau Dietrich scheidet auch aus. Mautner muss ich überprüfen. Gleich morgen früh. Das war gute Arbeit«, sage ich.

Sie zuckt mit den Schultern. »Aber wohl noch keine Story. Es sei denn, die Kollegen in Brüssel nehmen mich mit ins Boot. Mal sehen. Irgendwie habe ich diese Art von Recherche auch satt.«

»Ich hatte den gegenteiligen Eindruck«, wundere ich mich. »Ich habe Feuer in deinen Augen gesehen.«

»Feuer? Es hat eine Zeit gegeben, da habe ich gebrannt für eine solche Geschichte, aber ich bin müder geworden. Glaubst du wirklich, dass man Windisch je den Prozess gemacht hätte? Dass man Grumbek hinter Gitter bringen wird? Dass Maier zu verhindern ist? Vielleicht können wir ihn ein paar Jahre aufhalten. Vielleicht ein paar Nadelstiche setzen.«

»Das ist mehr als nichts«, wende ich ein.

»Es geht doch um das System, Michael. Wenn du einen Kopf abschlägst, wächst ein anderer nach.«

Die Hydra. Das Bild kommt mir sehr bekannt vor.

»Also was?«, frage ich. »Die Hände in den Schoß legen und guten Wein trinken?«

»Letzteres ja.«

Sie lächelt wieder. Wir trinken auf das korrupte System und bestellen noch zwei Achtel und eine Nachspeise nach Wahl der Kellnerin. Die beginnt wieder zu schwitzen, aber ich habe keine Lust, ihr zu helfen. Ich bin auch nur ein Teil eines ausbeuterischen Systems.

Eine Weile sitzen wir da, ohne zu reden, aber ich empfinde es nicht als unangenehm. Dann beginnt Angelika, das Gespräch in neue Bahnen zu lenken.

»Hast du Kinder?«

»Eine Tochter. Hanna, einundzwanzig Jahre alt. Und du?«

Sie geht nicht auf meine Frage ein. »Was macht sie?«

»Sie studiert Volkswirtschaft. Sie glaubt, dass man das System von innen heraus verändern muss. Ich rede es ihr nicht aus.«

»Und die Mutter?«

»Hannas Mutter? Sie ist vor zehn Jahren gestorben.«

Sie sieht mir in die Augen. »Das tut mir leid. Darf ich fragen woran?«

Ich weiß, dass es die Wunde aufreißt, die nur notdürftig verbunden ist. Selbst eine Schneeflocke genügt. Trotzdem erzähle ich Angelika von einem Lawinenunglück, einem Schneebrett, das ich ausgelöst habe, einem unentrinnbaren Tod und meinem Überleben. Ich habe mich an den Schmerz gewöhnt wie an einen Tinnitus. Von den Träumen und dem Alkohol, von den Schuldgefühlen, sage ich ihr nichts. Ich habe gelernt, damit zu leben.

Sie spricht es von sich aus an, aber nicht als Frage, sondern als Feststellung. »Du hast dich schuldig gefühlt.«

»Ich fühle mich immer noch schuldig«, sage ich. »Ohne mich wäre sie nie dort hinaufgestiegen. Ohne mich würde sie heute hier sitzen.«

»Statt mir«, stellt sie ohne Bitterkeit fest.

»Es tut mir leid.«

»Das braucht es nicht. Der Mann, den du gesehen hast – beim Frühstück –, das war mein Exmann. Falls es dich interessiert. Seinetwegen bin ich vor fünfzehn Jahren von Bamberg nach Wien gekommen. Wir sind seit fünf Jahren geschieden, aber er will es nicht richtig wahrhaben. Er tut so, als wären wir noch immer ein Paar.«

Sie hat scheinbar das Thema gewechselt, in Wirklichkeit aber eine Brücke gebaut. Sie lässt mich nicht in den Erinnerungen versinken und wirft mir einen Rettungsring zu. Ich weiß nicht, ob ich den Willen habe, auf ihn zuzuschwimmen, und wenn doch, ob meine Kraft ausreicht, ihn zu erreichen. Aber ich mache zumindest ein paar Züge.

»Es hat so ausgesehen, als wärt ihr noch ein Paar.«

»Wir schlafen hin und wieder miteinander. Und wir haben einen Sohn.«

Also doch. Ich erinnere mich wieder an das Bild bei Bauer.

»Wie alt?«

»Neun. Wir teilen uns das Sorgerecht. Markus nutzt es schamlos aus, von uns beiden verwöhnt zu werden.«

Sie lacht, und ich spüre eine Zärtlichkeit in ihren Augen, die ihrem Sohn gilt, größer vielleicht, als sie sie je einem Mann zukommen lassen kann.

»Wie hieß sie, deine Frau?«, fragt sie.

»Maria. Eigentlich Maria Elisabeth. Sie stammte aus Oldenburg. Wir haben uns im Urlaub kennengelernt. An der Ostsee.«

»Wie romantisch. Wir haben uns ganz simpel in einem Lokal kennengelernt. Beim Karaoke.«

»Welches Lied?«

»›Stand by your man‹!« Sie lacht laut.

Tammy Wynettes Klassiker. Mich hat er immer traurig gemacht. Welches Band verbindet Menschen wie uns, wo Trennung vollkommen anders erlebt wird, wo ein Lied gegensätzliche Emotionen erzeugt?

»Gab es jemanden nach ihr?«

Sie scheut sich nicht, solche Fragen zu stellen. Vielleicht ist es ihr journalistischer Instinkt, vielleicht auch nur ehrliche Offenheit. Es gefällt mir.

»Ein, zwei Frauen gab es. Aber keine, in die ich mich ernsthaft verliebt hätte. Wie sagt man? Die Zeit war noch nicht reif dafür.«

»Du warst noch nicht bereit dafür«, verbessert sie mich. »Und heute?«

Mir ist dieses Gespräch unangenehm. Ich habe keine Antwort auf eine Frage wie diese, aber ich fühle mich wohl in ihrer Gegenwart. Sie scheint meine Unsicherheit zu spüren, berührt für einen flüchtigen Augenblick meine Hand.

»Bring deinen Fall zu Ende.«

Sie braucht nicht viele Worte, um mir Mut zu machen und Kraft zu geben. Ihr Lächeln genügt. Ich werde den Fall lösen. Vielleicht werde ich sie danach einladen, einen Abend mit mir zu verbringen. Ohne über Tote zu reden. Einen Moment verharre ich in der Vorstellung eines weit entfernten Glücks, ohne wirklich daran zu glauben.

Wir genießen unsere Nachspeise, für deren Wahl ich der Kellnerin beim Zahlen ein üppiges Trinkgeld gebe, sprechen noch eine Weile über die Kinder, bevor wir uns dann, jeder für sich, nach Hause aufmachen. Zum Abschied küsst sie mich mit weichen Lippen auf die Wangen, nur kurz, aber es tut verdammt gut.

Montag, 8. Oktober

Tag 7

38

IN DIESER NACHT träume ich wieder von Maria. Es ist ein warmer Frühlingstag, und wir wandern durch den Wald zu unserer Lieblingswiese. Wir wollen unsere Rucksäcke auspacken, aber wir kommen nicht dazu. Wir küssen uns, lieben uns. Ich rieche den Duft der frischen Gräser, spüre die feinen Halme in meinem Rücken und Marias Körper, der sich an meinen schmiegt. Ich will den Augenblick festhalten, das Glück mit Küssen und Zärtlichkeiten zum Verweilen zwingen. Ich will, dass dieser Traum nicht endet. Ich lege mich auf sie und meine Hände verkrallen sich im Gras. »Ich lasse dich nicht los«, sage ich, aber sie lächelt nur und löst sich auf, fliegt mit den Samen der Wiesenblumen davon. Ich sehe ihr nach, strecke meine Hand nach ihr aus und rieche Asche im Wind.

Zur Morgenbesprechung, die Berger schon eröffnet hat, komme ich zu spät. Ich erfahre nichts Neues. Sämtliche Spuren zu Eberhard haben sich als Sackgassen herausgestellt.

Rachinger sieht erschöpft aus, er hat dunkle Ringe unter den Augen, und seine weißen Bartstoppeln lassen ihn älter erscheinen, als er ist.

Der junge Waldner wirkt ebenfalls müde, aber immerhin hat er etwas herausgefunden, was meine Stimmung augenblicklich hebt.

»›MU‹«, sagt er, »könnte auf Musat hinweisen, eine rumänische Unternehmerfamilie, die auch im Immobiliensektor aktiv ist. Sie veranstaltet jedes Jahr für Geschäftspartner und Politiker ein Herbstfest zur Feier der Firmengründung. Die Medien sind dabei nicht erwünscht. Das würde auch erklären, warum es so wenige Bilder gibt.«

»Super Arbeit«, lobe ich. »Wann genau im Herbst?«

»Immer an einem Freitag. 2009 war es am 25. September, 2010 erst am 29. Oktober.«

»2009. Das könnte passen. Wo fand das Fest statt?«

»In einem Haus am Stadtrand.«

Er drückt mir einen ausgedruckten Stadtplan in die Hand, in dem er den Standort markiert hat. Ich spüre eine Spannung wie vor einer Abschlussprüfung. Es ist ein Ziehen, das meinen Körper von Kopf bis Fuß durchdringt. Endlich. Ich bitte Berger, sich mit dem 25. September 2009 in Wien zu befassen. Das, was in einem engeren Umkreis des Hauses der Familie Musat stattgefunden hat, ist von besonderem Interesse. Aber eigentlich will ich alles wissen, was sich an diesem Tag in Wien ereignet hat. Ich weiß, dass das der Schlüssel zur Tür ist, die zum Motiv des Mörders führt.

Ich rufe in der Kontrollbank an und verlange sofort den Generaldirektor. Zu meinem Erstaunen stellt man mich gleich durch, als ich den Mordfall Windisch erwähne. Ich werde zweimal verbunden und lande schließlich bei Dr. Schaumann.

»Herr Oberstleutnant, ich frage mich, was ich beitragen kann, um dieses scheußliche Verbrechen aufzuklären.«

»Herr Generaldirektor, ich freue mich, direkt mit Ihnen sprechen zu können.« Ein wenig Höflichkeit schadet nie. »Ich hätte eine Frage in Bezug auf eines Ihrer ehemaligen Vorstandsmitglieder.«

»Vorstandsmitglieder? Sie meinen doch nicht etwa, dass jemand aus der Kontrollbank irgendetwas mit dem Mord zu tun hat?«

Ich beruhige ihn. »Nein, das denke ich nicht. Ich bin bei meinen Recherchen auf eine Frau Dr. Alessia Castelli gestoßen, die …«

Er unterbricht mich. »Alessia Castelli war eine unserer klügsten und wertvollsten Mitarbeiterinnen, wenn ich das so offen sagen darf. Sie ist leider von uns gegangen, tragisch, viel zu jung. Warum könnte sie etwas mit dem Mord zu tun haben? Ich verstehe nicht …«

»Ich recherchiere die Zeit zwischen 1990 und 2008. Frau Castelli war Studienkollegin von Klaus Windisch und auch später mit ihm befreundet«, erkläre ich.

»Ah, wirklich. Das wusste ich gar nicht. Sehen Sie, da arbeitet man Jahre zusammen und weiß so vieles nicht.«

Ich bezweifle das, aber es tut nichts zur Sache.

»In jedem Fall, Herr Generaldirektor, ist Frau Castellis Geschichte mit der von Herrn Windisch verwoben, und ich versuche, diese Fäden zu entwirren. Vor allem möchte ich wissen, warum sie die Kontrollbank doch ziemlich plötzlich verlassen hat.«

Er lässt sich Zeit mit der Antwort, sucht wohl nach

einer diplomatischen Version, entscheidet sich aber dann doch für erstaunlich direkte Worte.

»Frau Dr. Castelli hatte eine divergierende Einschätzung im Hinblick auf ein Entwicklungsprojekt, bei dem unsere Beteiligung im Raum stand. Wenn Sie die Medien studieren, werden Sie dazu einiges finden. Es ging um ein großes Staudammprojekt in der Türkei, eine Sache, die sie aus umwelt- und menschenrechtspolitischen Gründen ablehnte. Im Nachhinein betrachtet hatte sie völlig recht. Wir sind schließlich aus dem Projekt ausgestiegen, allerdings erst zwei Jahre später und nach einigen Gutachten.«

Die Details interessieren mich nicht.

»Gab es vorher schon Meinungsverschiedenheiten mit anderen Vorstandsmitgliedern?«

Wieder eine Pause.

»Hm, ehrlich gesagt, das eine oder andere Mal. Frau Dr. Castelli war, wie soll ich das formulieren, eine sehr energische Persönlichkeit. Sie trat hart auf, wenn sie der Meinung war, im Recht zu sein. Und sie vertrat politisch, sagen wir, eher linke Positionen. Denen ich im Übrigen durchaus Sympathien entgegenbringe, aber sie war da noch konsequenter.«

»Vielen Dank. Das klingt interessant. Darf ich noch eine Frage stellen?«

»Nur zu.«

»Es ist mir etwas unangenehm, das zu fragen, aber wissen Sie, ob Frau Castelli in dieser Zeit in einer Beziehung lebte?«

»Alessia? Also, ich meine, Frau Dr. Castelli hat über

solche Dinge nicht sehr offen gesprochen, um ganz ehrlich zu sein. Also, in der Zeit, seit ich hier bin, seit 2003 jedenfalls, habe ich nichts von einer privaten Beziehung bemerkt. Ich habe sogar manchmal einen Scherz darüber gemacht, dass sie nur mit der Arbeit verheiratet sei und so, aber solche Scherze mochte sie nicht, wenn Sie verstehen.«

»Ich verstehe. Wissen Sie etwas über die Umstände ihres Todes?«

»Mein Gott. Nein. Gar nicht. Ab dem Zeitpunkt ihres Ausscheidens verlor ich sie komplett aus den Augen. Wirklich schlimm. Ich habe das sehr bedauert. Ihr Tod hat mich tief getroffen, das müssen Sie mir glauben. Aber ich weiß immer noch nicht, was das mit dem Tod von Minister Windisch zu tun haben soll.«

»Wahrscheinlich gar nichts«, sage ich unüberlegt und verabschiede mich mit besten Wünschen. Weit hat mich dieses Gespräch nicht gebracht.

39

ICH HATTE ZWEIFEL, ob Constanza Windisch abheben würde, aber zu meiner Beruhigung scheint sie ihren Entschluss, mich nie wiedersehen zu wollen, überdacht zu haben. Ich verabrede mich mit ihr in einer Stunde und überlege, ob ich in der Zwischenzeit Mautner anrufen soll, aber ich lasse es bleiben und mache mich zu Fuß auf den Weg zu Frau Windisch.

Der Wind hat nachgelassen. Die Sonne wärmt mich auf, ich bleibe eine Weile vor der Börse stehen und schließe die Augen. Ich überlege mir die erste Frage.

Schließlich erstaunt es mich nicht, dass Constanza Windisch sich Unterstützung geholt hat. Dr. Autischer begrüßt mich mit einem festen Händedruck und einem übertrieben jovialen Lächeln.

»Wir besprechen gerade die Presseaussendung zur Beerdigung«, sagt Frau Windisch anstelle einer Begrüßung, gibt mir aber die Hand.

Auf dem Tisch stehen zwei Gläser, sie stellt ein drittes dazu.

»Wir trinken Calvados«, sagt sie und schenkt mir ein Glas *Château du Breuil* ein.

Ich wage nicht zu widersprechen. »Ich möchte mich bedanken«, sage ich.

»Für den Calvados? Nicht der Rede wert«, kontert sie, obwohl sie genau weiß, dass ich nicht den Apfelschnaps meine.

Ich schenke ihr ein offenes Lächeln. »Bevor ich geklingelt habe«, sage ich wahrheitsgemäß, »habe ich überlegt, welche der beiden Varianten die richtige ist.«

Autischer mischt sich ein. »Herr Winter, ich habe das Gefühl, Sie sollten etwas klarer sein. Frau Dr. Windisch ist bereit gewesen, Sie heute zu empfangen, trotz Ihres unerhörten Fauxpas neulich.«

Ich ignoriere ihn. »Frau Windisch, Sie haben mir die Freunde ihres Mannes auf dem Tablett serviert, weil sie hofften, dass ich etwas mit dem Hinweis anfangen kann. Und ich bin darauf eingestiegen. Denken Sie nicht, es wäre an der Zeit, die Katze aus dem Sack zu lassen?«

Autischer will wieder etwas sagen, aber sie legt ihm die Hand auf die Schulter. »Lass es, Fritz! Er hat recht. Was haben Sie herausgefunden, Herr Winter?«

Ich suche nach den geeigneten Worten, aber ich finde sie nicht. »Mautner?«, frage ich schließlich. »Ist er der Schlüssel zu allem?«

»Vielleicht habe ich Sie doch überschätzt«, sagt sie, steht auf und holt die Flasche an den Tisch.

Ich wage einen zweiten Anlauf. »Es wäre gut, wenn Sie mich nicht weiter im Dunkeln tappen lassen. Sie haben mich auf die Spur von Personen gesetzt, die ein komplexes Firmen- und Stiftungsgeflecht aufbauen, Steuern hinterziehen, Kapital anhäufen, nicht zuletzt mit dem Ziel der Bestechung zweier hochrangiger Politiker.«

Erneut möchte Autischer intervenieren, aber wieder

signalisiert sie ihm, Ruhe zu bewahren. »Fahren Sie fort«, sagt sie.

»Ich bemühe mich. Ich weiß nicht genau wie, aber diese Freunde haben Ihren Mann hintergangen, ihn vielleicht sogar erpresst.«

»Was heißt vielleicht?« Sie trinkt den Calvados in einem Zug aus. »Vielleicht? Sie haben ihn auf schamloseste Art missbraucht und wollten ihn fertigmachen.«

Ich trinke einen Schluck von dem Destillat, das wunderbar weich in der Kehle brennt, und sehe dann Autischer an. »Ich nehme an, dass Sie mir genau erklären können, was Frau Windisch meint.«

Er nickt, und diesmal lässt sie ihn gewähren.

»Herr Winter, ich habe nie gutgeheißen, was Frau Dr. Windisch hier getan hat, sie, wie soll ich sagen« – er räuspert sich – »sozusagen zu einer Art Mitwisserin von etwas zu machen, was wir und vor allem Herr Dr. Windisch aufs Schärfste abgelehnt hätten.«

Er windet sich im Kreis, aber ich will ihn nicht unterbrechen.

»Die – wie Sie sagen – ›Freunde‹ von Herrn Dr. Windisch – ich würde ja diesen Begriff nicht gebrauchen, aber … Also, diese Freunde haben strafrechtlich relevante Aktivitäten begangen, bei denen ihnen mein ehemaliger Mandant auf die Schliche gekommen ist.«

So will er es also drehen. Windisch als Retter der Nation und Kämpfer gegen die Korruption.

Ich frage nach: »Was genau meinen Sie?«

»Diese Firmengeflechte, wenn wir sie vereinfacht so

nennen wollen, hat mein Mandant schnell durchschaut, und er hat jeden einzelnen damit konfrontiert.«

»Er war fuchsteufelswild«, mischt sich Constanza Windisch ein. »So habe ich ihn nie zuvor erlebt, nicht einmal bei der infamen Hausdurchsuchung voriges Jahr.«

»Ich nehme an«, taste ich mich vor, »dass sie ziemlich stümperhaft vorgegangen sind.«

Erstens will ich nichts von Angelika preisgeben, zweitens denke ich, dass Understatement in diesem Fall angebracht ist, aber ich irre mich.

»Mitnichten!«, korrigiert mich Autischer.

Wie konnte ich auch nur zweifeln, dass Angelikas Arbeit sehr gut war?

»Die Firmenkonstellationen sind sehr komplex und selbst für Insider nur schwer durchschaubar. Aber Herr Dr. Windisch hat natürlich kapiert, was dahintersteckt. Auf der Oberfläche werden gängige steuerschonende Modelle ausprobiert, sieht man tiefer, entdeckt man, dass hier vertuscht und verschleiert werden soll.«

Genau das hatte man auch Windisch vorgeworfen.

»Sie haben meinen Mann mit ins Boot holen wollen, aber er hat sie stattdessen nur angeschrien und des Hauses verwiesen.«

»Dagegen haben sie sich gewehrt«, sage ich mehr feststellend als fragend.

»Natürlich«, entgegnet Autischer, »indem sie ihm gedroht haben.«

»Gedroht? Womit?«

Die beiden sehen sich an und überlegen einen

Moment lang. Autischer übernimmt schließlich die unangenehme Aufgabe, mich einzuweihen. Nun kommen wir der Sache näher.

»Das, was wir Ihnen jetzt anvertrauen, ist nur für Sie bestimmt. Das ist eine überaus heikle Angelegenheit. Frau Windisch hat Ihnen, obwohl sie Sie nicht kannte, blind vertraut, hat Ihnen einen Hinweis auf ein Rätsel gegeben, das Sie offensichtlich auch bravourös gelöst haben, auch wenn Ihnen vielleicht die Tragweite nicht bewusst ist.«

»Ich möchte einen Mörder finden. Das ist es, was mich interessiert. Was Ihr Mann getan hat, muss er jetzt mit seinem Richter im Himmel klären«, sage ich mit einem Blick auf Constanza Windisch.

Sie versteht es als Hinweis, dass ich die Klappe halten werde, und gibt Autischer ein Zeichen fortzufahren.

»Um es kurz zu machen«, sagt er, »diese sogenannten Freunde haben Dr. Windisch gedroht, Dokumente zu veröffentlichen, die beweisen würden, dass er selbst an strafrechtlich relevanten … also, sagen wir es gerade heraus, dass er korrupt war. Haben Sie verstanden, was das heißt?«

Ich nicke nur.

Er fährt fort: »Sie wollten zuerst, dass er bei ihnen mitmacht, dass er sein ganzes Wissen einsetzt, um diese sagenhaften Machenschaften zu verwirklichen. Danach, als es wider Erwarten hieß, dass die Justiz doch Anklage gegen meinen Mandanten erheben würde, obwohl jegliche Grundlage fehlte, wollten sie ihn erpressen, über alles zu schweigen, was er wusste.«

»Aber er wollte sie ans Messer liefern?«, hake ich nach.

»Natürlich«, mischt sich Frau Windisch ein. »Er wollte sie auffliegen lassen. Allesamt. Glauben Sie, mein Mann hätte Angst gehabt? Das sind doch feige Würstchen.«

»So feige, dass Sie ihnen einen Mord zutrauen?«

Ein so brutaler Mord und ein paar windige Erpresser? Ich bin sicher, dass sie genau darüber lange nachgedacht hat.

»Wir glauben«, sagt sie und sieht dabei zu Autischer, »dass sie einen Killer angeheuert haben, der das für sie erledigt hat.«

Sie blickt zu Boden. Zum ersten Mal seit Langem spüre ich bei ihr wieder eine Traurigkeit, die sie aber schnell abzuschütteln versucht. Ich glaube definitiv nicht an einen Berufskiller, aber ich will noch mehr erfahren.

»Wer ist der Drahtzieher?«, frage ich, um ihr zumindest ansatzweise das Gefühl zu geben, nach ihren Regeln zu spielen.

»Gernot, also Grumbek«, antwortet sie rasch. »Er ist eine miese Ratte, ein kleiner Spekulant, der ganz nach oben will. Er braucht die anderen, aber er versucht, sie zu manipulieren.«

Diese Einschätzung könnte stimmen.

»Ich kann niemanden verhaften, wenn es keine Beweise gibt. Aber ich werde noch einmal mit Grumbek reden, das verspreche ich Ihnen.«

»Das ist das Mindeste, was Sie tun können«, sagt sie.

»Und Mautner?« Wieder versuche ich, das Gespräch in eine Richtung zu lenken, die mir besser gefällt.

Constanza Windisch überlegt. »David war immer ein feiner Kerl. Er hat meinen Mann auch gut beraten. Sie waren wirklich gute Freunde. Nicht so wie Gernot. Der hat sich nur angebiedert bei Klaus, schon als Student. Aber jetzt lässt er sich auf gefährliche Spiele ein. Er und Hans-Ruedi, also Auf der Mauer, dirigieren das Geld in verschiedene Kanäle. Frau Dietrich stopft sie, und Gernot bearbeitet seine Parteifreunde in der EU genauso wie der falsche Nobelwinzer. Wissen Sie überhaupt, worum es geht?«

Ich dachte, eine Ahnung zu haben, aber wahrscheinlich habe ich nicht einmal die Spitze des Eisbergs im Blick. Ich schüttele den Kopf.

»Dann werde ich es Ihnen sagen. In ganz Europa wird ein Bündnis geschmiedet, das über Parteigrenzen hinweg Mehrheiten sucht für eine neue groß angelegte Strukturreform. Erklär du es ihm.«

Sie blickt zu Autischer, der es sich auf dem Sofa bequem gemacht hat und Anstalten macht, sich eine Zigarre anzuzünden. Ich hoffe, dass er sie nur beschnuppert.

»Herr Winter«, sagt er, »nicht nur die Unberechenbarkeit der amerikanischen Politik, auch das Auftreten von Links- und Rechtspopulisten quer über Europa, die immer wieder laut werdenden Stimmen gegen Globalisierung und weltweiten Handel, die Enthüllungen um Steuerflucht und Steuerparadiese, all das verunsichert nicht nur einflussreiche Wirtschaftsleute, sondern auch viele Politiker. Manchen genügt es leider nicht, mit legalen Mitteln auf die Bevölkerung einzuwirken, einige haben sich dazu entschlossen, dass es Zeit ist, im Parlament für klare Mehrheiten zu sorgen, um endlich Strukturen festzuschreiben, die …«

Ich unterbreche ihn. »Herr Dr. Autischer, ich verstehe schon, was Sie sagen wollen. Lassen Sie mich raten, was Strukturreform heißt. Radikale Senkung von Unternehmenssteuern, weitere Privatisierung aller bislang staatlich geschützter und kontrollierter Leistungen, Gesundheit, Energie, Wasser, Wohnen.«

Er nickt. »Genau das. Und unsere lieben Freunde sind in diesem Netzwerk dabei, das diesen Prozess, na sagen wir, beschleunigen will.«

»Nun«, ergreift jetzt Constanza Windisch wieder das Wort, »glauben Sie nicht, dass diese Menschen auch über Leichen gehen würden?«

Ich bemühe mich, ihr weiter zu folgen, aber ich schaffe es nicht.

»Auftragskiller«, sage ich, »erledigen ihre Arbeit schnell und schmerzlos. Ich möchte nicht pietätlos sein, aber die Umstände, der Transport der Leiche und so weiter, das spricht nicht für einen Auftragskiller.«

»Was denn?«, regt sie sich auf. »Soll es etwa eine Beziehungstat gewesen sein?«

Sie möchte mich provozieren, aber ich lasse es nicht zu. »In gewisser Weise ja. Frau Windisch, wir haben Grund zu der Annahme, dass ihr Mann eine Affäre hatte, so leid mir das tut. Aber sein Verhalten am Abend vor seinem Tod weist ausdrücklich darauf hin.«

»Was für ein Verhalten?«, schreit sie.

Ich schone sie nicht. »Er hat Sushi für zwei Personen geholt, in einem Lokal im 18. Bezirk. Er war guter Laune und hatte offensichtlich vor, dieses Sushi nicht alleine zu essen.«

»Das war's? Deshalb ziehen sie meinen Mann in den Dreck? Wegen ein paar Stücke rohen Fischs?«

Autischer versucht, seine Mandantin zu beruhigen. »Liebe Constanza, ich bin sicher, Herr Winter macht nur seine Arbeit. Ich denke, das wird sich alles aufklären. Und im Übrigen würde ich auch meinen, dass man mit Verdächtigungen vorsichtig sein sollte.«

Ich glaube zu sehen, wie sich sein Mund zu einem Lächeln verzieht, aber wenn, dann nur kurz. Ich lenke ein. »Sie haben natürlich recht, Frau Windisch. Wie Sie gemerkt haben, behandeln wir diese, lassen Sie es mich Vermutung nennen, also diese Vermutung sehr diskret.«

Constanza Windisch schenkt sich erneut ein Glas Calvados ein. Inzwischen müsste sie den Schnaps spüren, aber sie macht nicht den Eindruck.

»Vielleicht habe ich mich doch in Ihnen getäuscht«, sagt sie. »Eigentlich habe ich gedacht, dass Sie die Sache richtig einschätzen können.«

Ich pflichte ihr bei und verspreche, den Freunden auf die Zehen zu treten, ohne sie zu erwähnen. Ich weiß nicht, ob es ihr reicht, aber sie gibt mir schließlich doch versöhnlich die Hand und wünscht mir Glück. Autischer verlässt mit mir die Wohnung und zündet sich noch im Treppenhaus die heiß ersehnte Zigarre an.

»Lieber Herr Winter«, sagt er geradezu jovial und

lässt langsam den Rauch aus seiner Lunge entweichen, »unterschätzen sie Grumbeks kriminelle Energie nicht.«

Was will er mir sagen?

»Wenn Sie etwas haben, das mir hilft, Grumbek als Täter oder zumindest Auftraggeber zu überführen, dann müssen Sie es mir geben. Sonst helfen Sie mit …«

»Nicht so! Ich weiß, was ich muss, kann und darf, Herr Winter.«

Er schüttelt mir kräftig die Hand und verschwindet zu seinem Auto. Für ein paar Minuten bleibe ich in der Sonne stehen. Mir fällt auf, dass ich Constanza Windisch nicht nach Mautners Liaison mit Alessia gefragt habe. Ich rufe sie an, und sie hebt ab.

»Haben Sie etwas vergessen, Herr Winter?«

»Frau Windisch, ich habe noch eine Frage. Was wissen Sie über Alessia?«

Es ist eine ganze Weile still am anderen Ende der Leitung, und ich stelle mir vor, wie sie mich von einem Fenster ihrer Wohnung aus beobachtet.

»Alessia«, antwortet sie schließlich, »war eine Freundin meines Mannes. Er hat sie sehr gemocht, glaube ich.«

»Sonst nichts? Nur gemocht?«

Wieder dauert es gefühlt Minuten, bis die Antwort kommt.

»Gemocht. Sonst noch was, Herr Winter? Sonst würde ich mich wieder um die Vorbereitung des Begräbnisses kümmern.«

Ich lasse es dabei bewenden und verabschiede mich. Irgendwie glaube ich nicht mehr, dass sie mich belügt.

Sie will mich als Verbündeten, nicht als Feind. Warum sollte sie eine Liebesbeziehung ihres Mannes verschweigen, wenn sie vor ihrer Zeit stattgefunden hat? Andererseits macht mich ihr langes Schweigen stutzig. Wieder ein Puzzleteil, das fehlt, und ich fürchte, ein großes.

Ich denke über andere Details nach, die sie mir erzählt hat. Hausers Beitrag zu den Aktivitäten der Freunde etwa. Ich muss die Kollegen vom Ermittlungsbereich für Wirtschaftsdelikte hinzuziehen.

Langsam mache ich mich zu Fuß auf den Weg zu Rachinger, weil die Gedanken sich nicht schnell in die richtige Reihenfolge bringen lassen, weil Ablenkungen im Weg stehen, Seitengassen verlockend zum Abbiegen einladen. Ich denke ständig an Castelli. Alessia und ihr Bruder lassen mich nicht los. Aber Constanza Windisch hat Castelli mit keinem Wort erwähnt. Warum? Kann ich wirklich ausschließen, dass Grumbek hinter dem Mord steckt? Was, wenn er sich mit Windisch am Abend zum Sushi traf, wenn er ein aufwendiges Szenario des Ausblutens und Transportierens der Leiche entwarf und in die Tat umsetzte, um uns abzulenken, wenn das Foto und der Anzug Zufälle sind? Grumbek war der Mann fürs Grobe, er kennt sicher genug windige Typen, die ihm einen Gefallen schulden und gutes Geld gebrauchen können. Oder aber, er rief den Sohn eines seiner Geschäftsfreunde an und überzeugte ihn, dass Hasspostings nicht ausreichen, um die Welt im Kern zu verändern.

40

RACHINGER TELEFONIERT. »DIE Staatsanwältin«, flüstert er mit der Hand auf der Sprechmuschel, »ich kann nicht …«

Es dauert eine Viertelstunde, dann hat er Zeit für einen Kaffee. Die Neugierde der Staatsanwältin schraubt sich in die Höhe, ihre Geduld hingegen verflüchtigt sich. Ich habe damit gerechnet.

»Rachinger«, sage ich, »vielleicht hast du recht.«

Ich erzähle ihm in groben Zügen, was mir Constanza Windisch mitzuteilen versuchte.

»Winter, langsam reicht's mir. Du hast mir wichtige Informationen vorenthalten, hast mir keinerlei Unterstützung zukommen lassen, dich in verworrene Theorien versponnen, und dann kommst du zu mir und sagst, ich hätte vielleicht recht. Hast du sie noch alle?«

Es hört sich nicht nach einem Scherz an. Er ist stinksauer.

»Egon, jetzt ist keine Zeit für persönliche Gefühlsäußerungen. Wir brauchen Grumbeks Aussage zu den Vorwürfen von Frau Windisch. Das ist alles.«

Er kommentiert meine Forderung nicht und geht. Ich bin sicher, dass Grumbek mir am Nachmittag gegenübersitzen wird. Es gibt keinen Grund für ihn, abzuhauen oder unterzutauchen.

Ich rufe Berger an und gebe ihm einen Auftrag, der ihn vom Schreibtisch wegholt. Eine Stunde später meldet er sich vom Flughafen.

»Hast du sie?«, frage ich.

»Sie sitzt im Auto. Was soll ich mit ihr machen?«

»Bring sie her. Wir müssen mit ihr reden. Aber lass sie schmoren, okay? Setz sie in das kleine Zimmer, du weißt schon.«

»Die Besenkammer.«

Die Besenkammer ist ein alter Gruppenraum, der nicht mehr genutzt wird, außer zum Abstellen von Computerleichen und anderen ausrangierten Geräten. Deshalb ist er genau richtig.

41

ICH RUFE MAUTNERS Nummer an. Er hebt sofort ab. »Herr Winter, was kann ich für Sie tun?«

»Können wir skypen?«, frage ich.

Minuten später blickt er mir vom Computerbildschirm entgegen, ein attraktiver Mann in einem eleganten Anzug. Bernsteinfarbene Augen, eine markante Falte auf der Stirn, kurzes braunes Haar mit ein paar grauen Einsprengseln, aber er sieht viel jünger aus, als er ist.

»Ich habe Sie mir anders vorgestellt«, sagt er, aber ich frage nicht nach, wie, sondern komme sofort zur Sache.

»Herr Mautner, ich weiß von Ihnen und Alessia.«

Ich warte auf eine Reaktion, aber er zeigt keine, nur ein kleines Zucken im Mundwinkel, kaum merklich, um aussagekräftig zu sein.

»Herr Winter, ich weiß zwar nicht, was dieser Umstand mit dem Tod von Klaus Windisch zu tun hat, aber bitte. Ja, ich war mit Alessia zusammen, aber das ist lange her.«

»Sie haben bei unserem letzten Gespräch angedeutet, dass Alessia nicht gut war …«

Er unterbricht mich. »Nicht gut für Klaus, ja.«

»Herr Mautner, nach allem, was ich weiß, hatte Alessia nie etwas mit Klaus Windisch.«

Er denkt nach. Jetzt weiß ich, woher die tiefe Falte kommt.

»Alessia ist mit mir nach London zum Studium gekommen. Wir waren schon vorher ein Paar. Klaus hat nicht lange hier studiert, hat es nicht richtig ausgehalten. Ich glaube, dass er einfach eifersüchtig war.«

»Auf Sie?«

Er überlegt lange. »Nein, eher auf Alessia.« Wieder eine Pause. »Sie hat in allem brilliert. Sie war genauso ehrgeizig im Studium wie beim Schwimmen. Klaus hat Menschen, die besser als er waren, schwer ausgehalten.«

»War er verliebt in sie?«

Wieder zögert er. »Ich weiß es nicht. Aber ich hatte es damals vermutet.«

»Wie lange hat Ihre Beziehung mit Alessia gedauert?«

»Fünf Jahre ungefähr. Ja, fünf Jahre. Von 1991 bis 1996. Mein Gott, es ist über zwanzig Jahre her.«

Bevor er in Nostalgie versinkt, fange ich ihn auf. »Damals starb Alessias Bruder Massimo an einer Überdosis. Wissen Sie etwas darüber?«

»Alessia hat darüber kaum geredet, sie wollte auch nicht darauf angesprochen werden. Ich weiß nicht, warum.«

Ich sehe ihm an, dass er es ernst meint, aber auch, wie unangenehm ihm das Thema ist. Ich muss meine Fragen rasch stellen, ehe er die Antworten verweigert.

»Warum ist Ihre Beziehung zu Ende gegangen, wenn ich fragen darf?«

Er kratzt sich nervös an den Unterarmen. »Alessia ist zurück nach Österreich gegangen. Die Entfernung hat uns nicht gutgetan.«

Ich sehe Wehmut in seinen Augen, spüre mehr noch so etwas wie verletzten Stolz und lasse ihm kurz Zeit, bevor ich weiterfrage: »Alessia hat einen Job in der Kontrollbank bekommen. Ein solches Angebot kann man schwer ausschlagen, nicht wahr?«

»Ja, das ist richtig. Aber vorher war sie bei Dietrich.«

Ich glaube, mich verhört zu haben. »Wie bitte? Dietrich? Helmut Dietrich?«

»Ja, genau der. Klaus hat sie geholt. Das war ja irgendwie so eigenartig, dass er sie plötzlich protegiert hat. Es war doch naheliegend, dass er etwas von ihr wollte. Wahrscheinlich habe ich Ihnen auch deshalb gesagt, dass sie nicht gut für Klaus war, weil dort irgendetwas vorgefallen sein muss, was ihn sehr verändert hat.«

»Was vorgefallen? Wie verändert?«

Er überlegt wieder lange, sucht nach Worten, legt sich eine Antwort zurecht, mit der er Alessia belastet. »Nach seiner Anstellung bei Dietrich war er anders, verschlossener, unzugänglicher, nahezu eigenbrötlerisch. Ich habe immer geglaubt, dass Alessia etwas damit zu tun hatte.«

Ich bin mir langsam sicher, dass hinter Mautners durchschaubarem Versuch, Alessia in die Rolle einer Verführerin zu drängen, nicht nur dieser verletzte Stolz liegt, sondern ein tiefer Abgrund, eine Wahrheit, die über Jahre verhüllt blieb. Ich frage vorsichtig, was er jetzt glaubt, ob er seine Meinung geändert hat, aber er weicht wieder aus.

»Ich weiß es nicht. Vielleicht habe ich mir das nur eingebildet.«

Ich will Antworten, auch wenn ich inzwischen daran zweifle, noch irgendetwas Brauchbares von Mautner zu erfahren.

»Hatten Sie später Kontakt zu Alessia, nach 1996?«, frage ich.

»Nur sehr selten. Ich war ja in London geblieben. Mein Kontakt zu Klaus war damals auch fast abgebrochen. Jeder ging seines Weges.«

Ich stelle meine letzte Frage: »Was wissen Sie über ihren Tod?«

Er stutzt, sieht zur Seite, versucht, der Kamera auszuweichen, genauso wie meiner Frage. Auch wenn das schützende Tuch über der Wahrheit langsam heruntergleitet, noch haftet es. Dann kommt seine nichtssagende Antwort.

»Ich habe darüber in der Zeitung gelesen, das ist alles. Wie gesagt, wir haben uns nicht mehr gesehen. Ich habe natürlich über ihre Karriere gelesen, und dass sie ausgestiegen ist aus der Bank, aber ich weiß auch darüber nicht wirklich Bescheid.«

Wenn es um Alessias Tod geht, will niemand etwas wissen. Ich bin wütend und habe große Lust, ihn zu provozieren, ihm nebenbei alles an den Kopf zu werfen, was Angelika über ihn und die feinen Freunde herausgefunden hat, möchte dieses Lügengebäude einreißen. Aber ich weiß, dass es noch zu früh ist, dass ich Geduld aufbringen muss, was mir schwerfällt. Es gelingt mir kaum, meinen Zorn zurückzuhalten, vielleicht gerade, weil Mautner sympathisch wirkt, sensibel, ganz anders als Castelli oder Grumbek. Ich spüre, dass er mir etwas mitteilen will, eine Botschaft hinter der Lügenfassade, die ich nicht imstande bin zu entziffern. Ich atme tief durch und beende mein Gespräch mit Mautner mit einer Mischung aus Ärger über ihn und Enttäuschung über meine Unfähigkeit, die Wahrheit zu durchschauen.

42

AUF DEM GANG treffe ich Julia. Ich wundere mich erneut, wie sie es schafft, dass ihre Haare aussehen, als hätten sie einen Hurrikan überstanden, und gleichzeitig unverändert bleiben. Ich erzähle ihr von meinem Gespräch mit Schaumann und meinem Besuch bei Constanza Windisch.

»Wir werden Grumbek herbestellen, und ich will dich dabeihaben«, sage ich. »Mach dir Notizen, beobachte seine Mimik, ich will dich ganz wach, okay?«

»Zu Befehl, Chef. Warum jetzt Grumbek? Meinst du, er war's?«

Ich hebe frustriert die Arme. »Meine Intuition ist beim Teufel.«

»Okay, Chef. Wann kommt Grumbek?«

Ich rufe Rachinger an, der mir erklärt, dass Grumbek nicht an der angegebenen Adresse anzutreffen ist und nicht auf Anrufe reagiert. Sind wir zu spät gekommen?

»Versucht es im obersten Stock. Ich vermute, dass er dort auch eine Wohnung hat.«

Es dauert ein paar Minuten, dann meldet sich Rachinger wieder. »Du hast recht, hier gibt es eine Wohnung mit dem Türschild ›Grumbek‹. Die Tür steht offen. Wir gehen rein.«

Wieder herrscht am anderen Ende für ein paar Minuten Funkstille, dann berichtet Rachinger wenig begeistert: »Die Wohnung ist leer. Völlig ausgeräumt. Der Typ ist abgehauen.«

»Alles weg? Wirklich alles?«

Er lässt mich ein paar Minuten warten, verspricht sich umzusehen.

»In der Ecke steht ein Bild«, sagt er dann, »mit einer nackten Frau auf einer Skipiste. Das war ihm wohl zu hässlich.«

Der Walde.

»Bingo«, sage ich. »Wartet auf ihn. Ohne den Walde setzt er sich nicht ab.«

»Ohne wen? Welchen Waldi? Hier gibt es keinen Hund.«

Ich gebe es auf, Rachinger Lehrstunden in Kunstgeschichte zu geben. »Bleibt einfach in der Nähe. Er kommt. Garantiert.«

Ich rufe den Kollegen Baranovic vom Ermittlungsbereich für Wirtschaftsdelikte an.

»Michael, lange nichts mehr von dir gehört. Hatte schon Angst, dass dich gar nicht interessiert, was wir hier für deine SOKO leisten? Oder hast du Probleme mit der Steuererklärung?«, begrüßt er mich.

Ich gehe nicht auf seine unterschwelligen Vorwürfe, mich zu wenig um seine Ermittlungsergebnisse zu kümmern, ein und komme gleicht zur Sache. »Rano, ich brauche deine Hilfe. Ich habe hier einen USB-Stick, den ich dir gerne schicken würde. Sieh den Inhalt sorgfältig durch, okay? Das ist explosiv.«

Er lacht: »Wenn du eine Bombe auf deinem Stick hast, bin ich die falsche Abteilung, hörst du.«

Ich habe keine Zeit für Wortspiele und schlechte Witze. »Bitte, Rano. Das Material ist brisant. Und es eilt.«

Er willigt ein. »Also gut. Wenn der Chef meint, dass es wichtig ist und so furchtbar eilig. Dann lass ihn herbringen, deinen ominösen Stick.«

Ich möchte sichergehen, dass die Daten bei ihm ankommen und vor allem nicht auf dem Weg verloren gehen, und bitte daher Julia, den Stick zu Baranovic zu bringen.

Eine halbe Stunde später, nach einem starken Kaffee und einem Gespräch mit einem nicht sonderlich gut gelaunten Rachinger, der mir ausführlich erklärt, wie schwierig es war, das Okay für die Vernehmung zu bekommen, sitzt ein übellauniger Grumbek in einem unserer Gruppenräume. Wie erwartet, hat Rachinger ihn erwischt, als er den wertvollen Walde aus seiner Wohnung holen wollte. Ich stelle ihm eine kleine Flasche Wasser und eine Tasse Tee hin. Er soll sich nicht über mangelnde Gastfreundschaft beschweren.

Julia bestätigt mir, den Datenstick bei Baranovic persönlich abgegeben zu haben, und setzt sich zu uns. Ich halte Grumbek die Hand hin. Er schüttelt sie nicht.

»Herr Grumbek.« Ich ziehe meine Hand zurück.

»Magister Grumbek, wenn schon, Herr Oberstleutnant.«

Von mir aus.

»Herr Magister Grumbek, wo waren Sie am Abend des 1. Oktober?«

»Das habe ich Ihnen schon gesagt. In meiner Wohnung. Bin ich deshalb hier, weil ich kein Alibi für die Mordnacht habe? Dann müssen Sie halb Wien verhaften. Ich war ein Freund von Klaus, hören Sie, ein Freund.« Er bekommt einen roten Kopf.

»Bleiben Sie ganz ruhig. Sie wissen also nicht, warum wir Sie eingeladen haben, hier ein paar Fragen zu beantworten?«

Er schüttelt den Kopf. »Nein, verdammt, das weiß ich nicht. Weil ihr zu blöd seid, einen Mörder zu finden.«

Rachinger möchte etwas erwidern, aber ich halte ihn mit einer Handbewegung zurück. »Denken Sie nach, Herr Magister Grumbek. Wann haben Sie Klaus Windisch zum letzten Mal gesehen?«

»Das wissen Sie. Vor knapp zwei Wochen. Ich habe Ihnen schon gesagt, dass wir beim *Plachutta* in der Wollzeile essen waren.« Er sieht zu Julia. »Fragen Sie sie! Sie hat doch mitgeschrieben. Es ist ein Skandal, dass Sie mich wie einen Verbrecher behandeln.« Er blickt nervös auf die Uhr. »Warum ist mein Anwalt noch nicht da? Ich brauche hier nichts auszusagen, ich kenne meine Rechte.«

»Also gut«, sage ich, »dann warten wir auf Ihren Anwalt. Dabei dachte ich, es würde Sie interessieren, warum wir Sie hergebeten haben.«

Meine provokante Wortwahl erreicht ihr Ziel. Er lacht laut auf und brüllt mich an: »Gebeten?! Wie einen Verbrecher behandelt. Das wird sowieso ein Nachspiel haben, das garantiere ich Ihnen. Warum ich hier bin? Ich sage es gern noch einmal: Weil Sie unfähig sind, einen Mörder zu finden. Weshalb sonst?«

»Weil Sie Windisch erpresst haben!«, brülle ich zurück.

Ich nutze den Augenblick der Überraschung, den man ihm deutlich anmerkt, und lasse die Katze aus dem Sack. Ich konfrontiere ihn mit seinen Machenschaften, ohne zu sehr ins Detail zu gehen. Ich erwähne Hauser nicht und rede auch nicht über Grumbeks Frau. Er hört es sich mehr oder weniger geduldig an, rutscht unruhig auf seinem Stuhl hin und her, macht Anstalten, zwischendurch aufzustehen, lässt es aber bleiben. Als ich fertig bin, platzt es aus ihm heraus.

»So etwas Idiotisches habe ich schon lange nicht gehört. Welche Beweise haben Sie? Was für Firmenkonstruktionen? Klaus erpresst? So viel Scheiße auf einmal. Verdammt noch mal, wo bleibt dieser verfluchte Anwalt?«, brüllt er.

»Geduld, Herr Magister, Geduld. Herr Mautner hat mir vor etwa drei Stunden via Skype bestätigt, was ich Ihnen erzählt habe. Er behauptet, dass Sie der Drahtzieher waren.«

Für einen Augenblick erwische ich ihn mit meinem Bluff, verunsichere ihn. Warum sollte Mautner ihn verraten? Was haben wir ihm geboten? Straffreiheit? Können wir das? Er überlegt eine Weile, was er antworten soll.

»Sie lügen«, sagt er dann erwartungsgemäß.

»Lucy Diamond«, sage ich. »Das ist kein sonderlich fantasievoller Name, finden Sie nicht?«

Er reagiert zu schnell.

»Wer ist Lucy Diamond?«

»Das ist die Frau, die ein paar Zimmer weiter sitzt und darauf wartet, endlich alles loszuwerden, was sie seit Jahren plagt.«

»Sie ist hier?«

Er hat sich verplappert. Seine kriminelle Energie macht ihn weder zu einem guten Schauspieler noch zu jemandem, der irgendwie zu bluffen versteht.

»Ja, Ihre Frau ist hier«, sage ich. »Gleich nebenan. Mein Kollege Berger hat sie heute Morgen vom Flughafen abgeholt. Wir tun was für unsere Kunden.«

»Haltet sie da raus! Sie ist sensibel und zerbrechlich.«

Ich glaube nicht daran. »Sie wird uns alles erzählen, was sie weiß. Glauben Sie mir. Aber lassen Sie mich ehrlich sein, Herr Magister Grumbek …«

»Lassen Sie diesen Scheiß mit dem Magister«, schreit er.

Dann eben nicht. Welch wankelmütiger Mensch.

»… ehrlich sein«, wiederhole ich. »Für Ihre Machenschaften sind meine Kollegen von der Abteilung Wirtschaftsdelikte zuständig. Ich sage es noch einmal: Ich muss einen Mord aufklären. Nur deshalb sitzen Sie auf diesem Stuhl. Sie haben ein hundertprozentiges Motiv. Haben Sie Windisch umgebracht, weil er nicht bei Ihnen mitmachen wollte, nein, mehr noch, weil er Sie auffliegen lassen wollte?«

Er schnaubt. »Schwachsinn!«

»Wenn Sie es nicht waren, dann haben Sie den jungen Eberhard dazu angestiftet. Auf Anstiftung zum Mord stehen auch locker zwanzig Jahre. Und wenn man bedenkt, wie Windisch ums Leben kam, dann gnade Ihnen Gott.«

Er schüttelt energisch den Kopf und verschränkt die Arme. »Ihr seid ja alle meschugge. Ich sage nichts mehr.«

Ich lasse ihn eine Minute schmoren, dann stelle ich eine andere Frage. »Wenn Sie so unschuldig sind, warum haben Sie ihre Wohnung so überstürzt verlassen?«

Grumbek macht eine wegwerfende Handbewegung. »Überstürzt verlassen? Alles Unsinn. Ich wollte meine Frau abholen, ist das verboten?«

»Man holt Leute nicht mit zwei vollen Koffern ab. Sie halten uns wohl für mehr als beschränkt.«

»Dazu sage ich nichts. Das ist Schikane hier.«

Er klopft nervös auf die Tischplatte, sieht wieder auf die Uhr. Ich muss mich beeilen, ehe er vollkommen zumacht oder der Anwalt zur Tür hereinkommt und seinem Mandanten das einzig Richtige rät, nämlich den Mund zu halten.

»Nehmen wir an, Sie waren mit Windisch im *Plachutta*. Ich weiß, was Sie dort besprochen haben. Sie haben ihn vor die Wahl gestellt, entweder er macht mit oder Sie veröffentlichen gewisse Dokumente.«

Er schüttelt wieder den Kopf. »Schwachsinn, Schwachsinn!«

»Was denn? Worüber haben Sie sonst gesprochen?«

Er fährt sich durch die Haare, überlegt kurz. Dann antwortet er doch. »Über die Heinrichgründe, wenn Sie es genau wissen wollen.«

»Die Heinrichgründe? Was hatte Windisch damit zu tun?«, bohre ich nach.

»Er wollte ...« Er stockt, denkt nach, ordnet seine Worte. »Er wollte die Stadtverwaltung von einem Projekt überzeugen, einem, wie er es nannte, Vorzeigeprojekt sozialen Wohnens.«

Genau davon haben Weyringer und Hauser auch gesprochen.

»Vorzeigeprojekt? Wie hätte das ausgesehen?«

»Mein Gott. Billige Wohnungen für Familien, die Hälfte davon für Ausländer reserviert, mit Pool und Wellnessbereichen, mit kleinem Gemüsegarten für jede Familie, alles gestützt durch einen Fonds, den wir hätten speisen sollen, besser gesagt, eine Stiftung, die den Namen seiner Frau getragen hätte, die ›Constanza‹.«

»Sie haben ihm nicht zugeredet.«

Er lacht. »Ha, zugeredet? Sind Sie verrückt? Selbst Theodor, also Hauser, der sich seit Jahren mit den Heinrichgründen auseinandersetzt, hat ihm abgeraten.«

Weil er auf das Geld der »Freunde« angewiesen war.

»Wie endete das Gespräch? Mit Drohungen, Erpressung, mit dem Vorsatz, ihn umzubringen oder umbringen zu lassen?«

»Sie sind ein Idiot, Winter. Ich habe ihm gesagt, dass ich nicht mitmache, und dass er wahrscheinlich auch keine Unterstützer bei den anderen Freunden finden wird. So leid es mir tat, aber so ein Projekt rechnet sich nicht nur nicht, es funktioniert auch nicht. Du kannst keine Neger im Wienerwald ansiedeln und hoffen, dass sie zu guten Österreichern werden. Und du wirst keine guten Österreicher finden, die unter lauter Ausländern leben wollen.«

Ich gehe nicht auf seine rassistischen Anfeindungen ein, lasse seine Gehässigkeiten an mir abprallen. Ich will ihn bei der Stange halten.

»Also haben Sie ihn überzeugt?«

»Was? Wie? Überzeugt? Ich weiß nicht. Er wollte noch mit Mautner reden.«

»Mit Mautner? Warum mit ihm?«, will ich wissen.

Grumbek senkt für einen Augenblick den Kopf. »Hmm. Mautner war immer so etwas wie ein Liebkind von Klaus. Ihn mochte er lieber als alle anderen Freunde.«

Mautner, immer wieder Mautner. Je länger ich mich mit ihm beschäftige, umso weniger verstehe ich von Windisch, umso dunkler und undurchsichtiger wird das Bild von ihm. Hinter dem straighten Sonnyboy Windisch, dem eitlen Schönling, dem eiskalten Politprofi und abgedrehten Geschäftsmann gibt es eine andere Persönlichkeit, einen Menschen, den ich nicht einmal ansatzweise kenne, der mich aber mehr und mehr interessiert.

»Wohin wollten Sie so schnell verreisen?«, frage ich weiter, um Grumbek nicht zur Ruhe kommen zu lassen.

Er scheint es sich überlegt zu haben, mir die Wahrheit zu sagen. »Meine Frau und ich, wir haben uns getrennt. Wir reden nicht darüber, aber, offen gestanden, sie hat einen Neuen. Und obwohl es Sie gar nichts angeht, ich überlasse ihr meine Wohnung in Wien. Darum steht sie leer.«

»Und wohin hätte jetzt Ihre Reise gehen sollen?«

»In die Lombardei. Castelli hat Verwandte, die dort ein Landhaus besitzen, das sie kaum nutzen. Ich wollte einfach mal raus für einige Zeit. Sehen Sie im Koffer nach. Ich habe nichts zu verbergen.«

Letzteres bezweifle ich entschieden, aber darum werde ich mich nicht kümmern.

»Ich habe ihn nicht umgebracht und auch niemanden dazu angestiftet«, sagt er nach ein paar Augenblicken, in denen wir alle schweigen.

Verhöre können auch manchmal ganz still sein, ohne Worte ablaufen. Mitunter genügt es, dem Menschen, der auf dem unbequemen Stuhl sitzt, im Gefühl zu bestärken, dass alles besser wird, wenn er spricht. Wenn er Glück hat, findet er zur Ruhe, aber weder Erbarmen noch Trost.

»Ich schwöre es. Ich kenne Klaus seit dreißig Jahren. Wir haben uns nicht immer gut verstanden, aber wir waren Freunde. Das ist die Wahrheit. Kann ich jetzt gehen?«

Er redet nicht mehr von seinem Anwalt, aber er wird ihn bald brauchen. Ich habe genug gehört und überlasse Grumbek Rachinger, der ihm jetzt eine Menge Fragen zum jungen Eberhard stellen wird. Draußen telefoniere ich mit Baranovic, erkläre ihm, dass wir gerade Grumbek vernehmen.

»Winter, wo hast du das Material her?«, will er wissen. »Bist du unter die Wirtschaftsfachleute gegangen?«

»Reicht es, um Grumbek festzunageln?«, frage ich ungeduldig, weil uns die Zeit davonrennt.

Er überlegt kurz. »Ein sehr findiger Anwalt, eine Intervention von oben, dann kann ich nicht dafür garantieren. Aber das Material ist trotzdem erstklassig. Verrätst du mir die Quelle?«

»Später, Rano. Jetzt geht es darum, die Staatsanwältin zu überzeugen, dass wir die Bande festnehmen. Ich möchte nicht, dass sie sich absetzen. Schaffst du das?«

»Dein Rano ist fix in solchen Dingen, und hat einen guten Draht zur Staatsanwältin.«

Ich kann sein Grinsen praktisch hören. »Rano, ich verlass mich auf dich, okay? Und ich verspreche dir noch mehr Material. Aber lieber wäre mir, es würde reichen.«

»Du verheimlichst mir was, das ist nicht gut. Je mehr wir kriegen können, umso besser. Vor allem brauchen wir Beweise. Konten sind eine Sache, ein rauchender Colt eine ganz andere. Verstehst du mich?«

Der rauchende Colt, der Geldkoffer, die Festplatte, das Geständnis. Ich verstehe ihn und weiß, dass sie nur in schlechten Krimis vorkommen, weil das Publikum Gerechtigkeit will, wenigstens in der Glotze.

»Wie tief steckt Windisch drin? Was denkst du?«, frage ich.

»Das kann ich nicht genau sagen«, antwortet Baranovic. »Ich habe das Dokument vielleicht eine Stunde durchgesehen. Auf den ersten Blick finde ich nichts, was zu ihm führt, außer vielleicht, dass er ähnliche Steuertricks versucht hat. Davon können die Kollegen Lieder singen. Aber im Moment kann ich nicht ausschließen, dass er gar nichts damit zu tun hat. Bist du jetzt traurig?«

»Nein, Rano. Wenn ich ehrlich bin, das Gegenteil. Danke fürs Erste.«

Ich lege auf und gehe wieder in den Gruppenraum. »Sie müssen noch ein wenig hierbleiben, Herr Grumbek. Herr Rachinger hat noch einige Fragen an sie. Nicht wahr, Kollege?«

Ich glaube nicht daran, dass wir Grumbek so lange hinhalten können, bis der Haftbefehl vorliegt. Aber Rachinger wird die wertvolle Zeit, die uns bleibt, nutzen. Ich gebe Julia ein Zeichen, und wir verlassen beide den Raum. Auf dem Weg in mein Büro sehe ich einen dicklichen, schwitzenden Mann im hellblauen Anzug und einer geschmacklosen Krawatte mit Entenmotiven auf uns zukommen. Ich dirigiere den Anwalt zu Rachinger und mache mich mit Julia rasch aus dem Staub.

In meinem Büro frage ich sie nach ihrer Meinung.

Sie legt die Stirn in Falten. »Ehrlich, Chef, ich finde ihn alles andere als sympathisch, aber ein Mörder? Wenn du mich fragst, nein. Ob er Eberhard angestiftet hat, kann ich nicht sagen. Aber er bestreitet es jedenfalls bislang sehr überzeugend.«

»Ich frage dich, Julia, und ich teile deine Meinung. Hast du seinen Hinweis auf Mautner mitbekommen? Was denkst du darüber?«

Sie überlegt einen Moment, bevor sie antwortet: »Ich weiß nicht, aber irgendwie kommt es mir vor, als steckt hinter der Sache mit Mautner was anderes. Denkst du nicht, dass vielleicht doch Alessia damit zu tun haben könnte? Vielleicht haben sie sie ja beide zur gleichen Zeit … also …«

»Ménage à trois, Julia, so nennt man das wohl. Ich weiß nicht.« Ich nehme einen Stapel Papier aus einer Schreibtischschublade und lege ihn vor uns hin. »Lass uns einmal ordnen, was wir haben.«

»Einen flüchtigen Thomas Eberhard«, sagt Julia und zeichnet einen kleinen Punk auf ein Blatt. Sie ist begabt.

Zu meinem Erstaunen streicht sie ihn durch und lächelt mich an. »Sackgasse.«

Ich könnte sie umarmen.

»Die Freunde.« Sie zeichnet einen Kreis mit fünf Köpfen. Dazu malt sie einen dicken Castelli mit Fragezeichen. »Grumbek stiftet die alten Studienfreunde an, eine ganz große Sache aufzuziehen. Windisch weigert sich mitzumachen und wird erpresst. Er zieht die Konsequenzen und möchte sich aufs Land zurückziehen.« Sie zeichnet einen Bergsee mit Kühen.

»Was ist mit Castelli?«, werfe ich ein.

Sie legt das Blatt weg. »Eine andere Geschichte, Chef. Eine ganz andere Geschichte.«

43

ICH HÄTTE SIE beinahe vergessen. Frau Grumbek sitzt in dem stickigen Raum in einer Ecke und döst. Als sie mich bemerkt, wird sie weder hektisch noch springt sie mir an die Gurgel. Ich stelle eine dampfende Tasse Kaffee und ein großes Glas Wasser auf den Tisch und reiche ihr die Hand.

»Das wird teuer«, sagt sie mit einem Gähnen. »Teuer für die Stadt und teuer für den Staat. Freiheitsberaubung, Folter, was wollen Sie horen.«

Ihr englischer Akzent gefällt mir. Ich entschuldige mich theatralisch.

»Es tut mir furchtbar leid, Frau Diamond, aber wir waren gerade mit dem Geständnis Ihres Mannes beschäftigt, der …«

»Was reden Sie da? Diamond. Spinnen Sie? Und was soll das mit meinem Mann? Mein Mann ist nicht mehr mein Mann, er ist ein Asshole«, regt sie sich auf.

»Bitte beruhigen Sie sich. Sie haben sich doch Lucy Diamond genannt, nicht?«

Sie schüttelt den Kopf so heftig, dass ihr langes blondiertes Haar hin- und herfliegt, und posiert für einen winzigen Augenblick. »Lucy Diamond, the girl from Liverpoooool. Yeah. Das war ich. Gernot hat mich nach

Wien geholt, aber ich werde wieder zuruckgehen, sobald das mit der Wohnung geklart ist. Er ist schon ausgezogen, oder?«

Ich nicke. »Sie wissen, dass Sie nicht ausreisen dürfen, Frau Grumbek?«

»Nicht ausreisen, wieso?«

»Frau Grumbek, Sie sind müde, ich habe noch sehr viel zu tun, und niemand will die Lügen hören, die Sie erzählen. Also ersparen Sie uns beiden die lange Version, und kommen wir zur Sache. Die Geldtransfers interessieren mich nicht, auch wenn ich glaube, dass Sie gut darin waren. Sagen Sie mir, ob Sie Ihrem Mann einen Mord zutrauen.«

»Gernot? Sind Sie verruckt? Niemals. Wer sagt das, Mord?«

Ich lasse nicht locker. »Okay, die nächste Frage: Was wissen Sie über Mautner, und was wissen Sie über Alessia?«

»Das sind zwei Fragen. David ist ein feiner Mensch, ein Gentleman. Alessia? Wer ist das?« Sie streckt abwehrend die Hände vor. »Ich kenne keine Alessia.«

»Hat Mautner eine Freundin?«

»Wieso fragen Sie das?«

»Bitte, beantworten Sie einfach meine Frage, ja? Hat er?«

»Ich weiß nicht. Nein, nur Ruth, seine Tochter.«

»Er hat eine Tochter?«

»Ja, die ist jetzt funf.«

Also kann Alessia nicht ihre Mutter sein.

»Kennen Sie die Mutter von Ruth?«

»Ja, naturlich kenne ich sie. Das ist Sarah Gordon, eine tolle Anwältin.« Sie gähnt wieder. »Wann kann ich meinen Anwalt anrufen, damit er Sie verklagt?«

»Trinken Sie Ihren Kaffee und das Wasser. Jemand wird Sie abholen. Und danach werden Sie einen Anwalt brauchen. Leben Sie wohl, Frau Diamond.«

Ich warte ihre Reaktion nicht ab und verlasse den Raum. Ich hoffe, dass Baranovic die Haftbefehle bald aufgetrieben hat. Ich will diese Gesichter nicht mehr sehen.

44

ICH SUCHE MEIERHOFER. Er sitzt an seinem Schreibtisch und telefoniert.

»Spätes Mittagessen?«, flüstere ich.

Er zuckt mit den Schultern und deutet auf das Telefon.

Ich warte ein paar Minuten, bis er auflegt, dann frage ich noch einmal: »Mittagessen im *d'Landsknecht*? Kalbsrahmgulasch mit Nockerl?«

Er nickt und schließt sich mir an. Zunächst gehen wir schweigend nebeneinander, dann tauschen wir Belanglosigkeiten über das Wetter aus. *D'Landsknecht* ist ein gutbürgerliches Gasthaus in der Porzellangasse, nur wenige Minuten von unserer Dienststelle entfernt und dementsprechend beliebt bei Kollegen.

Beim Essen ergreife ich die Initiative. »Es tut mir leid, dass ich dich anrennen habe lassen. Ich hatte kein Recht dazu.«

Er sagt nichts, aber sein Gesichtsausdruck verheißt Zustimmung.

»Du hast wie alle hier in wenigen Tagen hervorragende Arbeit geleistet. Dafür möchte ich dir danken. Aber wir haben immer noch keine Spur von dem Auto, und wir wissen vor allem nicht, wo Windisch ermordet worden ist. Sag mir, was du denkst, nein, sag mir, was deine Intuition dir sagt.«

Er schaut mich misstrauisch an. Wenn er mich nicht für einen Spinner hält, dann für einen verschrobenen Alten, der nichts von neuen Ermittlungsmethoden hält und auf sein Gefühl vertraut.

»Darf ich offen reden?«, fragt er.

»Ich bitte darum.«

»Du bist fest davon überzeugt, dass es sich bei dem Mord um einen Racheakt handelt. Du denkst, die Art und Weise des Tötens weist darauf hin. Der Mord braucht viel Kaltblütigkeit, Vorbereitung. Vor allem aber denkst du, dass der Mörder uns einen Hinweis geben will, einen Fingerzeig, indem er Windisch nach dem Foto von 2009 hergerichtet hat. Du glaubst, dass dieser Abend entscheidend ist, um zu verstehen, was der Mörder sagen will.«

Ich nicke. Er ist ein ausgezeichneter Profiler. Ich hätte es definitiv nicht besser zusammenfassen können.

Er zögert einen Moment, ehe er loslegt. »Ich habe mir das Foto noch einmal angesehen. Der Anzug ist derselbe. Aber die Krawatte nicht, und auch der Gesichtsausdruck, also, es könnte genauso gut Zufall sein.«

»Und das Blut in der Tasse?«, frage ich.

»Stammt von keiner uns bekannten Person. Was, wenn der Mörder damit auf uns anstoßen wollte, wenn er uns ein Zeichen geben will, dass er uns herausfordert? Auf eure Gesundheit. Er nimmt eine Kaffeetasse, weil er uns aufwecken will. Er provoziert uns.«

Ich ahne, worauf er hinauswill, und nicke wieder.

Meierhofer nimmt eine Gabel voll Nockerl, die er vorher mechanisch in die Soße getunkt hat. »Sagen wir, es geht gar nicht um Windisch.«

Diesmal überrascht er mich.

»Was meinst du bitte, nicht um Windisch?«

Er legt die Gabel ab und sieht mich unverwandt an. »Willst du nun meine Meinung hören?«

Ich beruhige mich und fordere ihn auf weiterzureden.

»Was, wenn Windisch ein zufälliges Opfer ist, wenn der Täter eine bekannte, in den Medien ständig präsente Person gewählt hat, um uns herauszufordern? Bei einem Mord an einem Mann wie Windisch werden Mordgruppen zusammengelegt, kommen die besten Leute zum Einsatz. Die Ermittlungen werden nicht von einem Chefinspektor geleitet, sondern von einem leitenden Offizier, jemandem, der schon einige Schwerverbrecher hinter Gitter gebracht hat, einer Person, die mit ihrer Erfahrung und ihrer Intuition die härtesten Nüsse knackt. Vielleicht geht es dem Mörder also überhaupt nicht um Windisch, sondern vielleicht um …« Er stockt.

Allmählich beginne ich es zu begreifen, obwohl sich alles in mir dagegen wehrt. »Du willst sagen, dass es um, ich meine …«

»… um dich geht, ja«, vollendet er den Gedanken.

Ich sehe ihn an, als wäre er gerade mit einem schillernden Raumschiff gelandet und hätte gesagt, dass wir Menschen jetzt leider den Löffel abgeben müssen, weil wir zu dumm sind.

»Scheiße«, sage ich.

Er grinst nicht und findet es wohl auch nicht komisch.

Stattdessen versucht er, mich zu beruhigen. »Es tut mir leid, es war ein Fehler, entschuldige.«

»Nein«, erwidere ich. »Nein, es war verdammt noch mal kein Fehler. Wenn du recht hast, wenn das, was ich zu sehen glaubte …« Mir ist heiß. Ich trinke mein Glas Mineralwasser aus und fahre mir mit den Händen durch die Haare. »Wenn du recht hast, wenn du recht hast …«

»Wenn ich recht habe, dann musst du den Mörder nicht in Windischs Vergangenheit suchen, sondern in deiner«, gibt Meierhofer zu bedenken.

Ich lasse mein Leben wie ein Sterbender Revue passieren. Wie viele Verbrecher verfluchen mich, wie viele Mörder würden ohne mich nicht den Gefängnisfraß, sondern bei *Meinl* am Graben essen? Wie viele Menschen habe ich unschuldig verdächtigt, wie viele Existenzen habe ich ruiniert durch Beschuldigungen, wie viele Ehen gingen den Bach hinunter, nachdem ich die traute Idylle in die Luft gesprengt hatte? Ich weiß es nicht, aber es macht mir Angst.

»Du hast mein Leben recherchiert, meine Fälle«, sage ich und stochere auf meinem Teller herum.

Er zögert mit der Antwort, spricht sie dann aber doch aus. »Ja, ich habe mich ein wenig schlaugemacht, nicht zu viel, du hast mir ja keine Zeit gelassen, aber ich habe an der Oberfläche gekratzt.«

Ich sehe ihm in die Augen, suche nach einer Emotion, einem Gefühl der Überlegenheit, aber ich finde nur Erleichterung. Endlich ist er los, was ihm durch den Kopf geht.

»Und? Sag mir, wer.«

»Wer? Glaubst du, ich könnte jetzt sagen, der war's, der und kein anderer?«

»Nein? Versuch es.«

Er kämpft dagegen an, weil es ihm nicht gefällt, einfach Vermutungen zu äußern, die auf nichts als Intuition beruhen. Er will noch mehr recherchieren, will sich in Geschichten vergraben, in Leben einlesen, in Gehirne bohren. Dann sagt er es doch: »Der Czapek-Fall. Ein Cold Case …«

Genau diese Worte hat auch Angelika verwendet.

»Keiner konnte den Fall lösen«, ergänzt Meierhofer. »Zwanzig Jahre hat der Mörder unbehelligt durch Wien gehen, sich beim Heurigen über die Verbrecher aufregen und dabei genüsslich seine paar Achtel trinken können. Wer soll ihm nach dieser Zeit noch auf die Schliche kommen? Der böse Onkel Winter.«

Er besitzt ja doch Humor und Eloquenz.

»Czapek wurde allerdings nicht ausgeblutet«, wende ich ein.

»Aber sein Gehirn entfernt. Siehst du keine Parallele? Gehirn und Blut, beides steht für das Leben.«

»Oder den Tod«, sage ich.

»Genau.«

»Lukas, das ist brillant, hat aber einen Haken.«

Er lächelt. »Der Mörder, Ignaz Fuchsberger, sitzt seit sechs Jahren in der Justizanstalt Mittersteig.«

Ich nicke.

»Das ist richtig. Aber erinnere dich daran, dass du immer gezweifelt hast, dass Fuchsberger die Tat allein durchgezogen hat. Fuchsberger ist 1,62 m groß, wog damals vielleicht 65 Kilo. Und Czapek?«

97 Kilo. Ich erinnere mich genau.

»Ich weiß, worauf du hinauswillst. Der berühmte Komplize. Fuchsberger hat steif und fest behauptet, dass er den Toten in einen Teppich gewickelt und allein in den Keller transportiert hätte.«

»Den Teppich hat man nie gefunden. Und selbst wenn, du hast damals darauf bestanden, dass man nach einem Mittäter sucht.«

»Ohne Erfolg, ich weiß. Mein Gott, Lukas, weißt du, was du da verlangst?«

»Einen abgeschlossenen Fall aufrollen, weil man …«

»… seiner Intuition folgt?«

»Möglichkeiten in Erwägung zieht, die bei genauer Betrachtung der Faktenlage sogar ein gewisses Maß an Wahrscheinlichkeit haben.«

»Haben könnten, wenn schon.«

Er widerspricht nicht.

»Hast du mit jemand anderem darüber gesprochen, außer mit mir?«

»Nein«, sagt er überzeugend. »Nicht einmal mit meiner Tante, falls es dich interessiert. Ich war gestern bei ihr zum Essen.«

»Und?«, frage ich.

»Scheiße«, sagt er.

»Das Essen?«

Er lacht.

»Ihr neuer Lover?«

Wieder lacht er. »Michael, sie findet unsere Ermittlungen scheiße. So hat sie es ausgedrückt, nicht anders. Ganz gepflegt, einfach scheiße.«

Sein Lachen nimmt einen hysterischen Ton an.

»Du arbeitest zu viel, Lukas. Geh nach Hause, schlaf dich aus, okay?«

Lukas hebt geschlagen die Hände. »Okay, Chef. Ich schlafe mich von meinem Scheißjob in meiner Scheißwohnung aus. Gut.«

Er packt sein Sakko, legt zehn Euro auf den Tisch und schleppt sich zum Ausgang. Ich muss Abbitte leisten, beichten und ein paar Ave Maria beten. Lukas Meierhofer, ich habe dir Unrecht getan. Ich hoffe, du nimmst keinen Schaden. Er wird es aushalten. Er muss. Schließlich will er mir imponieren. Und ich bin immer noch da. Du hast noch viel vor dir, Lukas, wenn du in meine Fußstapfen treten willst. Viel penible Arbeit an aussichtslosen Fällen, aber auch viel Wut und Zorn und noch mehr Trauer.

45

DEN FALL CZAPEK kenne ich auswendig, kann jedes Wort aus dem Bericht rezitieren, auf jeder Bühne der Welt. Ich hasse diesen Fall. Ich habe ihn fein säuberlich geordnet in meinem Hinterkopf abgelegt und zugemauert. Von dort weht kein Albtraum her. Jetzt muss ich die Mauer niederreißen, den Fall mit Gewalt wieder freilegen. Es ist alles noch da, aber jede Erinnerung ist teuer ertrotzt.

Als ich vor einigen Jahren an diesem Fall zu arbeiten begann, trank ich täglich zwei Flaschen Rotwein und ein paar Schnäpse, um die Kälte zu ertragen, die Tag und Nacht in mein Herz und in mein Hirn drang. In meinen Träumen beschwor mich Maria, nicht auf den steilen Nordhang zu gehen, weil das Wetter umschlug, weil sie das Knirschen spürte, das zum Tosen wurde.

Czapek hat mich gerettet. Ich vermute bis heute, dass man mich zu diesem Fall nur hinzugezogen hat, um mich ein letztes Mal zu testen. Menschen mit psychischen Problemen – und das ist gut so – haben keine Zukunft bei der Polizei. Also wird der Mann, dessen Leben aus dem Ruder läuft und der offensichtlich zu viel trinkt, auf einen aussichtslosen Cold Case angesetzt, an dem er entweder endgültig zerbricht oder sich glorreich beweisen kann. Und ich habe es ihnen allen bewiesen. Ich habe kein halbes Jahr gebraucht, um Fuchsberger zu finden. Einen Buchhalter mit perversen Neigungen, der gerne junge Männer vernaschte, manchmal auch Teenager. Czapek hatte ein Herz für die Bedürfnisse dieses kleinen Mannes, der ansonsten unbescholten durch das Leben ging und der Versicherung, bei der er angestellt war, keine Schande machte. Fuchsberger war so unauffällig, dass er immer da war, ohne dass man ihn bemerkte. Bis ich kam.

Ich besuchte ihn, weil er sich um Czapeks Steuererklärung gekümmert und gelegentlich dessen Hunde ausgeführt hatte. Die Erklärung war einfach. Er wohnte nur zwei Häuser weiter. Man traf sich im Kaffeehaus, grüßte sich flüchtig, plauderte über das Wetter. Natürlich war das eine Lüge. Man plauderte über neue Ware. Der freundliche Herr mit dem Hut zahlte mit klugen Steuertipps, mit gewinnbringenden Versicherungslösungen und vor allem mit einer Form von Loyalität, die man im Gewerbe nicht kennt. Und obwohl ihn jeder Bericht an irgendeiner Stelle beinahe beiläufig erwähnte, fiel er niemandem auf. Ich machte ihn nervös, nach zwanzig Jahren, weil ich Fragen stellte, harmlose, einfache Fragen, leicht zu beantworten für einen Mörder, der darauf vorbereitet ist. Er war es nicht. Er rechnete nicht damit, dass ihm jemand auf die Schliche kommt. Er dachte, dass das Gras inzwischen höher gewachsen wäre als er selbst und ihn unsichtbar machte. Aber ich habe es geschnitten, Halm für Halm, und ihn für alle Zeit in Sicherheitsverwahrung verbannt.

Warum er Czapek ermordete? Weil Czapek sich über ihn lustig gemacht hatte, weil er ihn lästig fand, weil er auf seine Dienste verzichten wollte, weil Czapek sich zu Größerem und Besserem berufen fühlte und sich Anwälte und Steuerberater leisten konnte und weil er keine Lust mehr hatte, einer Laus wie Fuchsberger unschuldige Jungen zu besorgen. Und dann zertrat die Laus den großen Czapek. Nur allein schafft eine Laus das nicht. Dazu braucht sie einen starken Helfer. Ihn hat Meierhofer jetzt wieder aus der Versenkung ans Licht geholt.

Der Mord an Czapek ist jetzt siebenundzwanzig Jahre her. Wie alt müsste der Komplize sein. Mindestens an die fünfzig. Wie alt war Fuchsberger? Dreiundvierzig. Er wird dieses Jahr siebzig. Wie gern würde ich ihm statt der Torte den Namen seines Helfers überreichen.

Czapeks Gehirn wurde nie gefunden. Einer der Polizisten, die als Erste am Tatort waren, machte einen Witz, dass der Mörder es wohl mit einem Glas Chianti gegessen hätte. Wer immer dieses schauerliche Detail des Mordes an die Presse spielte, durfte sich in jedem Fall rühmen, sein Ziel erreicht zu haben. Obwohl kein Ermittler einen Gedanken daran verschwendete, war der Wiener Hannibal Lecter in aller Munde. Zwanzig Jahre nach dem Mord, und nachdem die Spur so kalt wie der Südpol war, griff ein launiger Journalist das Thema wieder auf und philosophierte, wo sich wohl *unser* Hannibal Lecter aufhielte. Vielleicht in der Nachbarschaft? Das Bundeskriminalamt nahm den Ball wohl oder übel auf und setzte seine Cold-Case-Einheit in Bewegung.

Ohne Erfolg. Dann kam Prantl auf die Idee, mich als Ermittler hinzuzuziehen. Offiziell, weil ich einen unverbrauchten Blick auf den Fall werfen könnte. Das Rätsel um das Gehirn habe aber auch ich nicht gelöst. Wenn Meierhofer recht hat, dann besitzt es wie das Blut symbolische Bedeutung.

Ich bezahle die Rechnung, verlasse das Gasthaus und gehe zu Julia. Seltsamerweise ist sie die Einzige, mit der ich die neuen Erkenntnisse teilen will. Ich erzähle ihr von dem Gespräch mit Meierhofer. Sie nimmt es gelassener, als ich befürchtet habe.

»Wer weiß davon, Chef?«

»Nur du und Meierhofer. Willst du mir helfen?«

Sie nickt. »Was soll ich tun, Chef?«

Ich bitte sie, mir zu folgen. In einer Schublade meines Schreibtisches liegen fünf CDs. Ich nehme sie heraus und gebe sie ihr.

»Als ich den Fall bekam, habe ich alles auf CD gespeichert. Altmodisch vielleicht, aber die USB-Sticks habe ich immer irgendwo liegen lassen. Nimm sie. Ich habe den Fall sowieso da oben.« Ich tippe an meine Stirn. »Wir suchen nach einem großen Mann, stark, wahrscheinlich Anfang zwanzig. Ich glaube, dass er ein Opfer war.«

»Ein Opfer?«

Ich erzähle ihr von Czapek und Fuchsberger, lasse mir Zeit, verliere mich in Details, die sie nie behalten kann, bemerke, dass es mich die ganze Zeit nicht losgelassen hat, fühle mich übel und gleichzeitig befreit. Nach einer Stunde etwa wische ich mir den Schweiß von meinem

Gesicht und trinke eine ganze Literflasche Wasser auf einmal.

Julia wirft mir einen besorgten Blick zu. »Geht es dir gut, Chef?«

»Ja, Julia, es geht mir gut. Es tut mir leid, dass …«

Ich habe ein schlechtes Gewissen, weil ich Julia mit hineinziehe. Der Fall hat einen Sog. Man glaubt sich noch am sicheren Ufer, da treibt man schon unweigerlich ab. Ich will nicht, dass Julia im Sog verschwindet. Ich mag sie, und ich brauche sie noch.

»Schaffst du das?«, frage ich.

Sie nickt. Nachdem sie mein Büro verlassen hat, setze ich mich an meinen Computer und massiere meine Schläfen. Ich rufe Angelika an und lasse es läuten, bis die Mailbox einsetzt. »Hier ist der …« Ich lege auf.

46

ICH RUFE IN der Justizanstalt Mittersteig an und kündige mich für morgen früh an.

Ich bemühe mich, gedanklich die Fakten zu ordnen, sie den richtigen Orten und Zeiten zuzuweisen, die Jahre nicht durcheinanderzubringen und Gesichter wiederzuerkennen.

Vor siebenundzwanzig Jahren wurden auch Stricher befragt, mit denen Fuchsberger etwas hatte, und Czapeks Dokumente wurden nach Hinweisen auf mögliche Opfer und damit vielleicht auch Täter durchsucht, aber die Ausbeute war erwartungsgemäß mager. Fuchsberger stand offensichtlich auf Teenager und junge Männer zwischen vierzehn und zwanzig, keine Kinder. In den Verhören blieb er wortkarg oder philosophierte über die Welt. Der Mann besaß eine hohe Intelligenz, aber auch ein krankes Minderwertigkeitsgefühl, das er Jahr für Jahr stärker kompensieren musste. Als Kind einer alleinerziehenden Mutter, das seinen Vater nie kennenlernte, weil der noch vor der Geburt das Weite gesucht hatte, wurde er nicht vernachlässigt, im Gegenteil. Er wurde eng umschlungen von der Mutter erzogen, zu eng umschlungen wahrscheinlich, und in eine katholische Privatschule geschickt, aber nicht in ein Internat.

Glaube und Frömmigkeit spielten eine Rolle, aber wurden nicht exzessiv gelebt. Er war klein, zierlich, wurde in der Schule gehänselt, manchmal auch geschlagen, aber nach Auskunft der Mutter nie missbraucht. Vielleicht bekam sie es nicht mit, aber eigentlich glaube ich ihr. Seine homosexuelle Neigung nahm sie wahr, zeigte ihm ihre Missbilligung, aber sie übte keinen Zwang auf ihn aus, schlug ihn praktisch nie, sondern ließ ihn, unter Tränen, seinen Weg gehen. Sein Studium finanzierte sie durch harte Arbeit und hörte nie auf, stolz auf ihn zu sein. Sie starb vor ein paar Jahren, weshalb ich nicht mehr nachhaken kann, aber ich lasse die Geschichte mit allen Unschärfen stehen.

Mag sein, dass es in Fuchsbergers Kindheit und Jugend schmerzhafte Wunden gab, von denen ich nichts erfahren habe. Aber nach allem, was ich von ihm weiß, hätte er auch Kardinal werden können oder Vizekanzler oder eben Buchhalter.

47

ICH GEHE LANGSAM nach Hause, spüre wieder den Wind, der an Stärke zulegt und Kälte mitbringt, als mein Handy klingelt. Es ist Angelika.

»Du hast mich angerufen, Michael? Was kann ich für dich tun?«

Ich frage sie, ob sie mir mehr Material besorgen könne, um die Freunde festzunageln. Sie ist nicht begeistert.

»Die Unterlagen, die meine Kollegen in Brüssel sammeln, sind sehr heikel. Sie befürchten, dass die ganze Aktion schiefläuft, wenn sie zu früh an die Öffentlichkeit gehen. Außerdem haben sie nach der brutalen Ermordung einer Kollegin in Malta, die einem Korruptionsnetzwerk bis in höchste Regierungskreise auf der Spur war, einfach Angst.«

Ich kann sie gut verstehen. Die Geschichte war in allen Medien. Trotzdem brauche ich Handfestes, mehr als nur Indizien, Beweise.

»Ich befinde mich in einem Dilemma«, sage ich. »Wenn wir nicht mehr liefern, werden die Freunde in kurzer Zeit in alle Richtungen davonpreschen wie aufgescheuchte Pferde. Kannst du dir vorstellen, dass eine Frau Dietrich ins Gefängnis kommt? Können wir uns kurz treffen?«

»Jetzt?«, fragt sie. »Das ist schwierig. Mein Sohn ist bei mir. Du könntest höchstens vorbeikommen, ich meine, wenn dich ein Neunjähriger nicht stört, der partout nicht ins Bett will.«

Ich lasse mir die Adresse geben und beeile mich. Ich brauche länger als eine halbe Stunde mit der Straßenbahn. Angelika wohnt in Neuwaldegg, nicht weit entfernt vom Schloss, in einem kleinen Häuschen mit viel Holz, einem großen Balkon und einem Garten, der auf eine gewollt gepflegte Weise verwildert aussieht. Es gibt keine Klingel, nur einen Türklopfer aus Messing, den ich vorsichtig bediene. Eine Weile tut sich nichts, dann klopfe ich erneut, jetzt etwas energischer.

»Hier muss man schon ordentlich anklopfen«, sagt Angelika, als sie die Tür öffnet. »Komm rein in das Knusperhäuschen. Hundertfünfzig Jahre alt.«

Sie trägt bequeme Jeans und einen flauschigen Wollpullover. Ihre Haare sind nach hinten gebunden, wehren sich aber an der einen oder anderen Stelle erfolgreich gegen die Kontrolle durch ein Haarband.

Auch das Innere des Hauses ist mit viel Holz ausgestattet. Die Decken sind niedrig, aber nicht bedrückend. Es erinnert mich an ein Jagdhaus, aber Gott sei Dank hängen nirgendwo Trophäen. Angelika führt mich in ein geräumiges Wohnzimmer mit einem großen Teppich, ein paar Bücherregalen und einer den Raum dominierenden Wohnlandschaft. Ich habe Stapel von Zeitungen und Magazinen erwartet, aber auf dem Couchtisch liegt nur die aktuelle Ausgabe des *Kleinen Blatts*. Es sieht aufgeräumt aus und riecht nach Honig.

»Willst du auch einen Tee?«, fragt sie.

»Ja, und auch mit Honig, riecht gut«, antworte ich.

»Du hast eine feine Nase, Michael. Welches Parfüm habe ich neulich benutzt?«

»Fleurs Lavande«, antworte ich.

»Ich wusste, dass du darin gut bist. Ein Teil deiner Intuition beruht auf Wahrnehmungen, die anderen entgehen, Gerüche, Kleidung, Farben, das Arrangement eines Blumenstraußes. Du sammelst Informationen, von denen andere annehmen, dass sie unwichtig oder sogar störender Ballast sind, aber genau daraus baust du dein Puzzle zusammen.«

»Ich fürchte, dass ich meine Fähigkeit verliere. Ich bin müde.«

Sie nimmt meine Hand, sieht mir in die Augen. »Michael, lass dich nicht entmutigen. Du darfst dich nicht wundern, dass diese Fülle an Informationen dich müde macht. Du musst dir mehr Ruhe gönnen, hörst du.«

Sie geht in die Küche und kommt mit zwei Tassen Tee wieder. Ich versuche, am markant-würzigen Aroma die Sorte zu erraten.

»Assam, oder?«, frage ich. »Ich kenne mich bei Tees nicht so aus, mache mir selten welchen. Jedenfalls schmeckt er wunderbar.«

»Ja, stimmt. Michael, du musst dich mir gegenüber nicht beweisen. Ich finde es schön, dass du nicht perfekt bist.«

Sie begleitet diesen Satz mit einem Blick, dem ich mich nicht entziehen kann. Aber etwas in mir sträubt sich, diesem Gefühl nachzugeben, diese alte und ewige

Bindung an Maria, ein seltsames Gefühl, ihr untreu zu werden, etwas zuzulassen, was einzig und allein für sie bestimmt war. Ich versuche Distanz herzustellen, indem ich provoziere.

»Damals«, sage ich, »im Café mit Julia. Die Sache mit dem Traum hast du erfunden, oder?«

Ich bereue den Satz, noch während ich ihn ausspreche. Zu meinem Glück lässt sie sich nicht provozieren.

»Du denkst, dass ich mich wichtigmachen oder Eindruck schinden wollte? Der kühle Ermittler erwärmt sich für die Esoterikerin? Ich habe gesehen, wie du reagiert hast. Du hast dich bemüht, so zu tun, als hätte ich von diesem Traum nie erzählt, als würde er nichts bedeuten. Und du hast mich in unseren Gesprächen nie darauf angesprochen. Warum?« Sie sieht mir in die Augen, aber erwartet keine Antwort. Sie gibt sie selbst. »Weil du wusstest, dass ich die Wahrheit gesagt habe. Weil es dir unheimlich ist, dass jemand außer dir etwas spürt, wahrnimmt, fühlt, was den reinen Verstand übersteigt. Weil es dir an dir selbst unheimlich ist.«

Ich denke an meine besorgte Mutter, die mich zum Psychiater schleppte, weil ich täglich schweißnass aus meinen Träumen aufwachte. Ich will ihm nicht erklären, wie weh es tut, was ich sehe, höre, rieche, wie mich die Emotionen von Menschen, die sich in meiner Nähe befinden, quälen, Gefühle, die ich nicht abschirmen kann. Ich höre meinen Vater zu ihr sagen, dass ich ein Weichei sei, völlig verzogen, unsportlich, ein Sensibelchen. Ich denke an die Schläge meiner Mitschüler, die dem verhuschten Träumer und feigen Streber zeigen, wo es langgeht. Heute weiß ich, dass diese Fähigkeiten ein Geschenk waren, das ich nicht zu schätzen wusste und um das ich inzwischen, wo ich nur noch einen Bruchteil davon besitze, dankbar wäre. Aber ich habe keine Lust, all diese Erinnerungen wieder nach oben schwappen zu lassen. Ich möchte es Angelika erklären, doch ich bringe kein Wort heraus. Es entsteht eine Stille zwischen uns, die mir unangenehm ist. Ich möchte aufstehen und gehen und noch lieber bleiben.

»Wo ist dein Sohn?«, frage ich, weil mir genau jetzt meine Tochter einfällt, der ich diese Gabe zu ihrem Glück nicht vererbt habe.

»Er baut in seinem Zimmer ein Puzzle zusammen. Er ist gut darin.«

»Er gerät nach seiner Mutter.«

»Sein Vater ist Mathematiker, Universitätsdozent. Der klügste Mensch, den ich kenne.«

Wieder diese Stille. Der andere Mann zwischen uns, eine Spannung, ein Gefühl der Unterlegenheit, und gleichzeitig diese Distanz, die ich vorhin herbeigewünscht habe und die mich jetzt umso mehr quält. Ich muss in sicheres Terrain ausweichen und erzähle ihr detailreich den Stand der Ermittlungen, auch wenn ich genau weiß, dass ich dies nicht darf.

»Du kennst die Regel«, sage ich.

»Nichts davon verwenden. Was denkst du von mir, Michael? Wofür hältst du mich? Glaubst du, dass ich mich an dich heranmache, um eine tolle Story zu bekommen?«

Ich entschuldige mich.

»Wann hast du aufgehört, jemandem zu vertrauen, Michael? Hast du Freunde?«

Ich denke nach. Mit Berger treffe ich mich regelmäßig auf ein Bier, gehe mit ihm essen, bin mit vielen Menschen per Du.

»Ich glaube, ich habe keine Freunde«, sage ich.

»Dann solltest du das mal ändern. Du könntest mit mir anfangen.« Ich weiß nicht, ob ich ihr Freund sein will, ich fühle etwas anderes.

»Ich treffe übermorgen Abend meine Tochter«, sage ich. »Ich möchte auch bei ihr etwas gutmachen. Ich will diesen Fall bis dann abgeschlossen haben.«

»Du willst ihr beweisen, dass du gut bist, dass sie stolz auf dich sein kann.«

»Ja, vielleicht.«

»Sie kann stolz auf dich sein.«

Angelika setzt sich neben mich und berührt mein Gesicht. Es ist nur ein zarter, vorsichtiger Kuss, den sie mir gibt, aber er öffnet ein verschlossenes dunkles Zimmer und durchflutet es mit Licht.

Weder Angelika noch ich haben ihren Sohn gehört, der plötzlich im Raum steht und uns mit großen Augen ansieht. Sie bemüht sich um Schadensbegrenzung.

»Hallo, Schatz, das ist Michael. Willst du ihm die Hand geben?«

Er schüttelt den Kopf und verschwindet wieder in sein Zimmer, dieses Mal deutlich hörbar. Sie sieht mich an, und ich nicke. Sie geht ihm nach.

Leise ziehe ich die Haustür hinter mir zu und gehe in den Abend. Es ist wieder kalt geworden.

Dienstag, 9. Oktober

Tag 8

48

EINE NACHT WIE diese wünsche ich meinen Feinden, wenn ich sie haben sollte. Albträume von hirnlosen Menschen, die schreiend über Felder laufen, endlose Felder, die im Nichts enden.

Ich rasiere mich und trinke einen starken Kaffee. Eine Stunde später sitze ich in der Justizanstalt Mittersteig Fuchsberger gegenüber, in einem sterilen Raum, in dem er sich nicht verletzen kann, und ein mittelalterlicher gelangweilter Justizwachebeamter darauf achtet, dass er auch nicht auf mich losgeht.

Fuchsberger wirkt müde und alt. Seine Tränensäcke sagen mir, dass Herz und Nieren schon bessere Zeiten erlebt haben, sein schütteres Haar, das früher militärisch kurz getrimmt war, klebt ihm in ungepflegten Strähnen am Kopf, fett wie sein Bauch. Er hat sich aufgegeben, vegetiert mehr dahin, als dass er lebt. Gleichwohl entdecke ich in seinen Augen eine funkelnde Energie. Er reicht mir sogar die schwabbelige Hand, die noch erstaunlich fest zugreifen kann.

»Herr Winter, was verschafft mir die Ehre?«

»Ein blutleerer Minister«, sage ich.

»Ach, der Windisch. Das habe selbst ich hier mitbekommen, obwohl die Herrschaften sich bemühen, mich vom Leben da draußen so gut wie möglich abzuschotten. Weil es für meine Psyche nicht gut ist. Drum muss ich hier drinnen langsam verfaulen. Das Essen ist Scheißdreck, die …«

Ich unterbreche ihn. »Herr Fuchsberger, ich habe Sie als intelligenten Menschen eingestuft, damals, als wir unsere Sitzungen hatten, als Sie mir all die Geschichten erzählt haben. Ich suche Ihren Rat.«

Er ist sich nicht sicher, ob ich ihn verarsche, sieht mich stirnrunzelnd an, lehnt sich schwerfällig zurück und kratzt sich am Kopf. »Was wollen Sie wirklich, Winter?«

Seine Augen sind hellwach.

»Antworten.«

»Was habe ich davon?«

»Die Wiederaufnahme des Verfahrens, wenn sich herausstellt, dass Sie Czapek nicht umgebracht haben, wovon ich inzwischen vollkommen überzeugt bin.«

Tatsächlich schaffe ich es, ihn zu verblüffen. Er richtet sich erstaunlich rasch auf und schlägt mit voller Wucht auf den Tisch. Ich beruhige den Beamten, der ebenfalls schnell reagiert und Fuchsberger festhalten will.

»Wollen Sie hier drinnen sterben?«, frage ich Fuchsberger. »Die Chancen stehen verdammt gut. Ich habe mich damals geirrt. Sie haben eine andere Person gedeckt, geschützt, ich weiß nicht.«

Ich versuche, so ruhig wie möglich zu bleiben, um ihn herauszufordern, aber nicht aus Trotz verstummen zu lassen.

»Hören Sie auf!«, schreit er. »Ich habe Czapek ermordet und euch einen Gefallen damit getan. Czapek war ein Schwerverbrecher. Für seinen Tod hätte ich eine Medaille bekommen müssen, nicht das hier.« Er zeigt auf die kahlen Wände und auf den Justizwachebeamten.

Habe ich ihn schon wieder verloren? Ich warte. Er ist noch nicht fertig.

»Wer zum Teufel soll ihn denn umgebracht haben? Der ominöse Komplize, von dem Sie damals so überzeugt waren? Ein Phantom von zwei Metern Größe. Weil ich zu schwach bin, ein Arschloch wie Czapek in den Keller zu schaffen? Sie irren sich, Winter, ich war dazu in der Lage.«

»Warum haben Sie sein Gehirn entfernt?«, frage ich.

Er zuckt nur mit den Achseln.

»Was haben sie damit gemacht?«

Fuchsberger entblößt eine Reihe gelber Zähne. »Ich habe es gegessen, haha.«

Ich stehe auf und sage dem Beamten, dass das Gespräch beendet ist. Während er die Tür öffnet, drehe ich mich zu Fuchsberger um. »Sie werden hier verrecken, und wenn ich das richtig sehe, schon bald. Ihr Geständnis, die vielen Gespräche, die Sie mit mir geführt haben, es waren verdammte Lügengebilde. Vielleicht zum ersten Mal in Ihrem Leben hat Sie jemand ernst genommen. Dieser Mensch war ich. Sie haben mich belogen und enttäuscht. Denken Sie darüber nach!«

Ich lege ihm meine Visitenkarte auf den Tisch. Fuchsberger sieht kurz darauf, prägt sich die Telefonnummer ein. Er kann das. Dann dreht er sich weg von mir. Jetzt ist das Gespräch beendet. Vorerst.

49

IM 5. WIENER GEMEINDEBEZIRK Margareten, in dem die Justizanstalt liegt, befindet sich das sogenannte Schlossquadrat, ein auf das 14. Jahrhundert zurückgehender, annähernd quadratischer Gebäudekomplex, einstmals als Margaretner Schloss bezeichnet, in dem es vier wunderbare Gaststätten gibt. Ich kehre beim *Silberwirt* ein. Es ist lange her, seit ich das letzte Mal hier war. Ich bestelle ein Margaretner vom Fass und frage mich, ob sie Hirn mit Ei auf der Karte haben. Ich finde es nicht und bin beruhigt.

Der Anruf des fleißigen Waldner reißt mich aus meinen Gedanken an das Gespräch mit Fuchsberger. Was er andeutet, lässt mich sofort zahlen und auf das Mittagessen verzichten. Ich fahre zu schnell, muss zweimal scharf bremsen und beschließe, in Zukunft noch häufiger zu Fuß zu gehen oder öffentlich zu fahren.

Im Landeskriminalamt drückt Waldner mir ein Blatt in die Hand. »Der 25. September 2009. Das Fest bei Musat. Ich habe mal die Unfalldatenbank der Magistratsabteilung 46 durchgesehen sowie alle Zeitungen des Folgetages nach Angaben über Unfälle, Verbrechen, außergewöhnliche Vorfälle abgefragt. In der Nähe des Hauses, wo die Party stattfand, gab es eine Sache, die interessant sein könnte. Auf der Höhenstraße kam es nach einem Überholmanöver zu einem Autounfall mit Fahrerflucht. Ein Wagen wurde in die Böschung abgedrängt und überschlug sich. Dabei wurde die Fahrerin eingeklemmt und ihr einjähriges Kind schwerst verletzt. Obwohl sich die Fahrerin schließlich selbst befreien konnte, kam für das Baby jede Hilfe zu spät. Es starb noch am Unfallort. Das war so gegen halb zwölf Uhr nachts. Rein theoretisch könnte der flüchtige Unfallverursacher von dem Fest gekommen sein. Aber das ist natürlich nur Spekulation.« Er macht eine kurze Pause.

»Eine sehr tragische Geschichte«, sagt er dann und seufzt. »Ich habe soeben mit dem zuständigen Polizeiposten gesprochen, und ich hatte sogar den Kollegen am Apparat, der damals vor Ort war. Er sagte mir, dass das Mädchen Überlebenschancen gehabt hätte, wenn es gleich erstversorgt worden wäre.«

»Wie hießen die Frau und das Mädchen?«, frage ich.

»Steht auf dem Zettel, den du gerade zerknüllst.«

Ich glätte das Blatt Papier und lese Burger. Veronika Burger. Das kleine Mädchen hieß Valeria.

»Was für eine Ironie«, sagt Waldner, der ein Faible für die Bedeutung von Namen hat. »Valeria heißt ›die Gesunde‹, und Veronika ›die Siegerin‹.«

»Gibt es Fotos?«, erkundige ich mich.

»Die kommen noch. Heute Vormittag, versprochen.«

Ich bedanke mich bei Waldner. Er verspricht mir auch, so viel wie möglich über Veronika Burger und ihr Kind herauszubekommen und mich sofort zu informieren.

Ich schaue kurz bei Berger vorbei, der heute die Leitung

der Dienstbesprechung übernommen hat, in der es nicht zuletzt um Grumbek ging, um die Zusammenarbeit mit der Staatsanwaltschaft, um sich als falsch herausgestellte Sichtungen von Windischs Auto und um die Pressearbeit. Ich habe nichts versäumt, sieht man einmal von dem zweifellos sehenswerten Wutausbruch Rachingers über Grumbeks Anwalt ab, von dem Berger genüsslich erzählt und sich dabei natürlich die Bemerkung nicht verkneifen kann, dass Rachinger ziemlich sauer auf mich sei, weil ich ihn mit diesem Menschen allein gelassen habe. Zu meinem Erstaunen halten wir Grumbek allerdings immer noch fest. Ich vermute, dass Frau Windisch mit ihrem Anwalt ein paar Fäden gezogen hat, und wette gleichzeitig mit mir selbst, dass er bald nach Hause spazieren wird. Dann warte ich in meinem Büro auf Waldners Anruf, während mein Hirn das Puzzle weiter zusammenfügt.

Ein Unfall im Zusammenhang mit dem Fest bei Musat, bei dem Eberhard und Windisch anwesend waren. Zufall? Vielleicht, aber daran glaube ich nicht. Dieses Fest. Was ist dort geschehen?

Waldners Anruf kommt eine Stunde später. Es gibt praktisch nichts Passendes zu Veronika und Valeria Burger trotz einiger Personen, die diesen Namen tragen. Der Halter des Fahrzeugs, das sie geschnitten hatte, wurde nie gefunden.

Waldner schickt mir eine Datei mit einer Reihe von Informationen zum Unfall. Ich überfliege sie, bis ich das Geburtsdatum von Veronika Burger lese: 1. März 1967. In meinem Hirn rasen die Gedanken funkensprühend über die Weichen, die die Bahn zu Windisch lenken.

50

ALESSIAS GEBURTSDATUM HAT sich in mein Gedächtnis eingebrannt. Alessia Castelli und Veronika Burger sind ein und dieselbe Person. Castelli und Burger, darauf hätte ich früher kommen können. Ich nehme Waldners Freude an Namen auf. Alessia und Veronika, sie haben mit Schutz und Sieg zu tun. Die siegreiche Beschützerin, die beschützende Siegerin, was auch immer. Ich sehe eine kämpferische, mutige Frau vor mir, die dieses Kind haben will, die sich schwört, es gegen alle widrigen Lebensumstände zu bekommen und beschützen zu wollen, und dabei auf furchtbare Weise scheitert. Mir wird jetzt vieles klar. Alessia zog sich 2008 aus der Bank und aus der Öffentlichkeit zurück, weil sie schwanger war mit einer Tochter, von der nur wenige etwas wussten und von der daher auch die Medien nicht berichteten, verlor dieses Kind bei einem schrecklichen Unfall und starb einen Monat darauf. Woran? An den Folgen des Unfalls?

Was immer ihr Bruder weiß, ich werde ihn heute so lange ausquetschen, bis er mit der Sprache herausrückt. Ich rufe Baranovic an.

»Rano, wie steht es mit den Haftbefehlen gegen unsere Freunde?«

»Du meinst die Kumpel von Grumbek? Keine Chance. Auch Grumbek ist eben nach Hause marschiert. Die Staatsanwaltschaft sieht sich nicht in der Lage, Untersuchungshaft ...«

»Schon gut, Rano. Ich verstehe.«

Ich lege auf, ärgere mich, dass ich die Wette mit mir selbst gewonnen habe, und steige wieder in das Auto, das ich zu hassen beginne, quäle mich durch einen Stau in den Norden der Stadt. Ich will zu Castelli.

Kurz überlege ich, wie ich das Gespräch beginnen soll, und läute dann an seinem Haus. Seine Frau öffnet die Tür. Ich erwarte mir Abwehr, aber das Gegenteil geschieht.

»Ich warte schon auf Sie«, sagt sie und reicht mir einen dicken Ordner mit Fotos und Schriftstücken. »Nehmen Sie ihn und gehen Sie, bevor mein Mann nach Hause kommt. Bitte. Geben Sie ihr die Würde wieder zurück.«

Ich will Fragen stellen, aber sie drängt mich zu gehen.

»Sie werden alles verstehen«, sagt sie noch und schließt die Tür.

Mit dem Ordner in den Händen gehe ich zurück zum Wagen. Ich fahre eine Weile ziellos aus Grinzing hinaus und gefühlt im Kreis, ehe ich mich wieder zurechtfinde und den Weg ins Büro einschlage. Ich stelle das Auto ab und gehe zu Fuß ins Café im Schottenstift, bestelle eine Eierspeise und einen Einspänner und mache mich an die Lektüre.

Nach zehn Minuten Bilderflut verweigern mir meine Augen den Gehorsam und schicken mir nur noch zuckende Blitze in rasender Abfolge. Meine linke Hand beginnt zu zittern. Ich versuche, die Schwäche wegzuatmen. Doch die Übelkeit ist stärker als mein Wille und mein Versuch aufzustehen. Ich gehe ansatzlos zu Boden, starre auf die Fliesen und versuche, ein Wort auszusprechen. *Scheiße.*

51

ICH WACHE IN einem Krankenbett auf, blicke in einen von medizinischen Gerätschaften dominierten Raum. Neben mir sitzt eine junge Ärztin, die sich Notizen macht. In meinem linken Arm steckt ein Venenkatheter, von dem ein Schlauch zu einem Infusionsbeutel über mir führt, aus dem eine helle Flüssigkeit tropft. Ich muss an Windischs Tod denken.

»Wo bin ich?«, frage ich.

Die Ärztin sieht mich mit freundlichen Augen an, beugt sich zu mir. »Willkommen zurück, Herr Winter. Machen Sie sich keine Sorgen. Sie sind in der Neurologie des Allgemeinen Krankenhauses.«

»Was war los mit mir?«

»Sie sind in einem Kaffeehaus ohnmächtig geworden. Erinnern Sie sich noch?«

Ich versuche zu nicken, aber der Kopfschmerz hindert mich daran.

»Sie waren nicht ansprechbar, also haben wir ein paar Untersuchungen gemacht. Die gute Nachricht: Es ist kein Schlaganfall, auch kein Herzinfarkt. Können Sie sich daran erinnern, was vor der Ohnmacht passierte? Wurde Ihnen übel oder schwindelig?«

Ich erzähle ihr von den Symptomen.

»Sie leiden offensichtlich unter einer starken Migräne. Hatten Sie solche Anfälle schon öfter?«

Als Kind ja, und nach dem Tod meiner Mutter, nach dem Tod von Maria. Die Migräne begleitet mich wie ein Trauergast.

»Einige Male«, sage ich, »aber nie mit Ohnmacht.«

»Die Sanitäter sagen, dass Sie sich nach Auskunft einiger anderer Gäste im Café beim Stürzen den Kopf angeschlagen haben. Wir müssen davon ausgehen, dass Sie deshalb ohnmächtig wurden.«

Ich greife mir an den Kopf und fühle eine riesige Beule. Mühsam versuche ich, mich aufzusetzen.

»Haben Sie einen Spiegel?«

»Sie können sich später zurechtmachen. Wir bringen Sie gleich auf Ihr Zimmer.«

»Wohin?«

»Auf ihr Krankenzimmer. Sie müssen mindestens eine Nacht zur Beobachtung dableiben. Sie stehen unter starken Schmerzmitteln. Eine Gehirnerschütterung ist nicht ausgeschlossen, sondern sogar wahrscheinlich. Also Ruhe.«

»Aber ich habe ein Verbrechen aufzuklären, Frau Doktor«, widerspreche ich matt.

Ich suche den Raum nach dem Ordner ab und sehe ihn zu meiner Erleichterung neben meinen Kleidern auf einem Stuhl liegen.

»Haben Sie vom Mord an Minister Windisch gehört?«, frage ich.

Sie sieht mich überrascht an. »Arbeiten Sie allein?«

Augenblicklich schießen durch meinen schmerzenden Kopf Bilder von Julia, Berger, Meierhofer, Waldner, Baranovic und selbst Rachinger, der mir, wenn auch mürrisch, zulächelt, und meine Antwort lautet definitiv »Nein, natürlich nicht.«

»Also, dann wird jemand anders den Mörder verhaften müssen. Wer war's denn? Seine Frau?«

»Wie kommen Sie darauf?«

Sie lacht. »Wenn ich mit dem Mann verheiratet gewesen wäre, hätte ich ihn schon längst umgebracht. So ein eitler Gockel, und diese Arroganz.«

»Glauben Sie, dass so jemand den Tod verdient?«

Sie wird rot. »Es tut mir leid. Natürlich wünsche ich niemandem den Tod. Sonst wäre ich schließlich nicht Ärztin geworden. Ich meine …«

»Sie brauchen sich nicht zu verteidigen. Ich habe in diesem Fall nur einen Menschen getroffen, der wirklich um ihn getrauert hat, das war seine Sekretärin, und bevor Sie Schlimmes denken, er hatte kein Verhältnis mit ihr.«

»Oh«, sagt sie, und versucht, das Thema zu wechseln. »Sie bleiben jedenfalls hier. Kann ich wen für Sie anrufen, Ihre Frau oder Freundin?«

Ich überlege, was ich sagen soll. »Julia«, antworte ich und gebe ihr die Nummer.

Wenig später reicht sie mir das Telefon. »Fassen Sie sich kurz, ja? Sie müssen sich schonen.«

Sie verlässt den Raum. Ich habe nicht viel Zeit.

Julia wirkt ehrlich besorgt. »Chef, was ist passiert? Was machst du im Krankenhaus?«

»Keine Zeit für Erklärungen, Julia. Ich muss hier raus. Aber ich brauche deine Hilfe.«

Ich erkläre ihr, was sie tun soll, bedanke mich und lege auf. Fast im gleichen Augenblick kommt die Ärztin mit einem Kollegen zurück. Dem Habitus nach zu schließen ist er ihr Vorgesetzter. Solariumbräune, durchtrainiert.

»Ah, Herr Winter, wieder unter den Lebenden?«

Auch sein Händedruck ist der eines Sportlers. Er fordert mich auf, zu lächeln und beide Hände mit den Handflächen aneinander in die Höhe zu halten, die Zeigefinger nacheinander an meine Nasenspitze zu führen. Dann fragt er mich nach dem heutigen Datum, worauf er befindet, dass ich bald wieder auf dem Damm sein werde. Die Beule sehe übler aus, als sie sei, solche Migräneanfälle seien selten, aber kämen vor, und er werde mir ein Medikament verschreiben, das auf der Zunge zergehe und sehr schnell wirke. Falls ich wieder einen Anfall spüre. »Wir behalten Sie zur Sicherheit über Nacht hier. Morgen sehen wir weiter. Okay?« Er erwartet keine Antwort, gibt seiner Kollegin noch ein paar Anweisungen und verschwindet.

»Sie haben gehört, was der Chef sagt. Wir werden Sie gleich auf Ihr Zimmer bringen lassen«, lächelt die Ärztin. »Nur noch ein bisschen Geduld.«

Sie befreit mich vom Tropf und verlässt dann endlich den Raum. Ich stehe mit etwas wackligen Beinen auf, halte dem Schwindel stand und ziehe mich an. Der Venenkatheter behindert mich wenig. Ich werde ihn später entfernen.

Vorsichtig öffne ich die Tür, blicke den Flur entlang und spaziere schließlich in aller Ruhe mit dem Ordner unter dem Arm über den Gang bis zur nächsten Treppe, steige ein Stockwerk tiefer in den Aufzug und verlasse ohne Hindernisse das größte Krankenhaus Wiens, diesen riesigen Komplex mit zwei Türmen, seinen siebenundzwanzig Kliniken und über zweitausend Betten. Hier liegen im Jahr an die hunderttausend Patienten, und eine halbe Million Menschen werden von den fast vierhundert Ambulanzen versorgt. Ich würde mich nicht wundern, wenn hier schon öfter jemand verschwunden wäre.

Julia wartet an der U-Bahn-Station. Sie verzieht das Gesicht zu einer Grimasse, die Sorge und gleichzeitig Belustigung ausdrückt. »Wow, Chef. Halloween ist erst in drei Wochen. Du bist definitiv zu früh dran.«

Ich versuche, so schmerzfrei wie möglich zu lächeln.

»Mein Auto steht beim *Wirt*«, sagt sie.

»Super. Ich habe sowieso Appetit.«

Sie tippt sich an die Stirn. »Chef, du spinnst. Du hättest im Spital bleiben sollen. Du hast sicher eine Gehirnerschütterung.«

»Scheißdreck«, wiegele ich ab. »Ich brauche jetzt einen starken Tee und eine kräftige Suppe.«

Zunächst stütze ich mich noch auf sie, aber nach einigen Metern schaffe ich es leicht, allein zu gehen, wenn auch langsamer, als ich es gewohnt bin.

Wir finden einen leeren Tisch im gut besuchten und unter anderen Umständen ausgesprochen gemütlichen Ecklokal »*Zum Wirt*« und ignorieren die neugierigen Blicke der Gäste.

»Ein gern gesehener Gast, der Herr Kommissar«, begrüßt mich der Kellner, ohne meine Beule mit einem Wort zu erwähnen. »Was darf's sein?«

Julia bestellt ein Bier, ich wähle einen kräftigen Tee und ordere gleich den großen Altwiener-Suppentopf mit Rindfleisch und Wurzelgemüse. Julia verzichtet mit einem Fingerzeig auf ihren nicht vorhandenen Bauch auf Nahrungsaufnahme.

»Spinnst du jetzt?«, meckere ich.

Sie kommentiert es nicht.

Ich gebe ihr den Ordner. »Schau dir das an.«

Während sie darin blättert, verziehe ich mich aufs Klo, um meine Beule zu inspizieren. Sie wird mich wohl ein paar Tage begleiten. Wenigstens ist die Haut nicht aufgeplatzt. Der dumpfe Kopfschmerz, der von der Migräne herrührt, ist aushaltbar, wenngleich mir die Schmerzmittel das klare Denken erschweren. Ich nehme die Kompresse und das Klebeband, das ich aus dem Krankenhaus mitgenommen habe, aus meinem Sakko und ziehe vorsichtig die Kanüle aus meiner Hand. Auf die Einstichstelle drücke ich die Kompresse und warte ein paar Sekunden, dann befestige ich sie mit dem Klebeband und entsorge den Venenkatheter im Abfalleimer.

»Das ist Wahnsinn«, sagt Julia, als ich mich wieder zu ihr setze. »Wie konnten sie das für sich behalten?«

»Warum haben wir es nicht rausbekommen? Ich war offensichtlich diesmal nicht gut, zu wenig wendig, zu träge, zu blockiert.«

»Unsinn, Chef. Alessia hat alles darangesetzt, von der Bildfläche zu verschwinden.«

»Sie hatte Angst.«

»Kein Wunder bei diesem Bruder. Woher hast du das, Chef?«

»Den Ordner? Von Castellis Frau. Die hat wohl das Gewissen geplagt.«

»Oder die Angst vor dem Gefängnis?«

»Das glaube ich nicht. Ich vermute, dass Castelli sich bald absetzen wird. In die Schweiz vielleicht oder nach England. Oder zurück nach Bella Italia. Sie wird mit ihm gehen, sie haben Kinder.«

Julias Augen werden feucht. »Alessia hatte auch ein Kind. Die Kleine war so süß.«

»Hast du den Polizeibericht gelesen?«, frage ich. »Ich weiß nicht, wie Castelli da rangekommen ist. Vermutlich hat er Parteifreunde bei der Polizei. Sicher sogar. Jedenfalls hat er alles gesammelt, die Berichte, die Zeitungsausschnitte, Fotos vom Unfallort.«

»War er der Mann im Auto? Hat er sie abgedrängt?«

Ich verstehe Julias Vermutung sehr gut. Bevor mich die Migräne erwischt hat, dachte ich ähnlich.

»Auszuschließen ist es nicht«, antworte ich.

»Lass es uns durchspielen, Chef, wenn dein Hirn das aushält.«

Sie meint es ernst. Ich trinke von meinem Tee, den der Kellner gebracht hat, während ich auf dem Klo war. Julia hat ihr Bier fast ausgetrunken.

»Du darfst auch ein zweites bestellen«, sage ich, »ein alkoholfreies. Du musst mich noch nach Hause fahren.«

»Trinke ich zu schnell, Chef? Kein Wunder bei diesen Nachrichten.«

»Du machst alles richtig, Julia. Also, was denkst du? Überzeug mich.«

Ich will sie reden lassen, weil es mich anstrengt, aber ich gebe ihr gleichzeitig das Gefühl, wichtig zu sein und den Fall maßgeblich weiterzubringen. Wenn ich ehrlich bin, hoffe ich sogar, dass sie recht hat.

»Also gut, Chef. Rekapitulieren wir. 2008 zog sich Alessia Castelli aus der Kontrollbank zurück. Korrekt?«

»Korrekt.«

»Offiziell, nach deiner Recherche bei ihrem damaligen Chef, weil sie den Kurs der Bank nicht mittragen konnte. Sie hatte sich aus verschiedenen Gründen gegen die Beteiligung an einem Staudammprojekt gewehrt. Vermutlich stimmt das auch, aber gleichzeitig ging sie, weil sie ihre Schwangerschaft verheimlichen wollte.«

»Schaumann hat gesagt, dass sie überhaupt nicht über ihr Privatleben reden wollte. Warum?«

»Weil sie mit jemandem zusammen war, für den das nicht von Vorteil gewesen wäre, wenn es herausgekommen wäre. Vielleicht ein verheirateter Mann.«

»Gut, Julia. Möglich. Oder jemand, den ihr Bruder nicht leiden konnte.«

»Mautner? Der Jude.«

»Nein, nicht Mautner. Ich glaube ihm, dass die Beziehung aus war, nachdem sie wieder zurück nach Österreich gegangen war. Sie war bei Dietrich, vor ihrem Job bei der Kontrollbank.«

»Meinst du, dass sie dort …? Hmm, also nehmen wir an, sie traf ihren Mr Right irgendwann in dieser Zeit, vielleicht sogar bei Dietrich, da kommen Hunderte infrage. Außerdem könnte es auch viel später gewesen sein. Der Ordner dokumentiert nur das letzte Jahr. Zwischen 1996 und 2008 liegen zwölf Jahre. Das ist eine sehr lange Zeit.«

Für dich ja, denke ich, für mich ist es ein Katzensprung.

»Also zwölf Jahre, von denen wir fast gar nichts wissen, Chef. Wir können nur spekulieren.«

»Denken wir es durch. Wer war der Vater des Kindes?«

»Nummer eins: Windisch. Der ist mit Constanza liiert, will sich keinen Skandal leisten, nachdem er schon unter Verdacht steht, korrupt zu sein. Zwingt sie, das Kind geheim zu halten, sich eine neue Identität anzueignen. Irgendwie nicht überzeugend, oder, Chef?«

»Die Ehe mit Constanza nach dem Tod von Alessia könnte trotzdem dafür sprechen. Aber mal sehen. Nummer zwei? Mautner hat Grumbeks Interesse an Alessia anklingen lassen.«

»Du fragst mich nach meiner Einschätzung, Chef. Negativ. Grumbek und Alessia, ein No-Go.«

»Ich bin ganz deiner Meinung. Also ehrlich. Für mich kommt keiner der Freunde infrage. Was uns zur Frage führt, wer der Mann oder die Frau im Auto war, der oder die Alessia abgedrängt hat.«

»Ein Mann. Rücksichtslose Fahrweise, unterlassene Hilfeleistung, Fahrerflucht. Ein Mann.«

»Gut. Ein Unbekannter oder ein Bekannter?«

»Was, wenn der Fahrer Alessia tatsächlich gekannt und sie mit dem Auto verfolgt hat?«

Julia nickt langsam. »Das ist eine gewagte Annahme. Spiel sie durch.«

»Ein eifersüchtiger Exliebhaber? Was uns zu Frage eins bringt. Wir müssen wissen, wo sich Alessia aufgehalten hatte, bevor der Unfall geschah. Die Unterlagen ihres Bruders, sagen die was dazu? Ich bin nicht so weit gekommen …«

»Alles klar, Chef, ich schau mal.«

Der Kellner serviert meine Suppe, die ich mit großem Genuss zu essen beginne. Julia bestellt ein alkoholfreies Bier, das postwendend gebracht wird. In der nächsten Viertelstunde sind wir beide beschäftigt. Ich damit, die reichhaltige Suppe zu löffeln, ohne mein Hemd zu bekleckern, sie damit, Castellis umfangreiche Dokumentation durchzublättern.

»Chef, die Kleidung. Hast du sie dir mal näher angesehen?«

»Nein. Ich war zu schnell hinüber. Was ist mit der Kleidung?«

»Wenn ich das recht sehe, dann trägt Alessia ein Abendkleid. Denkst du, was ich denke?«

»Sie war auf dem Fest. Würdest du mit einem einjährigen Kind auf eine Party gehen?«

Julia schüttelt den Kopf. »Unwahrscheinlich. Was wollte sie dann dort?«

»Provozieren, herausfordern, jemanden zur Rede stellen.«

»Windisch? Also ist er doch der Vater.«

»Vielleicht. Stell dir den Skandal vor. Windisch und Constanza in Feierlaune. Da taucht plötzlich Alessia mit ihrem Baby auf und stellt ihn zur Rede. Verursacht einen Skandal und verschwindet. Er ist wütend, fährt ihr nach, will sie auf der Höhenstraße stellen, zur Vernunft bringen. Aber es geht schief. Sie kommt von der Fahrbahn ab und …«

»Oder er drängt sie ab, ganz absichtlich, weil er die Sache aus der Welt schaffen will.«

»Mein Gott, Julia. Dann wäre Windisch ein Mörder gewesen.«

Sie nimmt einen großen Schluck von ihrem Bier. »So ist es. Und irgendwer hat das herausgefunden und ihn schließlich zur Rede gestellt.«

Ich denke nach, aber es fällt mir noch immer schwer. Mein Kopf ist eine Trommel, auf die beständig mit großen Stöcken geschlagen wird. Julia nimmt mir das Denken ab.

»Wer? Der große Unbekannte? Mr Right?«

Ich nicke vorsichtig. »Ja, ein Mensch, der nirgendwo auftaucht, keine Spuren hinterlässt, ein Phantom.«

»Richtig, Chef. Aber es könnte auch ganz anders gewesen sein. Mal angenommen, Windisch war nicht der Vater. Aber Windisch hat es geglaubt. Stell dir vor, Windisch hat sich vielleicht sogar gefreut, dass sie ein Baby hat, will mit ihr eine Zukunft aufbauen, sich zu ihr bekennen, will es möglicherweise sogar an diesem Abend, dem 25. September 2009, einer größeren Runde verkünden. Seht her, das ist meine Geliebte, das ist meine süße Valeria. Ich habe Fehler begangen, aber jetzt bekenne ich mich zu ihnen. Tut mir leid, Constanza, ich habe mich furchtbar benommen, jetzt wird alles anders.«

»Dann hätte Constanza ein Motiv. Und führt uns die ganze Zeit an der Nase herum. Sie drängt Alessia von der Fahrbahn ab, tötet schließlich auch Windisch. Oder lässt töten. Es wäre ein Leichtes für sie, einen Handlanger zu engagieren, der ihr hilft. Aber warum wartete sie so lange?«

»Weil sie Skrupel hatte nach dem Tod des Kindes. Vielleicht hat Windisch in letzter Zeit einen groben Fehler begangen.«

»Eine Affäre.«

»Bingo. Was denkst du jetzt?«

Ich denke gar nicht mehr, möchte nur ins Bett. »Danke, Julia, ich muss das in Ruhe durchdenken. Constanza haut nicht ab. Ich gehe morgen zu ihr, dann wird sich alles aufklären.«

Julia sieht meine Erschöpfung, bezahlt die Rechnung und bringt mich nach Hause.

»Wenn du morgen nicht gut beisammen bist, Chef«, sagt sie, als sie mich absetzt, »lass es Berger erledigen, okay?«

Ich nicke, aber ich weiß es besser.

Mittwoch, 10. Oktober

Tag 9

52

ICH HABE IN dieser Nacht den Fall gelöst. Ich habe den Mörder zur Rede gestellt und ihn gezwungen, die Tat zuzugeben. Er hat mir alles erzählt, von Anfang an, und nicht an Details gespart. Ein offenes Buch mit Hunderten von Seiten, die sich von selbst umblättern. Ich verstehe endlich, wache mit einem leichten Dröhnen im Kopf auf, fühle mich aber trotzdem erholt. Ich sehe auf die Uhr. 10:02 Uhr.

So lange habe ich seit zehn Jahren nicht mehr geschlafen. Trotzdem dusche ich, wasche meine Haare so vorsichtig wie möglich, weil jede Berührung schmerzt, betrachte meine Beule im Spiegel. Sie fühlt sich etwas kleiner an, dafür sendet sie blaue und grüne Farbsignale bis zum Auge, das leicht geschwollen ist.

Ich packe Schmerzmittel in meine Tasche, in der ich auch den Ordner verstaue. Die Nachrichten auf meinem Handy ignoriere ich und schicke Julia eine SMS, dass ich mich auf dem Weg zu Constanza Windisch befinde.

Der frische Wind tut meinem Gesicht gut. Ich gehe langsam, lasse meine Träume Revue passieren. Alles fügt sich. Die Puzzleteilchen drängen sich geradezu von selbst an die richtige Stelle.

Ich läute bei Constanza Windisch, aber es dauert ein

paar Minuten, ehe sie sich meldet. Beinahe wäre ich wieder gegangen, wenn ich nicht so beharrlich daran glauben würde, dass mir jetzt keine Hindernisse mehr im Weg liegen.

»Was wollen Sie noch? Sie haben alles vermasselt!«, schreit sie in die Gegensprechanlage, macht mir aber auf.

Ich komme erschöpft und mit Schweißperlen auf der Stirn oben an.

»Was ist mit Ihnen passiert?«

Mein Anblick nimmt ihr ein wenig von ihrem Ärger und scheint sie fast zu belustigen.

»Da hat mir jemand Arbeit abgenommen«, sagt sie sarkastisch. »Haben Sie schon Zeitung gelesen?«

Ich schüttle vorsichtig den Kopf.

Sie reicht mir die aktuelle Ausgabe der *Neuen.* »›Keine Ruhe nach dem Tod. Geheimdokumente und Gesprächsmitschnitte beweisen Klaus Windischs Beteiligung an schmutzigen Geschäften. Wir berichten exklusiv …‹ Sind Sie jetzt zufrieden, Herr Winter?«

Die Freunde haben zurückgeschlagen. Es überrascht mich nicht, wie rasch sich das Blatt aus ihrer Sicht zu wenden beginnt. Windisch wird posthum an den Pranger gestellt, während sie seelenruhig ihre Spuren verwischen. Anstatt der Hydra fünf Köpfe abzuschlagen, haben sie einen geopfert, der dabei war, die anderen zu beißen. Meine Kopfschmerzen werden schlimmer.

»Ich habe es versucht«, entgegne ich. »Beschweren Sie sich bei der Staatsanwaltschaft. Und im Übrigen: Grumbek hat Ihren Mann nicht ermordet.«

Sie geht ins Wohnzimmer vor und schenkt sich ein

Glas Wodka ein. Mir fällt auf, dass sie seit Tagen dieselbe schwarze Kombination zu tragen scheint. Ihre Haare sind ungewaschen, und sie trägt weder Lippenstift noch Schmuck. Sie lässt sich gehen. Aber ihr Kampfgeist ist noch nicht erloschen.

»Sie enttäuschen mich, Herr Winter. Ich habe Ihnen sogar vertraut. Autischer geht es ähnlich. Glauben Sie mir, das wird ein Nachspiel für Sie haben. Wie ein Elefant im Porzellanladen gehen Sie vor. Sie haben kein Gespür für eine Sache, bei der man mit Geschick und viel Geduld agieren muss. Glauben Sie, wenn Sie Gernot oder Frau Dietrich in Haft nehmen, dass Sie irgendetwas erreichen?«

»Was hätte ich Ihrer Meinung nach tun sollen?«, frage ich.

»Stichhaltige Beweise sammeln, im Ministerium vorfühlen, Gernot von der restlichen Bande isolieren.«

»Grumbek hat Ihren Mann nicht umgebracht und auch nicht umbringen lassen, das wissen Sie so gut wie ich.«

Sie leert das Glas Wodka in einem Zug und schenkt sich nach. »Sie auch?«, fragt sie.

Ich lehne dankend ab. »Kaffee wäre mir lieber.«

Sie wirft mir einen verächtlichen Blick zu, macht sich aber dann doch in die Küche auf. Wenig später trinke ich den besten Espresso meines Lebens.

»Frau Windisch«, sage ich, »ich hatte gestern einen ziemlich beschissenen Tag. Daher bin ich vielleicht etwas langsamer als sonst. Aber ich möchte es heute zu Ende bringen. Das Puzzle ist fast fertig. Ich schaffe es auch ohne Sie, aber ich möchte Ihnen eine Chance geben, mir Ihre Version der Geschichte zu erzählen. Sie haben mich auf Spuren angesetzt, die nicht falsch, aber auch nie ganz richtig waren. Sie haben mich schamlos benutzt. Aus einem einzigen Grund.«

Sie nimmt die Wodkaflasche und setzt sich. »Und der sollte sein?«

Sie wird es erfahren, aber vorher brauche ich noch eine andere Antwort.

»Wollen Sie mir sagen, was genau sich an jenem Abend des 25. September 2009 zugetragen hat?«

Sie schenkt sich erneut nach. Ich erwarte mir die Wahrheit, kein Herumreden mehr, keine falschen Fährten in sumpfiges Gelände, sondern eine breite Straße, die zur Lösung des Falles führt.

Sie spricht langsam und klar, als sie antwortet: »Wir waren dort, bei *Musat.* Mein Mann, damals mein Verlobter, hat mit der Familie Musat kleinere Geschäfte gemacht, besser gesagt, er hat ihnen in Österreich die eine oder andere Tür geöffnet. Dafür waren sie sehr dankbar. Es waren viele Leute da, die wir mehr schlecht als recht kannten. Maximilian Eberhard natürlich. Er hat sich gleich an meinen Mann herangemacht, weil es ihm ziemlich dreckig ging, finanziell. Ich mochte ihn nie und verstehe nicht, warum mein Mann sich noch mit ihm abgegeben hat.«

»Die beiden haben gemeinsam im Ausland studiert«, sage ich, »das kann schon verbinden«.

»Mein Gott, Studienkollegen. Maximilian ist ein Trottel, genauso wie Gernot.«

»Oder Castelli«, ergänze ich. »Den Sie nicht auf Ihrer Liste hatten. Womit wir beim Thema wären.«

Sie nickt. »Alessia ist plötzlich aufgetaucht, in einer tollen schwarzen Robe, mit dem Kind auf dem Arm. Die Kleine hat gebrüllt. Alle haben Alessia angestarrt, als wäre sie eine Verrückte. Dann hat sie Klaus das Baby in den Arm gedrückt. Mein Gott, er wusste überhaupt nicht, wie er mit der Situation umgehen sollte. Ich fürchtete schon, er würde versuchen, mir das Kind zu geben. Aber nach einer Weile hat sich die Kleine beruhigt. Alessia hat meinen Mann angeschrien, dass sie ihm etwas zu sagen hätte, das alle wissen sollten. Er hat es schließlich aber geschafft, sie ins Haus zu bitten und mit ihr in einem Zimmer allein zu reden.«

»Allein? Waren Sie nicht dabei?«

»Nein, ich habe das Gespräch nicht mit angehört. Ich weiß nicht, worüber sie gesprochen haben. Ehrlich nicht.«

»Aber Sie haben eine Vermutung?«

»Ja, natürlich habe ich eine Vermutung. Es lag ja wohl auf der Hand. Eine Frau tanzt mit ihrem Kind an und streckt es dem Vater hin. Was hätte ich sonst denken sollen?«

»Was ist dann passiert?«

»Nach einer Weile ist sie aus dem Zimmer gekommen, hat sich ins Auto gesetzt und ist mit dem Kind abgerauscht.«

»Und ihr Mann ist ihr nachgefahren?«

Sie fährt sich durch das Haar, steht auf, geht im Raum auf und ab.

»Also nein«, beantworte ich die Frage selbst.

»Nein.« Sie geht ans Fenster und blickt eine Weile in die Ferne. Dann dreht sie sich zu mir um und sieht mich an.

Sie will die Last endlich loswerden, die sie seit Jahren mit sich herumträgt, mühsam geschützt hinter einer Wand aus Lügen und Verdrängung, durch starken Alkoholkonsum gekittet, eine Wand, die jetzt krachend zusammenstürzt. Auch wenn sie es leise sagt, klingt es doch wie ein gewaltiger Befreiungsschrei.

»Ich … ich bin ihr nachgefahren. Mein Mann war gar nicht in der Lage dazu. Der hat nur blöd geschaut und mich beruhigen wollen.«

»Sie haben Sie verfolgt und auf der Höhenstraße von der Fahrbahn abgedrängt. Das Baby ist gestorben.«

Sie versucht, die Wand wieder aufzubauen, sie mühevoll aus den Trümmern zusammenzusetzen, hoffnungslos.

»Ich habe das gar nicht richtig mitbekommen. Ich war viel zu schnell unterwegs und hatte auch ein wenig getrunken. Sie waren auf einmal verschwunden, als ich in den Rückspiegel schaute. Ich dachte, sie wären irgendwo abgebogen. Ich weiß nicht, es ging alles so schnell.«

Ihre Versuche, sich zu verteidigen, gehen ins Leere. Sie überzeugen mich nicht, und was viel wichtiger ist, auch sie selbst nicht mehr. Sonst würde sie nicht reden, nicht mit mir.

Ich nehme meine Sachen und stehe auf. »Sie werden eine Selbstanzeige machen«, sage ich.

Sie nickt, bevor sie hemmungslos zu weinen anfängt. Die Schleusen sind geöffnet. Ich habe keine Lust, ihr eine Stütze zu sein, empfinde kein Erbarmen, nur Ekel, ziehe die Tür hinter mir zu und setze mich auf die Treppenstufen.

53

ICH WILL DURCHATMEN, meine Gedanken sammeln, da klingelt mein Handy. Ich bin nahe daran, den Anruf wegzudrücken, aber dann siegt die Neugierde, was mich von dieser unbekannten Nummer erwartet. Ich hebe ab.

»Herr Oberstleutnant Winter? Hier Granegger von der Justizanstalt Mittersteig. Ich habe einen Herrn Fuchsberger am Apparat, der unbedingt mit Ihnen reden will.«

Fuchsberger. Ich hatte es nicht zu hoffen gewagt.

»Geben Sie ihn mir, bitte.«

Es dauert ein wenig, aber dann höre ich ihn, mit bedächtigen Worten, wohl gewählt, fast wieder der Alte.

»Winter, Sie rollen den Fall wieder auf, ja?«

Ich verspreche es ihm.

»Hören Sie jetzt gut zu, ich wiederhole mich nicht. Also: Czapek war eine Ratte, der selbst andere nur wie Tiere behandelte. Aber er war da, wenn man etwas von ihm brauchte. Ich war damals sehr einsam. Czapek hat mir geholfen, diese Einsamkeit zu verdrängen. Ich habe inzwischen viel dazu gelesen, Winter, glauben Sie mir.«

Ich befürchte schon, dass er sich in erbärmlichem Selbstmitleid verliert, aber er fängt sich.

»Ich wollte zu ihm, um ihn zu bitten, mir etwas zu

besorgen, ein Verdrängungsmittel, wenn Sie so wollen.« Er lacht, aber es klingt eher nach einem Krächzen. »Als ich in der Wohnung ankam, stand sie offen. Ich habe mich vorsichtig hineingewagt und ihn dann am Boden liegen gesehen. Neben ihm hockte ein junger Mann, schweißgebadet, mit dem Hirn von Czapek in der Hand. Ich hätte auf der Stelle kotzen können, aber die Angst war noch größer. Er hat mich gesehen. Dann habe ich in seine Augen geschaut, und wissen Sie, Winter, da war kein Hass. Grüne Augen, so klar und tief, wie ich sie nie vorher gesehen habe. Der schönste Mensch, der mir je untergekommen ist. Er war jung, muskulös, mit vollem gewelltem Haar. Ich wollte weglaufen, aber ich konnte nicht. Eine Weile haben wir uns einfach nur angesehen, dann ist er aufgestanden, hat das Hirn in eine Schale gelegt und sich das Blut abgewaschen. Er trug Handschuhe, das weiß ich noch genau, und er hat sehr vorsichtig darauf geachtet, nicht in die Blutlache zu treten. Ich bin an der Tür geblieben. Dann hat er mich angesprochen und gefragt, wer ich sei. Verstehen Sie, Winter? Er hat mich nach meinem Namen gefragt. Und dann hat er etwas gesagt, was ich nie vergessen werde, niemals in meinem Leben.«

Wieder eine Pause. Ich werde ungeduldig.

»Was, Fuchsberger, was hat er gesagt?«

»›Hilfst du mir?‹ Er hat mich gefragt, ob ich ihm helfe. Verstehen Sie? Der Typ war sicher 1,90 m groß, aber er hat mich um Hilfe gebeten.«

»Dann haben Sie beide den Toten in den Keller gebracht?«

»Genau. Mit einem Teppich, wie ich es gesagt habe.«

»Wo ist der Teppich und vor allem, was ist mit dem Gehirn passiert?«

»Er hatte ein Auto, hat alles eingepackt, das Gehirn hat er in Folie gewickelt und mitgenommen. Makaber, sage ich Ihnen.«

»Hat er Ihnen auch seinen Namen verraten?«

»Nein, Winter, leider nein. Er hat wenig geredet, nur das, was ich Ihnen erzählt habe.«

»Herr Fuchsberger, ich werde morgen zu Ihnen kommen und diese Aussage auf Band aufnehmen, okay? Sagen Sie mir nur noch eins: Warum haben Sie den Mord auf sich genommen?«

Es klickt in der Leitung. Er hat aufgelegt.

54

RACHINGERS ANRUF KOMMT zur Unzeit. Ich glaube, endlich zu kapieren, wie die Sache gelaufen ist, ich bin dem Mörder so dicht wie nie auf den Fersen. Aber es sieht so aus, als hätte ich mich geirrt. Thomas Eberhard sitzt im Gruppenraum der Mordermittler. Im Unterschied zu Fernsehkrimis gibt es bei uns keine verspiegelten Verhörräume mit Hightech-Aufnahmegeräten. Eberhard gesteht den Mord an Windisch mit verblüffenden Details. Als ich in der Dienststelle ankomme, scheint der Fall bereits abgeschlossen.

Eberhard, der unaufhörlich mit dem rechten Fuß wippt, versucht, mit zittrigen Fingern aus einem vollen Wasserglas zu trinken, und verschüttet dabei das meiste. Prantl schlürft daneben genüsslich seinen Kaffee. Er lässt Rachinger zu meinem Erstaunen das Verhör führen. Bevor ich mich dazusetzen kann, winkt er mich nach draußen.

»Wir haben ihn an einer Tankstelle im Burgenland aufgelesen. Also eigentlich zufällig. Ein Polizist, der dort ebenfalls getankt hat, hat ihn erkannt. Erinnerst du dich an den Fall Salzlechner?«

Ich spiele kurz mit dem Gedanken, ihm den Stinkefinger zu zeigen. Er knüpft doch tatsächlich an seine Rede von letzter Woche an, erinnert an den Mord am Industriepräsidenten Salzlechner, dessen Mörder per Zufall im Burgenland aufgegriffen wurde. Die Ähnlichkeiten zu unserem Fall sind so groß wie die eines Elefanten mit einer Maus. Prantl ist trotzdem in seinem Element.

»Jetzt redet Eberhard sich alles von der Seele, hat sogar bewusst auf einen Anwalt verzichtet. Ja, mein lieber Michael, diesmal hast du wohl deinem Kollegen Rachinger das Feld überlassen müssen.«

Ich gebe auch der Versuchung, ihm die Tasse aus der Hand zu schlagen, nicht nach. »Das Feld der Ehre meinst du, Herr Oberst?«

»Wenn du so willst. Auch das.«

»Wo hat er Windisch ausbluten lassen?«, frage ich Prantl. »Kann er uns zu der Stelle führen?«

»Er behauptet ja. Wir werden das morgen in Angriff nehmen. Heute nehmen wir mal das volle Geständnis auf, lassen ihn ein wenig schlafen. Er soll uns ja nicht umkippen.«

Es kann ihnen nicht schnell genug gehen. Ich verstehe.

»Ich will zu ihm rein«, verlange ich.

Prantl winkt ab. »Verdirb Rachinger nicht die Freude. Er hat sich diesen Fang verdient.«

Ich zeige ihm doch den Stinkefinger, als ich die Tür zum Gruppenraum öffne. Aber Prantl hat den Blick bereits gesenkt und folgt mir.

Thomas Eberhard ist fix und fertig. Dunkle Augenringe verraten den Schlafmangel. Rachinger, der mich keines Blickes würdigt, hat ihn im Schwitzkasten.

»Noch einmal! Wann hast du den Entschluss gefasst, den Minister zu töten?«, herrscht er ihn an.

Eberhards Lippen sind spröde. Ich hole eine Flasche Wasser aus meinem Büro und schenke ihm ein, diesmal nur halb voll. Rachinger kommentiert es mit einem missbilligenden Blick. Thomas Eberhard nimmt das Glas und trinkt, zuerst langsam, dann immer hastiger.

Ich schenke ihm nach, und er beginnt, über den Hass auf einen Mann zu reden, der das Böse verkörperte. Einen Vampir, der das Land ausgesaugt hat. Hohle Phrasen überschlagen sich. Rachinger scheinen sie zu genügen. Irgendwann im letzten Jahr habe er beschlossen, den Minister bluten zu lassen, Tropfen für Tropfen.

»Als Strafe?«, frage ich.

Er zögert. »Um ein Zeichen zu setzen. Dass wir uns nichts gefallen lassen. Um zu zeigen, dass wir da sind.«

Pubertäres Gehabe, aber kein Mordmotiv.

»Wussten Sie, dass Windisch einen großen Wohnpark für Arme plante, ein Vorzeigeprojekt für das Zusammenleben unterschiedlicher Bevölkerungsgruppen, von Aus- wie Inländern?«

Rachinger sieht mich wieder mit Missmut an. Du zerstörst mein Verhör, sagt sein Blick.

Eberhards Hände verkrampfen sich. »Das ist doch Mist«, sagt er dann ohne Kraft in der Stimme. »Windisch war immer auf der Seite der Reichen. Er hätte sicher auch daran verdient. Sein ganzes Leben hat Windisch nie etwas für die getan, für die wir kämpfen.«

»Wir?«

Endlich hat Rachinger wieder einen Anker. »Du

hast also nicht allein gehandelt. Das dachte ich mir von Anfang an. Wer ist *wir*? Namen!«

Eberhard kapiert langsam, dass er sich mit dem »wir« in die Scheiße geritten hat. »Der Tod von Windisch. Das war ich. Das habe ich doch schon tausendmal gesagt. Ich allein habe ihn getötet. Für uns alle. Damit die Welt endlich zuhört.«

Rachinger will nachbohren, aber ich komme ihm zuvor. »Damit die Welt Ihnen zuhört? Was soll die Welt denn hören?«

Ich erwarte wieder Phrasen, aber diesmal klingt es glaubwürdiger.

»Niemand hört zu. Niemand hat je zugehört.«

»Auch ihr Vater nicht, habe ich recht?«

Er antwortet nicht.

»Glauben Sie, dass er Ihnen jetzt zuhört? Dass er Sie endlich wahrnimmt? Wenn Sie einen Mord gestehen, den Sie nicht begangen haben?«

Jetzt reicht es Rachinger. Er schiebt mich unsanft zur Seite.

Eberhards Augen blitzen, dann drischt er wieder Phrasen. »Hat jemand von euch eine Ahnung, wie viele Menschen meinem Blog folgen, seit Windisch tot ist? Tausende. Tausende, die endlich ihre Meinung äußern, die es hinausschreien, dass wir diese Welt von Abschaum wie Windisch reinigen müssen. Tausende, die mir gratulieren zu meinem Mut.«

Ich habe genug gehört und verlasse den Raum. Prantl begleitet mich. Er möchte schon zu einer Schimpftirade gegen mich ansetzen, aber ich komme ihm zuvor.

»Er muss uns zu dem Ort führen, wo er Windisch ausgeblutet hat. Jetzt gleich. Ich wette um meinen Job, dass er nicht dazu imstande ist.«

Ich erwarte, dass Prantl mich wieder in die Schranken weist, dass er sich auf Rachingers Seite schlägt, dessen Tempo und Strategie vorzieht, aber er sagt nur: »In Gottes Namen, Winter. Wenn du deinen Job wirklich an den Nagel hängen willst, dann soll es so sein.«

55

EBERHARD FÜHRT UNS zu einem verfallenen Gutshof im Burgenland. Ich weiß, dass Julia noch im Auto recherchiert, wem das Haus gehört. Während die Spurensicherung ausschwärmt, drängt Rachinger Eberhard wieder zu Antworten.

»Im alten Stall«, sagt er und deutet auf ein Gebäude, das sich im Unterschied zum Haus in einem erstaunlich guten Zustand befindet.

Ein Unterschlupf für einen jungen Mann, der an der Welt zu verzweifeln scheint, den seine Freundin wegen einer Frau verlassen hat, dessen Vater ihn verachtet.

Im Inneren ein alter Schreibtisch, ein Computer, Regale mit Büchern. Fotos. Ein Stuhl. Und davor eine Lache von eingetrockneter Flüssigkeit. Eine große Lache.

Rachingers triumphierender Blick sagt mehr als Prantls routinemäßige Feststellung. »Das dürfte wohl unser Tatort sein. Gute Arbeit, Kollege Rachinger.«

Ich habe viele Fragen, aber ich halte mich zurück. Rachinger lässt Eberhard die Details erklären. Ein Venenkatheter aus dem Krankenhaus, in dem er als Zivildiener arbeitete, längst entsorgt, ein Minister, der um Gnade fleht, eine Tasse aus der Küche, aus der Eberhard sonst immer seinen Kaffee trinkt. Ein alter Rollstuhl, der dem Großvater gehörte und den er irgendwo in Wien abgestellt hat. Das Auto von Windisch. Keine Ahnung. Das Blut in der Tasse. Warum und vor allem von wem?

»Das Blut der Welt«, sagt Eberhard und schweigt dann.

Ich sehe die Tasse vor mir. »Wien ist anders«. In einem alten Gutshof im Burgenland, vor einem geständigen Thomas Eberhard, einem vor Stolz aufgeblasenen Rachinger, einer schweigsamen Julia und meinem Chef des Landeskriminalamtes, der es kaum erwarten kann, die Presse von diesem Fahndungserfolg zu informieren, was er Gott sei Dank bislang vermieden hat, kapiere ich endlich die Botschaft. »Wien ist anders«.

Ich war ein hirnloser Idiot.

56

ICH GEHE LANGSAM zu meinem Auto, bleibe eine Weile hinter dem Steuer sitzen, ohne loszufahren. Ich sehe Windisch vor mir, in dem Anzug, den ihm der Täter nicht zufällig angezogen hat, sondern ganz bewusst, um an den Abend bei *Musat* zu erinnern, an die Nacht, in der Alessias Kind starb. Ich sehe das Blut in der Tasse. Es ist das Blut des Mörders.

Wien ist anders.

Der Mörder hat einen der klarsten Hinweise hinterlassen, die er geben konnte. Aber keiner hat ihn kapiert. Wo Meierhofer recht hat, hat er recht. Es ging auch um mich. Der Täter hat Spuren gelegt, denen ich folgen sollte. Er wird enttäuscht sein, denke ich.

Wien ist anders.

Klar, klar, klar. So klar wie der Wodka von Constanza Windisch.

Ich rufe Julia vom Auto aus an. »Hör zu. Ich werde jetzt wegfahren. Wenn ich mich in zwei Stunden nicht melde, dann schick Berger zu folgender Adresse. Und er soll zwei oder drei Leute mitnehmen. Okay?«

Ich gebe ihr die Adresse durch und ignoriere ihren Versuch, mich von meinem Vorhaben abzubringen. Ich glaube, dass sie noch etwas sagen will, aber ich lege auf.

Eine Stunde später läute ich an seiner Tür. Niemand öffnet. Ich probiere es bei den Nachbarn. Beim dritten Versuch bekomme ich tatsächlich eine vernünftige Auskunft. Er hat ein Wochenendhaus irgendwo zwischen Sittendorf und Heiligenkreuz. Wo genau, wisse man nicht, aber es sei ein altes Jagdhaus, das schon dem Großvater gehörte.

Ich bedanke mich höflich und mache mich auf den Weg in den Südwesten.

Ich brauche eine Dreiviertelstunde, in der ich gut nachdenken kann. Eberhards Geständnis, das Blut auf dem Boden. Alles Inszenierung, die Wichtigtuerei eines verzweifelten jungen Mannes, der seinem Vater eine Ohrfeige verpassen will, nein, einen Schlag in die Magengrube.

Ab Sittendorf wird der Weg mühsam. Ich frage mich mehrfach durch, aber ohne Erfolg. Erst beim *Moorhof* bekomme ich eine vernünftige Auskunft, weil der gepflegte Herr zu den Stammgästen zählt. Freilich weiß ich auch mit der Wegbeschreibung anfangs nicht allzu viel anzufangen, aber als ich nach etwa einem Kilometer nach rechts blicke, sehe ich das alte, ehrwürdige Jagdhaus. Ich stelle den Motor ab und gehe die etwa hundert Meter zu Fuß in den Wald.

Auf der Wiese parkt ein Kombi. Ich gehe um das Haus herum und entdecke eine Garage, deren Tür ich zu öffnen versuche.

»Sie ist abgesperrt.«

Ich fahre herum. Ich habe ihn nicht kommen hören.

»Ich habe Ihnen einen Schrecken eingejagt«, sagt er,

»das wollte ich nicht. Aber eigentlich befinden Sie sich auf meinem Grundstück, Herr Winter.«

Ich reiche ihm die Hand und entschuldige mich.

»Keine Ursache, Herr Winter. Wollen wir nicht reingehen?«

Ich folge ihm in ein Schatzkästchen mit kunstvoll getäfelten Decken und feinen Dielenböden sowie alten wertvollen Möbeln. An den Wänden reiht sich eine Vielzahl von Bildern früherer Tage.

»Die Geweihe habe ich abgehängt«, sagt er. »Mein Vater würde toben, aber ich mag keine Totenköpfe in meiner Umgebung. Wollen Sie nicht mit mir zu Abend essen? Ich bin gerade am Kochen.«

»Was gibt es?«, frage ich, »Hirn?«

»Sie kommen gleich zur Sache, Herr Winter, dabei wollte ich Ihnen zuerst etwas zu trinken anbieten. Ein Glas Traubensaft vielleicht?«

Ich sage nicht Nein. Wir setzen uns in der geräumigen Küche an einen alten Holztisch. Er stellt zwei Gläser auf den Tisch und eine Karaffe mit Saft.

»Sie entschuldigen, ich muss mich um den Hirschbraten kümmern.«

Es riecht nach Lorbeer, Majoran, Sellerie, Zwiebeln und Preiselbeeren. Ich bekomme Appetit und wundere mich darüber angesichts der Situation, mich von einem zweifachen Mörder bewirten zu lassen. Der Traubensaft schmeckt köstlich, nicht zu süß, sondern als beiße man förmlich in die Früchte.

»Sind Sie alleine gekommen?«, fragt er, während er die Soße bindet.

»Ja, oder sollte ich sagen, dass draußen die WEGA-Beamten mit den Zielfernrohren stehen?«

Er lacht. »Nein, ich glaube, ich habe Sie richtig eingeschätzt. Der Braten muss noch etwas ziehen, die Soße wird gleich fertig sein, dann gehöre ich Ihnen.«

»Lassen Sie sich Zeit. Darf ich mich ein wenig umsehen?«

»Nur zu. Die Fotos werden Sie interessieren.«

Ich schlendere durch das Haus und betrachte die Fotos. Der Hausherr als Kind mit seinen Eltern, ein fröhlicher Junge. Als junger Mann an einem See, in trauter Verbundenheit mit einem Gleichaltrigen. Das Haus in verschiedenen Ansichten, davor ein älterer Herr im Jagdrock. Ich gehe die Treppe hoch ins obere Stockwerk. Die Wände sind holzgetäfelt. Wieder Foto um Foto. Ich erkenne sie sofort. Eine vor Glück strahlende junge Frau im Bikini, eine Violinistin, die sich von der Kamera gestört fühlt und die Zunge herausstreckt, eine schwangere Frau, die ihren Bauch streichelt, eine junge Mutter, die ihr Neugeborenes wiegt, ein glücklicher Vater, auf dessen Bauch das Mädchen schläft. Die Bilder treffen mich stärker, als ich geglaubt hätte, sie machen mir Angst um alles, was im Leben zählt. Ich denke an Hanna und an Angelikas Sohn, sehe wieder die Bilder der verhungerten Antonia Martin vor mir. Ich atme tief durch und bemühe mich, Ruhe zu bewahren, schicke Julia eine SMS und gehe wieder ins Erdgeschoss.

»Es tut mir leid«, sage ich. »Es tut mir entsetzlich leid, was mit Ihrer Tochter passiert ist und mit Alessia.«

Er mischt weiter den Salat, hält dann inne und dreht

sich zu mir um. Seine Augen sind leer, haben ihren Glanz verloren. »Wollen Sie den Tisch decken?«, sagt er und wendet sich wieder zur Herdplatte.

Ich suche Besteck und Teller, finde zwei Weingläser. Er schneidet den Braten, gießt die Soße darüber und serviert mir drei wunderbar duftende Stücke Fleisch, dazu einen Blaufränkischen aus Barriqueausbau vom Weingut Lang.

»Der Wein ist auch in der Soße«, sagt er, »man sollte da nicht sparen.«

»Worauf trinken wir?«, frage ich.

»Auf die Gerechtigkeit.« Er hebt sein Glas.

Wir verstehen Unterschiedliches darunter, aber ich stimme zu. Der Wein ist so ausgezeichnet wie der Braten.

»Sie hätten Koch werden sollen«, sage ich.

»Glauben Sie? Na ja, eigentlich habe ich für Sie gekocht. Allerdings habe ich Sie schon gestern erwartet. Ich weiß, dass Sie gern und gut essen, obwohl man es Ihnen nicht ansieht. Ich meine, Sie sind sehr schlank für Ihr …«

»Alter, meinen Sie? Was hatten Sie gestern für mich vorgesehen?«

»Eine Lammterrine. Die Nachbarn haben sich sehr darüber gefreut.«

»Das glaube ich gern. Wollen wir essen und nachher reden, einverstanden?«

Er ist ganz meiner Meinung. Seine Augen gewinnen ein wenig Glanz zurück, aber ich merke, dass das Feuer langsam verglüht. Wir essen schweigend. Jeder von uns scheint danach darauf zu warten, dass der andere das Gespräch beginnt. Ich werde es nicht sein.

»Schnaps?«, fragt er.

Ich lehne dankend ab. Er gießt sich ein Glas Williams-Birne ein, schenkt mir Rotwein nach.

»Wo soll ich anfangen?«, fragt er dann.

»Hier, bei Ihrem Vater, dem Jäger«, schlage ich vor.

»Gut, wenn Sie Zeit haben.«

Ich nicke.

»Er hat die meiste Freizeit hier verbracht, mochte den Trubel der Wienerstadt nicht. Als Hofrat im Bundesamt für Eich- und Vermessungswesen war er sehr eingespannt, zumal er seine Arbeit überaus ernst genommen hat. Meine Mutter genoss die Zeit hier ebenso. Sie hat sich um das Haus gekümmert, gekocht, na ja, eben die klassische Hausfrau gespielt.«

Er ringt sich ein Lächeln ab.

»Dann kam die Zeit, als mein Vater krank wurde. Er war ständig gereizt, jede Kleinigkeit hat ihn aufgeregt. Für meine Mutter war das sehr schwierig. Sie liebte ihn sehr. Ich glaube, dass man ihn hätte besser behandeln können, sicher sogar. Es war eine Form der Depression, die man heute wahrscheinlich in den Griff bekommt, aber damals … Ich war vielleicht zwölf, als er zum ersten Mal versuchte, meine Mutter zu erwürgen. Als ich fünfzehn war, hat sie sich von ihm scheiden lassen. Mein Vater hat das nie akzeptiert, sondern immer so getan, als würde sie gleich wieder zur Tür hereinkommen.«

»War er Ihnen gegenüber gewalttätig?«, frage ich.

Er schüttelt den Kopf. »Nein, nie. Das waren andere.

Ab der Oberstufe hat er mich im Internat untergebracht. Da waren Schläge keine Seltenheit.«

»Und sexueller Missbrauch?«

»Herr Winter, ich weiß, dass Sie jetzt von mir hören wollen, dass ich dazu gedrängt oder getrieben wurde. Aber Homosexualität ist keine Krankheit. Ich hatte mich im Internat in einen Mitschüler verliebt. Den schönsten Menschen der Welt. Massimo Castelli war im Internat, weil seine Eltern nichts von ihm wissen wollten. Sie haben ihn abgeschoben. Nur im Sommer fuhr er manchmal nach Italien zu entfernten Verwandten. Wir waren fast immer zusammen. Ich habe jede Sekunde mit ihm genossen. Auch hier draußen. Es gibt ein Foto mit ihm, oben. Vielleicht haben Sie es gesehen. Wir hatten damals beschlossen, für immer zusammenzubleiben. Sie wissen schon, als Jugendliche schwärmt man füreinander, gibt sich Ewigkeitsschwüre, glaubt, dass die Welt gegen einen keine Chance hat, wenn man nur stark genug – heute würde man wohl sagen cool genug – auftritt.«

»Wie ist er gestorben?«

»Sie sagten, ich habe Zeit zu erzählen.«

Ich entschuldige mich.

»Schon gut, Sie haben recht, ich sollte mich kürzer fassen. Als wir die Schule beendet hatten, ging ich sofort an die Technische Universität. Er wusste nicht so recht, was er werden wollte, träumte von einer Karriere als Musiker. Er war tatsächlich ein wunderbarer Violinist. Aber er verpatzte das Vorspielen im Konservatorium. Also begann er zu jobben, kellnerte, legte als DJ auf, kam mit Menschen in Berührung, die nicht gut für ihn waren.«

»Wie Czapek?«, frage ich.

»Wie Czapek. Und dann begann ich, ihn zu verlieren. Schritt für Schritt, Meter um Meter. Er fing an, Drogen zu nehmen, ging zum Schluss auf den Strich. Ich will darüber gar nicht reden, aber innerhalb von nicht einmal einem Jahr machte Czapek ihn zu einem drogensüchtigen Stricher. Er war nicht mehr er selbst. Man konnte nicht zu ihm vordringen. Sein Hirn war blockiert, nein, wie ausgetauscht. Er hat sich einen goldenen Schuss gesetzt. Das war 1991.«

Das letzte Puzzleteil fügt sich. Ich sehe das gesamte Bild vor mir und wünsche mir, ich könnte jedes einzelne Teilchen schreddern, zermahlen, aus der Geschichte tilgen wie die Geschichte selbst.

»Dann sind sie zu Czapek gegangen und haben ihn umgebracht.«

Er schüttelt den Kopf. »Eigentlich wollte ich ihn nur zur Rede stellen. Aber mit einem Mann wie ihm kann man nicht reden. Er hat auch nur gelacht und mir angeboten, für ihn zu arbeiten. Weil Massimo ja tot war. Herr Winter, ich nehme solche Begriffe nicht gern in den Mund, aber Czapek war Abschaum.«

Ich widerspreche ihm nicht.

»Ich habe ihn erschlagen, mit einer kleinen Statue, die auf der Bar stand. Er wollte sich gerade einen Drink einschenken, hat sich umgedreht, und dann …«

»Wenn Sie nicht vorhatten, ihn zu töten, wieso haben Sie ihm dann das Gehirn entnommen? Das passt nicht zu einer Affekttat. Es braucht Werkzeug, um eine Schädeldecke zu öffnen. Und eine riesige Portion Kaltblütigkeit.«

Er lässt sich nicht provozieren, antwortet ruhig: »Eine kleine Säge und ein wenig Wut im Bauch. In der Wohnung von Czapek habe ich beides gefunden.«

»Was haben Sie mit dem Gehirn gemacht?«

»Ich habe es hier im Keller in Formalin eingelegt. Ich habe eine Ausbildung zum Notfallsanitäter und kenne mich mit Medizin aus.«

Ich versuche meine Gedanken zu ordnen, nicht in den Bildern zu versinken, die vor mir auftauchen, spule den Film vor bis zu dem Moment, in dem Fuchsberger auftritt.

»Lassen Sie uns über Fuchsberger reden«, sage ich. »Hat es Sie nicht gestört, dass ein Unschuldiger seit Jahren im Gefängnis sitzt?«

Jetzt ist sein Blick fest und klar. Ich darf ihn nicht unterschätzen. Es ist immer noch Wut in ihm, noch genug Zorn, um diesen Abend anders verlaufen zu lassen, als ich es erwarte.

Er protestiert: »Ein Unschuldiger, Herr Winter? Wie kommen Sie darauf? Fuchsberger war einer der Hauptkunden von Czapek. Massimo kannte ihn gut. Er hat öfter von ihm erzählt. Fuchsberger ließ die Sau raus, wenn er sich mächtig fühlte. Er war ein perverses Schwein.«

»Haben Sie ihn erkannt?«

»Nein, ich weiß nicht, warum, aber ich habe diesen kleinen unscheinbaren Herrn, den ich für einen Nachbarn von Czapek hielt, nach seinem Namen gefragt.«

Was wäre gewesen, wenn er das nicht getan hätte? Welche Wendung hätte die Geschichte genommen, wenn Fuchsberger gegangen wäre, die Polizei gerufen hätte? Ich verzichte darauf, weiter darüber nachzudenken, und konzentriere mich wieder.

»Haben Sie gedacht, dass man auf Fuchsberger kommen würde? Dass Sie sozusagen zwei Fliegen mit einer Klappe schlagen können?«

Er zuckt mit den Schultern. »Vielleicht? Ich weiß nicht. Czapek und Fuchsberger. Beide gehören zur selben Kategorie Mensch. Sie beuten Menschen für ihre Bedürfnisse aus und lassen sie kaputt zurück.«

»Genauso wie Windisch?«

Er denkt nach. »In gewisser Weise ja.«

»Aber am Anfang haben Sie das nicht gemerkt, oder?«

»Was wollen Sie hören? Dass ich in ihn verliebt war? Ich weiß es nicht. Er war da, nach dem Tod von Massimo, nachdem mein Vater sich aufgrund seiner schweren Depressionen auf dem Dachboden erhängt hat, nachdem ich nahe daran war, mir auch das Leben zu nehmen.«

Seine Jugend prasselt wie heftiger Regen auf mich nieder. Zu viele Informationen auf einmal ergießen sich auf mich, weichen das klare Denken auf. Ich muss ihn wieder bremsen.

»Langsam, bitte«, sage ich. »Lassen Sie sich Zeit. Wo haben Sie Windisch kennengelernt? Bei Dietrich?«

Er atmet durch, schenkt sich noch einen Birnenschnaps ein. »Nein, in einem Lokal. Klaus war damals öfter in einschlägigen Lokalen unterwegs. Er hatte gerade sein Studium absolviert und mit einem Idioten namens Grumbek eine Firma gegründet. Ich nehme an, der Name sagt Ihnen was.«

Ich nicke.

»Wir waren zusammen, aber ich weiß nicht, wie ich es sagen soll. Er war mir von Anfang an zu besitzergreifend. Ich war mit meinen Gedanken immer noch bei Massimo, aber er ließ mir keine Zeit, wollte alles sofort, das volle Leben. Verstehen Sie? Er war in allem extrem. Wir waren uns auch ideologisch sehr fern. Er schwärmte von der freien Marktwirtschaft ohne Grenzen und Beschränkungen, frei für Menschen, die in der Lage wären, das System zu durchschauen und auch zu bestimmen, die Individuen, die sich von der breiten Masse, die er verachtete, abzuheben verstanden. Er war ungeheuer selbstverliebt und gleichzeitig über alle Maßen liebesbedürftig.«

Er beschreibt Windisch aus einer Distanz, die kaum mehr ahnen lässt, dass es einmal um eine Beziehung ging und Leidenschaft im Spiel war.

»Hat er sie zu Dietrich gebracht?«, frage ich, um wieder auf festen Boden zu kommen.

»So stellen Sie sich das also vor? Der Türenöffner Windisch. Nein, Dietrich hat gute Leute gesucht für sein Elektromotorenprojekt. Und ich bin gut. Oder zweifeln Sie daran?«

Ich winke ab. »O nein, ich zweifle nicht daran. Es tut mir leid.«

Er schenkt uns Wein nach. Ich beschließe, ihn nicht mehr zu unterbrechen. Mein Glas rühre ich nicht an.

»Es muss Ihnen nicht leidtun. Es wäre ja naheliegend gewesen. Wir haben zwei Jahre an dem Projekt gearbeitet und waren auch sehr erfolgreich, aber Klaus hat es schließlich abgedreht. Sie wissen, warum?«

»Ich habe eine Ahnung«, sage ich, »nur eine Ahnung.«

»Ich habe die Beziehung zu Klaus beendet. Ich konnte nicht mehr. Es war mir alles zu viel. Ich fühlte mich völlig kontrolliert, ohne jegliche Bewegungsfreiheit. Klaus war rasend eifersüchtig. Dabei gab es keinerlei Grund. Ich war ihm immer treu. Und da war noch was, das ich nicht ertragen konnte.«

»Castelli«, sage ich ins Blaue und treffe ins Schwarze.

»Genau. Ich habe es nicht mehr ausgehalten, so zu tun, als wäre es mir egal, dass Klaus und der Bruder meines geliebten Massimo nicht nur Studienkollegen waren, sondern über die Jahre mehr oder weniger ihre Freundschaft pflegten, dass Klaus Giovanni sogar immer wieder mal finanziell unter die Arme griff. Ich konnte Giovanni einfach nicht ausstehen.«

Er macht eine Pause, in der er sich wieder sammelt und seine Emotionen unter Kontrolle bringt, was ihm erstaunlich schnell gelingt.

»Nach dem Rauswurf war ich einige Zeit arbeitslos, aber ich habe ziemlich bald wieder Anschluss gefunden an gute Projekte, bin heute aber selbstständig. Sie haben den Kombi gesehen, daran habe ich mitgearbeitet. Damit können Sie erstmals auch locker in den Urlaub fahren. Tolle Reichweite, null Emissionen. Ich langweile Sie nicht mit Details, aber so ein Auto ist zukunftsweisend. Klaus und ich haben uns dann aus den Augen verloren, über Jahre. Ich hatte in der Zeit wechselnde Partner, aber nie etwas Ernstes. Bis 2003.«

»Dann hat es zwischen Ihnen und Alessia gefunkt.«

Er nickt. Bislang lief das Gespräch zu glatt, zu analytisch, als hätte er nach Hunderten Therapiestunden beschlossen, ein Buch über sein Leben zu schreiben und alles wohlgeordnet zu hinterlassen. Noch verstehe ich zu wenig, noch ist mir nicht ganz klar, warum Windisch einen so grausamen Tod erleiden musste. Ich lasse ihn reden.

»Ich habe von Alessia gewusst, lange bevor ich sie kennenlernen durfte. Zuerst durch Erzählungen von Massimo, in denen sie gegen ihre Eltern und Giovanni ebenso chancenlos wie er selbst aufbegehrte. Nur dass Alessia ihren Schmerz und ihre Wut anders kompensierte, durch Lerneifer und vor allem durch Sport. Dann durch Klaus, der sie auf seine eigene missgünstige Weise bewunderte. Sie war immer da, irgendwie, und doch ein Phantom. Ich habe sie nie zu Gesicht bekommen, nicht in all den Jahren. Als ich Dietrich verließ, hat Klaus dafür gesorgt, dass Alessia eine Stelle bei ihm bekam. Ich glaube bis heute, dass er mich damit auf eine perverse Weise treffen wollte. Und dann saßen wir durch Zufall bei einem Violinkonzert im Musikverein nebeneinander. Sie war übrigens selbst eine wunderbare Violinistin. Noch besser als Massimo. Ich habe sie natürlich sofort erkannt, habe mich aber selbst zuerst nicht zu erkennen gegeben. Wahrscheinlich, weil ich Angst davor hatte, dass die alten Wunden wieder aufreißen. Wir haben uns in der Pause unterhalten, über Musik, über die Faszination der Geige. Irgendwann habe ich es nicht mehr ausgehalten und ihr alles erzählt, von mir und Massimo. Sie war völlig fertig, am Boden zerstört. Wir haben das Konzert dann verlassen und stundenlang geredet, über Massimo, über sie und das Schwimmen, das ihr Weg war, sich von ihren Eltern freizumachen und von ihrem schrecklichen großen Bruder. Von da an haben wir uns öfter auf einen Kaffee getroffen, immer wieder über Massimo geredet, über das Leben, unsere Arbeit. Um es kurz zu machen, wir waren sicher zwei Jahre lang einfach nur befreundet, ehe etwas anderes daraus geworden ist. Ich habe es nicht für möglich gehalten, dass ich mich in eine Frau verlieben könnte. Und ich habe mich auch danach nie wieder in eine Frau verliebt. Alessia war die einzige, und wenn ich ehrlich bin, neben Massimo der einzige Mensch, den ich je geliebt habe.«

Er verfällt in Schweigen, sieht eine Weile zu Boden. Seinen Vorsatz, seine Lebensbeichte analytisch darzulegen, kann er nicht ganz einhalten. Zeitweilig verdrängt das Gefühl den Verstand.

»Wann ist Windisch dahintergekommen?«, frage ich, um ihn wieder auf die richtige Spur zu bringen.

»Klaus? Auch durch Zufall. Das war im Sommer 2007. Alessia und ich waren im Urlaub auf Kreta. In der Ausgrabungsstätte von Knossos stand auf einmal Klaus vor uns. Er hat uns angeschaut, als kämen wir vom Mars. Es war eine schreckliche Szene. Er konnte sich nicht zurückhalten, uns die Pest an den Hals zu wünschen. Von diesem Augenblick an hat er versucht, Alessias Karriere zu ruinieren, hat sie angeschwärzt, versucht, die anderen Vorstandsmitglieder gegen sie aufzuwiegeln. Sein Einfluss war keineswegs zu unterschätzen.«

»Hat er zu ihrem Rückzug aus dem Vorstand beigetragen?«

»Ja und nein, vielleicht hat sein Einfluss auf manche Bankleute sie zermürbt, dazu kam aber ihr Widerstand gegen den Staudamm und natürlich das Baby.«

Er erwähnt es fast wie beiläufig, ohne Regung im Gesicht. Er will es durchziehen, will sich nicht in Nebensächlichkeiten verlieren, will etwas abschließen, bei dem ich ihm helfen muss.

»Warum wollten Sie nicht, dass jemand davon erfährt?«, frage ich.

»Wegen Alessias Bruder. Klaus hat zwar gegen Alessia intrigiert, aber er hat die Beziehung nicht hinausposaunt. Das konnte er nicht, denn dann wäre ja auch seine Homosexualität zum Thema geworden. Aber Giovanni hätte sie gesteinigt. Wir haben all die Jahre die Beziehung geheim gehalten. Ich wollte nicht, dass Alessia Probleme bekommt, wenn man in meiner Vergangenheit wühlt. Und sie hatte Angst vor ihrem Bruder. Er ist gewalttätig, schlägt seine Frau und seine Kinder, wenn er wütend ist. Und er ist definitiv ein Faschist. Als Alessias Eltern starben, hat er die Kontrolle über die Familie übernommen. Sie ist ihm aus dem Weg gegangen, wann immer sie konnte. Schließlich hat sie ihn auch für Massimos Tod mitverantwortlich gemacht. Giovanni hatte als Kind großen Einfluss auf seinen Vater, war dessen Liebling. Und er hat seinem Vater zugeredet, Massimo ins Internat zu schicken. Das war sehr schmerzhaft für

Alessia. Sie glaubte immer, dass die Familie Massimos Absturz hätte verhindern können.«

»Hat er es trotzdem herausgefunden?«

»Nein. Als wir von der Schwangerschaft erfuhren, haben wir uns zwar riesig gefreut, aber uns war klar, dass wir einen radikalen Schritt gehen müssten, um zu verhindern, dass Giovanni uns auf die Schliche käme.«

»Alessia nahm einen neuen Namen an.«

»Ja, nicht sonderlich kreativ, Burger statt Castelli.« Der Anflug eines Lächelns huscht über sein Gesicht. »Wir haben ein Jahr in der Schweiz gelebt, am Vierwaldstättersee. Wir waren beide arbeitslos, konnten aber ganz gut von unseren Ersparnissen leben. Es war das schönste Jahr meines Lebens. Die Schwangerschaft verlief ohne Komplikationen, und am 15. September 2008 kam unser Schatz schließlich in Luzern zur Welt.«

Er trinkt sein Glas Wein in einem Zug aus und schenkt sich nach. Ich versuche, in seinem Gesicht eine Emotion zu entdecken, aber ich sehe nur eine Wand, hinter der die Gefühle verborgen sind.

»Unser Glück war perfekt, da ich auch noch einen Job in einem technischen Büro bekam und gut verdiente. Wir hatten uns damit angefreundet, ganz in der Schweiz zu bleiben, aber Windisch verhinderte es.«

»Verhinderte?«, frage ich. »Wie?«

»Wieder durch einen Zufall. Er war mit einem seiner Freunde, einem Bankmenschen namens Auf der Mauer, in einem Hotel am See und begegnete Alessia, als sie mit der Kleinen im Kinderwagen an der Seepromenade entlangspazierte. Offen gestanden erwartete ich, dass so etwas irgendwann passieren würde. Aber dass Klaus gleich zweimal zufällig auf Alessia traf, das hat mich zweifeln lassen, ob eine höhere Macht uns Gutes wünscht.«

Ich will diese Aussage nicht kommentieren. Mein Arrangement mit Gott geht ihn nichts an.

»Die Welt ist zu klein«, sage ich stattdessen, »als dass wir uns verstecken könnten. Wie Sie sehen, bin auch ich hier.«

»Nachdem ich Ihnen Wegweiser so groß wie Plakatwände hingestellt habe, Herr Winter. Seien Sie etwas selbstkritischer.«

Dieser Hieb sitzt. Doch so schwer es mir fällt, ich gehe nicht darauf ein.

»Lassen Sie es mich zu Ende ausführen, Herr Winter. Ich warte seit einiger Zeit darauf, es Ihnen zu sagen.«

Ich nicke.

»Windisch hat sie zur Rede gestellt, sie gefragt, ob das Kind von mir sei, hat sie mit Vorwürfen überschüttet, dass sie mein Leben zerstört habe, mein Leben, das nur mit ihm glücklich hätte werden können. Er war verrückt, verstehen Sie? Sein ganzes selbstsicheres Gehabe, die Arroganz, alles nur Fassade. Was seine Liebe zu mir betraf, war er ein Besessener.«

Vielleicht hielt er es nur nicht aus, einmal etwas nicht zu bekommen, denke ich.

»Herr Winter, Alessia war völlig fertig. Sie hat mich angefleht, etwas zu unternehmen, Klaus zur Vernunft zu bringen. Ich habe es versucht, ihn angerufen, aber er hat nur geschrien und schließlich aufgelegt. Irgendwie hat er dann rausbekommen, wo ich arbeite. Er hat Lügen über meine Arbeit bei Dietrich verbreitet, mit dem Erfolg, dass man mir gekündigt hat.«

»Dann sind Sie wieder zurück nach Österreich gegangen?«

»Nicht sofort, aber nach ein paar Wochen. Wir hatten beschlossen, unsere Beziehung publik zu machen, ein für alle Mal den Lügen ein Ende zu setzen. Wir wollten mit ihrem Bruder reden und natürlich mit Windisch. Wir haben uns eine Wohnung in der Hockegasse genommen, wo ich immer noch lebe.«

Er steht auf und verlässt den Raum, kommt nach wenigen Minuten mit einer neuen Weinflasche wieder. Er entkorkt die Flasche und schenkt sich wortlos ein, macht aber auch danach keine Anstalten weiterzureden.

»Waren Sie auch auf der Party bei *Musat*?«, frage ich, um das Gespräch wieder in Gang zu bringen.

»Ja, allerdings. Aber Klaus hat dem Hausherrn einen Wink gegeben, und die Securitys haben mich ziemlich unsanft entfernt. Wir hätten dort niemals hingehen sollen.«

Sein Gesicht verhärtet sich wieder. Er zieht eine neue Wand auf.

»Es war Alessias Idee, nicht?«, frage ich.

»Was spielt das für eine Rolle? Alessia wollte ihn auf elegante Weise vor allen Leuten bloßstellen. Aber nachdem ich mit blutiger Nase im Gras lag, hat sie ihn angeschrien, die Kleine im Arm. Den Rest kennen Sie, nehme ich an.«

»Der Unfall. Warum waren Sie nicht im Auto?«

Er korrigiert mich. »Es war kein Unfall, es war Mord. Aber Sie haben recht, ich habe mir diese Frage seitdem jeden Tag gestellt. Warum war ich nicht im Auto, warum habe ich die beiden alleine weggeschickt, warum wollte ich den Versuch unternehmen, trotz allem mit Klaus zu reden? Es war ein tödlicher Fehler.«

»Sie haben Alessia nach Hause geschickt?«

»Ja, das habe ich. Sie sollte die Kleine ins Bett bringen und sich dann hinlegen. Ich habe versucht, noch mal mit Klaus zu reden. Die Securitys haben mich zu ihm gebracht, in das Schlafzimmer des Hausherrn. Dort hat er mich ausgelacht, gesagt, dass er mir wünscht, dass die Nase gebrochen sei, hat zugelassen, dass die Securitys noch einmal zuschlagen, in den Bauch, auf den Rücken. Ich bin eine Zeit lang auf dem Boden liegen geblieben. Als ich mich aufgerappelt hatte, war Klaus weg. Über den Rest will ich nicht reden.« Er verschränkt die Arme.

»Windisch musste sterben, weil Sie ihn für schuldig am Tod ihrer Tochter halten«, stelle ich fest.

»Am Tod meiner Frau und meiner Tochter, Herr Winter. Alessia hat sich drei Tage nach dem Begräbnis der Kleinen im Haus ihres Bruders die Pulsadern aufgeschnitten.«

Ich hätte es ahnen können. Diese Mauern des Schweigens, die die Freunde aufgezogen hatten, wenn es um Alessias Tod ging. Diese verlogene Betroffenheit. Mir wird schlecht.

Als er fortfährt, liegt Bitterkeit in seiner Stimme. »Ihr Bruder verhinderte, dass irgendjemand davon erfuhr. Der Arzt wurde bestochen und hat plötzlichen Herztod als Ursache geschrieben. Ihr Bruder verhinderte auch, dass sie neben der Kleinen begraben wurde. Er hat mir zwei Schläger schicken lassen, die unsere Wohnung kurz und klein gehackt und mich zusammengeschlagen haben. Ich lag während des Begräbnisses meiner Partnerin im Krankenhaus.« Er macht eine Pause, lehnt sich zurück und sieht mir in die Augen. »Der hirnlose Czapek und der Blutsauger Klaus, beide haben mir das Wichtigste in meinem Leben genommen.«

Ich lasse ihm diesen Moment der Trauer, nehme ein paar Schlucke Wein, suche nach Worten. Aber er übernimmt selbst wieder das Gespräch.

»Vor drei Wochen hat Klaus mir eine E-Mail geschickt und darin um ein Gespräch gebeten. Wir trafen uns in Gumpoldskirchen bei einem Heurigen.«

»Sie haben sich getroffen?«

»Ja. Er hat mir eröffnet, dass er sein Leben ändern will. Es ging um ein Konzept für einen großen multikulturellen Wohnpark in Penzing, in den Heinrichgründen. Er wollte Abbitte leisten für alles, was in seinem Leben schiefgelaufen war. Auch für das, was er mir angetan hatte.«

»Sie haben ihm geglaubt?«

»Ja, irgendwie. Der reiche Mann, der umkehrt, ein altes Motiv, nicht wahr?«

»Wie Jedermann. Als der Tod ihn haben will. Sie waren der Tod.«

»Ja, aber das konnte er nicht ahnen. Ich war sogar nahe daran, ihm zu verzeihen, aber dann hat er einen Fehler begangen.«

»Einen Fehler?«

»Er hat versucht, mich zu küssen.«

Ich sehe ihm in die Augen. In ihnen liegt weder Hass noch Bedauern.

»Ich glaube Ihnen nicht. Sie hatten vor, ihn zu töten, was auch immer er getan oder gesagt hätte.«

Er überlegt eine Weile, spricht das »Vielleicht« kaum hörbar aus. Ich nagle ihn nicht darauf fest. Ich will verstehen.

»Sie haben sich mit ihm am 1. Oktober am Nachmittag verabredet«, wende ich ein. »Das war exakt neun Jahre nach dem Begräbnis ihrer Tochter.«

»Ja, genau. Eigentlich hätte ihn dieses Datum stutzig machen müssen. Aber in seiner unerträglichen Ichbezogenheit hatte er diesen Tag verdrängt, aus seinem Gedächtnis gewischt.« Er schluckt, wie um die aufsteigende Wut zu verdrängen, fasst sich wieder, ringt sich sogar ein bitteres, gequältes Lächeln ab und fährt fort: »Wir haben uns in meiner Wohnung in Wien getroffen. Am Nachmittag. Gegen 15 Uhr. Er war sehr nervös, geradezu fiebrig. Ich hoffe, Sie sind mir nicht böse, Herr Winter, aber ich habe ihm den gleichen Wein angeboten, den Sie gerade trinken.«

Windisch hatte keinen Alkohol im Blut.

»Er wollte lieber einen Tee. Ich habe ihn auf den besonderen Tag aufmerksam gemacht. Er hat sich wortreich entschuldigt für sein Verhalten von damals und natürlich für alles, was geschehen war. Und er behauptete steif und fest, nichts mit dem Tod meiner Tochter zu tun zu haben.«

Ich verschweige ihm, dass Windisch recht hatte.

»Dann wollte er mich wieder küssen. Es war schwierig, ihn auf Distanz zu halten. Ich habe ihm schließlich vorgeschlagen, dass wir etwas essen, habe ihn Sushi holen lassen. Er ist extra in ein Sushi-Lokal gefahren, in dem wir uns früher öfter verabredet hatten … Ach, ersparen Sie es mir, Details zu erzählen. Als wir fertig gegessen hatten, hat er es nicht länger ausgehalten. Ich habe ihm schließlich ein Rollenspiel vorgeschlagen. Ich durfte einen Polizisten spielen, der den nackten Klaus verhaut. Ich habe ihm einen ordentlichen Schlag mit dem Knüppel verpasst, ihn in den Wagen verfrachtet und hierhergebracht. Wollen Sie mir in den Keller folgen, Herr Winter?«

Ich überlege, ob er mich in eine Falle locken will, erachte es aber nicht als logisch und folge ihm. Der Keller riecht nach altem Gemäuer, nach kaltem nassem Stein, aber nicht nach Blut. Er hat gründlich sauber gemacht. Ich entdecke einen Rollstuhl in der Ecke, auf einem Tisch liegen Laptop und Tablet, in der Mitte des Raums steht ein Stuhl.

»Hier haben Sie ihn ausgeblutet?«, frage ich.

»Auf diesem Stuhl hat Alessia immer gesessen, wenn wir in der Küche gegessen haben. Klaus hat ihn nicht sonderlich bequem gefunden.«

Ich kann seine Bitterkeit verstehen. Sie lässt ihn noch immer nicht los. Die brutale Rache hat den Hass nicht zur Gänze zu vernichten vermocht, auch wenn er sich weiter bemüht, den Tathergang so nüchtern wie möglich zu beschreiben.

»Ich habe ihm eine Zwangsjacke angezogen, eine aus dem Sadomaso-Versand. Früher stand er auf solche Utensilien. Wissen Sie, dass das Abzapfen von Blut sehr lange dauern kann, wenn man es richtig anstellt? Er hat um sein Leben gefleht, dann habe ich den Hahn am Venenkatheter zugedreht, ihn mit Kochsalzlösung und Heparinzusatz gespült und Klaus ein wenig aufatmen lassen. Aber lange habe ich ihm nicht zusehen können. Dieses weinerliche Etwas, das vor mir saß. Glauben Sie mir, Herr Winter, es war so erbärmlich. Er besaß kein Einsehen, keinen Stolz, keine Würde. Er hat sich nicht einmal gewehrt.«

Anders als bei Thomas Eberhard gibt es keinen Grund daran zu zweifeln, dass jedes Wort stimmt. Ich überlege, ob Windisch noch leben würde, wenn er versucht hätte zu verstehen, wenn er Reue gezeigt hätte. Aber im Grunde weiß ich, dass es nichts geändert hätte. Seine Uhr war längst abgelaufen, die Inszenierung seines Todes bis ins Letzte geplant.

»Sie haben ihm den Anzug von damals angezogen. Woher hatten sie ihn?«, frage ich.

»Ganz einfach. Er hat ihn immer aufgehoben. Konnte ihn nicht weggeben, wie er mir sagte. Deshalb habe ich ihn gebeten, ihn mitzubringen. Nach dem letzten Blutstropfen habe ich ihn gewaschen, ihm den Anzug angezogen und ihn ins Auto gesetzt. Der Rollstuhl gehörte meiner Mutter. Ich habe lange überlegt, ob ich ihn verwenden sollte.«

Er streicht beinahe liebevoll über die Griffe. Ich hole ihn zurück.

»Warum die Wohnung in der Tuchlauben?«

»Warum? Ich weiß nicht. Sie stand offen. Ich denke, dass die Arbeiter einfach vergessen haben, sie abzusperren. Und ins Haus kommt man leicht, wenn man einen Mietvertrag hat.«

»Sie sind *Matheba*«, sage ich.

»Manfred Theodor Bauer. Wäre nicht so schwer gewesen. Aber Sie haben es nicht geknackt. Schade. Die Tasse war dann der nächste Hinweis. Ich nehme an, Sie haben wenigstens diese Botschaft verstanden.«

Ich behalte für mich, dass mir die »Wien ist anders«-Zeile erst vor Kurzem als Hinweis auf Homosexualität klar geworden ist.

»Und das Blut?«, frage ich. »Stammt es von Ihnen?«

»Ja, Blutgruppe AB, wie Valeria. Wenn Klaus damals stehen geblieben wäre und sie versorgt hätte, würde sie noch leben. Sie ist langsam verblutet.«

Ich erinnere mich wieder an das Bild in seiner Wohnung. Das lachende Baby.

»Warum ich?«, frage ich. »Weil ich den Czapek-Fall gelöst zu haben glaubte? Wollten Sie mich testen, ob ich Ihnen auf die Spur komme?«

»Herr Winter, ich wusste, dass man Sie mit der Leitung der Sonderkommission betrauen würde. Nennen Sie es einfach Intuition. Und ich muss gestehen, dass ich Sie in der letzten Woche sehr genau beobachtet habe. Ich war Ihnen manchmal näher, als sie ahnen, im Währinger Park zum Beispiel. Sie waren zu sehr in Gedanken, um auf ihre Umgebung zu achten. Ihre Hartnäckigkeit, mit der Sie Klaus eine Freundin unterstellt haben, hat mich fast amüsiert. Wie Sie gesehen haben, funktioniert die Welt nicht ganz so einfach. Trotzdem war ich überzeugt, dass Sie Ihren Ruf als Ermittler mit dem richtigen Riecher völlig zurecht verdienen. Alessia hat sie nicht losgelassen.«

Wie recht er hat.

»Ja, von Anfang an«, gebe ich zu. »Als meine Kollegin und ich bei Hauser waren, da hat er diesen Namen erwähnt, irgendwie unbewusst dachte ich, aber vielleicht …«

»Hauser also. Sie haben sich Gedanken darüber gemacht, nicht wahr?«

»Das habe ich. Ich habe mich gefragt, welchen Grund dieser Mann hatte, mich mit der Nase auf Castelli und seine Schwester zu stoßen. Ich habe keine Ahnung.«

»Dieser Winzer ist kein schlechter Mensch. Ich glaube, er hat sich in dem Umfeld nie wohlgefühlt. Um ehrlich zu sein, denke ich, dass Hauser sein Gewissen erleichtern wollte. Alessia war der Schlüssel zur Wahrheit über den Menschen Windisch. Auch wenn Castelli damals bemüht war, die Vorgänge um ihren Tod so gut wie möglich zu verschleiern, so bin ich sicher, dass Hauser und die anderen es irgendwann erfahren haben, wie auch immer. Es tut nichts mehr zur Sache. Wollen wir wieder nach oben gehen?«

Ich lasse ihm den Vortritt und achte genau auf die Stufen. Jetzt darf ich nichts falsch machen.

»Was passiert jetzt?«, fragt er.

»Ich nehme Sie in meinem Wagen mit.«

»Aber, Herr Winter. Die Tatsache, dass ich meine

Geschichte mit Ihnen teilen wollte, heißt nicht, dass ich vorhabe, ins Gefängnis zu gehen. Ich habe das getan, was Sie hätten tun müssen. Ich habe zwei Mörder ihrer gerechten Strafe zugeführt.«

Ich widerspreche ihm. »Sie haben sich Frieden verschafft.«

Er denkt darüber nach. »Ja, Frieden. Sie haben recht. Ich schlafe ruhiger seitdem. Ich war an Alessias Grab und habe Chrysanthemen hingelegt. Das waren ihre Lieblingsblumen. Ich habe mich verabschiedet. Die Koffer stehen im Schlafzimmer. Sie werden mich nicht aufhalten, Herr Winter, das hatten Sie nie vor. Es war klug von Ihnen, allein zu kommen. Dadurch haben Sie erfahren, was Sie wissen wollten. Damit auch Sie zur Ruhe kommen. Wir haben beide das bekommen, was wir wollten. Ich schlage vor, dass Sie die Flasche in Ruhe leeren. Lassen Sie mir eine halbe Stunde, das genügt. Dann rufen Sie die Meute an und lassen sie ausschwärmen. Einverstanden?«

Ich bezweifle, dass er wirklich daran glaubt, was er sagt.

»Herr Bauer«, sage ich ruhig, »ich werde nicht allein von hier wegfahren. Sie kommen mit mir mit.« Ich greife nach meiner Dienstwaffe, lege sie vor mich auf den Tisch und lasse meine Hand daneben ruhen.

Er lächelt. »Sie schießen nicht, Herr Winter, das ist nicht Ihr Stil.«

»Hören Sie, Herr Bauer. Glauben Sie wirklich, dass ein Polizist nach fast dreißig Jahren Berufserfahrung allein zu einem zweifachen Mörder fährt? Wenn wir vor die Tür gehen, werden wir nicht allein sein.«

»Schade, Herr Winter, schade. Der Versuch ist gut, aber die SMS, die Sie geschickt haben, ist nie angekommen. Ihr Handy funktioniert hier nicht. Das Festnetztelefon befindet sich im Flur. Lassen Sie sich Zeit.«

Ich stelle mit Entsetzen fest, dass er recht hat. Die Meute, von der er gesprochen hat, wird nicht kommen. Vielleicht habe ich mich doch in ihm getäuscht, und er will den Frieden, den ihm unser Gespräch verschafft hat, in der Karibik auskosten. Aber noch ist mein Trumpf nicht ausgespielt.

»Herr Bauer«, sage ich, »Windisch hat den Wagen nicht gefahren.«

Er dreht sich zu mir. »Wie bitte?«

Ich sehe ihm in die Augen. »Windisch hat Alessia nicht von der Fahrbahn gedrängt. Sie haben die falsche Person getötet.«

Er zittert. Die Trumpfkarte sticht. Dieses Spiel, das ich nie als eines betrachten wollte, ist gewonnen.

»Sind Sie sicher … Woher wissen …« Seine Stimme versagt.

»Von der Person, die im Auto saß. Von dem Menschen, der Verantwortung trägt für den Tod Ihrer Tochter. Sie wird ihre Strafe dafür bekommen, das kann ich Ihnen versprechen.«

Er setzt sich neben mich. »Das kann nicht wahr sein. Sagen Sie, dass Sie mich belügen. Bitte.«

Ich schüttele den Kopf. »Nein, ich lüge nicht.«

»Wer?«

Ich antworte nicht. Ich darf nicht. Er wird es erfahren, später.

»Können wir gehen?«, frage ich.

Er vergräbt sein Gesicht in den Händen. Nach einer Weile steht er auf und nickt mir zu.

Im Auto sprechen wir nicht. Er sitzt auf der Rückbank. Ich habe ihm Handschellen angelegt, weil ich nichts riskieren will. Eine Stunde Autofahrt sind genug, um auf dumme Ideen zu kommen. Meine Tochter hat behauptet, dass nur ein Psychopath einen solchen Mord begehen könne. Ich glaube, dass sie sich in dieser Beziehung irrt. Aber ich möchte nicht darauf wetten.

»Wollen Sie mir noch etwas sagen?«, frage ich Bauer, bevor wir aussteigen und ich die Handschellen löse.

»Wird Fuchsberger jetzt freikommen?«

Ich wundere mich, dass er daran denkt.

»Ich weiß es nicht«, lüge ich.

Es liegt an mir. Als Polizist bin ich der Wahrheit verpflichtet.

»Man wird das Gehirn in Ihrem Keller finden«, sage ich mehr zu mir selbst als zu ihm.

»Ich habe es entsorgt, nach dem Tod von Windisch in den Fluss geworfen«, antwortet er.

Er hat sich von allem Ballast befreit und mir eine Bürde auferlegt. Ich werde morgen entscheiden.

57

ICH FINDE RACHINGER mit der Hälfte des Teams im Besprechungsraum. Ich übergebe Bauer an Berger und erkläre ihm in wenigen Worten, was zu tun ist. Rachinger sieht mich mit großen Augen an und gibt mir zu verstehen, dass ich unverantwortlich gehandelt, gegen jegliche Regel verstoßen habe und nur durch unerklärliches Glück noch am Leben bin. Und in einem Nebensatz erwähnt er kleinlaut, dass das Blut im Haus von Eberhard von einem Schwein stammt. Ich spare mir jedes Triumphgeheul und verlasse den Raum, ohne Rachinger eines weiteren Blickes zu würdigen.

Julia folgt mir. Vor der Tür umarmt sie mich. Dann stellt sie einen Meter Distanz zu mir her und sagt streng: »Zwanzig Kollegen stehen vor einer Wohnung in der Hockegasse, die einem Manfred Theodor Bauer gehört. Und dann spazierst du hier mit ihm herein. Chef, ich glaube, du bist entweder total verrückt oder …«

»Nichts oder, Julia. Ich bin verrückt.«

Nachdem sie sich beruhigt hat, erzählt mir Julia, dass Eberhards Vater seinen Sohn mit zwei Anwälten im Schlepptau abgeholt hat. Mehr konnte er nicht erreichen. Die Liebe seines Vaters wird er trotzdem nicht bekommen.

Ich gehe in mein Büro und schließe die Tür hinter mir. Ich setze mich und starre aus dem Fenster. Es dauert eine Weile, ehe ich zum Handy greife und Angelika anrufe.

»Wenn du die Story willst«, sage ich, »musst du sie dir jetzt holen.« Ich warte nicht auf ihre Reaktion und lege auf.

Danach rufe ich die Staatsanwältin an und setze sie davon in Kenntnis, dass wir den Mörder in Gewahrsam haben. Ich bitte sie, noch eine Stunde zu warten, ehe die Meldung an die Presse geht. Sie scheint über meine Vorgangsweise noch nicht informiert zu sein, sonst würde sie jetzt brüllen. Aber stattdessen willigt sie ein und bedankt sich hörbar erleichtert. Ich verabschiede mich mit dem Hinweis, noch sehr viel zu tun zu haben, wofür sie vollstes Verständnis zeigt.

Ich suche Waldner und finde ihn wie üblich am Computer vor. »Ich lade dich morgen auf ein Bier ein, okay?«

Er weiß nicht recht, was er sagen soll, aber schließlich gibt er mir die Hand und nickt.

Meierhofer steht zwei Minuten, nachdem ich ihn angerufen habe, an der Tür zu meinem Büro. Ich erinnere mich an unsere erste Begegnung.

»Wir haben ihn«, sage ich, »weil du mir die entscheidenden Gedanken geliefert hast. Er gehört dir.«

Er will etwas erwidern, aber ich hindere ihn daran. »Er sitzt im Gruppenraum mit Prantl und Berger. Das ist deine Chance.«

Er lächelt mir zu und geht. Ich weiß, dass ich mich bei den nächsten Fällen auf ihn stützen kann. Und ich wette, dass er jetzt seine Tante anruft. Ich gönne ihm diesen Triumph.

Eine Viertelstunde später sitzt Angelika in meinem Büro. Ich nehme das Aufnahmegerät aus meiner Sakkotasche und gebe ihr das Band.

»Mach damit, was du möchtest«, sage ich, nachdem ich ihr nach hartnäckigem Insistieren von meinem Besuch bei Bauer erzählt habe.

»Du bist verrückt«, sagt sie mit einer milderen Stimme als Julia, legt ihre Arme um mich und drückt mich an sich. Ich verhalte mich still, um nichts zu zerstören und warte, bis sie mich wieder loslässt.

»Wie geht es deinem Sohn?«, frage ich.

Sie scheint sich darüber nicht zu wundern.

»Beim nächsten Mal wird er dich begrüßen«, sagt sie mit einem Lächeln.

»Wann ist das nächste Mal?«, frage ich.

Sie blickt auf das Aufnahmegerät. »Kommt drauf an, was auf dem Band ist«, sagt sie, aber diesmal bemüht sie sich nicht einmal um Ernsthaftigkeit.

»Ich habe heute meiner Tochter ein Abendessen versprochen«, sage ich.

»Das klingt gut«, antwortet sie.

»Danach könnten wir uns noch auf einen Drink treffen, wenn du möchtest. Mein Sohn wurde gerade von seinem Vater abgeholt, ich habe also Zeit. Aber ich könnte mir vorstellen, dass du auch einfach nur Ruhe brauchst und Schlaf.«

Sie meint es ehrlich.

»Ich überlege noch«, sage ich und grinse sie an.

Sie versteht. Wir umarmen uns noch einmal, dann geht sie.

»Sei achtsam mit dem Material«, rufe ich ihr nach. »Er ist ein Mörder, aber vor allem ist er ein Mensch.«

Ich sage etwas so völlig Banales, ohne mich dafür zu schämen. Sie alle sind Menschen, die Grumbeks und Windischs und Dietrichs, Czapeks und Fuchsberger. Ich respektiere ihr Menschsein, aber ich berufe mich nicht darauf. Ich weiß, dass es alles andere als politisch korrekt ist, wenn ich in Bauer zuerst den Menschen und danach den Mörder sehe, während Grumbek in meinen Augen zuerst ein Arschloch ist und danach ein Mensch. Ich habe kein Recht, so zu denken, aber ich kann nicht anders. Ich weiß, dass ich morgen den Fall Czapek wieder aufrollen muss, um Fuchsberger aus der Anstalt zu holen. Aber ich hasse den Gedanken daran. Wenn es nach mir ginge, könnte er in Mittersteig verrotten.

Ich gehe nach Hause und nehme ein Bad, um auf andere Gedanken zu kommen. In der Wanne schlafe ich ein.

58

DAS HANDY WECKT mich.

»Papa! Alles klar bei dir?«

»Hanna? Bin ich zu spät? Ich … Ich bin, glaub ich, gerade in der Badewanne eingeschlafen.«

Ich höre ein lautes Lachen am anderen Ende der Leitung.

»Nein, noch hast du Zeit. Ich wollte nur fragen, ob der Termin steht, beim Chinesen.«

»Sicher«, sage ich, »bin gleich da. Muss mich nur noch anziehen.«

»Bleib cool. Habe gerade die Nachrichten gehört. Die Polizei hat den Mörder von dem Minister überführt, sagen sie. Heißt das, du …«

»Ich war auch dabei«, sage ich. »Aber ich erzähl dir das später, okay?«

»Okay, dann bis gleich.«

Ich schlüpfe in Jeans, T-Shirt und einen Pullover, den mir Hanna mal vor Jahren zu Weihnachten geschenkt hat. Er passt noch.

Als ich im Restaurant eintreffe, sitzt sie schon an einem Tisch und nippt an einem Glas Cola. Jedes Mal, wenn wir uns nach einer Weile wiedersehen, denke ich, dass sie gewachsen ist, gereift, und jedes Mal erinnert sie mich mehr an Maria. Diese Grübchen auf den Wangen, die Form ihrer Nase, die Art, wie sie sich eine Haarsträhne aus dem Gesicht streicht. Sie lässt ihr kastanienbraunes Haar wieder wachsen, nachdem sie es schon mit Punkfrisur und später einem radikalen Sidecut versucht hat. Heute wirkt sie geradezu sanft. Sie trägt eine Bluse ihrer Mutter zu Jeans. Ich spreche sie darauf an.

»Lange nicht gesehen dieses Teil.«

Sie lächelt und küsst mich auf die Wange. »Ich mag die Bluse. Weißt du, dass Mama sie immer altmodisch fand? Heute ist sie ganz trendy. Und ich finde, sie steht mir.«

»Das tut sie, Hanna, das tut sie. Hast du schon bestellt?«

Sie verneint. Wir ordern unsere Lieblingsgerichte, dazu bestelle ich einen Jasmintee. Wir reden eine Weile über den Fall, wobei ich ihr nur Brocken hinwerfe, was sie zwar registriert, mir aber nicht übel nimmt. Sie kennt mich zu gut. Immerhin gebe ich ihr damit die Möglichkeit, ausführlich ihr Beziehungsdesaster mit dem Exfreund loszuwerden, wobei sie erstaunlich ruhig wirkt. Ich mache mir diesbezüglich keine Sorgen, auch wenn sie meine Frage nach einem Neuen entrüstet abwehrt.

Wir essen, plaudern, versinken sogar für eine Weile in traurigen Erinnerungen, holen uns aber wieder zurück, indem wir über Geschichten lachen, in denen Hanna oder ich durch besondere Ungeschicklichkeit aufgefallen, in ein Fettnäpfen getreten sind. Der Abend verläuft entspannt und friedlich wie schon lange nicht mehr. Hanna hat ein feines Empfindungsvermögen und spürt, dass etwas in der Luft liegt.

»Papa, hast du eine Freundin?«

Ich gebe ihr zu verstehen, dass ich der Polizist bin.

»Ich weiß nicht«, sage ich schließlich wahrheitsgemäß. »Würde es dich stören?«

Sie überlegt eine Weile. Dann lächelt sie: »Ehrlich gesagt, wird es Zeit, bevor deine letzten Haare grau werden.« Sie fährt mir durch meine Frisur. »Ohne Witz, Papa, ich würde mich freuen.«

Ich spüre ihren Funken Wehmut, der auch auf meiner Haut brennt, aber ich lasse den Satz stehen, weil ich ihr glaube.

An diesem Abend ist nichts falsch, gibt es keine Irritationen, keine Vorkommnisse, die einen von uns traurig stimmen würden. Ich stelle mit Erstaunen fest, dass ich in der Lage bin, ein kurzes Glück zu genießen.

Es wird Zeit, Angelika anzurufen.

Epilog

EINE WOCHE NACH der Festnahme von Manfred Bauer klopft Eva Matschnig an meine Wohnungstür. Es ist halb acht abends, und ich entkorke gerade einen Grünen Veltliner Steinfeder Hochrain von 2014. Ich nehme ein zweites Glas aus dem Schrank und biete ihr einen Platz auf dem Sofa an. Sie hält sich nicht lange mit Floskeln auf und kommt zur Sache.

»Isabella Martin wurde als Kind im Keller eingesperrt, gefesselt, eine Woche lang. Weil sie ihrer Mutter erzählt hat, dass ihr Vater sie missbraucht. Das ist entsetzlich. Sie haben mit Ihrer Frage, die ich ihr stellen sollte, genau ins Schwarze getroffen. Ihre Mutter hat ihr gesagt, dass es besser gewesen wäre, wenn sie sie abgetrieben hätte. Aber als Isabella fünfzehn war, hat die Mutter sich das Leben genommen.«

»All die Jahre hat sie sich selbst die Schuld dafür gegeben, dass sie so behandelt wurde. Und wahrscheinlich gedacht, dass ihre Mutter noch leben würde, wenn sie damals nichts erzählt hätte. Schließlich hat sie diese Schuld an ihre Tochter weitergegeben und sie genauso bestraft, nur dass diese nicht überlebt hat. Und den eigenen Mann getötet, der sich am Kind vergriffen hat.«

»Glauben Sie, dass sie mit dem Ehemann auch ihren Vater umgebracht hat, zerstückelt hat?«

Ich trinke einen Schluck Wein. »Ihre Geschichte in Scheiben geschnitten, feinsäuberlich verpackt und abgelegt. Ja, so könnte es sein.«

»Ihr Vater hat sie wirklich jahrelang missbraucht. Das Jugendamt hat weggesehen, weil er ein erfolgreicher Anwalt war. Verdammt, in welcher Welt leben wir?«

»Fragen Sie das ernsthaft? Glauben Sie, die kleine Antonia Martin würde noch leben, wenn ihre Mutter im Keller nicht fast verhungert wäre, wenn deren Mutter damals die Scheidung eingereicht hätte, wenn ...? Wissen Sie, wenn die Welt eine Scheibe wäre, könnte man an ihrem Ende die Füße baumeln lassen.«

Sie äußert sich nicht dazu, nimmt ihr Weinglas zur Hand. Ich tue es ihr gleich. Wir stoßen an.

»Haben Sie etwas dagegen, wenn wir uns duzen?«, frage ich.

Sie antwortet mit einem freundlichen Lächeln und nimmt einen kräftigen Schluck vom Wein.

»Michael«, sagt sie nach einer Weile gemeinsamen Schweigens, »diese Frau ist mir immer noch unheimlich, aber in der Zwischenzeit ist sie für mich kein Monster mehr.«

»Ein Opfer?«

»Nein, kein Opfer. Sie hat ihre Tochter brutal sterben lassen. Das vergesse ich genauso wenig, wie es die Geschworenen vergessen werden. Wenn sie in der Schwarzau sitzt, wird sie es schwer haben. Kindermörderinnen sind nicht gerade beliebt.«

»Aber?«

»Nichts aber. Ich glaube, dass es noch einen anderen Grund gibt, warum der Mann und die Tochter sterben mussten.« Sie atmet tief durch, ehe sie fortfährt: »Weißt du, was mit ihrem Vater passiert ist? Willst du es wissen?«

Und ob ich es wissen will.

»Er lebt seit ein paar Monaten erst in einem teuren Seniorenheim, gar nicht mal weit von der Wohnung der Martin. Er hat Alzheimer. Und weißt du, wer ihn dort jede Woche besucht hat?«

»Die schöne Isabella mit den kalten Augen?«

»Nein, Michael, falsch geraten. Die kleine Antonia, das süße Enkelkind, gemeinsam mit ihrem Vater.«

Das ist es also. Isabella Martin hat ihren Mann und ihre Tochter umgebracht, weil sie Kontakt zu ihrem Vater pflegten, der sie über Jahre missbraucht hat. Das war der eigentliche Grund ihres Todes. Mitgefühl mit einem Täter gehabt zu haben, der an Demenz litt.

»Mein Gott, scheiße.«

»Das kannst du wohl laut sagen, Michael. Weißt du, dass ich gestern meinen Freund zur Sau gemacht habe, weil er mich berührt hat und Sex wollte?«

Ich schenke ihr nach.

Sie dreht ihr Glas zwischen den Händen. »Ich will eine härtere Haut, ich will lernen, mit solchen Situationen umzugehen.«

»Darum bist du hier? Weil ich am Boden war und wieder aufgestanden bin? Eva, ich habe keinen Rat, keine Antworten, keine Empfehlungen. Ich kann dir nur sagen, dass ich mich nach dem Tod meiner Frau fast im Alkohol ertränkt hätte, ehe mich Czapek indirekt gerettet hat. Soll ich dir wirklich raten, warte auf einen Czapek?«

Sie zuckt mit den Schultern. »Ich habe gute Lust auszusteigen. Ich bin nicht geboren für diesen Beruf.«

»Eva, wenn dein Freund dich liebt, versteht er dich. Es gibt kein Rezept oder besser, es gibt deren viele. Ich weiß, dass es kein Trost ist, aber du hast den Fall zu Ende gebracht, nicht aufgegeben, das Motiv gefunden. Du bist gut. Sehr gut.«

»Das ist nicht wahr. Wenn ich gut wäre, würde ich die Sache leichter wegstecken.«

Ich weiß nicht, was ich sagen soll. Wir sitzen beieinander, schweigen, trinken die Flasche leer.

»Isabella Martins Vater lebt noch?«, frage ich irgendwann.

Eva nickt. »Ja, aber es geht ihm nicht gut. Er hatte bereits zwei Schlaganfälle und ist völlig dement.«

»Wollen wir ihn besuchen?«

»Jetzt?« Sie tippt sich mit dem Finger an die Stirn. »Bist du verrückt, Michael?«

Das haben mich in letzter Zeit schon mehr Leute gefragt.

»Ja, aber das tut nichts zur Sache. Komm, wir nehmen ein Taxi und fahren hin.«

Eine halbe Stunde später sitzen wir trotz des Protestes des Pflegepersonals am Bett des alten Mannes, der vor sich hin döst.

»Kannst du das Monster sehen?«, frage ich.

»Ich sehe einen alten kranken Menschen.«

»Genau. Das hat die kleine Martin auch getan. Einen Menschen gesehen.«

Ich wende mich einem der Pfleger zu, der sichtlich froh ist, dass wir das Zimmer verlassen. »Hatte er außer dem Schwiegersohn und der Enkelin anderen Besuch? Anders gefragt, war Isabella Martin je bei ihrem Vater?«

Er hält seine Meinung nicht zurück. »Die Verrückte meinen Sie? Ich wundere mich schon lange, warum mich das bisher keiner gefragt hat. Ja, sie war hier. Etwa einen Monat, bevor sie festgenommen wurde. Ich hatte zufällig gerade Dienst. Ich erinnere mich noch gut. Nur für einen kurzen Moment war sie bei ihm. Als sie rauskam, war sie ganz bleich. Ich musste sie sogar stützen. Ich habe ihr dann ein Glas Wasser gebracht und sie gefragt, wie es ihr geht und was los war.«

Er atmet tief durch. Ich bitte ihn weiterzureden.

»Sie hat gesagt: ›Das ist nicht mein Vater.‹ Nichts sonst. Dann ist sie gegangen.«

Eva und ich schauen uns an.

»Nicht ihr Vater? Aber …«

»Keine Angst«, beschwichtigt der Pfleger. »Wir haben das gecheckt. Der Mann in diesem Bett ist der Vater von Isabella Martin, Dr. Franz Martin, einstmals hoch angesehener Rechtsanwalt und jetzt Windelscheißer.«

Wir lassen die philosophischen Ergüsse des Pflegers unkommentiert.

»Ich denke, sie wollte ihren Vater nicht erkennen«, sage ich. »Nicht bettlägerig, nicht schwach, nicht …«

»Menschlich«, ergänzt Eva.

Wir verlassen das Pflegeheim und gehen eine Weile zu Fuß durch die kühle Nacht.

»Warum war sie in dem Heim?«, fragt Eva dann. »Du hast eine Vermutung, nicht wahr?«

»Du auch«, antworte ich im Bewusstsein, dass wir das Gleiche denken.

»Sie wollte das Monster töten, den Mann, der ihre Kindheit ruiniert und sie zum seelischen Krüppel gemacht hat.«

»Aber sie konnte es nicht.«

Ich nicke.

Wir wollen beide nicht weiter darüber nachdenken, ob ein Kind leben würde, wenn sie die Kraft dazu gehabt hätte, den alten Mann zu töten. Leben für Leben.

Wir verabschieden uns. Ich rufe Angelika an.

»Ich möchte heute nicht allein sein«, sage ich.

Dann steige ich in ein Taxi und fahre nach Neuwaldegg.

Danksagung

AN DIESER STELLE gilt es, einigen Menschen zu danken, ohne die es diesen Roman nicht gäbe, und vor allem Ihnen, liebe Leserin, lieber Leser, nicht zugänglich wäre. Gerlinde Malli hat die ersten Versionen mit einem kritischen Auge gelesen und wertvolle Hinweise gegeben. Mein verehrter Freund Alfred Bodenheimer, Schweizer Krimipreisträger, hat mir entscheidende Tipps gegeben, die großartige Ursula Poznanski mit ihrer Einschätzung überhaupt erst meinen Mut geweckt, mich an ein größeres Publikum zu wagen.

Dank geht an meine Probeleserinnen, darunter Doris Schön und Doris Eidherr, vor allem an die wunderbare Julia Kröhn, die mich ermutigt hat, mich an die Agentur Schlück zu wenden. Dieser bin ich unendlich dankbar für die Betreuung. Unvergesslich wird mir bleiben, wie Bastian Schlück, nachdem er das Manuskript wenige Tage in Händen hatte, mich während meines Griechenlandurlaubes mehrmals auf wunderbar erfreuliche Weise »gestört« hat, um mir seine ersten Eindrücke zu schildern. Seine Art, seine Kompetenz, seine stets überaus hilfreichen Hinweise sind unverzichtbare Wegweisungen, vor allem für einen noch unerfahrenen Schreiber wie mich.

Besonderer Dank geht an den Goldmann Verlag,

der sein Interesse binnen kürzester Zeit bekundet hat und seitdem ein großartiger Partner ist. Hier muss ich natürlich vor allem Kerstin Schaub nennen, eine Lektorin, wie man sie sich nur wünschen kann, einfühlsam, kritisch, mit stets wachem Blick für das Wesentliche und der einzigartigen Übersicht.

Dank geht an Oberst Friedrich Schmiedhuber, meinen lieben alten (Polizisten-)Freund, vor allem an Oberst Michael Mimra, den stellvertretenden Leiter des Wiener Landeskriminalamtes sowie dessen Stellvertreter Oberst Gerhard Haimeder für ihre Zeit und Geduld und unschätzbar wertvollen Einblicke in den Ablauf von Ermittlungen. Danken möchte ich DDr. Reinhild Strauss und Hofrat Dr. Franz Katzgraber für ihre Expertise in medizinischen Fragen, Susanne Sackl-Sharif und Malik Sharif für Einblicke in die Extremistenszene.

Zuletzt möchte ich meiner geliebten Frau Sepide danken, die unermüdlich hinter dem Projekt stand, viel mit mir an Sätzen und Szenen feilte und mich weiterhin ermutigt, Michael Winter möglichst lange am Leben zu halten.

Ein Kriminalroman ist niemals Abbild der Wirklichkeit. Da und dort werden Abläufe verkürzt oder verändert, werden Vorgänge in ihrer Komplexität zur leichteren Lesbarkeit vereinfacht. Dank gilt es daher allen jenen Menschen zu sagen, die in ihren Teams tagtäglich dafür sorgen, dass Verbrechen aufgeklärt werden. Es sind die vielen Einzelschritte, die zum Erfolg beitragen.

Alle Handlungen und Personen in diesem Roman sind frei erfunden. Wer sich allerdings auf die Suche nach den genannten Cafés und Gasthäusern, Straßen und Plätzen machen will, wird fündig werden. Und er wird auch die Speisen und Getränke bekommen, die im Roman erwähnt werden.

Unsere Leseempfehlung

416 Seiten
Auch als E-Book erhältlich

512 Seiten
Auch als E-Book erhältlich

512 Seiten
Auch als E-Book erhältlich

Anwältin Evelyn Meyers aus Wien und Kommissar Pulaski aus Leipzig – ein eher ungewöhnliches Team, das doch der Zufall immer wieder zusammenführt. Gemeinsam ermitteln sie in drei ungewöhnlichen Fällen und folgen den Spuren perfider Serienmörder quer durch Europa …

www.goldmann-verlag.de
www.facebook.com/goldmannverlag

GOLDMANN
Lesen erleben